诚育立人

朱向青　著

中国文联出版社

图书在版编目（CIP）数据

诚育立人 / 朱向青著 . -- 北京：中国文联出版社，
2022.10

ISBN 978 - 7 - 5190 - 4980 - 5

Ⅰ.①诚… Ⅱ.①朱… Ⅲ.①长篇小说—中国—当代
Ⅳ.①I247.5

中国版本图书馆 CIP 数据核字（2022）第 173713 号

著　　者　朱向青
责任编辑　胡　笋
责任校对　郭嘉欣
装帧设计　中联华文

出版发行　中国文联出版社
地　　址　北京市朝阳区农展馆南里 10 号　　　邮编　100125
电　　话　010 - 85923025（发行部）　　　　 85923091（总编室）
经　　销　全国新华书店等
印　　刷　三河市华东印刷有限公司

开　　本　710 毫米×1000 毫米　　　1/16
印　　张　19.5
字　　数　350 千字
版　　次　2022 年 10 月第 1 版第 1 次印刷
定　　价　78.00 元

目 录
CONTENTS

（注：本书各章标题词句，出自游惠松所著《诚正——诗词联赋集》一书之《宋语新韵》一章）

序章：廿载立人，廿载传奇

一

元旦过后，从漳华路通向南江滨路的主干道上，尽是前往高新区观赏"水仙花海"的车子。"水仙花海"是一处位于圆山脚下的规模颇大的水仙花培育种植基地，占地面积达 260 多亩。初冬时节培植于七彩花田里的水仙花，这个时节尽显冰清玉洁的美好姿态。

2020 年元旦后的第一天，是传统的腊八节。老漳州曾有民谣："小孩小孩你别馋，过了腊八就是年。"过了腊八，空气里香气扑鼻的腊八粥的气味里就浸透着浓浓的年味儿。那时候，新冠肺炎疫情还没有肆虐开来，人们浑然不觉，就想去看一看水仙的花瓣，嗅一嗅水仙的清香，从而将积攒了一个冬天的烦闷消散在大自然的绮丽美景中。于是，很多载着亲朋好友的车子依旧行驶在漳华路上。

不料，元月 10 日那天，漳华路出现了百米长的堵车现象。十多分钟过去了，车子才向前缓缓移动了几十米。那些原本因看水仙花而兴致很好的人，在此种情形下难免有些懊恼和扫兴。很多人发出疑惑：近几年漳州城市建设日新月异，街道宽阔，很少发生交通拥堵现象，今天怎么会堵车了？到了中午时分，人们才明白了堵车的原因。原来，位于此区的漳州立人学校今天放寒假，接孩子回家的车辆从四乡八邑纷至沓来，以至于出现了交通拥堵现象。

《闽南日报》"漳州新闻"公众号及时发布了交警支队的《通知》。《通知》称，辖区漳州立人学校今日中午将迎来离校高峰，届时辖区道路车流量势必剧增，将给辖区道路交通带来极大压力。为了方便群众出行，特公布拥堵路段，除新厝长途汽车客运站至漳华辅路交接处的漳华路，还有芝山路及其南端的大学路，皆为交通拥堵路段。希望驱车出行的市民及时规划路线，避开拥堵路段，提高通行效率。

看到消息后人们不禁感叹，立人学校的规模太大了，学生数量也太多了。

那么，漳州立人学校是怎样一所学校呢？

从 2002 年办学以来，立人学校为国内各类高校输送本科生 24000 多名，其中考上"985"名校的学生累计 1600 多人。特别是在 2015 年，立人学子在高考中有 7 人被清华大学和北京大学录取。2016 年以来，又有 10 多名立人学生考入清华、北大。几年来，应届毕业生本科上线率高达 98% 以上，立人学校被当地教育界誉为"高考大户"。

从市教育局的统计数据还可看出，在近 6 年的全国初中数学竞赛中，立人学校连续 6 年获得全市第一，连续 5 年获得全省第二。2014 年，立人学子朱天梁勇摘漳州状元，当年获省一等奖 3 人、省二等奖 4 人、省三等奖 11 人。在2018 年的竞赛中，立人学子夺得全省第一。2019 年，漳州状元再次花落立人学校。高中学科竞赛成绩也极为显著，在近几年学科竞赛中，立人学校获得市一等奖及获奖率均居全市第一名。高中五大奥赛（数学、物理、化学、生物、信息技术）成绩逐年提升。2015 年陈志君获全国生物奥赛银牌，被清华大学录取；2017 曾世豪获全国化学奥赛铜牌，被南开大学录取。2017 年学校高中五大奥赛省级获奖总人数居全市第二，2018 年、2019 年居全市第一，特别是 2019 年在全省评奖总数递减的情况下，立人学子省级获奖总数 56 人次，进入福建省 20 强。各科奥赛成绩越来越突出，为学生自主招生进入名牌高校提供了有利条件。

2013 年，"立人"创办了斯特合作学校，两年后获国家教育部颁发的国际合作办学许可证。这是福建省唯一获批的高中阶段中外合作办学机构，不久首批学子顺利就读美国高中。自此学校汇聚了一大批具有海外名校留学背景的团队，每年输送众多学子步入国际名校殿堂。"立人"成功引进国际化特色教育项目，创建完备的国际教育合作校，为福建学子提供出国留学语言培训、考试指导、留学规划、学校申请、文书指导、签证服务等"一站式"留学服务。迄今，立人斯特合作学校已与美国、英国、加拿大、澳大利亚、欧洲等几十个国家和地区的众多教育机构建立了良好的合作关系。

漳州立人学校取得如此骄人的教学成绩不能不引人感叹，更令人疑惑的是这所办学历史还不到 20 年的民办学校，为何在短短的时间里创造了如此令人瞩目的成绩？又有什么样特殊的"法宝"，让学校的教学质量达到如此辉煌的地步？

进入 21 世纪，全社会对于教育的关注和重视达到了空前程度，这一切源于人们对现代社会教育所面临的挑战和困境的焦虑和审视。立人学校的教育质量和教学成就格外吸引眼球，人们纷纷将孩子送到立人学校。在他们的意识里，似乎将孩子送到立人学校就相当于送进了本科学院的门槛，困扰心头的那种焦虑和担忧也会一扫而光。

二

20世纪80年代的人都知道形容工程建设速度非常快的一个词语，叫"深圳速度"。在不到10年的时间里，这所位于芗城北郊原茶厂旧址的学校，已经发展成占地面积达325亩，建筑面积达16万平方米的现代化学校。校园环境优美，风景如画。现代化的多媒体教学楼、学生公寓楼、行政大楼古朴典雅，巍峨壮观。古朴的校门将校园外的热闹与喧嚣远远隔绝，实验室、塑胶跑道运动场、多功能体育馆、网络中心、天文观测室、青石甬道、花坛草坪……校园每一处尽显端庄大方的幽雅之美。周恩来的雕像与校训警示着学子们时刻铭记"源诚形水，立己达人"的求学精神。

如今的"立人"已经发展壮大为教育集团，旗下包括漳州立人学校、漳州立人斯特合作学校、云霄立人学校和漳浦立人学校。各个学校的校园布局合理，有着优美清雅的育人环境和完备的现代化教学设施。集团拥有在校学生23000多人，教职员工2400多人。经过多年来标准化、特色化、品牌化的创建历程，"立人"形成了优秀教育集团的禀赋，已经具备了生成性的学校理念、卓越的课程教学、充满活力的内部管理及具有支持性的外部环境。

但在"立人"创建者及教师眼里，他们并不喜欢"高考大户"和"高考加工厂"的名号。

因为，学生不是"高考机器"，是鲜活的生命个体；教师也不是教学工具，是帮助学生成长的引路人。所谓"立人"，就是使对人的尊重成为至高的道德伦理，对生命的关注成为一切行为的准则。如果说立人学校有一块坚实的基石，那就是人的生命。立人学校的全部运作规律，都是以生命为原点而刻画的轨迹。除高考和学科成绩外，立人学子取得的各项成就同样令人瞩目。走出校门的立人学子都能骄傲地昂起头颅，以一种旷达和豪放的胸襟迎接未来的挑战。所以，立人学校品牌的核心识别不是巍峨的高楼大厦和先进的设施设备，而是人才培养的质量和水准，是文化传承与知识的创新。

近年来，有一百多名立人学子在省级以上学科竞赛中获奖。课堂教学采取"分层导学"模式注重效率，课外活动提倡绽放天赋异禀，内容丰富。学校拥有国学、演讲、书法、机器人、摄影、各种球类、健美操、棋类、美术、钢琴、声乐、管乐等40多个兴趣小组，为促进学生的全面发展提供了保障。

2009年，中央电视台"希望之星"英语风采大赛福建赛区比赛，来自立人的学子郑婷、陈煜琛、何清海荣获优秀奖。近年来，立人学校共有30多人次获学科创新竞赛奖，20多人次在省级以上机器人大赛中获得奖牌，叶超林、罗颖获得第十二届中国青少年机器人竞赛高中组一等奖。立人学子阮禧龄在"星星火炬"全国青少年艺术英才推选总展示活动中斩获小提琴特级徽章，此次活动中福建省仅有两名选手获此殊荣。在"厦漳泉同城化中小学合唱比赛"中，立人学校合唱团竟在来自厦门、泉州、漳州三地18支合唱队伍的激烈角逐中胜出，荣获比赛金奖，后在漳州市"第二届中小学生艺术节展演活动"中又获一等奖。

在艺术教育中取得的成就引起了社会各界的广泛关注，上海音乐学院将"社会艺术水平冬季考级点"设立在立人学校，这是其设立在民办学校中的唯一考级点。2015年9月，"第十届国际青少年艺术节"在上海正式启动。这是国际上最大的青少年艺术赛事活动，也是最具口碑的"中华文化五洲行大型公益系列活动"的主打品牌。令人惊讶的是，本届艺术节组委会竟将上海赛区的分会场设在漳州立人学校，这是上海赛区在福建省设立的唯一赛点。此外，中国美术学院将社会美术水平考级考点设在立人学校，对推动漳州教育多元化教学和特色教育发展产生了积极深远的影响。

三

这几年，孩子在立人学校就读的家长谈起"立人"，最多的话语是感谢立人学校教会孩子"学会做人"，学会做一名身心健康、勇于担当、懂得感恩的人。教会孩子"学会做人"，纯朴简单的话语道出了立人教育的魅力所在。

立人教育的校训是"源诚形水，立己达人"。立人教育者认为，"为人处世形如水"，真诚的品行源自平时生活习性的培养，而教育者需"似水滋润生灵"，以无言的"大爱"精神来"立己达人"。在学校里教孩子"学会做人"是衡量立人教育的首要标准，也由此形成了符合"立己达人"教育理念的学校品牌。十多年来，学校以周恩来精神为核心，以中华传统美德为背景，充分展示了"大爱"言行的"大师"风范。《思齐》校本课堂、"思齐"社会实践活动、"小棉袄"系列活动、"每日一语"和社团活动等构成了立人教育的德育体系，成为深受学生及家长欢迎的立人文化，并逐渐成为立人师生的言行自觉。

走进立人校园，处处感受到充满生机活力和时代气息的校园文化。书声琅琅的晨读，群情激昂的跑操，"每日英语"听力训练及"课间歌曲"传唱，激荡着一支生机勃勃、意趣盎然的校园进行曲。校园角落里的"共享书吧""共享电脑"和"共享钢琴"，营造出优雅、圣洁并兼具诗情画意的活动场景。博尔赫斯说，"天堂应该是图书馆的模样"。徜徉于"共享书吧"中的立人学子，在"润物无声"的书香气息的浸染下，人文素养和科学智慧逐渐形成。一百多台共享电脑又是直达浩瀚书海的信息通道，课余时光查阅资料，轻点鼠标之间，即可遨游于知识海洋。漫步校园，会听到一阵阵悠扬的钢琴声从长廊间传来。此时的人们总会不自觉地停驻了匆促的步履，在叮咚流淌的山泉般纯净的乐声里让身心宁静一会儿。有同学在钢琴前忘情演奏，有同学在身后默默伫立，演奏者和聆听者构建了一幅温馨惬意的课间生活画卷。

泰戈尔说，文化是轻风细雨，是潺潺流水。不是锤的打击，而是水的载歌载舞，才使得鹅卵石臻至完美。漫步立人校园，仿佛进入了泰戈尔的文化境界中，感觉周身沐浴在"源诚形水"的氛围之中。这里的一山一水、一楼一塔，皆有一种体现教育功能的独特标识，以"润物细无声"的方式影响着立人学子的成长。他们在这种文化氛围里"浸润"若干年后，也不可避免地烙下了深深的立人文化印记。

立人创建者有一个愿望，即在校园里学习生活的每一个人都是幸福的，既有对未来时光的美好憧憬，又有着对当下生活的幸福体验。对于学生而言，所有本应属于青春年少的欢乐与梦想，在这里都会回落到他们的生命轨迹中。这里是寄托理想和情感的家园，所有的成长记忆和学习体会都会成为生命中最重要的精神财富。对于教师而言，这里的工作不是乏味地劳作、被动地应付和机械地重复，而是兴味盎然和热力四射的思考与创造。在呵护孩子健康成长的同时，也实现自己的专业成长，在这里留下探究教学艺术、探索教育思想的岁月屐痕。

2018 年 5 月 21 日，漳州市人民政府市长刘远来到立人学校，兴致勃勃地参观了恩来广场、诚徵广场、行健馆、生物园和地理园，对学校硬件建设及精良优美的校园环境表示高度赞赏。他还顶着炎炎烈日登上翔宇楼顶层天台，俯瞰立人校园，但见巍峨壮观的教学楼、现代典雅的学生公寓、平坦开阔的运动场在绿树掩映之下彰显花园式校园的绮丽胜景，再次夸赞立人校园规划科学，建筑设施美观，环境清新幽雅。

全国侨联前主席庄炎林先生一行莅临漳州立人学校考察时，在立人校园里强烈感受到一种信念，那就是为每一个学生终生的发展奠基。庄炎林先生认为，现代教育的最大的弊端就是充斥着太多的短视和功利因素。正因为这样，这种纯真的"立人"教育思想和行为就显得极为珍贵。"立人"教育的价值取向，直指学生的终生和谐与可持续的发展目标，绝不以牺牲学生的身心健康为代价去博取名校光环，也绝不迎合世俗的评价而把教育异化为一种缺失人文关怀的驯化。立人教育的楷模意义，就在于把学校教育从情感流失的荒漠引向升腾着人文光华的绿洲。

立人学校里不存在被遗忘的角落，在校园的每一角落都能让人感受到家的温馨和美的熏陶。全员德育的浓厚氛围，将教育的关怀播撒至每一位孩子的心田，孩子们都能展现出生命个体的丰富性和生动性，都有属于生命个体独立的发展空间。

四

立人学校汇聚了由真心热爱教育的人们组成的优秀教师队伍，建立起实施"大爱"教育的"大师"团队。

在"全国初中英语教师教学基本功大赛""全国初中英语课堂教学优秀课展""全国中学生物课堂教学展评活动""全国历史教学评比比赛""全国统编本语文教材教师模拟课堂年度比赛""全国真语文课堂视频大赛""华东地区教学评比"等活动中，立人教师陈新华、陈怡玲、陈月桂、胡晓香、季广玲等多人次获一等奖和二等奖。近年来，立人学校在教育评审、教学技能竞赛及教研活动中获国家级奖项达 19 人次，省级以上奖项达 52 人次。立人教育陆续培养出一批研究型名师、学科带头人和骨干教师。在漳州市第二届中学学科十佳教师评选活动中，立人初中部 12 位老师全部获奖，获奖人数为全市第一。

高素质的教师队伍，是立人教育事业发展与提高的重要基石。立人教师普遍认为，教书育人是一项神圣的事业，而不只是一项谋生的手段。在这个集体中，每个人都承担着责任，收获着成功与感动。每个人都有释放个性的空间，也拥有合作交流的平台。这里崇尚心灵的敞亮和坦诚，倡导相互的理解和包容，尊崇集体智慧和力量，实现教育合力的成功与快乐。

2017 年 11 月，英语教师刘幼珍、数学教师潘思宇和语文教师谢瑞枝在"一师一优课，一课一名师"活动中获得教育部表彰奖励。面对《立人报》小记者的采访镜头，他们分别说了一段获奖感言：

感谢"立人"优秀的师友团队给予我源源不断的动力，感恩可爱的学生赠予我奋进不息的勇气！路漫漫其修远兮，吾将上下而求索！也许我不

是"立人"团队中最优秀的一个，但我一定会努力成为"立人"团队中最好的自己！（刘幼珍）

我的"优课"能够入围部级优质课，特别感恩"立人"，是"立人"给教师提供了展示才华和交流技艺的平台。感谢"立人"领导和师友的悉心指导，这一切是我教育生涯中取之不尽、用之不竭的精神财富，也是不断促我进步、催我奋进的精神力量！（潘思宇）

参加"优课"比赛令我受益匪浅，这是一次鞭策自我、锻炼自我、提升自我的契机。相对于荣誉而言，我更愿珍惜在"优课"竞赛中获得的宝贵经验，并愿和各位师友分享共勉，从而在教学战线上不断攀登新的高峰。（谢瑞枝）

在立人学校，所有制度都渗透着深厚的人文关怀。它不是一种禁锢和惩罚的条例，而是全体成员认同和恪守的生活法则。每个人都怀抱着一个美好的愿望，那就是构建一个学习共同体。在这个共同体中，学习不再是职业需要的驱动，而是每一个成员生命的内在需求、一种基本的生活方式。

第二届"周恩来班"班主任赖旺炉曾说，面对学生，如果让教育的思考穿越所有教育者的生命历程，我们会感觉到一种庄重的责任和神圣的使命。所以，立人教师总是把教育作为终生的事业来看待与追求，并在长期的教学实践中把教书育人作为自己最快乐、最有价值的事业来承担，故而会穷尽毕生精力去钻研教学工作并做出优异成绩。只有这样的教师才能成为优秀教师，并进而成长为专家型、学者型的"人师"，这也是人们常说的"经师易得，人师难求"的根本缘由。

那年冬天，著名教育家魏书生来到立人学校，发现立人教师具有一种"敬业乐群，弘毅拓新"的团队精神。他在翔宇楼报告厅为立人教师奉献了两场精彩纷呈的演讲，阐述了自己在教育教学及教育管理上的独到见解，倡导立人教师要以快乐的心态享受工作、享受生活。他很赞赏"源诚形水，立己达人"的校训，认为"立己达人"不是一时之事而是一辈子的事，是值得广大教师终生为之奋斗的事业。他说，要想让自己每天都生活在幸福中，诀窍便是把自己能做的事做好，而立人教师正是这种教育观点的践行者。育人成才是一种精雕细刻的艺术，和学生一起享受学习这个快乐的过程，发现彼此优点，将美好做成习惯，就是教育工作者的一种幸福。立人教师善于将教学中的点滴感动因素汇聚成河，享受教育教学的快乐与幸福，脚踏实地，砥砺前行，为教育事业做出重大贡献。

五

立人教育集团行政大楼会议室的一面墙上，挂满了各级教育管理及行业评议部门授予的荣誉奖牌。令人瞩目的是"中国民办十大知名品牌学校""全国优秀民办中小学""全国特色教育示范学校""全国民办教育先进集体"等"国字号"荣誉牌匾。

"漳州市义务教育标准化学校""漳州市语言文字规范化示范学校""漳州市教育教学质量先进学校""漳州市教育教学质量功勋学校""漳州市首批基础教育学科教学研究基地"等牌匾也闪闪发亮。在教育行家眼里，这些奖牌的意义更加重要。因为，这些奖牌标志着立人学校高质量完成了教育管理部门依严格考核数据进行达标验收的标准化建设工作，而且在"标准化""规范化"的前提下发展成地方教育管理部门认可的"先进学校""功勋学校"。标准化建设恰是民办学校的立校之本，这说明立人学校具备了国家促进基础教育均衡化发展的统一的、规范的质量要求。

优秀学校正是在标准化建设的基础上，开启了特色化、品牌化的建设之路。如同一位高明的画家，首先要在画板上涂上一层基本的底色，而后才在底色的基础上描绘出多姿多彩的图画。立人学校在实现国家基础教育标准化课程建设之后，开始打造学校特色品牌，以适应社会对多种人才的教育需求。

没有特色，就没有品牌。立人学校在长期的教育实践过程中逐步形成了为公众所广泛认可的具有特定文化底蕴和识别符号的文化品牌，最主要的标识有下列六点：（一）采用寄宿制准军事化校园安全管理措施，摒除社会不良风气之影响，精心营造供学生健康成长的教育环境。（二）实施大爱教育，使每个学生感受到严父慈母、兄弟姐妹般的无私大爱，在浓厚的人文关怀情境中身心健康成长。（三）弘扬"以伟人精神育人"的精神，创建福建省第一个"周恩来班"，"六个特别"成为立人学子的自觉追求的精神高标。（四）探索"分层导学"课堂教学模式，立足学生智力基础，提供个性化差异化指导，使每个学生日有收益，月有进步。（五）设置独具特色的四大课程，即学科课程、生活课程、活动课程和隐性课程，促进学生养成优秀品质、自立能力和创新能力。（六）以"诚徵"传统国学思想为校园主体文化，确立"以诚立人，分层导育"德育管理体系，开辟"诚徵"教育理念的校本课程，打造别具特色的立人校园文化。

巍峨的大楼可以在一夜之间拔地而起，优秀的师资可以在短期内高薪聘请，考试的成绩也有可能很快提高，唯有学校的优良传统和校风校纪必须经过漫长时间的磨砺才能形成。如同陈年佳酿须在酒窖里贮放多年才能芬芳四溢，立人教育经过 10 多年的坚守与耕耘，最终形成了"润物无声"的环境与氛围，荟萃出令莘莘学子深受熏陶的特色品牌文化。

随着立人教育品牌的社会影响力逐渐扩大，引发了诸多政界名流、教育专家及文化名人对立人教育的热情关注。中共中央文献研究室原室务委员、周恩来思想生平研究会会长廖心文，全国人大副秘书长、周恩来研究中心顾问赵炜，周恩来总理侄女、周恩来邓颖超研究中心顾问、新华社前副社长周秉德，周恩来卫士、中央警卫局前副局长、周恩来思想生平研究会顾问高振普将军，周恩来秘书、武警指挥学院前副院长、周恩来思想生平研究会副会长纪东将军，中国和谐艺术团副团长、著名特型演员、周恩来扮演者、语言艺术表演家曹志颖，体育专家、中国女排首席教练陈忠和等人先后来到立人学校参观交流。他们关心"周恩来班"建设工作，盛赞学校办学理念、环境建设、特色课程设置及教学举措得当，为国家培养了数以万计的优秀毕业生，是国家民办教育领域中的一颗耀眼的明珠。

著名教育家、全国人大常委会委员、国家总督学、国家教委前副主任柳斌来到立人学校，对立人学校课堂教学中的"分层导学"模式给予了极高评价。他认为，立人学校全面贯彻党的教育方针，使大多数学生在德、智、体等方面得到了全面的发展。教育家、国务院教育督导委员会办公室副主任林仕梁，国家督学、教育部政策法规司司长孙霄兵等在立人学校视察时，充分肯定立人教育集团坚持将依法办学视为学校建设的立足点，高度评价立人教育的陀螺管理模式对新时期教育管理及发展提供了优秀范例。

著名语文教育家、特级教师余映潮，中国美术学院福建考级中心主任、博士生导师廖申教授，中国当代十大著名书画家、美术教育家宋草人，福建省钢琴艺术教育学会会长、美国北美音乐家协会副秘书长杨弋夫教授，全国模范教师、国家级骨干教师严业安老师也来到立人学校，他们深入课堂教学和艺术团体进行观摩调研，和立人教师共同探讨基础教育新课标背景下的课堂教学和课外辅导方式，认为立人学校的"大爱"教育模式既强调面向"全体"学生，又强调促进每一个学生的"个性"发展，教育环节和课堂教育细节关照全体学生的心理发展、兴趣需要和追求体验等，为新课程改革背景下的教学探索提供了很好的实践模式。

福建省人大常委会副主任黄贤模、福建省民办教育协会会长马长冰等人也来了，他们明确指出，民办教育也是社会主义教育的一部分，肯定立人学校

"全员共业平台"的管理经验，创建了称为"陀螺管理模式"的别具特色的民办教育人事管理考核体系，鼓励立人学校进一步提升教育管理水平，实现创建全国顶级名校的发展目标。

在"立人"教育备受社会关注的同时，立人教育集团的创始人游惠松也逐渐进入各类媒体及公众的视野。

有人揣测，一个平凡的闽南人，被新时代民办教育蓬勃发展的浪潮一步步推到了教育前沿地带，是命运的巧合，还是某种神秘力量的暗中推动？

六

当读者朋友翻开这本书的时候，意味着漳州立人学校将要迎来20周年的华诞大典。

二十年，是个什么概念？唐代诗人元稹在给好友白居易的一首诗里写道："二十年来谙世路，三千里外老江城。"柳宗元在写给刘禹锡的诗里也写道，"二十年来万事同，今朝歧路忽西东"。可见在古人笔下，二十年真是一段漫长的时光。而在现代人眼里，二十年是一段倏忽而过的时光，伟人毛泽东在《西江月·井冈山》里写道"三十八年过去，弹指一挥间"，这样看来，二十年就显得更短暂了。

无论如何，二十年，是一段值得纪念的时光。对于立人教育集团的创始人游惠松而言，更是一段值得纪念的珍贵时光。

游惠松是谁？他是怎样的一个人？

早在2010年8月，立人学校在开学前就组织教师进行了"校本课程"培训，《国家中长期教育改革和发展规划纲要（2010—2020）》是培训内容之一。《国家中长期教育改革和发展规划纲要（2010—2020）》是经中共中央政治局审议并通过的重要文献，教育界简称其为《纲要》。这是国家进入21世纪后的第一个教育规划，是指导全国教育改革和发展的纲领性文件。

立人教师学习《纲要》时，对"国家提倡教育家办学"的理念颇感兴趣。国家提倡教育家办学，可是教育家的标准是什么呢？专家学者解读《纲要》时指出："教育家是热爱教育、懂得教育、终身从事教育事业的人，即对教育有情感，有自己的教育思想和专业才能，能够尊重教育规律且创造性地从事教育工作的人士。"

这样的理论表述，让立人教师有一种恍然大悟的感觉。

立人学校之所以取得了空前辉煌的教育成就，不就是践行了《纲要》中所谓的"教育家办学"的重要理念吗？

因为，立人教育集团的董事长游惠松正是这样一位教育家。

令立人教师津津乐道的是，立人学校创建之后，游惠松将"源诚形水，立己达人"确立为校训，并亲自撰写了诠释校训的文字：

> 源诚形水，立己达人。言行力量源于诚，以诚立德，诚信行理，至诚成就人生。为人处世形如水，随境而存，顺势必动，似水滋润生灵。立己为达人蓄势，己立立人，己达达人，达人真善美诚。一事一成立己而无己，百能百济达人且正人。

可见，立人校训是立人教育集团校园文化、教育理念和人文精神的高度凝练。2017 年 9 月，金砖国家领导人第九次会晤在厦门举行，习近平总书记在会晤中提出"胸怀天下，立己达人"的论述，深刻指出了金砖国家世界性的影响意义。《人民日报》评论员称"己欲立而立人，己欲达而达人"，这是源自古老东方的哲思，成为当今金砖国家相互合作的真实写照。可见，"源诚形水，立己达人"的校训观点，是游惠松结合传统文化思想对现代教育进行思考探索后形成的一种独特的教育思想，在 21 世纪的时代背景下具有一定的前瞻性、现代性和典型性。

在人们眼里，立人学校是"教育家"和"国学大师"创办的一所"神秘"学校，是发展势头最好的一所"平民学校"。因为，立人学校的创建者游惠松是教师出身，办学前曾是漳州"名师"和政府教育部门的教研员，又有多部教学专论文章及著作发表。近年来，游惠松广泛涉猎国学领域，发表多篇关于儒学经典《易经》的研究文章，创作了大量诗词楹联等古典文学作品，出版了《诚悦立人》《诚乐》《诚徵数理》《诚正诗词联赋选》《诚徵楹联》等著作。

但在游惠松的意识里，他根本没把自己当作一个什么"家"。他常说，作为闽南人，创办厦门大学的陈嘉庚才是教育家，游氏先祖中的理学大师游酢才是国学大师。而他自己，年轻的时候只是一个会很多手艺的"匠人"，即使在学校里也只是一个普通的"教书匠"而已。世事推移，入世渐深，心中才有了很多想法，于是创办了几家企业。后来，因感于大量学子初中毕业后不能进入高中学习而痛惜不已，才创办了立人学校。这一切，不过是顺应时代大势而做了一些有意义的事。天下大势，浩浩汤汤，顺之者昌，逆之者亡。一路走来，感觉时代的浪潮常常形成一股助推力量，驱人前行。比如江面上的船，要么百舸争流，勇立潮头；要么沉舟侧畔，千帆竞过，这就是时代大势。所以，唯愿拿出更多时间来思考立人教育的未来走向。现在封自己为"这个家""那个家",还有点为时过早。

立人学校的教师们说,游惠松就是教育家,创建了促进民办教育发展的"共业平台",创建了民办学校管理的"陀螺管理模式",撰写了近百万字的教育教学理论文章和专业书籍,编纂了立人学校不同阶段的发展规划,形成了大量符合民办教育发展环境的教育思想。可以说,立人教育的辉煌成就正是游惠松教育思想具体实践的产物。

他们还说,游惠松不仅是一位教育理论家,而且是一位教育实干家。十多年来,他带领立人教育突破了一个又一个的瓶颈,走出了一道又一道的困厄,将一所"平民学校"建成了现代化的大型学校。他说,生命的强大意志和品德的敦厚质地相结合,才能不断拓展事业发展的广度。生命意志越强大,事业开拓的前景越长远,视野越宽广;品德质地越敦厚,事业堆砌的体积越庞大,发展越辉煌。清华大学的校训是"自强不息,厚德载物",其文化内蕴也正体现在这里。

七

2019 年 9 月,游惠松接受《闽南日报》专访时提出了"学校文化"建构的问题。他说:"教育是面向世界的,就要有世界的眼光。我们教育理念的定位是放眼世界,引领未来。为什么要引领未来?因为教育培养的是未来的人才,学生又受学校文化教育氛围的影响,学校培养的方向会影响到日后学生对社会的作用。所以,构建学校文化体系必须有引领未来社会的远见。"

游惠松办学的意义不是创建了一所众所周知的立人学校,而是创建了一种适合平民化、现代化的社会形势下的教育模式。他一直认为,教育家的成就离不开丰厚的教育思想,体现在对教育工作的富于逻辑性的理论建树和智慧导引。教育理念浩若烟海,穷其一生也仅能领悟九牛一毛。佛教所谓"开化"成佛的关键环节是"顿悟"和"渐悟",无论"渐悟"的茫长和"顿悟"的快捷,都离不开一个"悟"字,否则生于寰宇,状如草木,浑浑噩噩,一事无成。游惠松庆幸自己在"觉悟"的时代里掌握了科学的教育理念。

早在 10 年前,人民出版社推出了游惠松创作的《诚悦立人》。他在《后记》中指出,立人学校从无到有,从小到大,仅是解决了"形"的问题。往后 10年,其主要工作将是解决立人教育"神"的问题,即建设富有特色的立人教育文化。卢梭在《爱弥儿》中说:"什么是最好的教育?最好的教育就是无所作为的教育。学生看不到教育的发生，却实实在在地影响着他们的心灵，帮助他们发挥潜能，这才是天底下最好的教育。"这里"看不到教育的发生"，就是文化的潜在力量。立人教育文化将以一套无意识的、不加检验的、不以为然的运作形式，推动学校可持续发展。

从那时起，游惠松就立足传统的国学文化思想，逐渐形成了以"诚徵"为主题的立人教育文化体系。"诚徵"文化建设，体现出游惠松"立足全球"，引领立人教育向未来、向世界发展的超前意识。

面对记者的提问，游惠松说："立人教育的成绩是全体立人教师团队共同奋斗、千锤百炼的结果，我只是发挥了一点倡导和引领作用而已。无论多么辉煌，立人学校终究是属于社会的。至于未来，我只想退休后过一段简朴平淡的生活。"

在一阕《一斛珠·老年如冬》的词中，游惠松写道：

> 老来何效，归藏万物冬来到。问君何意烦忧少？简曲清歌，宁静平凡找。竹栅泥屋炉火烤，杯茶温酒心觉妙。满目青山兀自好，只待春归，笑对夕阳照……

但是，立人教育的辉煌成就是大家有目共睹的，立人教育 20 年发展壮大的成就在世人眼里也确实有一种不可思议的神秘和奇特力量。

游惠松究竟是一个什么样的人？他有着怎样的奇特经历？他是如何创建立人学校的？他的教育思想是什么？立人教育又经历了哪几个发展阶段？

这一切，都值得大书而特书。

因为，廿载岁月，廿载立人，早已汇成一曲浩歌，一条长河。那澎湃激越的旋律和粼光闪耀的浪花，犹在向人们诉说着九龙江畔的一段不朽的传奇……

第 1 章
儿时记忆，朦胧难忘，心绪偶起思念

最早发现游惠松有数学天赋的是他的小学数学老师。五年级的时候，老师教学生学习四则混合运算，孩子们都在草稿本上推绎演算时，游惠松总是第一个报出算式答案。课本上有些较难的应用题，老师自己演算都觉得很费劲，而游惠松却能轻松解答。那时候他特别喜欢做数学练习题，课文后面有的练习题及综合复习题，老师还未布置孩子们完成，游惠松就找个本子把它们逐一做了出来。有些习题是后面单元的教学内容，老师还未在课堂上讲授，游惠松也能解答出来。这让数学老师十分诧异：自己教了一辈子书，第一次碰到不用教自己就会做题的学生……

"数学天赋"

立人学校的老教师都记得，校园环境面貌在 2006 年发生了很大变化。从外观上看，那一年的学校总算有了一个"名校"的样子。

那一年，立人楼、达人楼两座教学大楼和寒梅楼、兰蕙楼、竹韵楼和观菊楼四幢学生公寓建筑工程相继竣工，投入使用。校园绿化、硬化及亮化工程也陆续完成，校园建筑布局合理，教学区、活动区之间花草葱茏、绿树成荫，营造出清爽优美、赏心悦目的育人环境。那一年，也是立人学校的"大福之年"。上一年高考中，作为一所创办时间仅三年的学校，首届学生参加高考就获得"两清华、一北大"的骄人成绩。高考成绩的轰动效应加之三年来的持续宣传，立人学校在漳州城市及县区声名大振，家长们都愿送孩子到立人来上学，因此生源大增，学生总数突破 6000 多人。教师队伍也壮大起来，全校教职工总数已达 300 多人。

冬天，立人学校组织全体教职工进行一年一度的"校本培训"活动。老师们没有想到，培训的最后一节课竟由董事长亲自授课。授课时间是晚上。灯火通明的立人大礼堂里，新老教师济济一堂，聆听游惠松题为"非凡立人，非凡之路"的讲座。游惠松为这次授课做了充足的准备工作，助手为他打开面前的笔记本电脑，身后的电子大屏上投射出授课提纲。

这一年，游惠松 46 岁。也许岁月的磨砺会锻炼一个人的卓异气质，创业的经历会造就一个人的独特魄力，坐在主席台上的他仍显得年轻、稳健、自信，周身散发着成功人士固有的魅力。主持培训活动的刘金忠校长做了简短的开场白后，游惠松正式开讲，礼堂里的老师们一片安静。

为了论证学校良性运行机制，打破僵化的管理模式，使之更好地服务教师和教学工作，游惠松在讲座中第一次阐述了"陀螺管理模式"。电子大屏上显示出两幅陀螺模型示意图。数学老师发现，这两幅示意图是严格按照《几何》中的"立体透视"方法绘制而成的。图画上的圆环、线条及端点处都标有 A、B、C、D、E、F 等字母，陀螺下端的扇形顶点处标有 O。随着他的讲述，图形下面出现了一连串的诸如"$OA = OB$""$OC = OD$"以及"$\odot P \sim \odot Q$"等推理程式。一番讲析演示，游惠松提出了学校管理要全面激发校园内各个机构的活态动力，如同旋转的陀螺只有在持续的均衡的外力作用下，才能长期旋转而不致倾倒。

游惠松由此生发开来，论述学校行政会及校务监事会的平面稳定作用，团队成员比如年段长或班主任工作岗位对于学校运转的均衡作用，以及如何将家长、社会对学校的评价和期望化为学校发展外力的思考等。他指出，立人学校要在陀螺管理模式运作下，建立"全员"和"双向"相结合的评价体系，改革人事机制和管理理念，实施制度化与人性化并举的管理模式，在高速发展的社会现实中具有一定的必要性、紧迫性和现实性。

立人教师很早就听过游惠松的多场报告和讲座。由于早年的苦读岁月和后来从未停辍的读书习惯，使他具有渊博的学识和精深的见解，所以这样的讲座自然具有慑服人心的魅力。新入职的年轻教师兴奋地说，早就听说董事长研究古文典籍，吟诗作赋，具有极为厚重的国学底子。万万没有想到，董事长还富有推理论证和运算求解的数学天赋！边上的老教师说，游惠松青年时期就是数学名师，后来成教研员，还是漳州中考升学数学试卷命题组负责人。

培训结束后，游惠松听到这种议论后微笑了一下，没有说什么。不过，"数学天赋"这个词语让他想起了自己的小学数学老师——最早说他有"数学天赋"的是他的小学数学老师。

小学五年级的时候，数学老师教学生学习四则混合运算，孩子们都在草稿本上推绎演算时，游惠松总是第一个报出算式答案。课本上有些较难的应用题，老师自己演算都觉得很费劲，而游惠松却能轻松解答。那时候他特别喜欢做数学练习题，课文后面有的练习题及综合复习题，老师还未布置孩子们完成，游惠松就找个本子把它们逐一做了出来。有些习题是后面单元的教学内容，老师还未及在课堂上讲授，游惠松也能解答出来。这让数学老师十分诧异，他对别的老师说，自己教了一辈子书，第一次碰到不用教自己就会做题的学生。那时候，游惠松已经显示出极为卓异的数学天赋。

游惠松在家乡南靖县和溪中学上高中的时候，还发生过一件奇事。

那时候，他因喜爱书法且喜欢阅读文学作品，上高中时就主动要求分到了文科班。第一学期结束时，全县要举办毕业年级数学竞赛。数学自然是理科班学生的强项，文科班的学生根本没有参赛的积极性。未料，乡村中学的孩子有些自卑，全校理科班中只有很少的几个学生报名，连县上要求报送选手的规定数量都没有达到。数学老师经过多轮鼓励发动，最后报名参赛的选手数量离县教育局的要求还差一人。无奈之际，校长决定从文科班选一名数学好的学生参赛，这样，文科班的游惠松被迫参加了此次数学竞赛。

一周后，竞赛成绩出来了，和溪中学的领导和老师们傻眼了。他们学校参赛的选手中，只有一位学生获奖，竟是文科班的游惠松。当时试卷满分 120 分，参加比赛的理科班的学生中最高得分是 47 分，而文科班的游惠松却得了 78 分，并以此成绩获全县三等奖。

这一结果，轰动了全校师生，多年来成为和溪镇人津津乐道的传奇故事。

第二学期开学时，原班主任却不给游惠松报名。他对游惠松说，你有数学天赋，读文科班有些浪费，学校决定让你去读理科班。当时，理科班任教数学的老师是毕业于华东师范大学的柳龙泉，据说是从南靖一中发配到乡村里教书的老师。他是学校的数学权威，现在称为学科带头人，对学生极为严苛。数学竞赛时理科班同学"全军覆没"，文科班的游惠松未因获奖，使学校未因竞赛"剃光头"而大失颜面。柳龙泉暗自庆幸之后找到校长说，游惠松同学显然是理科人才，怎能让他读文科？于是，毅然要求将游惠松从文科班调到他所带的理科班中。

一场县上举办的数学竞赛，让游惠松从一名文科生变成了理科生。

最后一个上学的孩子

其实，具有"数学天赋"的游惠松的求学经历却颇不顺畅。小时候因为家里穷上不起小学，成为村里同龄孩子中上小学最迟的一个学生。上了中学后，又差点儿两次辍学在家。

游惠松的家乡在福建南靖县和溪镇永富社迎新村。永富社原属华安县，中华人民共和国成立后重新划分行政区域时，将之划归南靖县。和溪镇位于南靖县西北部，正好坐落在华安、南靖、漳平三地交接处。此地紧邻博平岭的主峰苦笋林尖，海拔1600多米，山势嵯峨，沿东北至西南走向逶迤而去，被称为闽西和闽南的分界线，也是九龙江西溪和北溪的分水岭。

迎新村是博平岭下位于西溪上游的一个普通小山村，村子被连亘的山林包围，只有一条盘山小道通向村外20里外的和溪镇。和溪镇自古繁华，素有"日出商贾云集，日落千人不散"之称。但在村人眼里，繁华的和溪镇离他们十分遥远。因为交通不便，村人去一次和溪镇需要走很远的山路，得花费两个多小时才能到达。所以，生活在这里的人们很少走出大山。村人大多为游姓人氏，自言为北宋著名理学家游酢的后裔。游酢是闽北武夷山下建州人，曾携杨时创建了"程门立雪"的故事，是"载道南归"并开启闽学先河的一代宗师。后来，游酢后代迁徙南靖并不断繁衍生息，最终形成游氏村落。为了纪念游酢等八代先祖，在"文化大革命"之前，村里还保留着古老的"游氏祠堂"。

1960年6月17日，祠堂边上的游家媳妇又生了个大胖小子。这媳妇名叫英兰，村民亲切地称为"英兰婆"。英兰婆在分娩前的晚上，梦见院中长出一棵小松树，父亲遂依游氏族谱上的"惠"字辈排行，给新生的婴儿取名为"惠松"。

不过，那时候村子里的松树极多，村后的山上有一大片一大片的松林。有一条小河名叫斗米溪，一年四季翻腾着轻波细浪从松林边欢腾而过，两岸青竹葳蕤，杂木丛生。松林里长有红菇、菌子，还有木耳和山参。松鼠在树上跳来跳去，草丛间时有野兔出没。

游惠松三四岁时就常跟着哥哥和姐姐跑到松林里玩耍。那些松树品种很是奇特，树干极高，高至30多米后才会开叉，树冠很大，树叶浓密。微风吹来，树干不动，树枝却开始摇晃，发出簌簌的声响。上了中学后，游惠松在课文《周总理，你在哪里》中读到"松涛阵阵"一词时，就想起了村东后山坡上的那一片松林。

这一片松林是少年游惠松及其小伙伴们的乐园，在他的童年时代留下了深刻的印迹。

游惠松的父亲常年在外做手艺活，母亲带着他们过着清贫的生活。5岁的时候，游惠松就在哥哥和姐姐的带领下去松林里采蘑菇。那时候，母亲会架上一口大锅，盛入半锅清水，直到生火烧水时，才呼唤孩子们去松林里采摘野菜和拾捡菌菇。孩子们在玩闹嬉戏中提着满篮的蘑菇和野菜回来了，锅里的水也刚好烧开。母亲把洗净的蘑菇和野菜投入锅内，加入挖来的竹笋，放点盐，搁点葱花，一锅香气四溢的野菜菌汤就做好了。大人和孩子一人一碗，就着腌菜和萝卜干吃得极为香甜。

游惠松的童年就是在博平岭下的这个小村里度过的，村后的那片松林便是他的童年世界。那时候，他和小伙伴们在松林里尽情地撒欢儿、唱歌儿、抓松鼠、捉迷藏，全部的身心无拘无束地放逐在林海草甸之间。有一次，游惠松和小伙伴们在村里路边找到一块平整的草地，挖出一个直径约10厘米的土坑。然后，在大约5米远的地方，小伙伴们手拿一叠小瓦片站在画出界线上，依次将瓦片向土坑里投掷。最后通过各自投进坑中的瓦片数量多少确定输赢，输赢的筹码是几根红头白棒的火柴棍。正玩得不亦乐乎时，游惠松的父亲恰巧路过，立马瞪着眼把他叫到一边，然后用手指关节在他的头上狠狠地敲打了几下，责骂他不学好。原来，在父亲眼里，即便筹码是几根微不足道的小火柴，也算是赌博行为。小伙伴们看到游惠松挨了几个"暴栗子"，都吓得一哄而散。父亲虽然是老实规矩的农民，但教育起孩子来十分严厉。从此，他和小伙伴们再也不敢玩这种带筹码的游戏了。

趁大人们不注意的时候，游惠松常常攀爬到高高的松枝上，目光顺着蜿蜒的山路望去，直望到小路尽头的蓝天白云。他幻想着山那边的另一重世界，心里充满了好奇之念。

偏僻的山村，清贫的生活，有时候母亲会因生计艰难而发出无奈的叹息，游惠松也会随着母亲的叹息而忧郁一会儿。但那只是暂时的，只要带着弟弟和妹妹来到山间采蘑菇，他的世界就一下丰富多彩起来。沿着清澈的溪流一路走去，清纯的山风和着翠鸟的鸣声萦绕耳畔，一种天籁般的快乐缭绕在千岩万壑之间。山村孩子的心灵似山一样坚韧，水一般纯净。多少年过去了，那清澈的溪流，清纯的山风，蜿蜒的小路，加上大片生长的马兰花、龙头草、野蘑菇，以及飘飞其间的花蝴蝶就一直生动鲜活在游惠松的记忆里。

这种无忧无虑的快乐一直延伸到他七岁前的童趣时光里。

七岁的那一年，幼小的游惠松忽然变得不快乐了。原来，同龄的孩子都背着小书包到小学校里读书了，只他一人仍和比他年龄小的伢崽们留在村里。听大人说，那所小学校是红军在南靖红色革命根据地创办的苏维埃小学。游惠松和小伙伴们在学校周边的林地里拾捡松果和榛子时，常有唱歌一般的念书声从松林围裹的院墙里传出来，煞是好听。现在看到别家小孩都去上学了，而自己仍在校外晃荡，他便怯怯地对母亲说，自己也要去上学。

母亲安慰他说，这一阵子太忙了，等闲一些的时候就送他去上学。游惠松没有发现，母亲安慰他之后，又背过身子抹去了眼角的泪水。后来，游惠松才知道，那时候家里实在是太穷了。虽然上小学不收学费，但也要交几角钱的书本费。可是，对于穷苦人家而言，即使那一点儿书本费也难以筹集，所以游惠松的二姐一直没有去上学。那时候，父亲被派到县里的水库工地上"会战"劳动，只留母亲一人在家偷偷抹眼泪。乡村里也正在开展"史无前例"的"文化大革命"运动，在革命风暴的席卷下，大人们常到邻村去开批判大会、跳"忠"字舞、学唱语录歌，果然很忙。一忙，母亲就把游惠松上学的事也忘了。

一年后，比游惠松小一岁的孩子们又背着书包到小学校里上学。眼看着已八岁的游惠松仍和四五岁的小孩子们在松林里闲逛，母亲不由得焦急伤心起来，她发了狠心向亲戚们去借钱。等到凑齐那几角钱的书本费后，学校都已经开学一周了。

终于能够上学了，八岁的游惠松自然很高兴。去学校的那天，母亲依乡俗带他在灶台前磕了头，权当拜了祖宗。这一切，让幼年的游惠松感觉到一种不同寻常的仪式感，因此非常珍惜读书机会。

游惠松虽然是村子里同龄孩子中最后一个上学的学生，但他在学校的表现却博得了全校老师的夸奖。

无书可读的小学时光

游惠松背着小书包傻愣愣地来到一年级教室，一看，自己都有点儿难为情。他比别的孩子大一岁，个头也比他们高出很多。又因为比其他孩子迟来了一周，只好规矩老实地坐在教室最后面，听别的小伙伴们大声朗读课文，心里很是喜欢。

短暂的喜欢过后，游惠松就感到了难堪。数学老师是本家一位堂叔，也姓游。他是农村里的民办教师，教新生认识数字都已经教到"7"了。游惠松迟来了一周，"7"前面的数字除"1"外一个都不会认也不会写，他急得简直要哭出声来了。好在游老师性格温和，发现后耐心安慰游惠松不要着急。在其他孩子自习时，游老师将游惠松叫到宿舍里单独为他补课。游老师竟发现游惠松异乎寻常地聪颖，补课仅用了一天时间，他就能一气儿从"1"写到"7"。从那时起，游老师总觉得游惠松比其他孩子聪明许多。到四年级学习四则混合运算的时候，换了林瑞仪老师教数学。几星期后，林老师感叹游惠松具有一定的"数学天赋"。

那时候，直到四年级下学期才开始学习拼音，老师多是本地人，普通话读得不标准。比如"这个学生"，老师自己也读成"介个学生"。不过，在纯朴老实的乡村孩子眼里，老师读成什么都认为是正确的，以至于游惠松那一代学生直到高中毕业仍是一口浓重的闽南话。当然，上大学后努力纠正读音才勉强会说普通话，这是后话。

游惠松学习非常勤奋，喜欢写字，作业本上的字迹十分工整。在回家帮母亲捡蘑菇、挖野菜、喂鹅鸭的间隙里，就拿出课本来大声朗读，所有课文皆能熟读成诵。这样一来，游惠松的语文成绩也在班上崭露头角。四年级的学生开始写作文了，可游惠松却总是不得要领，不知道怎么才能写出一篇作文来。

升到五年级后，语文老师名叫刘振声，是一位很有耐心的老师。一次作文题目是《记一次有意义的劳动》，游惠松拿着笔费劲地吭哧了半天，干巴巴地写了一段文字，就算交了作业。刘老师发现后，把游惠松叫到宿舍里。为了教他掌握作文的基本要领，刘老师干脆自己口述语句，让游惠松拿笔记录。这样一段段教下来，游惠松茅塞顿开，知道了如何遣词造句，如何布局谋篇。到小学毕业时，他写出的作文句子通顺，中心分明，够得上小学生作文中的上乘之作。他心里对刘振声老师充满了感激，直到上了大学，他还把刘振声老师视为自己写作方面的启蒙老师。

刘振声还把自己收藏的一本童话书借给游惠松阅读，游惠松由此进入了一个奇妙的世界，也开始喜欢读书。可是，刘老师的那本书早就读完了，在哪里还能找到可读的书呢？那个时候，游惠松唯一的苦恼便是无书可读。

当时，在老校长的倡导下，学校活动室里建有一个"图书角"，里面有一些老师们捐送和新购买的图书。因为有了珍贵的"图书角"，校长亲自掌管了学校活动室的钥匙。游惠松眼馋极了，常常小心地跑到老校长那儿，央求校长借一本书给他看。可那老校长格外谨慎，说这书只供老师们阅读，学生借去会弄丢，坚决不借给游惠松。

那时候正处在"文化大革命"白热化时期，校园里不时掀起"大批判"的风暴，老校长最早受到了批判和摧残。

游惠松清楚地记得，有一年正月初一，村民都在安逸地过年，老校长却战战兢兢地离开屋子，从和溪镇步行至迎新村，接受革命群众对他的"节日"批斗。春节过后，活动室"图书角"中的书籍都被抱到院子里，一把火点着全部烧了。喜爱读书的游惠松看在眼里，痛在心上。后来，看到革命群众撤退了，游惠松赶紧拿一根长竹竿子，在焚烧之后的灰烬里小心翼翼地扒拉了半天，终于捡回一本还未焚尽的黑纸白字的字帖，书者竟然是唐朝大书法家颜真卿。还有一本封面烧没了的《天文常识》小册子。回家后，他认真阅读，从此知道了宇宙、银河系、恒星、地球等概念。少年时的游惠松觉得世界的构成竟然如此神奇，由此萌生了终生探求科学知识及未知领域的强烈念头。同时，他认真摹写毛笔字，一年后，竟能写得一手好字。

在"大批判"的口号声里，在学工学农的热闹和纷乱中，游惠松终于小学毕业。那时候的小学是五年制，学生都是春季开始新学期。游惠松小学毕业的那一年是1974年，正赶上福建省进行教育改革，各年级的学生都要改成从秋季开启新学期。于是，这一年的学生都在原年级多学习了半学期。夏天到了，游惠松面临小学毕业。

毕业是一件令人高兴的事，可游惠松的脸上一直笼着一层浓郁的悲戚之色。人们不知道，两年前冬天，他的父亲患病逝世，家里已无主劳力，家境尤其贫穷。

在游惠松幼年印象里，父亲虽是老实巴交的农民，却会做一手很好的木匠活。农闲时分，游惠松观看父亲为村人制作木犁。父亲将安装铁制铧尖的部分称为"耕板"，将"耕板"和牲口拉绳连接的部分称为"拉杆"。他一边满头大汗地干活，一边对游惠松说，"拉杆"安装在"耕板"上，需要一个角度，牲口最省力的角度是"三分角"。靠近铧尖的那个拐角就是"三分角"，靠近犁把的拐角是两个"三分角"。上了初中后，游惠松才知道，所谓"三分角"，就是一个 60 度的锐角，两个"三分角"就是一个 120 度的钝角。游惠松怎么也想不出来，那时候没有三角尺之类的工具，父亲是怎么做出这个"三分角"的。他常常叹服，父亲具有心灵手巧的匠人禀赋。后来，他也爱干油漆等手艺活，估计与父亲的遗传基因有关。

那时候，父亲总是早出晚归，忙碌劳作在村里的农田里。有一天，游惠松看见父亲从农田地里回来，脸色铁青，手捂着腹部，额头冒出豆粒大的汗珠。母亲赶紧扶着父亲坐在炕头，倒一碗开水端了过去。游惠松悄悄问母亲，才知道父亲有肾病，因为家里缺钱无法医治。冬天的时候，父亲带病外出"建水车"，辞世于工地。

这一年，游惠松 12 岁。父亲逝世的时候，他的大姐 22 岁（自小随外祖父母）；大哥 20 岁，有顽疾在身；二姐 15 岁。底下两个弟弟，一个 9 岁，一个 7 岁，还有一个妹妹才 4 岁。母亲忍痛担起七口之家的生活重担。但她自己也有血崩的毛病，身体非常虚弱，几乎不能干农活。家里的生活原本过得很艰难，父亲逝世后，一家人的生活更是雪上加霜。

为了贴补家用，14 岁的游惠松小学毕业后决定不再读书，留在家里开始参加生产劳动。

"为革命而读书"

游惠松后来还是上了中学，这一切得益于小学老师林瑞仪。

林瑞仪是邻村林坂村人，他的儿子林子川和游惠松是同学。一天，他听林子川说游惠松不再读书了，觉得这个有"数学天赋"的孩子不读书真是可惜了。于是，林老师特意来到游惠松家里，劝导游惠松的母亲送游惠松继续上学。也难为了林瑞仪，为了劝学成功他特别动了一番心思。偏僻的小村里人们普遍迷信，有些妇女更是深信不疑。林老师对游母说，自己会阴阳推算术。他特意向游惠松的母亲问了兄妹几个的生辰八字，煞有介事地掐算一番。然后对游母说，目下你家虽然贫穷，但未来十年必定改换门庭。这些孩子中，游惠松"命理"中呈现出富贵格局，所以无论如何要让游惠松读书，日后定有出头之日。林瑞仪甚至说，哪怕没能力送所有孩子读书，也一定要送游惠松去读书。林瑞仪的一番推算演说让游惠松的母亲深信不疑，决定全家节衣缩食供游惠松继续上学。

于是，家里的兄弟姐妹都早早辍学在家参加生产队的劳动，唯有游惠松离开家乡，到和溪中学读书。这样的情形让游惠松始终深怀愧疚和感激，多年后提起旧事仍眼圈儿有些发红。所以，参加工作后游惠松事母极孝，工作之余还要打零工挣钱，尽微薄之力扶助兄弟姐妹。在他的思想里，觉得母亲及兄弟姐妹对自己的支持和关爱，是此生难以报答的恩情。

1974 年 8 月，14 岁的游惠松离开村子到和溪中学读书。学校离永富社迎新村足有 10 公里山路，离家太远，需要住宿。为了节省费用，游惠松每学期都用板车推着捡来的柴火交到学校充当柴火费，自带萝卜咸菜、芋头、番薯干等作为干粮。住校要自带行李，但家里太穷没有多余的被褥，这让游惠松的母亲十分为难。林瑞仪老师提议让游惠松和他的儿子林子川挤在一张床铺上，不用另带被褥。其实，林坂村离和溪中学不到 1 公里，林子川来回走读，根本不需要住宿。林瑞仪提议两个人住一张铺，其实就是在不伤游惠松自尊心的前提下，为他准备了被褥。游惠松当然明白林老师的良苦用心，心内暗暗感激。

那时候，少年游惠松显示出一种超乎同龄人的成熟与深刻。

初一上学期，语文李老师问班上同学们为什么要读书。大家面面相觑，哑口无言。游惠松却站了起来，大声说道："为革命而读书！"老师和全班孩子听后都笑出声来，笑得游惠松脸都红了，赶紧坐了下来。他在心里暗暗嘀咕：我就是为改变自己命运而读书的，有什么好笑的？

初中学习虽然辛苦也有乐趣，那时候游惠松喜欢写毛笔字和学图画。初一时全校举行了学生书法比赛，游惠松获得第一名，成为学校里的"小名人"。校园里有一幅长约 20 米的宣传栏版面，就是游惠松带同学设计完成的。他们设计的版面图文并茂，内容生动丰富，赢得师生夸奖。校长看了这幅宣传栏，连声夸赞游惠松很有才华。

和溪中学是一所完全中学，设有初中和高中教学班。两年后，游惠松初中毕业后自动升入高中。没有想到，这时又出现了一个很大的波折，让游惠松险些上不了高中。

当时，上高中学校需要报经村革委会"政审"同意。新学年开学后其他学生都到校了，唯独游惠松没来报名。班主任名叫郑欣贤，是物理老师。他拿着新生花名册点名时，发现游惠松没来上学，就翻山越岭到迎新村了解情况。

原来，游惠松拿着报名表到村革委会"政审"，村支书认为他家的家庭成分是中农，不是贫农子弟，不能读高中。于是不同意在报名表上盖公章，故此游惠松无法到学校报到。郑老师当即找到村支书，很硬气地说："游惠松成绩好，初中时每年都当班长、团支书。如果这么优秀的孩子村里不让上高中，那整个迎新村的孩子都不要读高中了！"游惠松的一个长辈也去质问村支书，他们家的成分是中农，并不是富农，更不是地主，为何不让游惠松上学？村支书眼看事情闹大了不好收场，最终同意在报名表上盖了公章。之后游惠松才得以顺利升入高中。

游惠松报到后，同学们就选他当了班长兼班级的团支部书记。他学业成绩十分优秀，期中考试考了年段第一，且综合成绩遥遥领先，比考了第二名的那位同学成绩高出近百分。高一下学期文理分班，游惠松选读文科。但就在高二上学期的冬天，因参加南靖县高二学生数学竞赛，成为学校唯一获得全县竞赛奖的得主，创建了文科班学生获奖而理科班同学"全军覆没"的校园传奇。

到了高二下学期，在数学老师柳龙泉的斡旋运作下，游惠松就从文科班转到了理科班。

到了理科班，他才发现柳龙泉老师的这一决定并不高明。游惠松在理科班立即要面对另一种苦恼：他的数学成绩虽然领先其他同学，可一学期没有学习物理、化学等课程，需要抽空找任课老师恶补这些科目。好在他天性聪慧，一月后就全部跟上了各科教学进度，在班上综合成绩又名列前茅了。这一年是1977年，"文化大革命"十年动乱宣告结束。从北京传来恢复高考的消息，570万知识青年放下锄头、扳手和铁锹，奔向关闭了10年之久的高考考场。《人民日报》登载了数学家陈景润研究函数理论获得重要成果的事迹，柳龙泉老师当着全班同学的面，鼓励游惠松要成为陈景润这样的数学家。这说得游惠松既有些羞愧，又有些激动和感动。

那时候的高中是两年学制，升入高二的游惠松暗下决心，一定要在下一年考上大学。游惠松开始拼命学习。寒假时为了不让家人打扰，就在堂屋后面竹栅边上的小柴房里支上桌子，待在里面独自复习。春节到了，孩子们玩闹嬉戏过大年，游惠松在喜庆的鞭炮声里掩上柴门，无时无刻不在背书和做题。虽是春节，天还很冷，料峭的寒风吹过松林发出阵阵尖啸声，但游惠松的身心完全沉浸到繁难试题的解答思考中，似乎窗外的寒冷和他没有丝毫关系。母亲给他端了开水过来，他喝了几口之后，竟叮嘱母亲再不要过来打扰他。母亲又气又心疼，过了一会儿，还是轻声推门走了进来，拿一件长褂衫披在游惠松的身上。

季节不经意间到了夏天，和溪中学的学子迎来了他们一生中极为重要的高考时光。

那年的考场设在邻镇金山镇中学，游惠松提前一天来到金山镇的一个亲戚家住了下来。临考前还去看了考场，他在心里暗自发誓，一定不能辜负母亲及家人的期望，一定要考上大学，跳出"农门"，改变自身的贫穷命运。

十八岁的初中数学老师

1978 年 8 月，游惠松度过了高考结束后生命中最漫长的一段时光。

高考成绩终于揭晓，悲哀的是，游惠松在此次高考中落榜了。

这一年高考总分 540 分，游惠松的成绩是 336 分，竟然是和溪中学考生中的最高分。分数出来，柳龙泉老师说这成绩应该不错，肯定能考上大学。哪怕和溪中学只有一名学生考中，这名学生应该就是游惠松。

结果，录取分数线一公布，这一年的和溪中学没有一名学生上榜。拿柳龙泉老师的话来说，这届高考和溪中学又被"剃了光头"。他们根本不知道，这一届高考全国参加考试的考生数量是 610 多万人，而录取名额只有 40 多万人。"万人过独木桥"的说法都不能形容如此激烈的竞争程度，所以像和溪这样的乡村学校没有一名考生上榜的情形，在福建全省来说就太多了。

落榜后的游惠松感觉自己的世界又坠入无边无际的黑暗中，不过那种失落和痛苦很快就消失了。母亲说，村里人祖辈都在耕田劳作，能考中状元就可改变命运，不能考中也只能认命。游惠松想想也是，于是拿起农具到生产队干活挣工分。"双抢"农活是十分辛苦的，早出晚归，可谓披星戴月。这一过程，让游惠松完整收获了农耕生活的真切体验。

八月过后，学生们背着书包返校读书了，游惠松的心情又暗淡起来了。读书考大学的念头如同荒原上春风吹绿的野草，又在他僵木的头脑里顽强地长了出来。和溪中学办了高考补习班，许多同学又返校补习了，游惠松因交不起学费，未能到和溪中学参加补习班学习。

没有想到，过了几天，游惠松到了另一所学校。不过，他去学校不是去补习，而是当了月星村学校里的数学代课老师。

迎新村和月星村之间隔着一道山岭，先要沿着曲折的山路走出迎新村，才能进入另一个山沟深处的月星村。从家里到学校，攀山越岭仅单程就要走两个多小时。游惠松当了代课老师后，只能一个星期回家一次。

那一年是国家恢复高考的第二年，人们开始重视教育，乡村里上中学的孩子陡然增加了许多。和溪中学的初中班盛不下这么多的孩子，就在月星村学校新设了两个初中教学班，授课老师就从学校里挑了几个来担任。那些老师多是"文化大革命"时期的民办教师，其他功课还能勉强胜任，唯独数学课谁都不愿意接受。正在校长为难之际，有人提起了和溪中学两年前获全县数学竞赛奖的传奇人物游惠松。他高考落榜后在生产队里劳动，让这个有"数学天赋"的年轻人来代数学课是最合适不过的事。校长闻之大喜，赶紧来找游惠松。

游惠松一听十分高兴，当代课老师比在生产队劳动更有充足的时间自学复习，何况还有每个月 28 元的代课费。那时候的 28 元可算一笔可观的收入，母亲听了也十分高兴。

18 岁的游惠松就成了月星村学校的数学老师。校长发现，这个年轻的数学老师脸上虽带着"学生娃"的稚气，讲课却思路清晰，重点突出。平素独来独往，似和别人不大合群。其他老师发现，游惠松进教室时带着两个大本子。一个本子上是给学生讲授的教案，另一个本子上是高考的复习纲要。每当学生们听讲后埋头做练习题时，游惠松也翻开大本子，埋头做那些高考习题。

春节期间，游惠松内心十分焦虑，迎考与继续代课间难以选择，慈祥的母亲看在眼里，痛在心里。元宵日母亲下了决心，支持儿子继续求学。次日，游惠松带了一点干粮，背着简单的行李，来到和溪中学要求参加高考补习。

可是，当天晚上，游惠松又背着行李回到了村里。可能是走远路的原因，他的身体极为疲惫，神情非常委顿。母亲和弟妹们都很吃惊，赶紧问他怎么回来了？他从水缸里拿起水瓢往喉咙里灌了一阵凉水，说了一声"校长不要我"，然后黑着脸回到了竹栅那儿的小柴房里。

原来，校长是游惠松上高一时新任的。高一下学期结束前夕，新校长安排游惠松以深入揭批"四人帮"为主题出一期宣传板报。临出板报时语文老师建议以"科学的春天"为主题设计板报。这样的建议很对游惠松的胃口，于是他带领几个同学设计绘制了科技发展给伟大祖国带来欣欣向荣的宣传板报。绘制完成后，师生都夸奖这期板报内容新颖而富有时代特点。没有想到，校长认为游惠松仗着自己成绩好而骄傲自满，连他的话也不听。就因这一个小小的过节，校长对游惠松心存芥蒂。

当游惠松背着行李风尘仆仆地来到学校，提出要进入补习班学习时，校长就一口回绝，理由是补习生的报名数额已满了。游惠松请了郑欣贤和柳龙泉老师来说情，校长还是不允。游惠松二话不说，背着行李昂着脑袋走出了校门。返家的路上一边暗自咒骂不讲理的校长，一边打定了在家自学参加高考的念头。

次日，家在镇上的表姐来走亲戚，建议游惠松到她家自学，便于到学校请教学科老师，而且还说"全家人都会欢迎你"。于是，游惠松到姑妈家开始了居家自学的生活。姑妈一家人都很好，给予他体贴入微的关怀。

同学情义深

初夏里的一天，姑妈推开游惠松独自复习的小房，说有人来找他。游惠松走出房门，发现院落里站着一位皮肤黝黑的高个儿青年。定睛一看，不禁呼出声来："福枝！你怎么来了？"

来人正是游惠松同村同学游福枝。迎新村和游惠松同年级读书的同学有好几位，但相互对胃口合得来的也只有游福枝一人。许多小伙伴小学毕业后就回乡务农了，也只有游惠松和游福枝一同升入中学，因而结下了真挚深厚的感情。游惠松高考失利后，他和游福枝同在生产队的果园劳动。后来游惠松到月星村当了数学代课老师，游福枝在生产队劳动之余跟着叔公开始学习油漆工艺。他对游惠松说，油漆工是一项技术活，民间会这手艺的人不多。这门手艺体力消耗不大，却容易挣一点小钱来养家糊口。他希望游惠松有空闲的话也随他去干油漆活，游惠松当时一门心思还想再次参加高考，无暇跟他学习油漆手艺。

游惠松住在镇上姑妈家自学复习，很少回迎新村。时间一长，见不到游惠松的游福枝很是挂念他。这个阶段，他随着叔公在镇上一个人家做活，就找到游惠松的姑妈家来看望他。

游福枝穿着一件浅蓝的旧工作服，身上带着油漆工特有的气味儿，提着一包白糖和一包糕点，在阳光下露着白牙齿笑得很灿烂。童年的玩伴和同学来看自己，游惠松非常高兴。游福枝将白糖和糕点放在桌上，还拿出一元钱交给游惠松。他说紧张学习也需要体力，希望游惠松平时要喝些糖茶，吃些糕点加强营养。游惠松极力拒绝，说糖和糕点可以放下，但钱绝对不要放。游福枝说，最近油漆活多，他也攒了一点儿钱，以后还会给游惠松送零用钱过来。游福枝诚恳的眼神和淳朴的话语，让游惠松极为感动。

两人在小房里各自叙谈别后生活及学习情形，话语之际提起了他们共同的好朋友刘春木。

刘春木是相邻英勇村的一位小伙伴，游惠松和游福枝升入镇上中学后，他们为同班同学。刘春木比游惠松年长一岁，两人学习成绩不相上下，性格及爱好也极相同。说起来很有意思，刚升入初一年级的那年秋天，和溪中学举办初中学生书法比赛，全校第一名是游惠松，第二名则是刘春木。刘春木除毛笔字写得好外，还会篆刻手艺。课余时节，他为游惠松、游福枝等要好的同学各刻了一方果木印章，大家都非常喜欢。后来，刘春木将一柄小刻刀送给游惠松，让游惠松也学习篆刻手艺。半学期过去了，游惠松也能刻出一方颇有艺术性的印章。刘春木夸奖游惠松篆刻手艺很好，是无师自通的"篆刻大师"。那时候，和溪中学每逢布置校园宣传专栏，挥笔书写绘画的就是游惠松和刘春木。游福枝也跟在二人身边，协助他俩做一些洗画笔、描花边的工作，三个人配合极为默契。周末放假回家的时候，三个人一直结伴而行。

未料，升到高一那一年，刘春木却辍学回家了。原因是他得了重病，经诊断为血液系统之白细胞病。数月后，年仅 19 岁的刘春木不幸离世了。得知噩耗的游惠松和游福枝翻山越岭去看望时，已是刘春木入土安葬后的十多天了。见到游惠松和游福枝，刘春木的母亲又想起了儿子，不禁放声大哭。游惠松和游福枝也陪着抹了半天眼泪，非常难过。

刘母告诉游惠松，刘春木患病后出现了精神恍惚症状。有一天，他神志略为清醒一些，突然说道："阿母，家里那块新布不要给我做裤子，还有那只兔子也要好好喂养。我要认游惠松的妈妈为干妈，我要认他是我的干兄弟。等我病好了，你就带我去他家结干亲。这匹新布和兔子，就拿给游惠松家当作结亲的礼物。"听了这些话，游惠松再次哭了起来。一边哭着，一边叫着刘春木的母亲为干妈。游惠松对刘母说："刘春木虽然逝世了，但我还要认你为我的干妈。干妈，你放心，我会像刘春木那样孝敬你。"刘春木的母亲似乎得到了很大安慰，登时止住了哭声。反过来安慰游惠松和游福枝，不要太伤心，要集中心思好好学习。

回家后，游惠松对母亲说了刘春木的事。母亲也抹起了眼泪，当场答应和刘家结干亲。有一天周末，游惠松和游福枝从村里返回和溪中学。两人走到石坎岭附近时，发现刘春木的母亲带着布料和兔子坐在路边遮阳亭里。原来，她正要去游惠松家和游母商议结干亲。走到这里感觉有些累，就想休息一会儿再走。没有想到，恰巧遇到上学的二人。游惠松让游福枝一个人去学校，并叮嘱他到班主任那里给自己请个假，他陪着刘母一起返回家中。游母热情接待了刘母，自此两家正式结为干亲。

后来，游惠松到月星村当代课老师时，家里实在没有多余的被褥，刘母知道后，将刘春木生前用过的被褥送了过来。此后，刘春木的母亲处处关心干儿子游惠松，给予他母亲般的关照和呵护。

游福枝安慰游惠松说，要是刘春木还健在的话，他也会陪你一起复习，共同参加高考的。游惠松点头说，如果没有考上，就跟你一块儿去做油漆活，日子肯定很快乐。数年后，游惠松为了贴补家用还是跟随游福枝学会了油漆手艺。游惠松考上大学后，迎新村小学里缺少老师，游福枝竟然当了村里的民办教师。每逢游惠松回家，游福枝总来看望他，并从民办教师的工资里省出一份，交给游惠松当生活费。寒暑假的时候，游福枝背上工具，带着游惠松去乡间做油漆活，挣钱贴补家用。

那天，游福枝离开后，游惠松就暗自下了决心：为了母亲，为了干妈，为了许多关心自己的亲人朋友，一定要考上大学！多年之后，游惠松在一篇文章里写道："在我最艰难的日子里，亲人和朋友给予了我太多的恩惠。许多在现在看来是很微薄的支助，但在当时却是巨大的物质关怀和精神鼓励。那是暗夜里的明灯，沙漠里的清泉，给予我生命的希望和力量。古人云，'滴水之恩，当涌泉相报'。我一定要尽我最大的努力，回报所有关怀我、爱怜我、鼓励我的亲人和朋友。"

贫苦的岁月里，因为纯真的同学情义，使身处偏僻山乡的游惠松有了许多对中学时代的美好回忆。

第二次考试

初夏时节，游惠松极为忙碌地复习功课，日子过得晨昏颠倒。有一天传来消息，母亲劳动时忽然晕倒，送到和溪镇卫生院住院了。游惠松赶紧赶到医院照料母亲，村里人都说，游惠松虽然脾气耿直，却是一个大孝子。一月后母亲渐渐痊愈，但外公却又卧病在床了。游惠松自幼得到外公的疼爱，现在老人家病了，就放下复习的功课，回村里看望生病的外公。外公看到游惠松来了，让人扶他坐了起来。老人家抓着游惠松的手关切地问："今年能考上大学吗？"游惠松点头说："今年可能会考上吧。"外公又问："离家最近的大学在什么地方？"当游惠松回答在漳州时，老人家欣慰地说，那就考漳州的这所大学吧，离家近，可以常回来看我。游惠松权当安慰老人，就点头答应了。

没有想到，临考前的那几天，外公在家溘然而逝，游惠松十分悲痛。家人在忙碌中为外公发丧后，游惠松到县城参加高考。当家人依乡俗为外公举办"头七"仪式的那一天，游惠松背着简单的行李来到南靖一中，参加了自己生命中至为重要的"第二次考试"。

高考前两天，郑欣贤老师来到游惠松家，鼓励他克服家庭困难，争取考出好成绩。郑老师拿出两块钱交给游惠松，让他乘班车去县城参加考试。当时，从和溪镇乘班车到县城需要一元六角五分钱车费。出发那天郑老师又联系了自己认识的一辆煤车师傅，让游惠松从和溪镇免费搭乘到丰田镇的一个名叫牛崎头的地方，再从牛崎头花五毛钱乘班车到县城。这样全程下来还剩下一元五角钱，正好供游惠松在县城里零花。现在看来，微不足道的两元钱真如雪中送炭一般，帮了游惠松的大忙。

多少年过去了，游惠松每每回忆起上学读书的时光，眼睛仍会湿润。他暗自感念，从小学到中学，一路走来总能逢到对自己很好的老师。他们都是自己命里的恩人或贵人。

那时候，乡下学生来到县城里考试，根本没钱住宾馆。有的住在亲戚家，有的住在车马店，没处可去的学生就将所带的行李铺开在考点学校的教室走廊里。透过窗户看到教室里干净的黑板和整洁的桌椅，游惠松心想：能在这样的学校里读书真是一件很幸福的事啊。

高考第一科语文考试，游惠松就给考"砸"了。

说起来，别人可能不信。那年月的高考作文题目极为简单，游惠松记得上一年的题目是写一篇600字左右的记叙文，题目为《一件小事》。这一年的作文却是材料作文，试卷上提供了一篇题为《第二次考试》的1800多字的文章，要求是以此文为材料写一篇600字左右的文章，题目为《陈伊玲的故事》。

现在看来，这样的材料作文其实就是缩写或改写，考查考生快速把握材料主旨，高度概括提炼的语文能力。写作时需要删除枝蔓多余的描写文字，保留下人物、地点、事件等主干内容，并尽力将"改写"后的内容写得语句通顺，主题突出。可是，那一届的考生根本没有进行过缩写或改写训练，也没有想到会考这样的作文。游惠松因为接连受到母亲生病、外公逝世事件的打击，头脑原本就有些昏沉，一看到这样的作文题目就傻眼了。他想这次高考对自己来说倒是真正的"第二次考试"，若写自己的故事或许能洋洋洒洒地写上一篇。可是，面对陈伊玲同学的"第二次考试"，他竟然不知如何下笔了。于是，作文写得乱七八糟，估计语文一科算是考砸了。

那一天，考试结束的铃声尖锐响起，游惠松和同场考生无奈交卷离开考场。出了考场的考生一片悲声，都在抱怨这次的作文太难了。游惠松一听心情好受多了，看来语文没有考好的不仅自己一人。只要后面各科考好，高考胜出还是蛮有希望的。

师专的读书岁月

1979年9月，游惠松成了漳州师专数学系的一名新生。

回顾起来，读书确实改变了他的命运。从改变个人命运而言，他上初中时说过的"为革命而读书"的誓言总算实现了。

来到被誉为"海滨邹鲁"的古都漳州，游惠松大有一种"井底之蛙"跃出井沿之感。他小学毕业后才离开村子到镇上，因高考而去了南靖县城，考上大学才来到漳州。那时候完全不知道外面世界的博大和精彩，看到楼阁高耸、街衢纵横的漳州城，心想即使厦门和上海的繁华也不过如此。

但是，游惠松眼里的漳州师专却和心目中的大学模样相去甚远。那时候也不叫漳州师专，而称"龙溪行署中学师资训练班"，后改为师范大专班。

当时，龙溪行署以师范大专班为基础创办漳州师范专科学校的工作才刚刚展开，学校还没有搬入漳州二中边上的新校址，而是设立在被称为"闽南公学"旧址的地委党校院内。学校仅有十多间破旧的教室和老师的办公楼，没有实验室和图书馆。因为国家正处在"文化大革命"结束后百废待兴之际，教育事业的蓬勃发展使各地学生班额成倍扩展而教师及授课人员极为稀缺。在龙溪地委领导眼里，这两届师范大专班的学员就是"宝贝疙瘩"。当时师范大专班开设中文、英语、政教、数学、物理、化学和体育七科，学制为两年。

游惠松入校的那一年，上一届381名学生竟然只上了一年就提前毕业了。主要原因是县区向地委教育处报告，学生上学数量陡然增多，班级数量扩大而授课教师缺乏，难以正常开学。另外，游惠松等500多名新学员考入也缺乏教室。于是，游惠松的这些学兄学姐们连师范专业课程都没有学完就分赴各县中学，仓促登上讲台，成为特殊时期漳州教育界的有生力量。

游惠松来漳州师专读书，母亲借钱为他置办了专属自己的第一套被褥，还置办了牙膏、牙刷、牙缸、香皂、毛巾、脸盆等"奢侈"的洗漱用具。游惠松感觉自己迅速跨越了蒙昧与文明的界线，在兴奋和愉快的心情里开启了大学读书生涯。

没有实验室和图书馆，理科学生不能做实验，文科学生无处查阅课程设置的参考书。虽然特殊时期的基础条件十分艰苦，但并没有阻碍游惠松那一代学生的求学步履。游惠松读大学的时节正是思想解放运动的滚滚春潮打破坚冰之时，也是国家改革开放的号角刚刚吹响之际，处在国家政治"拨乱反正"的时代氛围中，奠定了他们独立思考的群体气质，周身洋溢着报效国家的激情和理想。当时的学生大多为农村、农场和工厂子弟，他们珍惜来之不易的上大学的机会，学习非常刻苦，活动范围基本上就是教室、宿舍、食堂之间。

那时候，学校领导要求师范学生要具备"两个一"的基本能力，即"写一笔好字，说一口官话"。"写一笔好字"很好理解，而"说一口官话"就是要求学生们要会说"普通话"。此前曾述，小学四年级开始学习拼音，但老师自己说闽南话，学习效果可想而知。现在明确提出学习普通话，怎么办呢？游惠松具有战胜自己的强大动力，他决定先从汉语拼音开始学习，刻苦练习发音的清晰的声调、前后鼻韵母的区别。当时，游惠松和班上另一个名叫许日欣的同学关系较好。他和许日欣约定，互相纠正对方说话时带出的闽南方言中不正确的发音。此外，他不怕别人嘲笑，一有机会就跟着广播节目学习标准的普通话。到大学毕业时，游惠松基本上能说一口还算过得去的普通话了。至于"写一笔好字"的要求，对于游惠松来说就比较容易。他在中学时因为字写得好，是学校里出黑板报和宣传板报的领军人物。尽管如此，他在大学里除继续练习毛笔字外，还找到硬笔书法字帖，刻苦练习钢笔字。

学校请来福建师大著名的陈祥耀教授为学员开讲座。陈祥耀说，作为一名优秀教师仅熟悉学科内容是不够的，教师要"给学生一杯水，自己必须有一桶水"，所以教师要有扎实而宽厚的基础知识和专业知识，要透彻地懂得所教学科。其实，陈祥耀教授的观点代表了20世纪80年代常见的教育观点。游惠松也想，自己以后会成为中学数学教师，为了端好数学老师饭碗，在数学领域里应该更深刻地钻研一番。可是，学校没有图书馆，自己又囊中羞涩，不能拿钱去买。所以，无书可读仍然是游惠松的一大烦恼。

半年后，游惠松在假日观赏漳州街景时发现了一个让他心动的地方，那是位于中山公园内旧府署里面的漳州市图书馆。据传，图书馆的前身是民国时期创建的龙溪县国立图书馆，总藏书量近10万册。游惠松凭学生证在那里办理了借阅证，图书馆成了他星期天和闲暇时节的主要去处。

游惠松翻检图书馆的目录索引卡片，发现馆藏书籍多以综合性、普及性和地方性中文书刊为主，收录书籍注重文学艺术，科普读物及各类参考工具书。这些图书中，科普读物类书籍很少，内中牵涉数学内容的书籍几乎没有。尽管如此，游惠松也不失望。因为对数学家陈景润充满敬仰之情，他最早借阅的就是作家徐迟的报告文学集《哥德巴赫猜想》。此后，又阅读了部分外国文学作品和教育专论，如法国作家罗曼·罗兰的《名人传》和苏霍姆林斯基的《爱的教育》等。

如同从荒漠走向草原的羊羔，从浅滩游向大海的鲤鱼一样，游惠松在漳州图书馆贪婪地啃食、快乐地遨游，吸收了许多新鲜的知识。他在图书馆见到了许多此前没有见过的图书，真正的系统的读书生活也始于这个阶段。

大学快毕业的那一年，游惠松从图书馆借阅了一本商务印书馆出版的《国学入门书要目及其读法》，作者为梁启超。虽然是用古文写成的，但内容通俗易懂，语句简约而富于启迪性。梁启超在书中开列了"最低限度"的"国学"书单，包括《易经》《诗经》《左传》《老子》《墨子》《庄子》《楚辞》《文选》等25种。特别指出："以上各书，无论学矿、学工程等皆须一读，若并此未读，真不能认为中国学人矣。"

游惠松读后爱不释手，书中大段大段的言论，都被他抄录在笔记本上，如：

> 学生做课外学问是最必要的，若只求讲堂上功课及格便算完事，那么你进学校只是求文凭，并不是求学问，你的人格先已不可问了。再者，此类人一定没有"自发"的能力，不特不能成为一个学者，亦断不能成为社会上治事领袖人才。
>
> 一个人总要养成读书兴味，打算做专门学者固然要如此，打算做事业家也要如此。因为我们在工厂里、在公司里、在议院里等做完一天的工作出来之后，随时立刻可以得着愉快的伴侣，莫过于书籍，莫便于书籍……

这些言论对游惠松影响极为深刻，他认为梁启超是真正的大师。只有真正的大师才能将学问与人生趣味相结合予以论述，也只有真正的大师写出的文章才"文辞简约而含义赅备"，三言两语之间道尽人间真谛，给人以豁然开朗之感。

许多人都觉得很奇怪，大学理科毕业的游惠松怎么具有博大精深的国学文化底子？后来在吟诗作赋、研究易学方面还取得很大成就？其实，就从那个时候的阅读开始，游惠松对国学及中华传统文化典籍产生了浓厚的兴趣。也从那时起，游惠松养成了酷爱读书的习惯。

后来，游惠松托人从外地新华书店买到了《国学入门书要目及其读法》。多少年过去了，这本书成为他丰富藏书中最喜欢读的一本书。二十多年后，游惠松在立人学校全体教师参加的"校本培训"会上，动情地说道：

> 在一个人成长的关键时段，若有人能够适时指导你建立人生信仰，走出迷惘困惑，这是人生的一种幸福。我在人生的关键时段虽然没有逢到这样的人，但我有幸逢到了一本书，一本梁启超的《国学入门书要目及其读法》。梁启超说，个人总要养成读书兴味，打算做专门学者固然要如此，打算做事业家也要如此。这句话竟然影响了我的一生……

第 2 章
青春气爽，竹马青梅，常常路中荡

听着游惠松的叙述，刘碧香双眼再次湿润，有一些隐疼从心底缓缓升腾而起，感觉游惠松承受了很大的苦难，必须与他一起解决他家的贫困问题。游惠松慨叹一声："长兄如父啊！我虽然不是老游家的长子，但大哥有病，兄弟姐妹中我最强大。我一定要尽所有力量帮助家人过上好日子。"刘碧香也明白，贫穷的家境，日渐衰老的母亲和日渐长大的弟弟妹妹，一大家人的生活离了游惠松还真不行。她在心中默默感念，再不能让游惠松受苦了。她抹了一下眼睛，假装嗔怪道："早知道你家这么穷，我就不会答应跟你。"游惠松认真地说："放心，以后我会让你过上好日子的……"

"另类"教师

南靖县城西郊有一片蜿蜒起伏的岩峰构成的山岭，形如麒麟，人们形象地称之为麒麟山。山岭之间分布的亚热带雨林苍翠茂密，如一道绿色屏障逶迤环合一泓碧水，人们称为麒麟湖。这里风光秀丽，空气清新怡人。后来，政府因地制宜在此辟建了麒麟山公园。公园东端，就是著名的南靖一中。

1981年8月，游惠松捎着行李卷和一只书箱，来到南靖一中报到。

那时候，基础教育领域师资力量极为薄弱，各校普遍缺乏老师。所以，师范毕业的学生被分配去教初中，师专毕业的被分配去教高中，而本科毕业的学生则大多留在省城和市里中学，根本就分配不到县区学校。游惠松和他这一届的同学毕业分配时，有的同学要求留在漳州市区，而游惠松却提出要回到家乡工作。

他的心里总有一种难以割舍的家乡情怀。日渐衰老的母亲、带病劳动的兄长、成长中的弟妹总让他时时牵念，还有他尊敬的老师和始终关爱自己成长的亲友也让他时时感恩和想念。这一切，汇聚成牵引他回到家乡的一股难以抗拒的力量。于是，龙溪地区教育处将游惠松分配至南靖县教育局，南靖县教育局将他分配至县里的重点中学南靖一中。

开学了，南靖一中的课程安排出来了，学校安排游惠松教授初一数学课。说起来有点奇特，游惠松似乎和数学总有一种难分难解的缘分。有年秋天，游惠松在漳州图书馆遇到一位《周易》预测大师，他端详游惠松半天后，说游惠松的前世是一位得道升仙的"真人"。游惠松微笑一下，没有说话。他在心里想，如果真有前世的话，那自己的前世定是一位数学家。

游惠松发现，他第一次去给学生上课的教室，正是自己高考时打地铺睡在廊前的那间教室。联想到两年前参加高考时，他答应外公到漳州的一所大学里读书，后来自己果然被录取到漳州师专学习。游惠松有点纳闷，莫非一个人的生命成长轨迹真有一种说不清道不明的命运"定数"？

古人将二十岁刚出头的人生称为"弱冠年华"，此外还有许多诸如"风华正茂""朝气蓬勃""麟子凤雏""崭露头角"等都是用来形容这一人生时段的美好词语。游惠松和几位新教师一个个劲头十足，投入充满新奇和挑战的教学工作中。时间不久，这些新教师的能力就有了区别，游惠松成为青年教师中的佼佼者。不过，刚开始学校领导和老师们没有把游惠松看成一个佼佼者，而是把他看成一个"另类"教师。

比如，其他教师整天沉陷在备课、上课、作业、辅导、阅卷的冗繁事务中时，忙得焦头烂额，而游惠松却有一种"胜似闲庭信步"般的优雅与清闲。他备课只关注重点和难点，上课提倡"精讲多练"，即主张在最短时间内上完课程，而后留下多半时间供学生进行解题训练，让学生有充足时间动手动脑消化吸收。他给学生的作业不多，但题目选择却极有涵盖性和针对性。游惠松花费很少的时间即可完成作业批阅，从中迅速了解学生对基本概念及重点内容的掌握程度，以此调整下面课程的进度和授课侧重点。

当别的老师每天辛勤而忙乱地重复着常规的教学事务时，游惠松却在教学之余读书、练字、跑步、爬山，一副轻松自在模样，以至于有领导认为他在教学上不用功，也不上心，于是到他的课堂里去听课，看他在课堂上如何糊弄学生。结果发现，游惠松上课时语言简练而极富逻辑性，三言两语解决了课程中基本定义的诠释，迅速切合重点和难点展开所选例题的推论演算。继而出示典型练习题，让学生分组尝试解答。数分钟后学生上黑板演算，老师精当评点，师生互动，在轻松和谐的课堂氛围里完成所授课程内容。

更令听课老师们佩服的是，游惠松拿一根粉笔在黑板上快速书写，字迹遒劲有力。板书内容逐步呈现，前后衔接，条理分明，似乎成竹在胸。一节课下来，根本不用擦黑板，整体版面整洁美观。他在中学时长期出黑板报练就的很强的粉笔字书写功底，现在成了他当老师的独门利器。

分管教学的副校长是一位化学老师，也和几位老师陪领导听了游惠松的数学课。评课时认为游惠松上课由浅入深、由易到难，重点内容十分突出。拿古人的话来说，就是"举千钧若扛一羽，拥万物若携微毫"，这是一种大家气象，只有能力很强、功夫很深的老师才能做到。

作为一名数学老师，游惠松爱好书法已经引人关注。没有想到，他还是一位文学发烧友，他的案头竟然摆有几本古典和现代的文学类书籍，一有空闲就捧读不辍。学校有图书馆，前往借阅图书的人并不很多，游惠松却是图书馆的常客。图书馆老师发现，除阅读科普类书籍外，游惠松还大量阅读中外文学类书籍。特别是那些无人问津的外国作品，如《牛虻》《安娜·卡列尼娜》《悲惨世界》《茶花女》等，游惠松都借去阅读。那时候，几乎课余所有空闲时间游惠松都泡在图书馆里。到了后来，馆里可看的书都让游惠松读了一遍，竟到"无书可读"地步。再后来，每学年图书馆购进新书后，管理老师都会给游惠松带话，让他前来借阅。许多老师都纳闷，一个数学老师怎么会爱好文学，而且这么酷爱读书，真是有点不可思议。

在学生眼里，游惠松也是一个"另类"老师，身上鲜少"师道尊严"的作派。他常将自己戏称为"孩子王",身上带着一股爱玩的"孩子气",课内课外常和学生们摸爬滚打在一起。他自己喜欢爬山,课余和假日时节常带学生们外出远足爬山。学校后边的麒麟山早已爬过很多次了,他们就去攀爬县城南郊两公里外的水尖山。

水尖山古称紫荆山,山间森林密布,属国家级虎伯寮自然保护区。整个山区方圆十数里,奇岩怪石层拱错叠,形成挺拔耸峙的大小五座山峰。五峰之最高峰为大尖顶峰,海拔高达640多米。但是,从山门开始攀登需要经过约5公里的盘山路才可到达龙云寺处的中峰,而后才能沿狭窄的石梯在两峰之间盘旋而上,途经长满青苔的寒岩石壁,才能到达怪石嵯峨的大尖顶峰。峰险景奇,壑幽泉鸣,引无数游人前往登临览胜。

游惠松的学生记得,每次攀爬水尖山时,游惠松总要向他们讲述爬山安全注意事项,并教给他们户外活动遇险紧急救助方法。一次,游惠松带学生又去攀爬水尖山,恰逢山城镇中学的师生也上山游玩。那天天气炎热,山城镇中学的一名学生在半山腰的兵防寨一带突然晕倒。师生手足无措之际,游惠松赶到了,一看就知道是中暑而造成的呼吸不畅。他赶紧进行推拿施救,最终使发病学生平安脱险。

那时候,游惠松和学生时常登上大尖顶峰,远眺山脚下的山城。但见船场溪两岸的民居院落星罗棋布,街巷交织。同学们兴致大增,欢声笑语中师生度过了一段难忘的时光。

坚守了六年的爱情

游惠松在水尖山用推拿之法救治中暑学生的事,发生在1985年春天。那个阶段,他的老家迎新村也发生了一件令村人极为惊讶的事。

一天,几个干部模样的人陪着一位高挑个儿、皮肤白净的女子进了游惠松家的小院子。刚进院落,村主任就可着嗓子喊了一声:"英兰婆,你儿媳妇来了!"当时,游惠松的母亲患病正在床上休息,小妹游含菊在灶屋里给母亲煮药,小弟游惠明在墙角用细棕绳子绑扎几个摘放菠萝的竹篮。听到声音,游惠松母亲赶紧支撑着坐了起来。一行人已经掀开门帘进入房间,看到几位干部和一位模样俊俏的城里女子,母亲愣住了:"这个仙女般的女子难道是游惠松的媳妇儿?"含菊和惠明也停下手头的活计跟了进来,看到破烂的院落里走进这样美丽的"嫂子",也和母亲一样愣在一边。

村主任口中的"儿媳妇"就是游惠松现在的贤内助、立人教育集团的监事长刘碧香。那时候，她是和溪镇政府的青年干部，任妇联主席。

就在游惠松的母亲及小弟小妹手足无措之际，刘碧香却毫不嫌弃地坐在床上，亲热地和婆婆拉起了家常。在边上村干部的介绍下，游惠松的母亲才反应过来，面前的这位温和美丽的女子就是游惠松的媳妇。含菊和惠明也怯生生地围了过来，陪未来的嫂子说话。气氛渐渐活络了起来，游母赶紧打发含菊去邻居家借几个鸡蛋，煮了几碗面。煮好后又把鸡蛋小心地煎好细心地铺在面上，端进来招待未过门的儿媳妇和陪同她前来的几位客人。又打发惠明到村西的堂叔家借了两元钱，用皱巴巴的红纸包住，依古老乡俗给刘碧香送了见面礼。

要说，游惠松也真是能在心里盛住事的沉稳主儿。他和刘碧香谈了近六年的恋爱，连自己的母亲和兄弟姐妹们都不知道，这盖子可捂得真严实。

算起来，刘碧香和游惠松从初中起就是同学。那时候刘碧香住在镇西边的英勇村，初中开始就在和溪中学就读。她和游惠松虽然不是同一个班，但彼此都认识。在同学们的记忆里，刘碧香和游惠松是学校里的两大"名人"，一个是校播音员，一个是设计校园板报的"书法家"。升入高中后，两人起先都在文科班，后来游惠松获全县数学竞赛三等奖后调入理科班。虽然不在同一个班，但他们仍是学校里的两大"名人"，游惠松是学霸，刘碧香是校广播站的播音员。在刘碧香的印象里，这个日常穿着破旧衣服的同学特别爱学习，成绩很优秀，还是学校的团支部书记。记得，游惠松还鼓励刘碧香加入共青团，入团介绍人就是游惠松自己。多年之后，刘碧香调侃地问游惠松，当年你殷切地介绍我入团，是否还有另一份私心，那就是想让我成为你的媳妇儿？游惠松佯装生气道，那时候的感情是庄严、神圣和纯洁的，怎么能混为一谈？

其实，游惠松早就对美丽高挑、性情温柔的刘碧香有了好感。高中刚一毕业，就给刘碧香写了一封情意绵绵的信，那是他生命中的第一封情书。可惜那时节高考失败，加上家境贫穷而带来的自卑心理，使得那封信一直被藏在箱底里。后来，游惠松到邻村当了代课教师，刘碧香在和溪镇企业办公室工作。双方家境及个人条件的天壤之别，让游惠松很自卑，那封信就一直没有寄出。

游惠松考上大学后，隐藏在心底的爱情如同春风过后的离草一样，顽强地冒出了芽叶尖儿。刚到漳州读书的头一个月里，他就赶紧又给刘碧香写了一封信。虽然信里没有明确表白，但刘碧香读后很清楚，这是游惠松发出了"追求"的信息。那时节19岁的刘碧香还是个懵懂的小丫头，心思比较单纯。她家里生活条件又好，父亲是村书记，几个姐姐都有工作。游惠松在小山村里吃清水煮萝卜度过童年时光，刘碧香则吃着妈妈给煮的咸蛋和晒鱼干长大。处在优裕丰富的家庭生活条件里，她从没有考虑过个人问题。但对游惠松确实存有好感，收信后也就给他回了信。从此，鸿雁传书，两个人开始了漫长的爱情"拉锯"战。

1981 年，刘碧香到福建水利电力技术学校上学。学校位于三明市永安县城，两个年轻人再次分隔两地，但始终书信来往。游惠松明白，刘碧香身边肯定有一些优秀青年在追求她，但他始终带着一股锲而不舍的劲头给她写信，顽强表达自己对待爱情的坚贞和决心。两年后，刘碧香从水电技校毕业返回和溪镇，担任镇妇联主席一职。工作稳定了，刘碧香才答应游惠松，双方正式确立了恋爱关系。

刘碧香被游惠松的才华和那一份对待爱情的真诚执着精神所感动，最终下决心嫁给游惠松。她保存着一口小书箱，里面收藏着游惠松上大学以来写给她的所有书信，粗略算来竟有一百多封。有一年搬家时，上小学的游嘉程好奇地打开了妈妈的小书箱，看到这些书信后极为惊诧。六年时光游惠松为刘碧香写了这么多信，写信的周期很短，几乎达到每旬一封的频率。他不禁感叹，父母亲生活的那个时代里，他们的爱情竟如此浓烈，如此浪漫！

那年春天，刘碧香和几名包村干部来到迎新村处理一些公务。看到路旁一个普通的院落，知道他们恋情的村主任对刘碧香说，这就是你的婆婆家。刘碧香好奇之念顿生，就随着村主任进入游惠松家的小院子。

老游家的好媳妇

尽管游惠松多次说过家里很穷，但来到家里一看，面前的情形还是让刘碧香有些震惊。破旧的院落里放着一些农具和柴草，三间低矮老屋的桦木椽头在房檐下裸露着。屋内黑乎乎的，几乎没有一件像样的家具。这样窘困的家境，超出了刘碧香所有关于贫穷的想象。

家里虽然贫穷，却收拾得很整洁。"婆婆"尽管常年有病，身体活动不灵便，却一点儿也不显颓唐。面前的小弟和小妹也是纯朴老实的乡间子弟，穿在身上的衣服虽显破旧，却洗得干干净净。床前的一张褪去了油漆色泽的小木桌也擦洗得一尘不染，桌上一个宽口瓶子里插着一束含苞待放的山茶花。含菊煮好一壶茶端了过来，瓷壶里溢出的茶香和花香混在一起，沁人心脾。

迎着坐在床上的"婆婆"望过来的无限爱怜的眼神，那一瞬间，刘碧香的双眼湿润了。

没有想到，这次探访让刘碧香改变了一个决定。原本她不想早早结婚，刚担任妇联主席后业务不是很熟悉，感觉工作非常忙碌。她对游惠松说，等过两年工作娴熟后再考虑结婚。游惠松笑着说只要我们相爱，迟两年结婚没有关系。现在看到游惠松家里的情形，看到慈祥的母亲和纯朴老实的小弟和小妹，她做出了要和游惠松立即结婚的决定。

她想，游惠松一家太苦了，我要和他赶紧结婚，婚后两人合力改变一家人生活，帮助他们过上好日子。

离开的时候，院落外面已经围了一群人。村人听说镇上的妇联主席成了游惠松"媳妇"，都觉得非常惊讶。又听说刘碧香今天来看"婆婆"，就等到院门外，想看看这个"洋媳妇"。刘碧香走出院门，一见这阵势，感觉腿都有些发软。也难怪，毕竟还是未过门的"新媳妇"，被村民这样好奇地看着，难免有些羞怯不安。

刘碧香见到游惠松后对他说，没有想到，你们家这么困难。游惠松说真的很贫困，我从小学到高中所有的学费都是自己上山砍柴换来的。父亲过世又早，我们家是村里最穷的人家。游惠松还说，早在读师专期间，他就利用假期跟随家乡工匠学会了木匠和油漆手艺。当别的同学假日休息之时，他就背着工具箱随同师父走乡串村，靠手艺挣点儿小钱。工作之后，为了贴补家用，他还承揽了学校教务处的刻写蜡纸的活计。那时候，学校没有打字机，油印文件和试卷首先要拿一根"铁笔"在蜡纸上刻写模板。游惠松字写得好，自然是刻写蜡版的绝佳高手，每有重要文件印行，教务处就请他执笔刻写。时间一长再不好意思白麻烦游惠松，教务处就提出刻写一张蜡纸发放两毛钱的报酬。游惠松一听很高兴，几乎承揽了学校里所有刻写蜡纸的工作。

听着游惠松的叙述，刘碧香的双眼再次湿润，有一种隐疼从她的心里缓缓升起。感觉游惠松承受了很大的苦难，必须与他一起解决他家的贫困问题。游惠松慨叹一声："长兄如父啊！我虽然不是老游家的长子，但大哥有病，兄弟姐妹中我最强大。我一定要尽所有力量帮助家人过上好日子。"刘碧香也明白，贫穷的家境，日渐衰老的母亲和日渐长大的弟弟妹妹，一大家人的生活离了游惠松还真不行。她在心中默默感念，再不能让游惠松受苦了。她抹了一下眼睛，假装嗔怪地说："早知道你家这么穷，我就不会答应跟你。"游惠松认真地说："放心，以后我会让你过上好日子的。"

这一年国庆节，游惠松和刘碧香结婚了。和溪镇干部宿舍的一间房，权当了小两口的婚房。南靖一中也给游惠松提供了一间宿舍，供他俩居住。母亲也依乡俗坚持在老家小院里为他们布置了婚房，这样就拥有了三个家。游惠松的姐夫就是木匠，他用上好的木料做了三张床，送给小两口充为新婚贺礼。刘碧香很高兴地说，有床就很好，其他的被子、席子和枕头都由我的娘家来置办。

结婚当天，婆家买了一头猪，就在院落里办了简单的酒席。村人和亲戚朋友都来道贺，多少年来一直岑寂的小院落里第一次传出欢天喜地的喧闹声。

第二年夏天，他们的宝贝儿子游嘉程诞生了。游惠松的母亲当了奶奶，高兴得直抹眼泪。

在村人眼里，刘碧香是老游家的一个好媳妇，也是弟妹们的一位好大嫂。

那时候，游惠松的母亲脑血栓病情更加恶化。小两口商量，游惠松每月工资 50.5 元，拿 24 元购买人参再造丸给母亲吃的补气。剩下的钱做一家 3 口人的生活费。刘碧香每月工资 36 元，她个人只留 12 元钱供自己零用，其余都贴补家用。即使那 12 元的零用钱，刘碧香也省吃俭用，每逢赶圩集日，刘碧香就买些新鲜水果捎回迎新村给婆婆吃。她对游惠松说，婆婆生了大病原本非常痛苦，老人的病能治好的可能性不大。但是我们可以让她吃好一点，以表子女的孝敬之心。游惠松的母亲曾对游氏兄弟姐妹说，我虽然生了你们这几个孩子，但真正让我享福的只有惠松的媳妇儿。当时，刘碧香还不时购买一些人参、麻油之类的物品回去给弟妹及妯娌。她说母亲全靠哥弟及小妹的照料才能安心养病，两个小叔子身体又不好，我们要像长辈一样，多关怀他们。所以，游氏兄弟姐妹听了母亲的话，也都信服地点头称是。

迎新村距和溪镇有 10 公里的路程，道路难走，较为偏远。刘碧香尽量抽时间回家看望婆婆，每年春节都和游惠松带着孩子从县城回老家过年。她在村里碰上老人都会主动嘘寒问暖，在她的身上根本看不到干部的架势。村里的老人都说，外边娶来的媳妇里面，没有一个能及得上刘碧香这样礼数周全的。有一年，和溪镇政府召开一年一度的人大会议，刘碧香的"代表资格"放在迎新村和迎富村评选。两村选民投票结果出来后，刘碧香竟然满票当选，计票员十分惊讶。村人骄傲地说，那是本村自家媳妇儿，不选她选谁？

刘碧香聪慧而又善良，实心眼儿地将游惠松兄弟姐妹当成自己的亲人。游惠松的两位姐姐出嫁后家境都不大好，大姐胃不好，刘碧香和游惠松经常买些常规药给她服用。二姐家的房子建在峡口上，每年冬春之际，峡口就成了"风口"。大风一起，房顶就被揭走，刘碧香每年都要拿钱给他们修房顶。游惠松大哥后来患了严重的甲肝，没钱看病，几个月后整个人形销骨立，虚弱得不成样子。刘碧香知道后坚决让他到镇里卫生院治疗。

游惠松曾感叹，那个阶段，游氏一家的境遇也太"背时"了。大弟惠全去山上砍木材时不小心被树枝扎坏脸部，后来影响右眼视力。小弟惠明也在山上砍木材时，被装木料的板车翻倒压到脊椎，后来就落下了坐骨神经痛的老毛病。一家人中除游惠松和小妹含菊是健康的，其他人几乎都是"残疾人"。刘碧香帮两个弟弟找了修路和养鸭的活计，增加家庭收入。妹妹全心照顾母亲。在刘碧香的张罗帮助下，一家人慢慢地从艰难困苦的日子中挺了过来。

刘碧香为老游家的事真是操碎了心，弟弟、妹妹的婚事都是在她的操持下完成的。从相亲、定亲到娶亲的每个环节，都由刘碧香出面张罗。为此，游惠松一家对刘碧香总是感激有加。

刘碧香进了游氏家门，一家人的贫穷命运大大改变了。村人和亲戚都说，游家娶了一个带着"四神"（即"喜神""财神""福神"和"贵神"）的好媳妇儿！

走出生活的困境

1989 年，是游惠松一家悲喜交集的一年。母亲在这一年正月里不幸逝世，整整半年的时光里，兄弟姐妹沉浸在思念母亲的悲痛中。进入下半年，刘碧香当选为和溪镇人民政府副镇长。消息传来，人们纷纷向小两口表达祝贺。

游惠松在县一中教书，刘碧香始终在和溪镇工作，小两口一直过着两地分居的生活。游嘉程出生后的前半年，刘碧香曾请了一位老阿婆帮忙带孩子。一岁之后全靠她年迈的父母亲在南靖一中帮忙照看。一边关注孩子一边工作，尽管十分辛苦，但刘碧香做事一向认真，从不轻易输给人家。

任妇联主席期间，刘碧香被评为漳州市乃至福建省的先进典型。她在妇女扫盲、维护合法权益及帮助走上致富之路的工作中，都有出色的工作成绩。创办幼儿园，解决妇女后顾之忧；开设"娘家接待日"，维护妇女合法权益；带领广大妇女开展"户种百株果"，走农村致富之路。她也因此获得全国"三八红旗手"及全省"维护妇女儿童合法权益先进个人"的荣誉称号。

当选为副镇长后，刘碧香最引以为豪的事迹就是帮助村民修建了两条路，一条是和溪镇通往华安和高安的路，另一条是从国道 319 线通往英勇村的路。乡亲们看到，刘碧香时常骑乘一辆"重庆牌"嘉陵摩托车，风尘仆仆地奔走在修路工地上。为了结束村民出门仅靠两条腿行走的历史，刘碧香耗费了大量心血。后来，又在和溪镇扩建了一个自来水厂和一个水电站。

这个阶段，常有包工头来找负责和溪镇建设项目的刘碧香。这些人进门叙谈一阵，临走时总要放下装钱的红包。刘碧香总是如数退还，她对"包工头"说，不要走歪门邪道，只要工程质量过硬，我会顺利通过验收。对于刘碧香的举措，游惠松大力支持，他说我们这个家庭不需要别人"帮助"，也能把日子过好。

事实上，这个阶段他们家里确实发生了"经济危机"，还真需要别人的"帮助"。

因为母亲逝世前住院治疗，又为弟弟筹办婚事所花费用等，小两口的负债已达8000余元。南靖一中的宿舍需要购置液化气和冰箱，游嘉程吵闹着要买一台外公家那样的"日立"彩电，这一切都需要花钱。可是，凭小两口的工资，仅还债务就需要省吃俭用，哪有余钱购置"日立"彩电呢？

尽管如此，小两口守住底线，坚决不拿别人送来的"好处"。游惠松说到做到，不需要别人"帮助"也把日子过得红红火火。几年来，他在教学之余从没让自己闲着，节假日和空闲之时常去帮别人做一些油漆家具的活计。学校放寒暑假时，他把游嘉程送到岳母那里，自己则到乡下揽些油漆家具业务。刘碧香还听和溪镇的乡邻夸奖，游惠松的油漆手艺特别棒。每当听到这样的夸奖，她的脸上显出高兴的表情，心里却很不是滋味。自己是副镇长，丈夫是优秀教师，为了生计却去做一些零工手艺。但游惠松不以为然，凭劳动和手艺挣钱养家有什么丢人的？那些不劳而获，凭坏心思赚钱的人才最可耻。不到两年时间，游惠松利用业余时间打零工赚钱，竟然还清了所欠债务，还为游嘉程购买了"日立"牌大彩电。

但是，游嘉程一天天长大了，很快到了上小学的年龄。夫妻俩常年分居两地倒没什么，可是孩子在哪儿上小学呢？在和溪镇上学刘碧香无法照看，在南靖县城让游惠松照看着又让人不放心。在刘碧香看来，走出生活困境的路只有一条，那就是调动工作，一家人生活在一起。

有时候，老天总会眷顾老实而善良的人们。1994年，一个绝佳的机会来了。

这一年2月，中共漳州市委组织部选招优秀基层干部到市直机关挂职锻炼，南靖县经过层层选拔，确定报送刘碧香为合格人选。刘碧香到市委组织部报名后，被分配至水利局，担任建工科副科长一职。一年后，正式调到市水利局工作。

工作稳定后，刘碧香将9岁的游嘉程从南靖接到漳州，送到市实验小学读四年级。一个人带孩子上学的困难虽然也能克服，但夫妻俩长时间两地分居终不是办法。为了实现一家人的团聚，小两口开始启动另一个设想，那就是将游惠松从南靖县城调到漳州工作。

这几年游惠松已成南靖名师，即使有带小孩和老游家的诸多烦心事都没有影响教学工作。作为一名资深教师，虽然不再重写教案，但他会在上课前重读教案，特别是教案中的"教后记"和课本重点内容，都要依据本届学生现状重新调整本节课的教法和学法。通过这样的"备课"环节，为提前进入课程做好充足的准备。所以，什么时候都在学生面前保持课堂结构的精美和教学内容的优质，树立了"一根粉笔"打天下的优秀教师形象。每年统考和竞赛中，游惠松的学生成绩总要明显优于他人，好多年都保持了所任班级教学成绩年段第一的名次。当时，县城里不少领导的孩子升入一中，都点名要进游惠松所任课的班级。

刘碧香曾想，这样的骨干教师调往漳州城里教书，困难应该不太大。

成为一名教研员

但是，在20世纪90年代，没有经历过工作调动的人很难知道其间的艰难困苦，何况是异地调动，而且还是从偏远县区调入中心城市。小两口先是托人找关系，可是很难找到说得上话且有决定权的人。这样努力了两年，游嘉程都快要升入初中了，优秀教师游惠松还待在距漳州40多公里的偏远的南靖县城。

工作调动十分艰难，生活还得继续前行。漳州处在台风、暴雨、洪涝灾害多发地带，刘碧香常常下乡到前线去察看汛情，有时候一去就是好几天，工作十分繁忙。有个阶段还被派往福州大学参加水利工程进修学习，少年游嘉程基本处于生活自理状态。由于父母都不在身边，他常到水利局宿舍楼对面一家快餐店吃饭，老板也很关照这个懂事的小男孩。他一个人勇敢生活，学会自立，还用最好的成绩让老师同学对他刮目相看。

那时候，社会上最火的词语是"改革开放"和下海经商。为了鼓励人们下海经商，行政事业单位还推出了较为宽松的"停薪留职"政策。大意是行政事业单位人员如果愿意从事第二职业，原来的岗位、编制和待遇会继续保留。如果两三年内创业不顺利，还可返回原单位工作，工资待遇及职务级别都不受影响。有了这个政策后盾，游惠松就想，既然工作调动很难，不如放手一搏，"停薪留职"去创办企业。工作相对自由，一家人还可以团聚生活。

早在刘碧香从南靖调往漳州的一年前，有几位亲戚找到游惠松，要求联合筹办荆露造纸厂。他们筹措了一些资金，可购买设备和原料仍存在一定的资金缺口。游惠松调查了解之后，觉得办造纸企业是个可行的项目。另外，游氏兄弟姐妹的生活还处在刚解决温饱问题的贫困状态中，为了家庭成员脱贫致富，游惠松决定帮助他们创办企业。他出面协调从银行成功贷款20万元，自己也被迫成为共担风险的企业"股东"。两年后，荆露造纸厂的生意风生水起，最高时期一天产纸可达4吨多。他们乘势又创办了三阳花业公司，工商部门核定为二级资质。当时，整个漳州具有二级资质以上的公司只有两家。公司业务由漳州拓展到龙岩、厦门等地，发展较为顺利。

企业发展比较顺利，游惠松也没有离开学校。因为公司主要业务及关键岗位都有几个亲戚负责处理，不需要"停薪留职"，企业即可运转自如。游惠松的全副心思仍在课堂教学中，他努力探求课堂教学的实效性，学科教学成绩非常出色。他始终沉浸在探求教学艺术的幸福感和成就感之中，仿佛唯有这样才能忘却生活中的许多烦忧之事。他喜欢思考、归纳和总结，常将自己的教学探索笔录下来，整理成一篇篇教学论文，有部分论文发表在教育报刊上。他的许多教研成果和教育理念都建立在课堂教学的实践探索基础上，教学思想切近学科特点和学生的接受实际。因为出色的教学科研成绩，成为福建省"十年高考分类解析"课题组成员，承担完成数学学科的子课题研究任务。

1996年3月，国务院发布了《中华人民共和国国民经济和社会发展"九五"计划和2010年远景目标纲要》。这份文件极为重要，当时的社会宣传部门都简称为《纲要》。《纲要》在"优先发展教育"一节中指出："积极推进教学改革，改革人才培养模式，由'应试教育'向全面素质教育转变。改革教学内容和课程设置，加强学生综合素质的培养。按照教学规律组织教学过程，积极采用电化教学的手段，改革考试评估和教学管理制度。"

游惠松没有想到，这份文件的发布促使他调入漳州工作。而且，比预期的想法还要好，他没有调入学校而是调入了漳州市教育局。他不再从事课堂教学工作，而成为一名教育局普教室的专职教研员。原来，《纲要》发布后，各地为了落实国家"教育优先发展"的战略规划，加大教育科研工作力度，应对教学内容、课程设置、考试评估和教学管理制度的改革方向。漳州市决定大力充实教育科研力量，在基层学校选拔一批具有教育研究能力的教师进入普教室工作。游惠松的教育科研工作能力及科研成果有目共睹，于是，顺利调入漳州市教育局普教室。

努力了两年而不得其果的调动工作竟在不经意间实现了。消息传出，游惠松的几位大学校友都来祝贺。他们认为是游惠松的出色才华和绝对实力，才促使他逐步实现人生目标。有人感叹，在绝对的实力面前，一切技巧都是虚设。游惠松和刘碧香也很高兴，但他们仍是暗暗感念许多领导和亲友的关怀和支持，比如慧眼识才的教育局、水利局的领导、支持调动工作的南靖县委及一中的主要领导等。刘碧香深情地说道："很多帮助过我们的人都是命里的贵人，我们对他们终生怀有感恩之心。"

一家人终于团聚，刚开始三口人住在水利局的一间宿舍。一年后在水利局拥有一套住房，生活才算安定下来。

游惠松由一名学科教师变成一名教研员，工作性质发生了很大变化。当学科教师时，教育对象是南靖一中的高中学生，活动范围不出县城；当教研员后，教育对象变为漳州所有接受义务教育的学生，包含全市城乡所有的小学和初中孩子，面广量大。当学科教师时，要给学生诠释破解难题的思路和方法；当教研员后不再面对那些繁难而头痛的高考习题，却需要解决更加细致烦琐的义务教育中的各种问题。调入教育局一年后，国家教委印发《普通中小学校督导评估工作指导纲要》，要求在 1998 年前在全国范围内推行中小学督导评估制度。为了建立适合漳州教育实际的督导评估制度，游惠松走遍了漳州四区七县和所有中小学校。他结合义务教育考试评估和教学改革研究总结自己的教学经验，逐渐形成了适合素质教育理念的"分层导学"教育思想，选择南靖县和溪镇和长泰县岩溪镇两个地方的农村学校推广"分层导学"法，先后取得了可喜成绩，开启了基础教育教学改革的先河。

游惠松始终是一位有才华、有能力且有务实精神的知识分子，这样的人放在什么地方都会放射出一定的光华和魅力。此前他是福建省"十年高考分类解析"课题组成员，对高考试卷的板块构成及命题思想较为熟稔。现在以义务教育阶段学生的成绩评估为新的研究领域，他又成为漳州中考命题研究中心的骨干成员。数年后，游惠松把参与中考命题的经验体会写成《平面几何中考与竞赛》一书，于 1999 年由福建教育出版社出版发行。

一定要办一所学校

《平面几何中考与竞赛》一书出版后，游惠松将和溪和岩溪两地进行"分层导学"所取得的成效经验进行整理，提炼出"导引自学，先测后讲，分层达标，循序渐升"的教学原理及可操作性的课堂遵循细则，形成了完备的课题试验报告。这是漳州基础教育改革中的一项重大成果，得到漳州乃至福建教育界的好评。

但是，这一教改经验在漳州全市学校进行推广时，进展却十分缓慢。

游惠松调查发现，下面县区、乡镇的教育管理部门的领导并不重视，有些学校的校长表面上让教师学习教改汇编资料，提倡引入课堂教学环节，但在课堂教学中仍然"老汤旧药"，无法将"分层导学"理论融入教改实践。由于学校领导没有支持热情，教师更加没有参与意识。有的校长还说，多少年的传统教学方式也培养出了人才，不能一概而论地认为"满堂灌""填鸭式"就不好。很多老师也认为，教师不过是一项普通的职业，全社会都在"混工资""混日子"，偏偏将教师工作搞那么累干吗？

"分层导学"法不能顺利推广，教改成果不能共享发展，这样的困境让致力于推广"分层导学"法的游惠松极为失望。有时候他想，要是自己成为一校之长就好了，可以整校推进"分层导学"教改活动。如果全校整推，有规划地连续实验一个时期，形成的教改经验可能更加典型。但是，在现行社会管理体制下，一个普通教研员成为一所学校校长的可能性几乎为零。那时候，他萌生了一种强烈的冲动，如果创办一所学校，带领一班志同道合的教育工作者，逐年推进"分层导学"，施展教育理想，何尝不是人生的一大乐事？

不仅"分层导学"法的推广遇到阻力，游惠松的现实生活中也出现了两大烦恼。

当时，帮助亲朋好友创办的家族企业逐步转型，由造纸行业转化到园林行业。根据绿色环保发展需求及企业发展势头，有人提出将三阳花业升格为今日园林公司，企业资质也由原来的三级升格为二级。游惠松同意这样的提议，但企业出资方式、产业营销等事项非常烦琐，身边亲友文化程度普遍不高，没有人能够独当一面去处理这些事务。大量的细节性的业务工作都要来找游惠松决断处理，这让他十分烦恼。他就想，如果开创一项具有文化和智慧含量的产业，在闲适、娴雅、轻松的状态下成就一番事业，或许会有更大的成就。于是，他再次萌生了创办学校的想法。

另一类烦恼来自亲戚孩子的上学问题。20世纪90年代末，教育部发布《面向二十一世纪教育振兴行动计划》，提出到2010年，高等教育毛入学率将达到适龄青年的15%，民间将这种政策称为"高考扩招"。于是，大量的孩子初中毕业后放弃升入中专（职）类的学校，全部涌入普通高中就读。可是，全市高中教育资源十分稀缺，难以容纳大量孩子就读。游惠松因为工作需要曾走遍漳州四区七县的200多所中学，对全市中学教育现状具有比较完整的认识了解。当时，漳州市每年参加中考的考生约7万人，而1996年全市普通高中招生数仅6000人，1997年增建了几所独立高中，招生人数也仅增加到8000人。直到2001年，中考的考生达到8万人，而全市招录的高中学生总数只有13000人。有的学校还推出了"平价生"和"高价生"，即先预留一部分高一新生的学籍指标，而后划一个分数线。进入分数线的学生入学交规定学费，未入分数线的学生将要在学费之外，每学期另交数千元的建校费。前者称为"平价生"，后者称为"高价生"。可是，每年有五六万的孩子需要升入高中，即使"高价生"也名额非常有限，不托关系、找路子，根本不能入学。

初中孩子升入高中难度空前，大量孩子不能升入高中，成为广大家庭必须面对的一大难题。由于游惠松是教育局干部，很多亲戚朋友认为他有门路。于是，每到中考升学期间，大量亲友前来找他，请他"走后门"帮自家孩子升入高中。可是，高中学生的"入学指标"极为紧俏，不找大领导"批条子"，普通干部根本难以办到。因此，一些亲朋好友认为他对孩子上学的事没有上心，还有亲戚朋友抱怨他"忘恩负义"，说出要和他绝交的话，这一切让游惠松十分烦恼。

抱怨和责怪之后，孩子终究还是没能升入高中。一方面，游惠松常常感念，每逢自己家有什么艰难之事，这些亲朋好友总会倾尽心血予以帮助。现在他们有困难自己却爱莫能助，每想此事心里总不是滋味。另一方面，他一直纳闷，多少年过去了，高中教育的办学规模始终滞后于"扩招"政策，让那些无法进入高中读书的孩子及家庭承受很大的痛苦。就拿漳州来说，近年来每年有五六万的初中毕业生无缘高中学校学习，这与处于闽南金三角地带的漳州社会经济发展水平极不相称。

2001年春天的一天，游惠松正在参加全市义务教育学校学生综合素质评价研讨会议。会议结束后，发现设置为静音的手机上有个陌生号码打了好几次，就赶紧回拨了过去。原来对方是他的初中同学、同村伙伴游江南。游江南毕业后再没有上学，跟着一位老木匠学手艺。后来自己也带徒弟，成立了和溪镇著名的木匠班。数年前，游惠松还跟着游江南的木匠班去做过油漆活，游江南对游惠松甚是照顾。他在电话里说来漳州办事正好有空闲，就想和他聚一聚说说话。游惠松赶紧约请游江南在府衙老街的一个小饭馆里见了面，二人一边用餐，一边叙话。游江南说他的女儿游彩玉今年15岁，明年初中毕业，希望游惠松到时候能帮忙顺利升入高中学习。游惠松说，孩子再过一年才初中毕业，你现在就考虑孩子升高中的事，也太早了吧。游江南说，游彩玉学习成绩也算优秀，但高中升学太难了，就怕明年成绩不大理想，所以早早在你这儿"排个队"，希望能重视办理。游江南还说，你放心，"办事"时花费多少钱我都会给你准备好的。

没有想到，游惠松畅快地答应了游江南。他说，游彩玉升学的事我一定要办好。你放心，即使别的学校实在上不了，我就自己办一个高中学校让孩子来就读。不过，我自己真要办一个学校的话，你愿意让游彩玉来上学吗？游江南说，你真要办高中，那就太好了，不仅我家的孩子，村里好多人家都会送孩子来上你的学校。

原来，那个阶段，游惠松已经下定决心：一定要办一所学校，容纳更多孩子进入高中读书。

具备办学的各项条件

游惠松办学校的想法，让刘碧香大吃一惊。

办学校？国家允许吗？

游惠松说："国家不但允许支持，还大力提倡。我到市教育局当教研员的那一年，国务院就发布了《社会力量办学条例》，鼓励社会力量办学，维护举办者、学校及其他教育机构、教师及其他教育工作者、受教育者的合法权益，促进社会力量办学事业健康发展。"当年，国家统计局发布的统计数字表明，经教育行政部门审批设立的社会力量举办的"民办学校"已经超过了5万所。

刘碧香还是拿不定主意，国家虽然允许，可是办学需要资金和教师，这个怎么解决？游惠松说："这几年办企业有些盈利，去年注册成立今日园林公司时，注册资本就有盈余500多万元。办学校开始规模不算很大，这些钱应该够了。至于教师问题，近年来南靖一中的几个铁哥们儿早就提议我办学校，只要我办学校他们会过来承担教学任务。"刘碧香明白，游惠松很早就打定了办学主意。他大凡做一件事，一定要反复思虑，将可能出现的问题都已想好对策之后，才来和自己商量。刘碧香也觉得凭游惠松的抱负和能力，不应当止于一位普通教师，更应该在教育领域里施展才华并拓展更大空间，于是决定全力支持他创办学校。

迎新村的"木匠"游江南找过游惠松不久，游惠松就找到了漳州教育局局长李斯杰，谈了创办学校的想法。李斯杰同样很吃惊，办学校？这可不是闹着玩的，哪有那么简单？游惠松坚持说，起码让亲戚朋友孩子有书读。李斯杰是泉州人，他比游惠松大5岁，早年从军，后转业至漳州工作。李斯杰任教育局局长的第二年，将游惠松从南靖一中选调至教育局普教室。近年来支持游惠松在南靖、长泰两地进行"分层导学"教改实验，对他的研究能力和学术才华极为赞赏。他听了游惠松的办学设想后，沉默一会儿，很慎重地说："你办学符合国家鼓励社会力量办学的各类政策，不过我愿意从一个朋友的角度来提醒你。听说你办纸厂和园林企业赚了点钱，很不容易。如果把这些钱砸进去办学校，收回成本的风险可能很大。奉劝你考虑明白后再来找我。"没有想到，游惠松直接表态："李局长，我是认真的，我相信会把学校办好。如果办学成功了，漳州也会多一个供孩子们上高中的地方。如果失败了，不过是我的生活退回原地，没什么了不起。"李局长被游惠松说动了，就答应说试试看吧。李局长办事效率很快，仅过了两天，通知游惠松向教育局提交正式的办学申请。

　　这一年，正赶上游嘉程初三毕业参加中考，因回避原则游惠松没能参加中考命题及组织考试等事宜，正好趁这个轻松阶段完成了一系列申请办学的筹备事项。

　　首先，办学需要一个校名，游惠松想到孔子《论语》中的一句话："己欲立而立人，己欲达而达人。"于是，就将学校命名为立人学校。此后，游惠松将校名报送市民政局地名办公室审批，经审核准予使用。其次，办学要有固定场地。游惠松心情比较迫切，就想当年有个学校规模从而实现当年招生教学的目的。所以，着眼点一直在有现成的房屋可改造成教学设施的单位寻找目标。在几家专业银行领导的引路下，他考察了漳州市区二十多个宣告破产的企业厂房，但感觉将它们改造成教室和校舍很不理想。正在"山重水复疑无路"之时，市教育局职教办主任黄腾云为他推荐了濒临倒闭的漳州市供销干校。

　　游惠松一行闻讯赶到供销干校，发现学校占地11亩，建筑面积有1700多平方米。虽然地方不大，但现有建筑可直接改为教室与校舍，可利用的资源较多。这里方圆几公里没有污染性工业，闹中取静，环境清幽，适合办学。游惠松还了解到这里地下水清醇甘甜，于是决定，立人学校就在这里扎根。游惠松找到干校负责人一谈，对方答应租两间教室和一个食堂大小的地方给立人学校作为校区，办学场地就这样解决了。

　　办学的第三个要素是需要一个专职校长。虽然办学的主体单位是今日园林公司，但下辖的事业单位另需一名法人代表。游惠松还是在职干部，按规定不能担任校长一职。游惠松想到了教育局普教室自己的前任领导、即将退休的张国生副主任。张国生在担任普教室副主任前曾先后任漳州三中副校长、二中校长，有着极为丰厚的教育管理经验。因为他正逢退休，是最佳人选。说起来，游惠松在漳州教育系统的所有教研活动都是在张国生的领导下完成的，二人脾气相投，合作极为默契。所以，游惠松找到张国生谈了请他出任校长一事时，张国生愉快地答应了。不过，他的疑虑是毕竟还得再过四个月才能正式退休，现在出任民办学校的校长是否合适？游惠松将这个疑虑向李斯杰局长做了汇报，李局长当即表态说没有问题，张国生完全可以担任立人学校校长。如果在这些小节上"找毛病""卡脖子"，怎么体现出政府对民办教育的支持呢？不过需要给主管普教工作的叶金宽院长说一声。游惠松向叶院长一汇报，叶院长也同意张国生出任立人校长一职。

　　游惠松按要求填报了所有申报表格，连同教育专家组的评估报告和会计师事务所的验资报告，一同报送至市教育局。一系列手续办齐全已是6月下旬，进入7月初又是全市瞩目的高考工作，这个阶段教育局领导极为繁忙，似乎没有时间研究游惠松的办学申请。当时，中考成绩刚揭晓，游嘉程在此届中考中成绩优秀，顺利考入漳州一中。考试前，游惠松和游嘉程约定，若顺利考入漳州一中，就带他去北京旅游。现在办学申请迟迟不能批复下来，游惠松利用休假时间带着游嘉程到了北京。

游惠松清楚地记得，那是 2001 年 7 月 10 日的中午，他和游嘉程正在气喘吁吁攀爬八达岭长城途中，李斯杰局长打来了电话，说申请办学的批复今天会议通过了。别在北京闲逛了，快回来筹办学校。

原来，李斯杰看到游惠松报来的申请报告及办学计划后，感觉立人学校招录的第一批学生要在 9 月初开学上课，面临的问题还很多。比如教室布置、桌椅购置、电脑及办公设施等，都需要在不到两个月的时间里准备齐全。如果不尽快发布批准办学的批复文件，会影响他的办学进度。于是，抽时间安排领导办公会议，以最快的速度通过了立人学校的办学批复文件。

接听电话后，父子俩赶紧结束了在北京的游览活动，提前返回了漳州。

茶厂里响起了琅琅书声

游惠松终于拿到了漳州市教育局的那份编号为"漳教综（2001）88 号"的批复文件，批准今日园林公司申办漳州立人学校，这标志着漳州立人学校正式成立。

但是，再过 50 多天就是新学期开学时间。按游惠松的设想，立人学校成立之后就要当年招生，要尽快将学校的框架搭建起来。这样看来，将一纸公文上批准的学校创办起来，是一件较为紧迫的事。

游惠松、张国生、刘碧香经过商议后，进行了简单的分工。游惠松拿着教育局的批文去办理建校的几项应急手续，如民政局法人登记、物价局收费许可、财政局票据供应等，还要去银行开办对公账户。麻雀虽小，五脏俱全，要办的急事还不止这几项。张国生负责招收学生、设置课程、聘任教师等，同时做出购置教学设施的计划。刘碧香找些亲戚朋友帮忙，尽快将供销干校租来的那两层小楼粉刷修葺一番，还要在校园里开辟出食堂、操场、学生宿舍等，要确保一开学就要有教室上课，就有宿舍和食堂能满足学生基本的学习生活要求。

刘碧香找来游氏及刘氏两家亲戚，要求和今日园林公司员工一道，帮忙修葺学校及清理环境卫生。亲戚们一听游惠松创办了一所招收高中学生的校园，极为振奋。大家都说，以后自家孩子读高中再不犯愁了。游嘉程也对母亲说："既然我家要办学，我还去一中读什么书？就在自家学校里读书算了。"张国生说:"因为教育局的批复发得迟,本年招收高一新生的计划未及报批,你还得去一中读书。"尽管如此,游嘉程还是很兴奋。

新学校,新气象,人们情绪高昂,帮忙建校的积极性很高。当天,刘碧香带着几个亲戚来到茶厂,进入供销干校承包片区,查看校园布局、教室状况,迅速拿出大致修葺方案。为了保持校园的相对完整,她计划将租用区域的6亩地用围墙圈起来,拟在南面临路的那道校墙上拆开一个出口,充当临时校门。他们租用一辆推土机在"校门"外清理出一片场地,买来一车钢筋卸在那儿,准备第二天正式施工。

第二天正是周末,刘碧香带着亲戚和今日园林公司员工到了施工现场。未料,工地入口处被村民用几块巨石堵住了。游惠松和张国生闻讯赶来,拿着各部门批复文件说在这里办学是合法行为,但那些人就是不依。经报案得到芗城区政府的大力支持,让当地乡村干部出面调解,学校修葺工作才得以顺利开展。在兄弟姐妹和远近亲戚的帮助下,不到一月的时间,一个整洁的校园就出现在茶厂边上。

一切从零开始,创办过程非常艰辛。教室修葺一新后,张国生联系原在这里的办学负责人,低价买下一批他们的旧桌椅和双层床。刘碧香带着园林公司员工、亲戚朋友用砂纸使劲磨光,然后再上油漆,于是有了立人学校最初的一批课桌椅。游嘉程也放弃了去图书馆读书的计划,穿着一件脏兮兮的工作服,加入教学设备修缮大军中。看到灰头土脸的游嘉程如同一个小民工,刘碧香有点心疼。想到孩子既能够自觉学习不让父母担忧,又能体恤父母辛劳的善良秉性,刘碧香又觉得很高兴。

这一年8月底,立人学校招收了两个班共108名学生。他们都是当年未能升入高中的初三学生,称为高一预科班。教育局允许他们在立人学校重读一年后,可在下一年直接升入立人高中。这些学生大部分来自南靖县,有近半数为和溪镇的孩子。昔日游惠松在南靖当老师时业务能力很强,教绩突出,颇有口碑。父老乡亲一听他创办学校,纷纷把子女送来就读。这样的情形,让办学之初的游惠松既有一种受家乡父老信任的幸福感,又感到肩上的担子格外沉重。如果因教学和其他原因耽搁了这些孩子的前程,他的脊梁骨就会折断在家乡父老的"白眼"和唾沫之中。

张国生利用他在漳州教育界的影响力,很快聘请了立人学校的第一批专兼职教师。他们分别是语文黄姗姗、数学杨思维、英语陈开盛、物理陈瑞达、化学曾启寿、政治陈宝全、体育刘林建成,另外聘请刘占火担任校医兼保卫,陈秋霞和刘秀美老师负责学校教务处工作。

　　大同村的老百姓发现，岑寂了多年的供销干校有了生机。从漳华路向北通过茶场的泥土小道上，开始有了来往出入的师生。开学第一天，张国生校长带领全体师生在简陋的校园里还举行了庄严的升旗仪式。随着师生齐唱的国歌旋律，大榕树边上新立的旗杆上，鲜艳的五星红旗冉冉升起。大榕树上长期栖息的一群小鸟也被惊飞至远处的树林里，安静地观看着这里的一切。

　　从此，茶厂周围的校区里响起了琅琅书声和课间休息的音乐铃声。

第3章
试君眼力知多少，数到云峰第几重

南靖县的18位教师毅然辞职加盟立人，在漳州社会掀起了一场风暴。游惠松有着什么样的魅力，竟使18名骨干教师放弃事业编制、工龄待遇和工资福利，毅然辞职？难道他们不考虑未来的生活和退休后的养老问题？难道他们的家人就会支持？他们放弃公立学校的优越条件，冒着被除名的风险加盟立人，这一行为在漳州社会带来很大震撼。游惠松明白，自己在漳州创办学校，面向全市招募教师，只有家乡南靖的18位教师追随而来。他们毅然抛弃公职来到民办的立人学校，这是对自己的人格、品质、能力的一种绝对信任。就凭这份赤胆忠心般的追随与信任，自己哪怕肝脑涂地也要办好立人学校……

盖了七十二个公章

三月的漳州，又是绚烂温婉的时节。暖阳催开了花事，将古城内外装扮得明媚动人。大同村是漳华路上的一个小村，又名小坑头，这里多桂花树。桂花树开花了，馨香四溢，彩蝶纷飞，生机无限。茶厂一隅的立人学校里常有歌声从高大的校墙里飞出来，吸引几位无事的阿婆坐在村头的榕树下凝神而听。

在张国生的带领下，学校两个班的教学工作正常开展。进入 2002 年，校园面貌发生了很大变化。2001 年 11 月，漳州市教育局批准立人学校在全市范围内试招高一新生，这意味着有一部分初中毕业的孩子有了升入高中学习的机会。游惠松因办学初衷得以实现，颇感欣慰。

但是，新的难题又立在了游惠松的面前。按当时参加中考学生的情况来看，立人学校计划设置 10 个高一新生班，每班平均以 60 名孩子计算，将有 600 名孩子涌入校园。这样一来，校园扩建及教室、宿舍、操场、食堂等改建工作都迫在眉睫。那个阶段，游惠松事事亲临。立人老师记忆犹新，一个暴雨过后的早上，旧操场边上的一段护墙被暴雨冲倒了。游惠松穿着军用鞋赶到，立即和工人想办法把护墙砌筑好后，浑身上下都是湿漉漉的泥巴。到了晚上，他总是最后一个到 5 号楼旁边的食堂简单地去吃晚餐。

没有想到，仅租赁土地的环节就让游惠松忙碌了整个冬天。

那时候，校园北侧的土地属于大同村、茶厂、供销干校、福利院、解放军驻漳某部所共有，民间称为"插花地"。校园向北扩建，需要长期租赁征用分属于 5 家单位的这片土地。茶厂等 4 家单位倒好说，而大同村总共 100 多户，需要征得全体村民的同意，方可实施。游惠松陪着村干部逐户走访，征得同意后现场拿出身份证开通银行账户，一次性将征地补助款发放到位。这一番工作做完，才拿到了这一块"插花地"的租赁协议。而后，紧锣密鼓地办理改建工程和招收高一新生的相关批件，直到年底才办妥了各类手续。

游惠松感慨地对刘碧香说，没有想到办一所学校这样麻烦。整整忙碌了一个冬天，跑了无数个单位，共盖了 72 个公章，才把所有手续办理齐全。

刘碧香瞪了一眼游惠松说："盖了 72 个公章就麻烦了？更大的麻烦还在后面呢。你知道吗？'今日园林'账面上的 520 万元钱已花光了。"游惠松大惊，忙问："真的花完了？没有想到办学校真是个撒钱的事啊！"刘碧香说："你只管办手续，从不考虑资金问题。""也怪我，以为办个学校花个几十万就够了。谁知道，租金、基建费、教师工资等费用都要开支，哗啦啦几个月过去，钱就没了。"游惠松严肃起来了，学校办到这个地步停办是不可能的。即使咬紧牙关筹措资金也得办下去，游惠松开始向所有亲戚、朋友、同事借钱。好在刘碧香有很广的人脉资源，她对亲戚、朋友大方承诺，钱也不白用，权当投资，利息一分。如果急用钱，提前一个星期说一声准时还你。如果没有急用，就要放在我这里起码一年以上。这样又筹措了两百多万元，扩建学校的费用总算有了着落。

小坑头北面有一座小山包，人们称为丽山，立人学校就位于丽山脚下。从漳华路向东行约几百米，转入茶厂边上的一条西北向的弯弯曲曲的泥土小道，就可看到立人学校简陋的校门。进入校门正西方有几间红砖房，游惠松的办公室就设在这里，老师们将这些房子戏称为"红楼"。红楼正对的是一座高大的水塔，这里原属乡郊之地，没有自来水。过去几年里，都是抽取井水到水塔里而后供学校师生和茶厂职工饮用。后来供销学校停办，茶厂效益也不好，水塔就停用了。立人学校创办之初，用水泵将井水直接抽到一个池子里，供师生饮用。

红楼西南部有些平房，作为学生食堂及后勤用房，北部便是学生宿舍和两层教学楼。教学楼的后面有一片空地，游惠松设想在这里辟出一个带有 300 多米跑道的操场。操场边缘就到了丽山脚下，那里拟修建一排平房，作为早期来到立人工作的教师的宿舍。

土地租赁征用有了着落，学校扩建工程需要尽快开始。张国生认为，当务之急是先要将茶厂原 1300 多平方米的车间改造成 9 间教室和教师办公室，解决秋季接纳的 600 多名新生就读以及教师工作生活之需。春节过后，新学期刚开学，游惠松、张国生立即着手学校扩建工程。刘碧香建议要汲取上一年修建校门及整理校园的教训，基建工程仍让大同村的人承包来做。如果让别的工程队进场施工，或许会再次受到他们的阻挠。虽然他们的工价及成本高一点，但和他们搞好关系会促进学校后期建设工作。这样一来，省去了很多不必要的损耗，工程进展也会顺利很多。游惠松、张国生闻之有理，便让刘碧香出面和村民协商学校扩建之事。

那个阶段，中共漳州市委原宣传部副部长林启富前来观看学校创建情况，听了游惠松的办学设想后，极力支持。他说，办学需要循序渐进，要有一个稳步发展的规划。为了表达对民办学校的支持，林启富还担任了立人学校的名誉校长，提出了"两年起好步，四年打基础，八年创一流"的办学方针。从此，立人有了一个清晰的发展轮廓。

这个阶段，南靖一中的教师刘金忠来到茶厂，看望游惠松和他的立人学校。

刘金忠的来访，在立人教育发展史上，注定具有不同寻常的历史意义。

刘金忠来访

游惠松刚要办学时，曾对刘碧香说，如果创办学校，南靖一中的几个"铁哥们儿"会过来承担教学任务。刘金忠就是游惠松口里的"铁哥们儿"之一，他比游惠松小两岁，是南靖县和溪镇联侨村人。

刘金忠参加高考的那一年，正是游惠松第二次参加高考，结果二人同年考入漳州师专。刘金忠录取至物理系，虽和游惠松不是同一专业，却因同乡关系而常有来往。而后，同时分配至南靖一中。因为同乡、同学加上同事的关系，他俩自称为"三同"铁哥们儿。在南靖一中，游惠松是数学骨干教师，刘金忠是物理学科"带头人"。刘金忠工作三年后，就成为一名中共党员，并被任命为物理教研组长，是学校里面最年轻的教研组长。

在刘金忠眼里，游惠松什么时候都有一种积极乐观、锐意进取的人生态度，他特别佩服游惠松顽强地靠自己的能力改变了家庭的贫穷面貌。游惠松身上最有魅力的地方就是质朴实在，没有丝毫的虚荣矫饰之态。作为县城一中的年轻教师，还要在节假日背上工具箱走村串户，揽一些油漆活计来贴补家用。刘金忠曾想过，换成自己打死也不会去做这些"丢人"的活计。毕竟是人民教师，实在拉不下身份。游惠松却不怕"丢人"，他对刘金忠等人说，通过正当劳动挣点钱怎么会"丢人"？懒惰受穷才会让人耻笑。正是这种质朴性格，许多同事都认为游惠松是一个值得依赖的人。他嗜书如命，学识渊博，虽是数学教师却熟读国学著作，加之走村串户体验乡间逸闻掌故，形成了见闻广博、踏实沉稳的文化禀赋。一次闲谈中，游惠松还提到曹雪芹撰写的一副对联"世事洞明皆学问，人情练达即文章"。刘金忠认为，游惠松就是一位世事洞明、人情练达的贤达之人。

游惠松和刘碧香婚后，他们在一中的家就成了刘金忠等人的聚会之地。那是处在校园西北部的一个小院子，右边是厨房，左边是卧室，门户都是敞开的。他们的家里不仅老师们常来，和溪镇迎新村的一些学生也喜欢来。有时候谁的父母带了好吃的东西，他们就拿到游惠松家煮一煮一块儿吃了。老师们发现，星期天学生返校的那天，游惠松家吃饭的时候，总有很多人到往，非常热闹。游惠松从未给院门上过锁，他要出门时，将院门虚掩一下就离开了。刘金忠、王学文、吴两和等人上完课也不回办公室，径直到游惠松家泡茶聊天。即使游惠松不在家，他们也兀自推门进来，自个儿泡上一壶茶，说开话了。这些年经人纵论国际形势、家国大事、人文掌故以及教育活动中的校园趣事，游惠松虽也参与其间，但不大主动讲话。

游惠松不尚"空谈"，更爱谈论一些实际的问题，比如南靖经济发展、文化旅游以及教育困境等问题。当"改革开放""下海经商"成为主流社会思潮时，刘金忠等人大赞政府推出的"停薪留职"政策，觉得应该乘着时代东风改善个人生活现状。大家发现，他们还停留在热烈讨论阶段，游惠松竟然兀自行动起来，帮助几个亲戚办纸厂、办园林公司，挖到了经济改革大潮中的"第一桶金"。他们更加佩服，觉得游惠松有一颗不甘平庸的心灵，在什么境遇里都能顺应时代潮流，让平凡的人生弥上一层成功的光环。

游惠松调到市普教室之后，刘金忠、王学文、吴两和等人也常来漳州看望。那时候，游惠松已经萌生了办学念头。一次聚会中，他把自己创办学校以容纳更多孩子就读高中的想法说了出来。在诸多反对声音中，唯有刘金忠赞同他的想法。并且直接表态，游大哥真要办学，我就辞了公职来你的学校里当老师。他慷慨激昂的言辞感染了王学文、吴两和等人，他们也表态愿意追随游惠松干一番事业。

没有想到，过了两年，游惠松果然租了市供销干校办了一所学校。

刘金忠感佩游惠松的务实创业精神，觉得这个世界上没有游惠松干不成的事。可是，他的这个学校究竟怎么样呢？刘金忠心里充满好奇之念，于是来到茶厂边缘的立人学校。

刘金忠发现，供销干校破破烂烂的院落里，辟出了一方干净整洁的校园。不过，这所学校的条件也太寒碜了。不要说没有南靖一中那样的高楼大厦，就是和溪镇的那些乡间学校的条件也比这里要强多了。但是，游惠松能在这么艰苦的条件里办出一所学校，而且在不到两个月时间里招来108名学生，还有几名专兼职老师在这里卖力地上课。说实在的，没有一种倔强的毅力和坚定的决心，很难办出一个像模像样的学校。刘金忠想，世界上所有伟大的事业都是在艰苦的条件下创建出来的，那些在轻松优越的条件下能办成的事，一般也不会具备功勋意义。

游惠松、张国生和几位老教师在"红楼"里接待了来访的刘金忠。游惠松说，现在的校园只有6亩大小，仅能容纳两个班的学生活动。再过一年，校园会扩建到丽山脚下，有现在的10倍大。基建资金已经到位，土地也拿到了，过不了几年就会有几栋南靖一中那样的教学楼。我们的名誉校长林启富提出了"两年起好步，四年打基础，八年创一流"的办学目标，肯定会逐步实现。

张国生说，我们的民办学校相当于漳州教育界"第一个吃螃蟹"的人，支持的人不会太多。现在最大的困难是教师问题，下学期将有600多名学生涌入立人学校读书。根据教育部、财政部关于中小学教职工编制标准来看，学校里每班师生的比例一般为1∶20。我们招来600学生，需要30多位教师才能兼顾教学需要。现在我们仅能请到几个退休老师，还有一些附近的兼职教师，总括起来教师缺口还差10多人。为了让漳州更多的孩子能进入立人学校接受高中教育，我们特别需要一些刘老师这样的优秀教师来共同创建立人学校。希望刘老师是我们"志同道合"的战友，共同做出一番有益于漳州人民的事业。

游惠松也说，其实我们高薪招10多位老师也非难事，难的是缺乏金忠这样的优秀老师。优秀老师是学校里的骨干，没有骨干就撑不起教育大厦。希望金忠不仅自己要来立人，还要发挥自己在教育界的感召力和影响力，动员王学文、吴两和等优秀老师加盟立人，建设立人。这样一来，立人事业才会长上翅膀，实现飞腾发展。

没有想到，刘金忠毫不迟疑地答应了。

他说："我以前就对游大哥表过态，你要办学我第一个辞职来当老师。我一直敬重大哥的人品，也认为大哥所办之事都是有意义的。不但我要来，我还会动员身边志同道合的教师加盟立人。我深信，游大哥的人格魅力会吸引很多优秀教师义无反顾地来到立人。"其实，刘金忠听闻游惠松创办学校之后，就已萌生来立人教书的想法。他想，自己在南靖一中当了20年老师，哪怕继续在那里上20年的课，回顾一生仍是无大作为。再说，在成千上万的中考大军中只有少数孩子才能考入南靖一中，他们无疑是幸运的。而立人学校却能容纳诸多不能升入高中的不幸的孩子读书，新建的立人学校缺少我这样的老师。正是基于一种无畏的献身精神和壮烈勇气，刘金忠决意加盟立人。他固执地认为，追随游惠松开创立人事业，自己的后半生将不再平庸。刘金忠甚至想，在家乡父老眼里，加盟立人无疑是愚蠢之举；但在立人学子眼里，这一举措具有一定的侠义情怀和英雄气度。

不久，刘金忠就带着王学文、吴两和等人来到茶厂。他们说，南靖县将有10多名老师加盟立人。游惠松闻之大喜，拥有南靖来的10多名老师，加上原有的专兼职老师，立人学校的600名新生的师资问题就能轻松解决。

南靖"十八罗汉"

立人初创的那几年，有一个说法广为流传：游惠松带领一班南靖教师跑来漳州抢占"地盘"。游惠松听后，心里暗暗发笑。首先，办学校的地方是濒临倒闭的茶厂和已经停办的供销干校，"地盘"就在那里，谁都可以租用，怎么是

"抢占"？其次是生源，漳州参加中考的学生达 7 万多人，而全市招录的高中生总数只有 1 万多。包括为学校出"建校费"的"高价生"在内，升入高中的学生也不足参加中考人数的四分之一。创办立人学校不过是招收了其他高中未录的学生，化解乡间孩子就读高中的难题。这应该是"急人所难"的善举，怎么就成了"抢占"？

不过，立人初创的功勋教师都来自游惠松的家乡南靖县，所以人们把立人学校称为"南靖人的学校"。

那年 4 月，经过正式签约，刘金忠等人成为立人专职教师。此前，经刘金忠、王学文、吴两和真诚邀请，有 20 多位教师愿意来立人学校就职。可是，有几位教师来到茶厂，看到破烂的校园和简陋的校舍后立刻后悔了。有人转头就走了，还有人签约后又反悔离开。这样，最终成为立人第一批专职教师的只有来自南靖的刘金忠、王学文、吴两和、洪建新、谢惠清、林玉进、吴天炳等 18 位教师。

南靖县的 18 位教师毅然辞职加盟立人，在漳州社会掀起了一场风暴。游惠松有着什么样的魅力，竟使 18 名骨干教师放弃之前事业编制、工龄待遇和工资福利，毅然辞职？难道他们不考虑未来的生活和退休后的养老问题？难道他们的家人就会支持？他们放弃公立学校的优越条件，冒着被除名的风险加盟立人，这一行为在漳州社会带来很大震撼。游惠松明白，自己在漳州创办学校，面向全市招募教师，只有家乡南靖的 18 位教师追随而来。他们都是南靖骨干教师，都是具有教育理想且不甘平庸的优秀人士。如今毅然抛弃公职来到民办学校，这是对自己的人格、品质、能力的一种绝对信任。就凭这份赤胆忠心般的追随与信任，自己哪怕肝脑涂地也要将立人学校办好。既要让更多漳州学子有书可读，也要让追随自己创办立人的先驱者们生活过得美满幸福。

事实上，放弃经过苦读拼搏而获得的一份"公职"，对于每个人来说，都是一场痛苦的抉择。打破传统习俗和固板的社会规矩，开启一场有别于世俗规律的生活方式，除了突破自己旧有的人生格局外，还要打破盘踞在身边的亲友所营建的一种庞大、牢固且陈腐的社会窠臼。

当时，刘金忠是一中的物理教研组长，又是高三毕业班把关教师。高考结束后，南靖一中的物理科目成绩最好。听到他要辞职去立人，学校领导极为不舍，多次谈话挽留。县教育局局长的儿子也在刘金忠班上，听闻刘金忠辞职消息后极为震惊，局长也极力劝阻刘金忠留下来。刘金忠平静地说，我知道局长是爱护我的。但我很愧疚地请求你，希望你相信我的判断和选择。也许，再过几年你就会为我的选择而高兴。

更多亲戚听闻之后，都责怪刘金忠的脑袋让大马蜜蜂叮肿了，连带责怪刘金忠的媳妇，竟然支持刘金忠抛了公职去私立学校。连着一个月，刘金忠一家三口刚吃过晚饭，就赶紧骑着摩托躲出家门，怕又有亲戚来家里劝说并责怪他们。

来到立人的前两年，常有家乡亲朋好友提出要来看望他，刘金忠都以忙碌为借口不让他们来漳州。国庆节前，为了给全体教师提供一个相互学习交流的平台，立人学校举行"课堂教学评优"活动。刘金忠正和几个教研组长忙碌地在教室内听课，刚下课门房打来电话，说老家来人了。刘金忠到校门一看原来是一个堂叔和两个堂哥。刘金忠也不让他们进校门，赶紧领他们到附近小酒馆里点了菜，请他吃饭。饭罢堂叔提出要到学校里看一下，刘金忠又推说学校正在修建，自己的宿舍已搬到康山校区，进去也没有地方坐。好在堂叔等人也没有强求，拉了一会儿家常，寒暄几句后离开了。刘金忠总以各种借口拒绝亲戚来到学校，他怕这些人看到学校初创时的艰苦样子，会对自己更加失望和难过。

在刘金忠的意识里，游惠松是值得信任的。立人教育绝对是一项有意义的伟大事业，为伟大事业甘冒风险也是必要的。他甚至想，即使有一天立人学校办不下去了，自己大不了打工过日子。况且自己是优秀教师，哪怕当一个"家教"为升入高三的孩子辅导高考，也肯定大有"市场"，从而幸福度过余生。

相同的故事情节，也发生在吴两和的身上。吴两和1982年考入福建师范大学数学系，大学毕业后又回到南靖一中任教，和游惠松同为高中数学组的成员。吴两和年轻而富于活力，教学水平又很精湛，几年后就成为年段长，后又成为南靖一中德育处副主任。这样的成就在父老乡亲的心目中，算是穿上皮鞋西装、有了相当权势的干部。他想，在当时的社会认知下，让人们接受自己离开一中到民办学校的事实，阻力实在太大了，不如先斩后奏。直到给一中递了离职辞呈，木已成舟后，他才告诉了自己的媳妇和亲友。好在媳妇没有反对，说："你想好的事肯定没有错，去认真做好就可以。"母亲、大哥等亲友都极力反对，但也无济于事。那一年，南靖一中达到中学高级职称资格的教师中，吴两和的参评分数最高，排列第一。"中学高级"职称的评审材料也早已报送至市教育局，听到他已从一中辞职到了立人，教育局立马撤销了他的参评资格。

南靖县的18位教师辞职加盟立人，让县教育局的领导极为恼火。他们发布文件，将已经办理了辞职手续的教师通通予以"开除公职"，并在全县有线广播中广而告之，颇有一点杀鸡儆猴的震慑意味。

那时候，电视连续剧《太平天国》演播极为红火，韩磊演唱的主题曲引起了刘金忠的共鸣。他和王学文、吴两和等人互相鼓励，"举旗的杆子不倒下，过河的卒子不后退"。他们悲壮地说，"人活一口气，难得拼一回"，加盟立人就是"过河的卒子"，选定了的道路就要顽强地走下去，决不退缩，也决不回头。当时的立人学校发生了许多与教师有关的尴尬故事：有的老师今天来了，明天走了；有的老师过了几天又来了，半夜三更却又跑掉了。说实在的，放弃公职而选择立人是完全改变人生道路的重大举措，教师中出现徘徊、犹疑、反复波动，也是情有可原的。

就在这样波动复杂的情况下，南靖18位教师却铁了心般地留了下来。他们一来就被固定到教学岗位上，立即投身工作，短期内没有出现徘徊不定、来去无常的情况。

有人将追随游惠松而来的这些南靖教师称为"十八罗汉"。游惠松对张国生说，据说罗汉是大千世界里"护持正法"的尊者，他们秉承佛陀旨义而"教化度众"。佛教里的"十八罗汉"具有佛陀信仰，立人"十八罗汉"具有教育理想。现在的立人还是漳州的一座"小庙"，但是"十八罗汉"一来，这座"小庙"会香火旺盛，会"教化"更多的孩子成为英才！

游惠松对"十八罗汉"说："我始终看好民办教育的发展前景，绝对不会让具有奉献精神的人们没有未来。我投资创建的立人学校的资产在短短的一年内按市场估算价值约达1500万元，以后肯定会持续发展，即使仅翻一番也值3000多万元。我们每个人现在的年薪还不到3万元，假设每个人连工作带退休的时间平均以80年计算，每人一生的总收入将是240万元。甚至以20个人每人平均300万元计算，我们这些人收入的总价值不过6000多万元。我坚信，立人学校会持续发展下去，无论平均收入如何高涨，我愿意拿立人总资产为各位担保，来保证各位对我的信任和支持！经过三年时间，立人学校将陆续完成学生公寓、教学楼、图书馆、园林式校园等项目建设，将逐步完成一级教学设施建设，为全校师生的学习生活营建一个美好的环境。"

游惠松不愧是数学老师，一席话推算缜密而又合情合理，听得大家激情四射，纷纷鼓掌叫好。

多年后，漳州立人教育集团的大楼屹立于闽南大地，立人教育品牌走红大江南北之时，人们才开始佩服最初投身立人的"十八罗汉"。

以游惠松、张国生、刘金忠为代表的立人事业的拓荒者们，具有洞穿未来的前瞻性和准确性，又具备一定的胸襟、胆识和勇气，故能创建出誉满漳州的立人教育品牌。当时不解"十八罗汉"行为的人们也终于明白，他们和立人初创者的区别，就在于思想境界中的伟大和平凡、卓越和平庸。

走村入户

进入 9 月，漳华路畔的大同村顿时热闹了起来。通向茶厂的泥土小道上，挤满许多送孩子上学的小汽车、三轮车、摩托车和自行车。

人们发现，立人学校又迎来了新一学年。仅过了一年，这个不起眼的小学校膨胀似的扩大了六倍。原来只有两个班 100 多名学生的校园，现在一下涌入 600 多名学生。丽山脚下，茶厂一隅，教室里嘹亮的歌声和整齐的读书声不时响起。一到课间，孩子们奔向操场打闹嬉戏，欢笑声和吵闹声此起彼伏。开学的那几天，学校周边的小饭馆、小卖部的生意格外好。几个本村的小老板高兴地说，立人学校给小坑头带来了好运和商机。

南靖"十八罗汉"加上原有的专兼职教师，共有 30 多名教师。因为还未达到师生比例要求，所以部分教师任劳任怨地承担了超负荷的教学任务。校园扩建工程也如期完成，拥有标准教室 15 间，物理、化学实验室、电脑室、文印室各一间。游惠松还大手笔地购置了 60 台电脑，理化实验室设备基本配齐。新建起一个拥有 300 米跑道的运动场和 3 个篮球场，体育教师有了教学场地，孩子们有了课外活动的锻炼场地。还改建学生宿舍 88 间，设立水电设施齐全的 4 个学生食堂。教室、宿舍及操场周边都新栽了香椿树苗，学校初具园林特色，营建了基本的学习生活环境。

一切都按计划运行，游惠松极为高兴。开学典礼上，游惠松动情地说："欢迎各位老师和同学们来到立人。立人现在还是一个小学校，但是不要嫌弃学校小，小总会长大，如同丑小鸭会变成白天鹅，小猴子会变成孙悟空，总有一个成长过程。哪怕是参天大树，也是从最小的一粒种子开始成长。学校虽小，也有名，叫立人学校。为何称'立人'呢？一个一个的'人'立起来了，社会才能文明，国家才有尊严。都说'十年树木，百年树人'，"树"就是培植的意思，意为栽成一棵树十年的时间就够了，而培植人才是百年之功。我们为何不叫树人，而称立人呢？树人是他人之功，立人需要自己的醒悟与成长。"游惠松还为全校师生解析了"立人为本，培育英才"的办学理念。他说，立人为本的"本"应当包括德、智、体、美、劳等诸多因素。立人学校去年就创建了福建省第一个"周恩来班"，"以伟人精神育人"就是立人的德育灵魂。他相信，每位学生在立人学校刻苦学习，在广大教师精心培育下，定能在立人学校成为国之"英才"。

盘点开学工作，令张国生校长唯一遗憾的就是招录的高一新生数量没有达标。原计划招录 600 名高一新生，设立 10 个班。但招生工作结束后，却只招来 300 多名。不过，高一新生虽然只设了 6 个班，高三补习班却招来 180 多名，设立了两个理科班，一个文科班。由于"十八罗汉"大多是南靖高中名师，那里的高考落榜生追随名师脚步纷至沓来，补习班人数一下子增加不少。加上另设的两个高中预备班，共有班级 11 个，学生总数达到 670 名。

其实，早在 5 月，立人学校面向漳州市县区招收高一新生的公告发布之后，张国生就预感高一新生的招录工作不大理想。

主要原因是人们不知道立人学校，更不知道民办学校的办学属性。一些偏远县区的人们要么看不到招生公告，要么以为是和电视上宣传的职业学校一样。更有人听到立人老师的宣传，竟然发问，是做头发的美容学校吗？所以，虽然中考后升入高中的生源极为充足，但因为新学校宣传工作的滞后，人们基本上没有送孩子上立人学校的意向。

当年一放暑假，"十八罗汉"立即来到茶厂。他们住在简陋的宿舍里，以主人翁的精神开始了学校筹备工作。张国生校长谈了招生窘境之后，"十八罗汉"立即分组下沉到县区乡村，投身招生工作。他们明白，如果招生工作不理想，立人学校的"开局"就很艰难。所以，立人"刚起步"的那几年，所有教师在教学之余都分担了一个重大任务，那就是长时间紧张的招生宣传。

没有经历过立人初创之际教学生活的老师，根本无法想象当时招生工作的困厄与艰难。刘金忠后来曾说，那是竭尽全力的一场宣传活动，也是绞尽脑汁的一场说服工作。因为是新学校，又是招录的第一届学生。家长反复询问"学生有没有学籍""能不能参加考试""能不能评三好生""有没有提供食宿"等烦琐问题。相同的问题在每个学生家里都要反复解答好几遍，尽管如此对方仍然满腹狐疑。到了后来，一套说辞已经形成固定模式。家长还未发问，老师们已经开始按顺序解说一遍。他们如同庙里的一帮和尚，目光真诚，态度虔诚，似乎是想通过千篇一律的诵经声来感化家长。

那个阶段，"十八罗汉"牺牲了星期天和寒暑假，不计报酬，不辞辛苦地奔走在招生道路上。刘金忠、王学文、吴两和这些昔日风光无限的名校"名师"，各自骑着摩托车穿行在乡间招生的泥土道路上。亲朋好友看到他们风里来、雨里去的灰头土脸模样，更加不解。这些老师，放着公立学校养尊处优的日子不过，偏要过一种风餐露宿的狼狈日子，这不是脑子有毛病吗？刘金忠等人也不气馁，互相鼓励。不理解的人越多，越说明事业开拓的意义极为重大，就更要坚持下去。

为了便利招生宣传，"十八罗汉"把芗城、龙海、诏安、东山、漳浦和云霄等县区几乎走了一遍。每到一地，先拿出一份县区当年参加中考的学生名单，然后分片负责，进入每个村庄逐户游说。有人夸张地说，立人老师招生时，如同日本鬼子进村"扫荡"一般，每家每户都不放过。老师们听到后，忍不住哈哈大笑。笑后，仍然逐村逐户游说宣传。一个县区的招生工作结束了，他们手里的名单都磨损得破烂不堪。

每逢遇到中考成绩比较好的学生，老师们如获至宝，会到他家好多趟。乡间多狗，初入院落，那狗冲着老师使劲吠叫。到后来，狗见到他们竟不再吠叫，摇着尾巴露出和善的样子。学生家长感慨地说，我家的狗都让你们感化了。孩子若不去你们学校上学，就太对不住你们了。

有一次，刘金忠、严银瑞、王学文等人去南靖靖城招生，大热天突逢暴雨。半道上刘金忠连人带车滑进田里，摔了一身泥。到了村口他们先到小河边，把身上泥水淋洗一下，感觉模样不甚窘迫了，才开始走村入户。精诚所至，金石为开，许多家长看到这样的情形极为感动，说："你们原本是南靖的好老师，现在为了我们孩子上学又受苦受累，孩子送到你们那里我们肯定放心。"刘金忠、王学文等人听到这番话语十分欣慰，有了学生家长的这份认可，所受的苦和累都是值得的。此次招到的学生之一徐鹏原排当年南靖县中考成绩第47名，三年后如愿成为立人学校第一个考上北大的学生，大家深感不虚此行。

当天，另一组的谢惠清等人正行进在南靖山村一带。一下午的工作很有成效，好几个家长都爽快答应送孩子上立人学校。傍晚时分暴雨仍未停息，一行人一高兴找个小饭馆解决晚餐。结束后谢惠清开着一辆老旧奥拓车，载着四个老师离开偏僻村庄。行至半途，谢惠清感觉车子前部剧烈震动起来。赶紧踩住刹车，下车查看，瞬间脸都吓白了。原来前右轮滚轴螺母栓突然掉了，幸亏速度不太快，前右轮才未从车体上飞滚出去。其他几个老师也吓坏了，只好摸黑冒雨推车前行。推车行进了半小时，到另一村找到一个电焊铺把滚轴焊牢，才开车回到漳州。谢惠清后来说，当时的危险情形，至今想起，仍不免后怕。

许多立人老教师都经历过这样的艰辛招生故事。那年暑假，陈小辉和燕文滨到华安招生，两个人骑一辆摩托车奔走在弯弯曲曲的盘山道上。有辆土方车从山沟沟里突然开了出来，山道狭窄，陈小辉只好将摩托车骑行到山道边上停下来躲避。不料脚下一滑，连人带车滚倒在山坡。后座上的燕文滨反应很快，爬起来死死拽住摩托车的后拉架，陈小辉死死抱住车头才不致继续向下翻滚。土方车开过去了，二人将摩托车抬拉到山道上，检查了一下竟无大碍还能骑行。他们坐在山石上望着山坡下面浩淼无垠的归德溪水库，觉得周身没有了一丝儿力气。燕文滨抚着擦伤的膝盖说，看来今天是一个"不宜出行"的日子，应该出发前让董事长算一卦，若是"凶"卦我们就不出来了。陈小辉也说，如此看来是一个"吉"卦，否则我们就掉到水库里喂鱼了。二人互相打趣一番，又在各自的鼓励下站起来，骑车进入高安镇。陈小辉记得，那次他们招回来的邱伟宏同学两年后考入了武汉大学。

为了学校的发展，立人的第一批老师都变成了"超人"。在南靖招生的那些日子里，因为刘金忠是"名师"，家长和学生对他极为信任。为了保证那些学生到立人读书，询问到孩子要上哪个年级，他就信誓旦旦地说自己正好教那个年级课程，并保证他要亲自给孩子带班上课。似乎为了应验对家长的承诺，这一学年开学时，刘金忠兼教三个年级的物理课。虽然感觉很累，但想到自己对家长的许诺总算没有食言，心里反而有一种幸福的感觉。

因为缺少教师，学校也只能这样安排课程。不光物理课，专任教师几乎都超负荷任课。当时，高补班和高一两个年级只有一套教师，每位教师都教三个班级。其中吴勇林为语文老师，吴两和为数学老师，严银瑞为英语老师，刘金忠为物理老师，刘振生为化学老师。"十八罗汉"白天上课，晚上办公备课。虽然多带一个班的课并没有课时补助费，但他们毫无怨言。他们内心有一种和学校共克时艰、共渡难关的神圣感觉。新学校新学期的事务也格外多，课余时节随时需要碰头开会。商量探讨教学工作中出现的新问题，所有存在问题必须在第二天就要解决。那时候班级不多，教师也不多，教学工作有条不紊，人人充满激情，工作效率奇高。

"白眼"和歧视没有什么

从"立人"临时校门进入，北面斜坡上有一棵榕树，此前一直是鸟儿的天堂。这里变成校园后，鸟儿们便飞向了茶山深处。莘莘学子开始在榕树下唱歌、打球、追逐嬉闹，这里便成了一方远离都市的人间乐园。

"十八罗汉"刚来的时候，初建的校园一切都极为简陋，榕树下的教室和宿舍之间立了一个篮球架，就是一个小小的篮球场。正是在这里，体育老师张志勇组建了一支敢与"漳州110"试比高的篮球队伍，还带出了立人学校第一支英姿勃发的足球队，并和厦大学生足球队联动踢球。在蓝天白云和绿茵茵的草地间，奔跑着身着红衣白裤、活力无限的立人少年。张国生老校长珍藏至今的两张友谊赛老照片，留下了孩子们灿烂的笑容和矫健的身姿。后来篮球架移到操场里了，这里又摆放了几个乒乓球桌。原先杂草丛生的小山坡，现在也种上了芭蕉和木瓜树，湿漉漉的苗圃里弥漫着新鲜的泥土和草木气息。

榕树东边不远处是两排改建的宿舍楼，上下两层，供学生住宿。立人老师把最安全的房子让给学生住，自己则住在榕树北边搭建的平房里。台风一刮，屋顶常被掀掉。没被掀的几间房子也是"漏雨湿衣衫，床头无干处"。

即使是平房，也是两个人一间，条件极为艰苦。刘金忠和王学文住一间宿舍，有课的人去教室上课，无课的人开始煮菜做饭。若是两个人都有课，就去学生食堂就餐。日子过得虽然艰辛，他们却乐此不疲。初创的立人学校还有些弱小，需要精心的呵护扶持。那时候，老师们都处在长期紧张状态，就像抗战时期在革命根据地"南泥湾"垦荒一般，以顽强的拼搏精神走出创业的艰难困境。因为学校不断壮大，还要持续招生宣传。繁重的教学任务完成之后，一到节假日老师们又按分配好的小组奔赴城乡开始招生宣传。他们骑着摩托车来往于城乡之间，油钱饭钱从没有让学校报销过。

进入七八月份的酷暑季节，他们仍然冒着烈日暴雨到处宣传招生。一天之中中午的气温最高，但乡村农人只在这时才从田间地头回到家里。于是，酷热的中午竟成了立人老师见到家长进行宣传招生的最佳时间。

家长发现，每逢午餐时间，立人老师便会适时出现在家门口。邀请他们共用午餐，却都说吃过饭了。于是，家长们放下饭碗和老师商谈孩子去立人读书的事宜。其实，每逢招生关键时段，立人老师都无法按时吃午餐。要么早早用过午餐，要么两三点钟后等老乡下地了，他们才拖着疲惫的身体钻到小饭馆里吃午饭。等到傍晚时分，估计家长们都从田地里回家了，又从小饭馆里出来，开始下一轮的入户宣传。

刚开始的那些岁月里，立人老师经历的都是这样的生活。

当时，刘金忠、王学文的心里都在想：不知道什么时候不用我们辛苦地宣传招生，新生也能主动来立人读书呢？到那个时候，我们该有多么幸福啊！

在"十八罗汉"看来，物质条件的简陋和艰苦都算不了什么，更大的痛苦，来自那种歧视民办教育的社会偏见。立人学校是经教育局批准、依据《教育类民办非企业单位登记办法》创建的学校，属于漳州创办最早的民办学校。当时，《社会力量办学条例》及《民办教育促进法》已经颁布，福建省政府办公厅、教育厅、省计委和省财政厅虽然联合发布了《福建省关于鼓励社会力量举办民办学校的若干意见》，但漳州及市县（区）缺乏民办教育管理的具体操作政策，刚开始参照公立学校的规范制度予以管理，实际操作中却出现许多漏洞。比如，招生区域、学籍办理、考籍确定、教师评优评先、职称评聘等，都没有具体条例可循。《国家中长期教育改革和发展规划纲要》中明确指出，要大力支持民办教育，确保民办学校、学生、教师与公办学校、学生、教师平等的法律地位。

但在实施过程中，政府对民办教育的支持力度明显不够，很多政策还只是挂在墙上，不能落到实处。

新学期开学工作正常后，王学文负责学校教务处工作。在为新入校的学生办理学籍时，亲历了大量的白眼、唾弃、刁难和歧视。

王学文所到之处，人们一听立人学校，立即面露不屑之色。话语交谈也很不投机，说什么民办学校就是"资本主义"学校。王学文说创办立人是为了"让更多孩子升入高中"，是一所体现教育家情怀的学校。他们毫不理会，说："不就是'多挣钱''管理乱''质量差'的垃圾学校吗?"为了方便办事，他们说出什么样的"雷人"或"奇葩"言论，王学文都不去反驳。更气人的是，烂话说了一大堆，具体事务还是找各种借口卡住不予办理。王学文气得直摇头：立人的教师难道就这样低人一等?

眼看一学期过去了，福建省统一组织的学业水平合格性考试报名登记工作即将开始，而立人学校的高一新生还没有学籍。如果现招的孩子不能在立人参加"会考"，而要到原学籍所在县区参加"会考"的话，立人学校就没法办下去了。张国生说不要着急，慢慢来。立人学校虽然是民办学校，但仍是漳州市教育局管理指导下的一所学校。没有了他们的管理、配合和支持，学校工作将举步维艰。无论遇到多大的困难，都要坚持不懈，以诚感人，不要轻易得罪管理部门。

刘碧香对王学文说："我认识几个教育系统的领导，我和你去给孩子们办理学籍。"有一天晚上，他们托人说情去见一位负责人。记得那人住六楼，两人好不容易上到六楼。敲了半天门，对方就是不开门。等了半天，王学文多次敲门，门才总算开了。进入屋内态度却还是不友好，说什么"资本家"办什么都行就是不能办学校，让他们快快离开。刘碧香回到家里，心酸难抑，在角落里偷偷哭泣。她对游惠松说："为了办你的这个破学校，让我遭受了从未受过的污辱。"游惠松说："容易办的'好事'根本挨不上我们，别人都去抢着办了。我们要办的是'大事'，事业越大难度也越大，一个人的精神承受能力也越加强大。"

王学文横下心，天天跑到教育局去"磨"。自己上课忙的时候就让经办的秋霞和秀芳老师轮流去教育局追问学籍办理进度。这样，直到第二学期开学后，高一新生的学籍才批了下来。王学文清楚地记得，那一天是 2003 年 3 月 5 日，福建省教育厅发布了《关于同意漳州立人学校等四所学校高中部注册登记的通知》，要求举办学校的单位的个人要继续加大投入，充实完善办学条件，配好高中学科教师。按省颁课程计划开齐开足课程，努力提高教育教学质量，并要求各校要统一参加全省高中会考，会考学校代码由主管教育行政部门确定后报省

诚育立人 | CHENG YU LI REN

69

会考办备案。通知发布后，王学文极为高兴。

那时候，对立人学校的歧视和白眼充斥于各个领域。一天，教务处的老师拿钱去订购中学教辅材料。管理干部竟然不同意立人学校订购，说你们这个私立学校如果过几天倒闭了，学生解散后你们拿什么来交钱。王学文汇报张国生校长后，张校长一气之下电话打过去，表示全款订书，他才给立人学校下了订购单。过了两年，立人发展成拥有两千多学生的大校，变成教辅资料订购大户。那个管理干部立即主动打电话示好。看到他反过来怕立人学校不去订书，教务处的老师不禁有一种扬眉吐气的感觉。

省教育厅的文件也发布了，明确立人学校和公立学校一样"统一参加全省高中会考"。但在有些人眼里，立人学校不应该享受和公办教育一样的政策待遇。立人初创时期，市里组织一些"新课程改革""教育达标验收"等重要会议时，教育局办公室常把立人学校"忘掉"了。张国生通过《闽南日报》知道这些会议消息后，对教务处的老师说，既然人家认为我们"低人一等"，我们也就放下姿态和他们主动联系。要让他们知道，立人学校的教育对象也是漳州人民的孩子。教育部门的许多重要会议如果不参加，国家最新的教育政策就不好落实，立人教育就会因缺乏时代性而被社会所淘汰。

王学文就安排教务处老师每周都固定给教育局办公室打电话，主动询问有没有会议或活动需要立人学校参加的。办公室接电话的老师起初态度比较温和，时间一长一听立人学校的电话就不耐烦道："没有会议！有会议会通知你们！"打电话的老师虽然受了白眼，也不生气，因为经过这样一个过程，教育局办公室的人再也不会"忘掉"立人学校。有什么重要会议和活动，都开始正常通知学校派人参加。

有一次，王学文去教育局参加会议，邻座的一位市直中学的干部听说他是立人学校的，就翻了下白眼，说道："你们学校到哪儿去搜罗了一些没饭吃的人，凑成了草头班子？"王学文也不恼，不卑不亢地说："立人学校的老师不是没饭吃的废人，是扔掉'铁饭碗'来到立人的。换了你恐怕没有这个魄力和勇气。"说得那干部哑口无言。不久，立人学校的陈志材和谢惠清二位老师双双获得"福建省优秀班主任"荣誉称号。此事传开后，人们都说，敢到立人教书的老师都是有本事的人，或者说，真正有本事的人才敢到立人当老师。

从"阳光班"到"周恩来班"

四月初，谢惠清的自行车轮胎的气门芯让学生给拔了。听说，拔气门芯的是他带的"周恩来班"的学生。消息传出，人们不禁疑惑，那些学生都堪称学校的道德楷模，怎么会干这样的坏事？

有的老师说起了半年前谢惠清开着老旧奥拓车拉老师招生的往事，那时候汽车前右轮子险些飞出去。此后便不敢开车而改骑自行车了，结果自行车气门芯又飞走了。开汽车时连夜推着汽车找修理铺，骑自行车时又连夜推着车子找修理铺。老师们笑称他是"夜色下的绝佳推手"。

事情是真的。不过，那夜的谢惠清推车找修理铺换气门芯时没有明显的沮丧情绪，心里反有一种甜蜜愉悦的感觉。

那天是 4 月 1 日，许多中国人都忘了那天是西方的"愚人节"，英语老师谢惠清却记得很清楚。为了融洽师生关系，他想借这个节日调侃一下学生。第一节晚自修刚下课，辅导老师刚离开，谢惠清就进到教室里。他站在讲台上严肃宣布："第二节晚自习不上了。为了活跃校园文娱生活，学校决定集体组织各班同学看电影。电影是美国 3D 大片《第一滴血》，是我班同学安排观看的第一场电影，现在准备出发。"

在同学们的欢呼声中，谢惠清又说："去电影院需要走三千米的路程，大家要先到操场跑三圈。锻炼腿力之后，返回教室，我给大家发票，然后统一出发。"平素学习极为紧张的同学们兴奋极了，男女生齐刷刷地跑到操场里欢快地跑了三圈。等他们气喘吁吁地回到教室，却不见谢老师发票。互望几眼之后，教室里安静了下来。谢惠清使劲忍住笑，佯装严肃地说道："今天是什么日子？愚人节！祝大家节日快乐，第二节晚自习继续！"教室里再次炸锅，嬉笑声和唏嘘声响成一片。

第二节晚自习下了课，谢惠清习惯性地到男生楼和女生楼那儿转了一圈。已接近夜晚十一点了，他才带着愉快的心情返回办公室。一开门，门把手和门板上涂满了墨水，擦身进屋，两手淋漓，白衬衫的袖子上一片污黑。他一下子明白是怎么回事了，这帮坏小子气不过，也来给班主任过"愚人节"。他没有多想，下楼到校门侧边的停车栏里推上自行车准备回家。一推才发现，两只轮胎都瘪了。弯腰一瞅，两只轮胎的气门芯被人拔出不知扔到什么地方了，只好推车去找修理铺给自行车换气门芯。他一边走一边想，还得再想办法让这帮家伙锻炼身体，坚持跑步。不过，以后给他们过"愚人节"可得提防一点。只想"愚弄"他们，却忘了他们也会"愚弄"自己。一想到同学们被愚弄后"抱怨叫骂"的情景，谢惠清还是忍不住笑出声来。

谢惠清是立人学校第一届"周恩来班"的班主任。不过，"周恩来班"的创建却早于一年前。当时，游惠松做出一个决定，在新学年高一招生时特设一个"阳光班"专门招收品学兼优的贫困学生。立人学校要为"阳光班"学生减免所有学杂费，并每月发放 50 元生活补助。《闽南日报》记者、高级编辑陈镜清来立人采访时，提议将"阳光班"设立为"周恩来班"。陈镜清是漳州周恩来研究会的理事，也是淮安周恩来研究会的兼职研究员。他说，早在 1982 年南京玄武中学就创建了全国第一个"周恩来班"。如今 20 年过去了，天津、北京等地的各类学校里已经创建了 40 多个"周恩来班"。我们福建还没有一个"周恩来班"，希望立人学校将"阳光班"创建为"周恩来班"。

游惠松初中时曾说过"为革命而读书"的话语，后来读到少年周恩来"为中华之崛起而读书"的铮铮誓言后，也被少年周恩来的远大理想与伟大气概所感染，一直将敬爱的周恩来总理作为人生的楷模。听到陈镜清的建议后，当即同意将"阳光班"创建为"周恩来班"。在游惠松看来，创建"周恩来班"算立人学校的德育特色。"周恩来班"是标杆和高度，全校通过"知周学周"构建起德育教育的总体框架。在陈镜清的帮助下，新学期开学前一个月，中共中央文献研究室第二编辑部、周恩来邓颖超研究中心发来批复，同意将立人"阳光班"创建成福建省的第一个"周恩来班"。

新学期开学后，"周恩来班"正式组建。张国生认为，要办好"周恩来班"首先要有自己响亮的口号，提出立人学子要"特别懂礼貌，特别守纪律，特别讲团结，特别能吃苦，特别勤读书，特别有作为"，并以此来严格要求自己。这些话语简洁明快而意蕴丰富，人们亲切地称为"六个特别"。"周恩来班"的同学们将"六个特别"作为班级誓词，天天对照，时时鞭策，从此成为立人学子自觉的精神追求。开学伊始，立人学校掀起了一股"学习周恩来"的热潮，涌现出了一批又一批勤奋学习、奋发向上、积极进取、自强不息、身心健康、人格健全的好学生。

谢惠清在南靖二中工作期间，曾多次被评为优秀班主任，具有丰富的班级管理工作经验。于是，被推为立人学校第一届"周恩来班"的班主任。实践证明，谢惠清正是一位善于思考、勇于创新的教育工作者。他全身心地投入班级管理，细心关注每位学生的思想行为，班级各项工作开展得有条不紊。当时，学校已经为班里的贫困学生免除了所有的学杂费，每月还给 50 元的补贴。但对于家庭特别贫困的学生来说，校园生活还存在一些困难。谢惠清召集班干部商量来帮助他们，号召全班同学每人每月再捐 3 元钱给那些生活特别贫困的学生。同学们把班级垃圾收集起来，每周拿去卖，所得款项都用来资助这些同学。后来，"周恩来班"的同学在校园里见到垃圾也会主动捡起，既美化了校园环境卫生，又资助了贫困学生，得到全校师生的一致好评。茶厂有位姓陈的阿婆听到消息后，还专门联系谢惠清，每月给这些孩子捐助几十元钱的补贴。她还特别眷顾那些家境贫困的孩子，周末还要叫一部分孩子到她家中一起用餐。

为了便于班级管理，谢惠清特意要求后勤处将自己的宿舍安排在学生宿舍隔壁。他除了关注学生的校园生活及精神成长外，还和同学们商量制定严格的管理制度。比如，就寝后不能夜聊以免影响睡眠，违者罚"俯卧撑"一百次。只要抓了现行，宿舍全体成员需要一起在门口做"俯卧撑"。许多学生做了不到40个就趴下了，趴下的可以睡觉，但次日夜晚需在同学们监督下补做完成。半学期过去了，同学们养成了熄灯后立即就能入睡的好习惯。体育老师也惊讶地发现，"周恩来班"的学生在体能测试中，"俯卧撑"一项竟然高于其他班级。因为师生建立了融洽默契的关系，所以他给全班同学过"愚人节"的那天，同学们也给他过了一个永远难忘的"愚人节"。

可以说，立人学校创建初期，引导学生深入学习伟人精神，学习伟人的光辉业绩和崇高品质，从而运用学生易于接受的方式进行爱国主义、集体主义和革命传统教育，成为立人学校的德育特色。校园里"六个特别"奏响学习伟人精神的最强音，"为中华之崛起而读书"成为学生学习自觉的永恒动力。立人遵循"以伟人精神育人，走立人育人道路"，得到了广大家长和社会各界的赞誉。

设立初中部

2003年9月，立人学校进入正式招生的第二年。新学期刚开学，有10位长泰籍教师加盟立人。继上一年的南靖"十八罗汉"来立人之后，这一事件在漳州社会再次掀起一场风暴，时任长泰县岩溪中学校长的王凯支长时间处在风暴中心。

至今，长泰县岩溪镇的人们还记得那一年发生的几件轰动性的大事。那年5月，岩溪中学顺利通过几轮验收成为福建省首批"义务教育学校管理标准达标学校"。当地村民还通过点歌形式在电视台反复播放，表达庆贺。两个月后，中考成绩揭晓，岩溪中学的成绩荣居全县第一，有100多名考生顺利考入长泰一中。人们欢天喜地，奔走相告，纷纷夸赞王凯支教育管理有方，为岩溪教育做出了突出贡献。未料，仅过了一月，剧情就发生了很大反转，人们开始责骂王凯支是长泰教育界的"败类"。

即将开学时，岩溪镇传开王凯支"跑"到立人的消息。若他一人"跑"掉也罢了，他"跑"时还带走一批精干人马，包括7名学校领导和3名骨干教师。当地邑民痛心疾首，扼腕叹息，王凯支此举给岩溪人民的教育事业造成了重大

"创伤"。

夏秋之际接连发生在岩溪的几件大事，如同连环惊雷炸响于长泰上空，在漳州大地也引起长时间的回响和震荡。人们百思不得其解，游惠松是何方神圣，有着怎样的魅力？去年让南靖"十八罗汉"进入立人校园，今年又引长泰10名教师投奔立人。特别是创下全县第一佳绩的王凯支，竟然抛下校长桂冠和"铁饭碗"，带着"精锐人马"跑到了他的麾下？

王凯支比游惠松小两岁，游惠松大学毕业的那一年，他也从龙溪师范毕业分配至长泰工作。1998年游惠松在长泰县推广"分层导学"教改实践时，王凯支时任岩溪中学副校长。对于"分层导学"的教改意义，两人的认识高度一致。王凯支认为实施"分层导学"可以充分照顾学生发展差异，易被学生接受。"分层导学"易于促进学生在不断流通的过程中接受挑战，实现跨越，从而形成互帮、互助、互赶的教学局面。他在游惠松的指导下，在课堂教学中积极推行"分层导学"。他结合岩溪中学实际，设立"班级分层""学生分层"等教改实践，创建了多向互动的课堂教学局面，较好地减轻学生学习负担，从而大面积提高了学科成绩。两年后，王凯支主持的"分层导学"课改成果获漳州市二等奖。从那时起，二人彼此欣赏，建立了深厚的友谊。

这一年春节刚过，由中华职业教育社主办的"2003中国民办教育发展峰会"在漳州举办。游惠松应邀出席会议，并被安排交流发言。游惠松发表了题为《民办教育培育英才的有效途径》的讲话，博得一片赞誉之声。与会代表认为，立人教育找到了一条适合漳州经济社会规律的发展路径。会后，有工作人员找到游惠松说，中华职业教育社的常务副社长请他到芗江宾馆叙话。副社长见到游惠松后夸奖他办学有方，是真正的教育家。既而，话锋一转，希望游惠松接管中华职业教育社在漳州的重阳职业学校。原来，近年来职教学校招生困难，重阳职业学校濒临倒闭。副社长说游惠松既是教育家，又是实业家，希望能利用职业学校校区扩大立人教育事业。

这个阶段，游惠松正为茶厂校区的扩建工作屡屡受到大同村民阻挠而烦恼。一年前，立人学校和濒于停产的茶厂通过近百次的沟通，前后签订了7份协议。最终达成了立人学校支付500万元的茶厂职工安置费，后以每年80万元场地租赁费取得厂区20年的土地使用权。先期支付的500万元从后期租赁费中扣除即可。但在扩大租用学校北边大同村土地时，村民要么漫天要价，要么推三阻四，让学校扩建工程难以推进。现在听闻副社长话语，茅塞顿开：为何要死盯茶厂周边大同村的地盘？重阳职业学校位于茶厂西南的康山村，与芗城实验中学仅一墙之隔。这里东靠金峰工业园区，南临九龙江畔，风光秀丽，交通便利。茶厂到这里也就五六千米，驱车从漳华路出发，穿过大学路，不到 20 分钟就可到达。何不在这里另建立人校区？于是，游惠松当即答应。一周后，今日园林公司和重阳职业学校正式签署了校区租赁使用合同。合同约定租金每年 8 万，租期暂定为 20 年。于是，立人学校"康山校区"应运而生。

有了康山校区，游惠松萌生了创办立人学校初中部的设想。未料，这一设想遭到了许多领导和教师的反对。大家一致认为，根据当时的教育资源现状来看，立人学校招录高中学生的压力不会太大。但初中就读的学生属于义务教育阶段的学龄儿童，管理非常严格。生源又不充足，收费受限且容易出问题。刘金忠、吴两和都认为，"国家义务教育"最好让国家去办，立人学校最好远离这种"吃力不讨好"的事。张国生说，立人办初中教育可以得到国家补助，但每生每年也就 650 元，实在太低了。另外，初中孩子住校食宿管理方面可以收点费，但牵涉义务教育，收费标准依规定也会很低。可见，办初中教育确实是一件"吃力不讨好"的事。

游惠松说，这些情况他都知道。但是，立人教育要想长足发展需要创建教育品牌。创建教育品牌的一个过硬条件就是全社会都关注的"高考升学率"要实现辉煌。说实在的，立人高中生源是不存在问题，可是我们很难招到成绩优秀的学生。没有优质生源，立人高考升学率偏低，假以时日学校会在不温不火中走向衰落。如果有了自己的初中，自己培养的优秀学生总不会跑到别的学校里。虽然初中孩子比高中孩子小，生活自理能力更差，招录后投入的人力资源和经费资源都会多很多，但是，为了立人长足发展，我们哪怕倒贴一些资金，更费一些力气也要办好初中教育。我们创办立人教育原本就不是为了盈利，不过是为一群有教育理想和教育情怀的人们搭建一个施展才华和能力的平台而已。

听完游惠松一席话，众人点头称是。经过商议，确定在康山校区创办立人初中部。

但是，另一个问题又摆在了面前，那就是缺乏师资力量，特别是缺乏懂得义务教育各项指标的骨干教师和领导。在这种情况下，游惠松自然而然地想起了岩溪中学的王凯支。

王凯支很早就知道了游惠松办学的消息。当年，王凯支主持"分层导学"课改成果获奖后，游惠松感触很深。想要推进"分层导学"，需要高素质的校长深度理解、率先进行教改试验，才有好的效果。都说好校长就是一所好学校，一个好校长确实能有效促进基础教育均衡、优质、内涵发展。王凯支曾和游惠松有过多次交谈，关于"分层导学""社区课堂""生活教材""大爱教育"等话题都是他们讨论的内容。一次次的交谈加深了彼此之间的相互了解，王凯支认为，游惠松身为数学教研员，博览群书、善于思考，具有完备的教育思想和崇高的教育理想。和游惠松的每一次谈话，都能点燃心中内蕴的激情。他甚至想，游惠松就是一位教育家，追随这样的教育家干一番事业应该是一件十分幸福的事。所以，当游惠松风尘仆仆地从漳州赶到长泰来找他时，刚一说明来意，他就同意加盟立人。

游惠松十分高兴，王凯支就是立人初中部一位现成的优秀校长！游惠松还向王凯支提出了另一个要求，希望通过他在教育界的影响力再替立人学校招录一些初中骨干教师，王凯支也答应了。

王凯支原本想发动几个昔日的师范同学来立人教书，没有想到，当他把自己将要加盟立人的打算告诉胡明南时，胡明南竟提出也想到立人工作。过了两天，学校教导主任刘坤和、政教主任梁坤中和教研组长林龙辉、叶亚其、张辉明也来找他，提出也想到立人工作。包括后来找来的吴秋凤、高流金和黄飞3位教师，总共就有10人。这样的情形实在出于王凯支意料，他开始犹豫了。说实在的，他毕竟在这里工作了十多年，多少苦乐荣辱的时光都凝聚在这里的草木楼舍之间。虽然自己即将离开，但内心里还是希望岩溪中学越办越好。现在一下子带着7名学校领导和3名骨干教师离开，岩溪中学怎么办呢？只有自己取消了去立人的打算，其他9人才不会离开岩溪中学。可是，如果食言不去立人学校，游惠松招来的初中学生怎么办呢？这样犹豫痛苦了半个月，他决定带着这些教师去立人。他想，岩溪中学毕竟是公立的有根基的老学校，我们这些领导及教师离开了很快就会从别处抽调补全。而立人学校是新建的学校，还是众人并不看好的民办学校，如果缺少老师就会步履维艰。两者相比，"岩溪"是强者而"立人"是弱者，同情弱者且救助弱者是人类共有的天性。这样看来，我们去立人是一种使命。就让岩溪的老百姓骂我为"千古罪人"吧，我一定和我的伙伴去立人！于是，长泰县发生了岩溪中学7名学校领导和3名骨干教师集体"跑"到立人的轰动性事件。

康山校区正式成为立人学校初中部，当年设立七年级8个班，八年级和九年级各设1个班，初中招生实现了"开门红"。

岩溪的10名教师加上来自南靖、芗城的12名教师，成为漳州立人第一届初中部的老师，王凯支义不容辞地担任了初中部校长。

"风水宝地"

这一年，除22名初中教师外，又有50多名高中教师呼啦啦地来到立人。

至新学期开学时，全校共有专职教师 115 名。学校发展成为初中部和高中部兼备的一所完全中学。高中部设立高一和高二各 10 个班，另设高中预备班和高三复读班，学生总数达 1869 名。校园总面积达 80 亩，总建筑面积达 25000 平方米。校园经过不断的修建整改，为立人学校向规模化发展奠定了坚实基础。

游惠松回顾两年来立人学校的发展经历，极为感慨，他在《积极推进漳州立人学校事业健康发展》的文章中写道，如果追求发财，我不会搞教育；如果追求享受，这些老师不会来立人。因为不甘平庸的灵魂和矢志奉献的精神，我们相聚于立人。那时候，校园建设的工人冒着 40℃ 的高温在太阳底下坚持施工，而我们的老师奔走于乡野山沟之间，历经千辛万苦，为的是立人学校能够起好步。多少人舍去家庭的欢乐和责任，多少人生病了还坚持工作，个中事迹，如果记载下来，那定是一首首感人肺腑、催人奋进的壮丽诗篇。

随着立人的不断发展，学生数量不断增多，教师队伍不断壮大，校园规模、校舍数量及教学设施的配套工作同时堆集在了立人创建者面前。当时条件还很艰苦，没有自来水，厕所是旱厕。因为校区改建，部分校舍还不能启用，秋天新招的 500 多学生的宿舍都成了问题。刚好茶厂边上的社会福利院老年公寓刚刚竣工，游惠松和福利院领导协商，租用了这幢楼的两层作为学生宿舍。校区和福利院之间有一条上世纪六七十年代修建的防空洞，游惠松联系启用这条防空洞，使之成为教室和宿舍之间的地下通道。

防空洞里没有灯，地上时有蟑螂及其他虫子爬来爬去，胆小的学生都不敢过。王凯支组织学生在教师的陪同下排队集体通过，歌声、笑声、喧哗声不时回荡在黑漆漆的防空洞里，有一种神秘而奇妙的感觉。这一切，成了立人初中部第一届毕业学子充满情趣的回忆。

学校的雏形和轮廓已经具备了，但校园规模的扩大和硬件设施的建设发展却极为缓慢。刚开始选址时觉得这个地方有供销干校的校舍基础，适合办学。未料，周边土地却是分属于五个单位的"插花地"，租赁土地、规划报批、施工进场等学校建设的每一个环节都要辗转于五个单位之间。五个单位的属性又各不一致，既有村民委员会、集体企业和事业单位，又有解放军驻漳部队机构，不同单位对土地的领辖属性也不一致。所以，每一步的推进都比较麻烦，故而十分缓慢。在校董会上，有人提议干脆停了茶厂的扩建工程，将此地视为过渡校区。立人学校若想有更大的发展，可以另选校址建造大楼及校园设施。

游惠松没有立即表态。倘若放弃此地另选校址，供销干校的校舍和前期置办的设备就废弃了。这个阶段，立人学校成为福建省民办学校理事单位，游惠松当选为常务理事，应邀参加了福建省民办教育考察团。他历时半月，曾参观考察了河南、陕西、江苏、浙江等四省十多所民办学校。说实在的，外地民办学校的庞大规模和豪华标准让游惠松十分震惊。如浙江的海亮教育集团、江苏的枫华教育集团、河南的宇华教育集团、陕西的思源教育集团等，皆是以纯粹的民间资本独立创办的普通中小学校，各以雄厚的资金、豪华一流的设施和庞大雄浑的校园规模而著称一地。

也许是一贯的节俭生活作风使然，游惠松时常想起清华校长梅贻琦"所谓大学者，非谓有大楼之谓也，有大师之谓也"的著名论断，觉得立人学校应该走自己的路，应该先建设"大师"团队，以"大爱"思想贯穿教育环节，最后建设"大楼"校园。这样一来，立人学校才会形成独特的教育品牌。如果创建之初将有限的资金耗费在豪华大楼和"摆样子"的硬件设施方面，学校后续发展将会出现资金匮乏并失去发展后劲。

游惠松说，另选校址未必是一个好策略，不要说新选校址极为麻烦，就是各类报批手续也同样费劲。此外，学校若搬迁别处，前期建在这里的投资就打了水漂。作为一个高明的投资专家，往往会考虑投资收益与建设成本的比率。假若收益为分子，建设成本为分母，应力求分母最小化，才能实现经济和社会的双重效益。如果结合漳州经济社会的发展水平，立人学校应该选择"平民化、高质量"的办学路子。

游惠松摊开桌面上的漳州市区示意图，对几位董事和校领导说，学校选址还要考虑到人与自然的和谐理念，要求校园环境"藏风聚气"，这样有利于学校的长期生存。茶厂远处的博平岭主峰若笋林尖海拔 1600 多米，余脉向南奔腾 100 多千米，如同从天宝山起跑的一条巨龙逶迤远去。九龙江北溪与西溪汇合于漳州城东，芝山脚下漳华路尽揽山川形胜和祥瑞紫光。立人学校所在小坑头北面丽山山麓脉承天宝山、岱山为"青龙"之势，西面鸡公山为"白虎"之象。小坑头南山为"案"，芗城区芝山为"朝"。内明堂右水倒左于震，外明堂以芗城平原为怙，远觐大帽山金仙岩，堪称兴办学校的绝佳"风水宝地"。

一番融合建设美学与风水易理的话语，说得听者动容，低首心折。游惠松意犹未尽，拿出立人学校的规划图对大家说，规划图上的 ABCD 四个区分别是学生公寓区、运动区、行政办公科技楼区和教学区。四区四个平台，自东南至西北渐次升高。A 区 4 幢 7 层楼房位于"壬山丙向"，4 幢之间的 4 层连体建筑位于"庚山甲向"，两者构成完美的水口闭户。C 区 9 层建筑科技楼位于"壬山丙向"，校门位于 C 区"乾山巽向"的正后方，形成校园的中心主体。D 区

"同"字形5层建筑形成前后主体的"壬山丙向"，西边的连体建筑为"庚山甲向"。此处7.8米的周恩来铜像也以"庚山甲向"设置，背依西边连体建筑，再往西还要建造2幢紧靠在一起的12层建筑，增添"靠山"脉象，这样就形成立人学校的"旺势"发展格局。

大家感佩游惠松博大精深的国学底蕴和博闻强记的学问之功，又被其缜密的推理和雄辩的演说所感染，觉得在茶厂扩建立人学校的前景十分远大。于是，大家意见高度统一，决定立人校址不再变化，就在茶厂兴建颇具规模的立人新校区。

既然最佳校址不再改变，学校建筑发展规划应予立即实施。游惠松进行了简单的分工，他带领一班人联系规划部门做好方案并和政府领导沟通项目报批工作，张国生校长负责教师招聘和招生工作，德育主任刘金忠、教务主任王学文和副校长吴两和、初中部校长王凯支各自负责好学科教学及各类教育事务。刘碧香负责做好财务预算、后勤保障及工程立项工作。为了表达办学的决心，消除创建团队成员的后顾之忧，游惠松第一次提出"独立投资，独担风险；全员共业，按劳取酬；利益共享，论功奖赏"的办学想法。一年后，他在全体教师大会上再次诠释了自己在"独担风险"前提下创立"全员共业"平台的发展思想。

整个夏天，游惠松和他的团队一边展开征地工作，一边进行校园详细规划和单体设计。董事会团队日夜操劳，耗尽了无数个不眠之夜。功夫不负有心人，占地面积151亩、建筑面积9万多平方米、学生规模3600人的学校初步规划终于完成。当时，这样的规模已是漳州市最大的完中校，游惠松十分满意这样的规划构想。在中共漳州市委和市政府领导的关怀下，立人学校新征地74亩的相关申请报送至省政府，不到半年就获得批准。据说，这是漳州市上报的近百个征地项目中，第一个获得省里批准的单位。

学校扩建工程启动之前，首要问题是给学校供水。当时，大同村离漳州市区较偏远，一直没有通自来水。村民、茶厂工人和供销干校的师生都使用深井里抽取的地下水。立人学校的学生越来越多，没有水，煮饭和住宿都极为不便。特别是使用旱厕，一到夏天臭气熏天，师生苦不堪言。立人学校向市政府提交了请求解决大同村及茶厂一带的自来水供水的报告，市政府高度重视，立即批复实施。当时，通水工程造价全部预算为230万元。漳州市水利局向省里争取到市民饮水工程专项经费100万，其余130万元由立人学校补齐，不需要大同村承担任何费用。大同村居民极为高兴，纷纷说小坑头一带无自来水的历史将一去不复返了！

　　未料，立人的通水工程队到大同村开始实施挖土、垫层及埋设管道工程时，一部分村民骂骂咧咧地堵在了村口，不让工程队进驻施工。消息传来，游惠松不由得纳闷，立人学校筹资为大同村铺设自来水管，村民怎么会无理阻挠呢……

第4章
道路崎岖，样样争取风生，冠群英

新学期开学以来，陆续有优秀教师加盟立人，全校专职教师已有200多名。根据学校教师在县区摸底招生反馈的消息称，下一学年立人新招的高一和初一新生1000多人的计划完全可以实现。省里和市里主管教育的领导也于近期频频来到立人学校，在他们的关照下，漳州市推出相对宽松的学籍管理政策，市区教育、国土、税务、人社等部门也对立人的规划、建设、立项、批复等环节给予了便利措施。回顾建校之初的发展特点，立人可说是尽得"天时""地利""人和"三大条件，立人事业的蒸蒸日上也就成了必然。

在困境里开拓新路

那年秋天，立人的通水工程方案确立后，立即得到水务局和市政工程局的批复同意。依照方案，自来水管道将从省水文地质大队接通，沿漳华路街面向西北方向延伸，连通大同村南北村庄及沿街各自来水供应点，全长约两千米。

游惠松表态，架设自来水管道不能只顾立人学校利益，要把项目视为造福周边百姓的惠民工程。使用的通水管件规格要高，要使用直径较大的通水防腐铸铁管。哪怕预算再多些也无所谓，一定要保证工程质量。没有想到，埋设管道的地沟刚要开挖，就有一些村民堵在村口，阻挠工人施工。

原来，漳华路穿过大同村的那一段沿街商铺多属大同村个人所有。外地商人来此租用这些房子经营家具百货、五金日用、电器修理、杂食小吃等生意，平时人来人往十分热闹。现在街面东侧开挖埋设管道的地沟影响他们生意，就找到房东提出减免施工期间的房租。同时，自来水管道入户需要各家承担必要的设施费用。租房的商户要求房屋主人承担，而房屋主人则要求商户承担，彼此扯皮有了矛盾。后来，他们想出消除矛盾的办法，竟然是要承建工程的公司承担这笔费用。工程队从未有承担用户管道入户费用的规定，便一口回绝了他们的无理要求。于是，这些人骂骂咧咧地堵在村口，工程只好停了下来。

这个阶段，游惠松忙坏了。开学后，新大门、新校道施工完成，已正式启用。

位于南大门入门处的周恩来雕像也落成了。游惠松寻思着雕像运回安放妥当后，要举办一个周恩来雕像落成典礼，结合典礼进行一次"知周学周"的德育教育活动。到时候，覆于雕像的红布会被缓缓揭下，魁梧站立的周恩来雕像出现在众人面前。整个雕像由花岗岩雕成，高约5米，正对着校门。着一身中山装的总理身形颀长，面目俊朗，左手自然地垂着，右手则弯曲成60度角，放在胸前，在阳光下微微而笑。雕像的背后是两米半高的衬墙，墙上镌刻着九个金光闪闪的大字："为中华之崛起而读书"。雕像的前面围着一圈龙舌兰，内侧是一簇簇菊花，灿烂绽放。

游惠松心内赞叹，来不及停留多看，带着校董会对全校安全、食堂、卫生再一次进行检查。对5所食堂的检查尤为严格细致，确保从业人员卫生达标，饮食环境干净整洁。游惠松提出要求，校内5所食堂的油盐酱等原料由学校后勤处统一采购，一定要确保师生饮食安全。此项工作还未落实，学校办公室又接到近期急办业务，如义务教育专项账户设立、办学许可、达标评估验收、民政机构登记年审等事宜，都需要他拿出办理意见。

许多事纠缠在一起，游惠松不禁慨叹，创建学校真不是一件好办的事啊！那天下午，张国生前来说，立人通水工程被大同村民挡住了。极度疲惫的游惠松忽地觉得自己的大脑完全停滞，如同电脑死机后的屏幕一般。他圆睁双眼，望着张校长却不知道自己在说什么。只好摆摆手，闭上了眼睛。张国生看到游惠松的这种状态，悄然退了出来。最终这事还是刘碧香出面解决了。在村委会的帮助下，她找到带头闹事的村民和商户，答应了他们的部分条件，工程才得以顺利进行。

此时，《中华人民共和国民办教育促进法》正式发布实施，福建省召开了全省民办学校教育经验交流会，各地大学、中小学及幼儿园代表出席会议。立人学校陈志材老师被确定为中学类代表在会上做了题为《依靠学生管理班级》的交流发言，得到与会者的一致好评。半年后，全省民办教育学会召开年会，董事长游惠松当选为常务理事，是漳州唯一的常务理事。游惠松感叹，民办学校终于有了国家法律的支持，将会促进立人教育事业做出更大贡献。

游惠松暗地里盘算，立人学校地处漳州市区，辐射八县一市两区，相对优越的地理条件，在招贤纳才方面起了一定作用。新学期开学以来，陆续有优秀教师加盟立人，全校专职教师已有200多名。根据学校教师在县区摸底招生反馈的消息称，下一学年立人新招的高一和初一新生1000多人的计划完全可以实现。省里和市里主管教育的领导也于近期频频来到立人学校，在他们的关照下，漳州市推出相对宽松的学籍管理政策，市区教育、国土、税务、人社等部门也对立人的规划、建设、立项、批复等环节给予了便利措施。回顾建校之初的发展特点，立人可说是尽得"天时""地利""人和"三大条件，立人事业的蒸蒸日上也就成了必然。

游惠松仍处于十分忙碌的状态之中。多年来的教学和科研工作经历融汇了神圣的教育理想，成为他创办立人教育的精神动力。在这种根深蒂固的教育情结和教育梦想的支撑下，他坚信自己正在开创一项富于激情、充满人性的播撒阳光的事业，是值得一个人付出全部代价去追求的事业。

但是，从付诸行动的那一刻开始，他立即回归到了与一腔激情截然相反的理性状态。这正是他的机敏之处，他详细推敲具体方案，反复打磨方案中的每一个环节。他明白，民办教育在漳州还是一项全新的事业，在荒芜、贫瘠的茶厂创建一所学校，需要时时从精神上逼问自己，一心一意，绞尽脑汁，才能在困境里开拓新路。所以，在新大门、新校道及通水工程进入施工期间，他立即委托漳州市水利水电勘测设计院开始规划设计新校区的一栋教学楼和三栋宿舍楼。

在游惠松的意识里，一大批各地优秀教师加盟立人，奠定了立人"大师"工程的雏形，但仍需要进一步招贤纳士并敦促青年教师刻苦磨炼，早日修成"大师"。"大爱"氛围在立人校园里逐渐形成，仍需在科学管理系统的支撑下才确保长盛不衰。作为一所优秀的学校，"大师""大爱""大楼"三者之间是和谐统一的，任何一项的偏倚都会制约其他二者的作用。有"大师""大爱"而没有"大楼"，事业缺少必要的载体；有"大楼""大师"而没有"大爱"，则事业会堕入缺少人性因素的低档层次。立人教育要走向辉煌，"大师""大爱""大楼"必须和谐发展。

所以，在实施"大师""大爱"工程建设的进程里，需要适时拉开"大楼"建设工程。否则，多少年过去了，校园里还没有几栋像样的"大楼"，人们对立人的印象就会大打折扣。

溢芳茶园

2004年元旦前夕，国家"九五"计划"指导自主学习"研究课题负责人、教育部福建师大基础教育课程研究中心研究员、原福建省数学教研室主任王永一行来到立人学校。

王永一脚踏进校门，看到两层旧教学楼的檐墙上镶着"立人之本，培育英才"的标语，说道："这肯定是所好学校！能够让爬着的孩子站起来是多么的了不起！"游惠松说，我们对每个学生施行"立人"教育，这是终极目标而非手段，是教育本质的根本体现。哲学家黄克剑说过，教育的职责在于立人，但立人并不就是把一个活生生的个人培育为一个个模式化了的人。王永说："'指导自主学习'就是遵循学生的个体差异而因材施教的一种导学方法，立人的教育目标非常适合'指导自主学习'教改思想。"他参观完立人校区后，深入课堂了解教师授课情况，对立人课堂教学实施"分层导学"的探索给予肯定。

座谈会上，王永结合立人学校的几位学科教师所授课例进行评析，认为立人虽是一所新学校，却在教学中能够吸纳新课改理论，采用"分层导学"，在课程的目标教学阶段、结构教学阶段和发展教学阶段里始终渗透"指导—自主"方法技巧，取得了很好的教学效果，对漳州乃至福建中小学"新课改"工作都有借鉴意义。王永教授对立人学校的评价，让陪同的游惠松、张国生及各位老师都振奋不已。

元旦过后，市规划局办公室传来消息，立人学校新征的74亩教育用地的批复出来了。不久，市水利水电勘测设计院将新校区教学楼、宿舍楼的设计图纸也送了过来。设计中的四栋大楼的名称都是游惠松事先命名的，他把一栋教学楼称为"立人楼"，三栋宿舍楼依次称为"寒梅楼""兰蕙楼"和"竹韵楼"。游惠松思忖，土地手续和建设图纸都出来了，立人的"大楼"工程总算有了眉目，校区校舍的建设工程即将拉开帷幕。

在"大楼"建设工程招标之际，游惠松又完成了另一件大事。

夏天，南靖县和溪镇的领导带着迎新村的干部在漳州参加"招商引资"的活动，其间来到立人校园参观。参观结束，游惠松和家乡领导在"红楼"叙谈之际，闻听他们设想好的"招商引资"项目和几位客商没有谈成。详细一打听，才知道迎新村有块茶园想找个企业承包经营，尽管条件极为优惠，却连谈几家公司都没有谈成。游惠松知道，那块茶园名叫"溢芳茶园"，位于九龙江西溪北岸，是博平岭下山林围裹的一片近千亩的绿地。那里所产茶叶芽嫩味美，只是村民不善经营，连年亏损。看到家乡领导困扰于"溢芳茶园"而一筹莫展，游惠松有了新想法。他想，"今日园林"可以投资开发"溢芳茶园"，将其创建成立人学校的学生劳动实践基地，又能启动并激活家乡茶园经济，为父老乡亲带去一定的福祉，岂非一举两得的美事？

游惠松把自己的想法一说，镇村两级领导面露喜色。他们当即表态，如果游惠松承包经营"溢芳茶园"，他们开出的条件会更加优惠。

送走家乡领导之后，游惠松召开了关于开发"溢芳茶园"董事会议。令他没有想到的是，这一想法遭到了众多人的反对。

大家认为，学校新校区扩建工程在即，不应该分心去建设茶园。如果铺开摊子太大了，资金也会出现问题。至于学生的劳动实践基地，完全可以和周边农村及企业建立合作关系，到时候学生在他们的产业园区实践学习就可以。何况，将劳动实验基地建在南靖县的和溪镇也太远了，学生去参加劳动实践活动很不方便。游惠松说，大家的说法都有道理，但是胸襟和眼界显得"小"了一点儿。立人建立自己的劳动实践基地意义极为重要，可以不受别人场地制约而充分自主地设置和确立课程与时间。教育是一项带有主观倾向性和明确目的性的活动，如果利用别人的产业园区设置活动课程，我们的教育思想和教育设想就不能畅达实现。现在40岁以上的教职工都在中学时代有过大量的劳动体验，培养劳动技能的同时也养成了勤俭节约、吃苦耐劳的良好品质。我一直认为，近二十多年的教育之所以被人们抨击"不完整"，就是因为缺少劳动技术教育，培养出来的学生大多缺乏独立生活能力。

游惠松说，去年省教育厅已经发文，要求各中学在德育工作中应安排学生每年都参加生产劳动，进行有效的劳动技术教育。立人的发展目标是要成为全省乃至全国的名校，学校教育的完整性及学生发展的全面性值得我们长远考虑。我们必须在每学年都安排一定时间的劳动实践课程，培养学生掌握劳动技能，体验劳动快乐，增进同劳动人民的感情，形成吃苦耐劳、热爱劳动的精神。这是学生健康人格形成必备的教育环节，也是和谐社会对新一代人的要求。我们应该有现代性的思想和前瞻性的目光，率先建成自己的劳动技术教育基地，既可供立人自己的学生劳动实践，也可为兄弟学校的劳动技术教育课程有偿提供场地。开发"溢芳茶园"是既具有教育眼光又具备商业头脑的举措，无论从教育全面发展的角度考虑，还是从市场经济发展的角度考虑，建构学生劳动技术教育基地的意义都十分重大。

游惠松接着说，大家认为南靖离漳州有点儿远，其实学生乘大巴车到"溢芳茶园"也就一小时左右。在道路交通极为便利的条件下，离开都市到自然风光优美的乡村田园进行劳动实践，对于在封闭式校园里待久了的学生而言，无疑更有吸引力。让他们置身于洋溢着乡土文化气息的茶园里，可以说是一次培养劳动技能的实践体验活动，更是一次品味乡野风光的生态旅游观光活动。何况那里年均温差低漳州市区约5℃，若在燥热的暑期组织活动，学生定会争先恐后地报名参加。也因为远离漳州市区，那里的土地才便宜，投资成本会比较低。

游惠松自小在那里长大，知道那座茶园分布在11个山头之间，山势圆润平缓。茶林占地1000多亩，方圆30千米没有工业污染，配套自动引水喷灌设施。周边山林茂密，随处可见原始森林。山清水秀，鸟语花香，是一块生态环境优美的富地。他认为，茶园开发建成可同时供四个教学班的师生开展实践活动。那里的茶叶质高味美，学生也可学习中国的传统"茶道"知识。茶园里的"种茶""采茶"属于农业技术，而"炒茶""贮藏""保鲜"又属于工业技术，特别适合学生开展多领域的劳动实践活动。

经过一番讨论，意见达成一致，"溢芳茶园"劳动基地的创建工程和校区扩建工程同期开展。

在南靖县和溪镇父老乡亲的眼里，游惠松是一位回报家乡养育之恩的楷模。他投资开发"溢芳茶园"的举措，振兴了南靖一带茶产业的发展和农产品的开发。仅"溢芳茶园"就为迎新村提供了300多个就业岗位，促进了山区人民的经济发展。游惠松还在迎新村独资创立"敬老基金"，每年重阳节为全村七十岁以上100多位老人发放慰问金。数年后，他又捐资53万元专门用于家乡道路建设。种种善举，彰显了游惠松回馈家乡、报效故里的真挚情怀。

筹资建校

游惠松年轻时喜欢读《三国演义》，发现诸葛亮等名士之所以能做到"运筹帷幄，决胜千里"，与他们"揽其概貌，察其细微"的深思远虑密切相关。

凡成就大事业者，一定要有博大的胸襟和宽广的眼界，唯此才能整体把握产业发展的走向。立人教育初创之际，游惠松就显示出了这样的人格禀赋。

"溢芳茶园"劳动基地开发期间，立人学校"小哈佛幼儿园"也开始运营。当年招收了300多名幼儿，社会反响很好。在游惠松的设想里，待校园扩建工程完工之后，就要着手创建立人小学部，还要创建针对出国留学业务的培训机构，将立人教育逐步打造成包含幼儿、小学、初中、高中及涉外教育的优质教育服务体系。

但是，扩建校区的诸多烦琐事务中，又出现了一件令游惠松闹心的事件——银行答应的贷款泡汤了。

那一年，国家面临经济下行压力，企业经营困难，贷款出现坏账率居高不下的现象。为了遏制不良贷款行为，银行压缩贷款额度，先前答应以"今日园林"资产为质押的贷款数额缩减了百分之四十。这样一来，立人校园扩建资金出现了巨大空缺。当时，校园大楼招标工作已经结束，承建单位准备进场垫资修建。工程进行至一定程度，需要立人教育集团提供首批建设资金。在这节骨眼上银行贷款数额缩水，如果资金空缺，大楼建设势必成为"烂尾"工程。游惠松表面看来很淡定，内心却翻江倒海，很不是滋味。

游惠松再次喟叹，创办学校真不是一件容易的事！他甚至开始为昔日办学的冲动而后悔，开始责备自己的单纯和无知。他对刘碧香说，老婆，带累你了。如果不办立人学校，我们只经营"今日园林"，日子也过得风生水起。自从办这个学校后，这两年你跟着我过不上安生日子。但是，现在这样情形下，后悔也来不及了。哪怕焦头烂额、费尽心血也得将学校办下去。否则，追随我的这一帮弟兄和老师们怎么办？还有这么多招来的孩子到哪去上学？现在，面对一段暗道也要顽强地走过去。我坚信，走过暗道的尽头，黑暗会消失，光明会到来。现在唯一的办法，只有通过借款来缓解燃眉之急。可是，前面已经借过款了，现在再能借到款吗？

刘碧香说，实在不行，"大楼"工程缓建，甚至不建也行。我们办个小学校就行了，这样耗费巨资建设"大学校"太困难了。游惠松说，十年树木，百年树人，我们只有办"百年学校"才能达到"树人"目的。学校规模小迟早会被时代所淘汰，到时候仍会愧对追随我献身立人的这些铁哥们儿。一个人，如果没有宏观把握事业发展态势的胸襟与气度，只能去挣点小钱，沾着唾液数钱过小日子就可以了，根本没必要创建立人学校。

刘碧香嗔怪道，我跟你结婚到现在，就一直帮你借钱，什么时候才能消停呢？话虽这么说，但她却立即行动起来，给自己的亲戚、同学、朋友打了一轮儿电话，竟然筹到了百分之八十的经费。特别是她在香港办公司的两个好姐妹，听到游惠松办学出现资金缺口，分别出借了500多万元。当时，在漳州一中读高三的游嘉程亲历了母亲给亲朋好友挨个儿打电话的难堪样子。他曾感慨地说，如果将父亲喻为立人这辆机车的"发动机"，那么母亲则是发动机的"箱油"。父亲的智慧和母亲的鼎力支持，再加上广大教师的共同努力，才有了现在的立人教育。

在身边朋友们的眼里，游惠松"砸钱"办学实在非明智之举。当时法院没收的别墅拍卖价格一栋还不到70万元。有人对游惠松说，你仅拿出四五百万去厦门买房，现在家产都上亿了，何苦不享清福而创建一所学校？游惠松说，别墅也罢，楼房也好，它们的寿命就是70年。办教育是"百年大计"，意义非凡。当70年之后别墅的寿命到了，我们的生命或许也不存在。但是，立人学校一定会"桃李满天下"。立人学子中会出现很多科学家和文艺家，他们持续创造的社会价值肯定会超越无数栋别墅。人生在世，富裕和贫穷之人都以一日三餐来维系生命，纵然食品有好坏之分，但基本的物质所需差别并不很大。真正有意义的生命，就是凭有限的才华和能力来造福社会，为社会留下更多有价值的东西。所谓人生的"大境界""大格局"，就体现在带有奉献情怀的生命意义之中。

当时的情形，让早期加盟立人的老师也捏了一把汗。

因为立人是"白手起家"的学校，每年都要不断建设才能满足日益发展的教学需要。可是，学校建设又正处在国家金融政策逐步收紧的形势下，建设资金总是短缺。面对激烈的竞争，老师们不由得提心吊胆。当时感觉，立人每前进一步都如履薄冰。但游惠松总能保持一副冷静睿智的心态，而最后也总能化险为夷。刘金忠作为校区扩建及大楼建造设计的参与者，完全了解当时的艰难处境。在他的印象里，立人学校的每一笔建设资金都来之不易。他甚至暗暗感叹："老板真不是人当的！"仅资金筹措就能让人愁得把头发掉光，大楼建造过程中的烦琐工序及建造后的配套设备等一系列事项纷至沓来，让人觉得立人如同陷入泥淖的车子，每前行一步都极为缓慢。但是，一切的困难最终都被克服，大楼建设工程如期开启，大伙儿都非常佩服游惠松的胸襟和胆识。

为了共渡难关，张国生、刘金忠等人商议，可联合学校教师为学校筹措建设经费。他们的提议得到大家的响应，早期加盟立人的张国生、刘金忠、王学文、吴两和等人都手心攥着汗找亲戚朋友替立人学校借钱，借条上都果断把自己写为担保人。令人欣慰的是，他们竟然筹到几百万的借款，助力立人建造大楼。

2004 年 11 月 24 日上午 8 时，在震耳欲聋的爆竹声中，两辆推土机昂首开进丽山脚下的北校区工地，立人教学大楼和学生公寓正式破土动工。

按承建公司的日程安排，大楼"三通一平"工程将在两周内完成。从 12 月开始，在西部和东部两个工地上，四个工程队将同时施工。游惠松设想，"立人""达人"两座教学大楼拥有 40 间教室，"寒梅""兰蕙""竹韵""观菊"四幢学生公寓楼可容纳 3200 个学生住宿，若施工进度正常，下一年 8 月即可投入使用。"两年起好步，四年打基础，八年创一流"的目标正逐步变成现实。

多年之后，游惠松感慨地说，如果没有早年树立起来的个人诚信品德，立人学校就很难创建出来。诚信品德是他和刘碧香身上最具人格魅力的闪亮标签，因为这一标签使得 100 多名骨干老师辞掉公职，加盟立人。因为这一标签，在立人建设出现资金困厄时别人方能慷慨出借资金数百万。

立人早期的创建经历说明，一个人的诚信品德是人生中最珍贵的一笔精神资产。游惠松在一次教师大会上说道，"己立立人，己达达人"，意味着首先要做好自己，如果自己都做不到，怎么去要求别人做到？在青年求学及工作时期，游惠松始终将"以诚立德"视为人生的根本准则，故而建立了富于光华的人格魅力，从而奠定了立人教育大厦的精神基石。

创办"超越班"

人如陀螺般忙碌的状态下，光阴也如箭一般疾飞而去。不经意间，当年招录的 300 多名高一新生已升入高三，将在下一年参加令人瞩目的高考。

首届学生的教学成绩不会弱于周边公立学校，游惠松对此心中有底。

开学后曾有喜讯传来，立人高三学子在参加全国化学、数学奥林匹克竞赛中，张胜发、余金杯和张文秀同学分别获奖。在全国物理奥林匹克竞赛中，徐鹏同学又获市级一等奖，吴淑贤和张胜发获二等奖。全国英语奥赛初赛结束后，市直学校中只有漳州一中的一名同学和立人学校陈淑婷同学获省级英语奥赛决赛资格。当时立人学子在全国化学、数学、物理奥林匹克竞赛中共有 11 人次获奖，其中获市级一等奖 4 人次，获二等奖和三等奖共达 7 人次之多。这样的成绩，对于新生的立人学校而言，无疑是难能可贵的。

早在两年前，高一年段第一学期的教学任务进入期末复习阶段。为了掌握本届学生的学科成绩和周边学校的差距，立人学校想和周边公立学校的平行班进行一次"联考"活动。当时，通过校际"联考"活动来了解各自学校教学成绩的强弱项情况，是当时各校间常用的方式。可是，周边公立学校认为"立人"是民办学校，没有资格和他们进行联考。他们愿意和其他公立学校之间频频举办联考活动，却唯独拒绝和立人联考。面对"白眼"和被歧视的窘境，张国生以老校长的身份亲自到漳州三中，要求和他们进行一次联考。一位主管教学的校长说和年段主任商量一下，再给答复。过了两天，答复来了，说是近期不打算和别校进行联考活动。无奈之下，张国生校长只好找到三中的年段长说，你们只负责出题，印刷纸张等成本费用都由立人学校负责。那位年段长听后终于答应了联考要求。

"联考"成绩出来了，这一届学生的文科成绩略逊一点，而理科成绩竟然高于三中。张国生分析说，立人学子理科成绩优于三中，说明学生的智商并不低。由于大多孩子来自农村，平时阅读面比较狭窄，课外活动也比较缺乏。如果加强了学生文科等各方面的素养，立人学生的成绩会有更大的提高。

于是，各教研组适时开展提高文科素养的第二课堂活动，语文组开展了"国庆征文""一封家书"的写作比赛，创办"立人文学社"，编辑出版《翔宇》专刊。体育组纷纷开展篮球、拔河、跳绳比赛。音乐和美术及其他学科也相继成立各类有益的课外兴趣活动小组。

这一年，又有南靖、平和、长泰、漳浦等地的 30 多名骨干教师加盟立人。立人专职教师达 206 名，教师团队进一步壮大。暑假期间，刘金忠、王学文等中层领导继续带领入职的全体教师冒着酷暑，翻山越岭，挨家挨户展开新一轮教育招生宣传工作，取得较好效果。当年新招高一和初一学生 1200 多人，学生总数达 3426 名。学校建设也逐年提高发展，校园总面积达 151 亩，总建筑面积达 46000 平方米。

冬天，漳州市黄浦江副市长、市人大副主任黄琼霞一行莅临立人学校。他们在游惠松、张国生陪同下深入教学大楼和公寓楼建设工地，了解立人学校基础设施及硬件建设工作。在汇报座谈会上，游惠松结合立人楼、寒梅楼、兰蕙楼和竹韵楼建设规模和工程进度进展情况汇报了立人后期工作设想。大楼主体工程竣工后，学校将立即展开校园运动场等配套工程建设，并在近一两年内，陆续投入 4000 万元，按一级达标校的标准先后完成教学楼、科学实验楼、学生公寓楼和体育场等项目建设。规划中的这些建设项目都是高标准设置，包括多媒体教室、校园网络系统和监控系统。同时，还要启动教师公寓工程项目，逐步解决教师住房困难问题。黄琼霞称赞立人学校规划合理，措施得当，学校建设及发展步入正轨，教育教学成绩初见成效。游惠松作为立人教育的掌舵人，能够居高望远，胸怀大略，兼具教育家的人文关怀和实业家的拓展能力。

黄琼霞关切地询问立人后期修建的"达人楼""观菊楼"资金来源情况，指出在国家压缩银根、银行减少贷款的形势下，希望立人学校想办法做好融资工作，正常推进各项建设工作。游惠松说，后期工程一定会逐步实施，我们知道银行贷款基本不能指望，所以找到了除"借款"外更好的解决办法。那就是创办"超越班"。黄琼霞表态说，立人学校是漳州第一家民办学校，是优秀实业家出资支持地方教育的榜样机构，对缓解地方初学毕业生就读高中的升学压力方面做出了一定的贡献。漳州市人大、政府及社会各界将全力支持立人学校的建设发展，促进漳州教育事业攀升新的台阶。

"校本培训"的想法

教学大楼及学生公寓楼破土动工时节，《闽南日报》和漳州广播电视台同期发布了"立人杯"中学生写作大赛颁奖典礼的消息。

这次写作大赛原本是立人学校语文教研组和《翔宇》文学社举办的一场校内写作赛事。活动筹备阶段，适逢陈镜清前来观看新校区建设情况，听闻消息后，建议举办一场冠名为"立人杯"的全市中学生写作大赛。陈镜清认为，结合全市中学生作文竞赛活动来展示新建的立人学校形象，将会达到很好的宣传效果。游惠松、张国生当即同意，经过协调联系，漳州广播电视报社为此项活动的主办单位，立人学校为承办单位，在全市举办一场青少年文学创作竞赛活动。

漳州虽被誉为"海滨邹鲁"的文化大市，多年来竟然没有举办过全市层面的中学生作文赛事。这次全市中学生作文大赛的消息一经发布，立即得到市教育局、市文联及作家协会的支持，全市中学生纷纷呈报作品参赛。活动结束后，"立人杯"全市中学生写作大赛颁奖典礼在立人学校礼堂隆重举行。在欢快的音乐声中，组委会为获得一、二、三等奖和优秀奖的中学生及指导老师颁发了证书和奖金。漳州一中的韩璟同学、立人学校的林灵丽同学、二中的张弘骅同学等14名获奖小作者被漳州广播电视报社聘为"特约通讯员"。之后，漳州市文联在立人学校举办了青少年文学教育及创作研讨会，市委宣传部副部长吴达金、市作协主席青禾、漳州广播电视报社和漳州立人学校的有关领导出席研讨会。青禾、何也、吴勇敢等漳州知名作家和获奖师生面对面进行交流，共同探讨全市青少年文学创作的现状、特点及发展方向，促进了漳州青少年文学创作教育实践活动的顺利开展，也较好地宣传扩大了立人学校的社会影响。

"立人杯"中学生写作大赛启动及颁奖仪式，游惠松都没有参加。这个阶段，他考虑最多的问题还是如何加强立人教育的管理及质量提升问题。游惠松结合外地民办考察形成的感受，埋首书案，查找资料，撰写一份关于学校管理与发展的文稿。

经过三年的发展，立人已成为一所拥有 3000 多名师生的颇具规模的学校，也意味着立人教育开始处于关键发展阶段。学校规模在不断变大，但要持续发展且有更高的提升，就必须有一个科学的办学理念。办学理念对内是凝聚力、向心力，对外就是核心竞争力和品牌吸引力。立人的教师队伍已达 300 多名，他们来自各地各校，在不同单位的教育和工作体验各有特色且差异较大。这么多人短时间内集于立人学校，各自的意识形态、教学方法、工作生活方式都有待统一。游惠松一直认为，各位教师的思想认识至少要和立人教育所倡导的办学理念保持一致。无论是新入职的教师，还是在教育岗位上风雨兼程十多年又来到立人的教师，都应重新领悟立人的办学理念，认同立人的办学理念。立人的办学理念如果能在全体教师的教育实践中得到完美的体现与诠释，学校才能健康良性地发展下去。

可是，由于对办学理念不认同，团队工作在短期内还未形成凝聚力和向心力，学校运营中难免出现了一些令人头痛的现象。如管理权限模糊、多头领导、越级指挥的现象，还有领导指令不明确、下属复命不及时的现象。关键时段里岗位人员履职不力，问题不能及时解决，监督不能常规到位。还有部分班主任工作无计划、主次不分明、丢三落四、行为拖沓，影响班级常规管理等。

两年来，经过学校领导班子的努力，有些问题已得到整改，正向好的方向迈进。但要彻底消除这些弊病，还需团队全体成员共同付出艰辛努力。按游惠松的设想，立人教育终归要向集团化方向发展，如果不解决办学规模快速发展壮大所带来的团队成员间的磨合与共识问题，将成为制约立人教育后期发展的桎梏和瓶颈。

游惠松多次强调，加盟立人的教师应该接受立人的办学理念。哪怕一切重新开始，也要调整好育人观念和育人方法。科学实施育人方案，不断完善育人策略，唯此才能成为一名合格的立人教师。

可是，如何让全体教师接受立人学校的办学理念呢？

这一年 8 月，《人民教育》推出了第 15 期和第 16 期的合刊，命名为"中小学班主任专业化专辑"。内中刊载了郭永平撰写的《校本培训：滋养学校成长的源泉》一文，文章指出："名校之所以为名校，关键是因为有名师。名师从何而来？有特殊吸引力的学校当然可以考虑引进，但更现实、更重要的路子是立足自己学校的条件，挖掘学校资源，紧紧依托校本培训，这是全面提升教师素质，全面提高教育质量的根本途径。"在这篇文章中，游惠松第一次知道了"校本培训"的概念。

他想，新建的立人学校名气不大，条件一般。"名师"都是大神，不可能光顾立人这样的"小庙"。但正如郭永平先生所言，可以通过"校本培训"来造就立人自己的"名师"。最重要的是通过校本培训让教师团队理解且认同立人学校的办学理念。只有这样，团队工作才能围绕做强立人的目标而形成方向一致的合力。

那个阶段，立人学校发生了一件惊动公安的事件。一天下午，有个女生跟老师请假，说自己"头痛"要去买药。老师同意了，结果她带着家里给的3000多元学费，走出校门，失踪了。到了晚上查宿舍时，舍友说她去看病还没有回来。老师将这个情况迅速报告学校德育处，德育主任刘金忠和班主任赶紧跑遍漳州大小医院，一个通宵都没有找到。两人吓出一身冷汗，只好通知家长，并立即进行了报警处理。返回学校后，舍友在女生的床下找到一封信，称自己学习成绩不优秀，不敢面对高考失败的现实，要乘火车去远方流浪。那时候，火车票还没有实施实名制，监控设施都很落后，根本不知道她去了哪里。

公安局于是发布了寻人启事，社会上更是议论纷纷，出现了许多"抹黑"立人教育的声音。数天后，这个女生给一位带"传呼机"的同学发来讯息，称自己在北京考演员时钱不够了，要同学向自己父母要点钱后帮她汇过去。那同学赶紧报告老师，老师和刘金忠分析那女生肯定被人所骗，赶紧通知家长并报告了公安局。公安局锁定电话号码的区域竟在杭州，乘飞机连夜赶去，终于将她找到并顺利带了回来。

事后，游惠松和刘金忠做过总结。那女生说出去买个药，学校有校医室，几分钟不来老师怎么没去找？女生没有请假条，门卫怎么让她出了校门？晚上没有回宿舍，生管老师为什么没有第一时间发现？这一切都有现成的制度，为什么在执行制度时总要打折扣？这说明，广大教师还没有认同立人的核心价值和办学理念，还没有形成"敬业乐群，弘毅拓新"的自觉规范。

只有广大教职工在爱岗敬业的思想基础上团结起来，同心同德，立人教育的安全管理和教学质量管理才不会存在大的问题。

那件事发生以后，每逢晚上电话响起时，刘碧香都非常紧张，总怕又是学生翻墙出校发生安全事故，但令人担心的事并不会因人的害怕而减少。可如果立人老师认同立人的办学理念，消除了所有的安全管理隐患，这样的担心不就消失了吗？

游惠松开始考虑，通过"校本培训"让教师团队认识、理解并接受立人办学理念，已经到了刻不容缓的地步。

"三大精神"和"五化目标"

在立人教育发展史上，2005 年注定是不同寻常的一年。

农历大年初十，当人们还沉浸在春节的欢快气氛中时，立人学校的大礼堂里已在召开全体教职工会议。立人新学期的开学时间比其他学校早五天，时间定于 2 月 20 日。放寒假时办公室和各处室发出通知，要求教职员工提前三天即 2 月 18 日到校做好开学准备工作。有的老师看着日历说，2 月 18 日正是大年初十，年还没有过好，早早来校有什么意思。话虽这样说，但还是准时来到学校。

老师们上午收拾办公室卫生，准备教具及学生报到材料，下午到大礼堂参加开学会议。会议由张国生校长主持，游惠松董事长讲话。大家以为，董事长的讲话不到半小时就会结束。没有想到，董事长的讲话整整持续了三小时，中间还让老师们休息了十分钟。许多老师都是第一次听游惠松讲话，感觉这是一份体量庞大、内涵丰富且包含着完整的系统性、逻辑性和思想性的开学工作报告。

为了这个工作报告，游惠松准备了整整三个月。

他想让加盟立人的教职工在有限时间内了解并认同立人办学理念，所以花大气力梳理了自己创办学校的心路历程，重新整理了多年来教育工作中萌生的想法。撰写文稿时参考了大量《人民教育》《中国教育报》等教育专业报刊上的理论文章，在校园文化、德育工作、学科教学、教师队伍、后勤保障等领域提出了符合时代要求的建议和对策。他要求立人教师树立"立人之本，培育英才"的崇高理念，增强主人翁意识，不断提高业务和能力水平，精诚团结，共同创建人教育的辉煌未来。

游惠松报告的总标题是"发扬三大精神，实现五化目标"，实际报告内容分为三大部分，分别是"树立一个观念""发扬三大精神"和"实现五化目标"。进入报告正题之前，他简短地交代了这场会议的意图：

> 办学以来，我常想与大家就如何办好立人学校进行一次较为全面的沟通。近期断断续续写下这份手稿，就是想让大家了解办学的基本思路，希

望在思想意识方面为大家提供一个共识平台。我相信，在这个平台上，凭借大家丰富的教育工作经验和满腔的工作热情，一定能让我们携手共铸立人的辉煌。适逢周恩来107周年诞辰临近之际，让我以树立一个观念、发扬三大精神、实现"五化"目标为主线，畅所欲言。一方面作为纪念周恩来诞辰的献礼，另一方面作为立人学校办学三年多来的总结和新年报告。不尽完善之处，恳请大家多加指正或补充。

这个简短平实的开场白刚说完，老师们就明白了，董事长要进行一次系统的教育讲座。报告第一部分的标题是"树立科学教育发展观——立人学校教育工作的核心"，内容极为简约，包括三点：一是以人为本，二是全面、协调、可持续发展，三是全面推进教育创新。游惠松列出"科学教育发展观"包含的三点内容后，只是略加诠释，就带出"立人之本，培育英才"的办学理念。告诉广大教职工立人教育的本质就是"以人为本"，要对立人的教育对象施加"平民化""高质量"的培养定位，充分体现"大众化教育"的特点和"教育为人民服务"的宗旨。所以，广大立人教育工作者要坚定不移地树立科学教育发展观，将"己立立人，己达达人"视为立人全体教职工的人生写照。游惠松指出，我们的人生职业既然定位在"教书育人"上，那么选择立人学校这个"共业平台"施展才华并展现风采，就一定能写出人生辉煌的篇章。

报告的第二部分标题是"发扬三大精神——立人学校成长的魂"。所谓三大精神，即周恩来精神、艰苦奋斗精神和团队合作精神。"周恩来精神"是立人学校的德育特色，游惠松没有多加引申讲述。在"艰苦奋斗精神"一节中，游惠松深情地追忆往事，回顾了立人学校三年来的发展历史。他认为立人学校欣欣向荣的现状是全体师生艰苦奋斗的结果，而立人学校明天的繁荣更需要艰苦奋斗，号召全体教职工要将艰苦奋斗精神贯彻到育人工作之中。游惠松在讲述中事例典型，数据翔实，具有极强的说服力、感染力。

最后一部分的标题为"实现'五化'目标——立人学校发展途径和目标"。这一部分是整个报告的重点内容，"五化"即指"行政管理科学化""内强素质校本化""德育体现公民化""教学遵循生本化""教育服务优质化"。这部分内容博大精深，包罗万象。有从《人民教育》中摘引出来的精妙文章，有教育专著中萃取的经典事例，还有自己从事教育工作的切身体会，更多的是结合中国传统文化提出创建立人教育特色的高明见解。

游惠松也清楚这一部分是报告的重点，是针对立人学校后期工作指导和建设方面的内容。所以，当第二部分内容讲完，在第三部分开讲之前特意让老师们休息了十分钟。通过对这一部分内容的讲解，广大教师完全洞悉了从基层教学第一线崛起的教育家游惠松独特的理想抱负和深厚的教育情怀。

在"行政管理科学化"中，游惠松主要谈论成功领导者的修养、"对立统一"的领悟以及"危机管理"措施等。他将学校的管理建构划分为目标管理体系、过程管理体系和评价管理体系，提出在科学化的行政管理体系中，真正实现"能者上，平者让，庸者下，劣者辞"的用人机制。在"内强素质校本化"中，他指明了"学习型团队"自主发展的实践方向，第一次在立人学校提出"校本培训"的概念。

游惠松指出，以创建一流学校为目标，以常规培训为基点，以教育科研为先导，创新校本培训模式，积极开展优质高效的教育教学科研活动，努力打造素质过硬的师资队伍。要探索出一套行之有效的校本培训模式，开辟学校实施跨越式发展战略的新局面。他强调"校本培训"是立人"大师"建设的必要手段，将是今后始终奉行的学校发展的根本原则。在"德育体现公民化"中，游惠松提出立人教育和其他学校教育理念中最大的区别就是"化圣贤教育为公民教育，力求德育教育的针对性和实效性"。

在"教学遵循生本化"中，他从自己多年来娴熟的课堂教学体会出发，评判传统课堂教学中存在的问题，目光尖锐独到，说法精辟而富于启迪性。如"让学生敬而远之以体现师道尊严的做法不足取""课上越多的讲解和越详细的深入分析越有利于学生掌握""面对难以管教的学生即退却的做法应彻底摒弃""要尊重个体差异，因材施教是生本化的立足点""用心对待是教学生本化的核心""给学生以更多的激励是教学生本化的关键"。

说实在的，在立人教育中不乏教龄十多年的老教师以及近年来成长起来的"骨干教师"，多少年来他们自信驾驭课堂教学游刃有余，自忖在课堂教学中的操作手段也不外乎游惠松描述的那几种。没有想到，在游惠松的报告中，这些做法竟然都存在值得推敲思考的地方。如果拿现代教育背景及新课改理论来重新审视，自己竟是一个不合格的教师。有的老师一边听讲，一边惭愧。感觉要想成为立人学校合格的一员，确实需要脱胎换骨般的修炼与提升，才能跟得上立人教育先进的办学理念。

游惠松还在"教育服务优质化"一节中提出了"买方市场"的概念。他认为，民办教育的复兴既是教育体制改革的要求，更是改革开放导致市场化的必然产物。现行的公办教育是由国家垄断办学模式单一化的教育模式，与社会需求多样化的矛盾越来越突出。因为公办学校的办学者是政府，教育需求者的消费方式全凭政府安排，他们是"卖方市场"，买方完全没有什么选择权。而民办教育是由办学者自主办学，办学经费主要靠学生缴费，学校的生存与发展取决于买方教育即消费者的多寡。因此，它属于"买方市场"。这样精深的剖析比较，切中了两种教育机构的区别。游惠松加重语气地说，"顾客是上帝"这一市场经济的经营信条同样适用于民办教育这个"买方市场"。拥有"买方"，就拥有学生；拥有学生，才会拥有经费和不断发展的机遇！

报告做到这里，也接近尾声。游惠松停了一会，喝了一口水。台下的老师们一片安静，只有几个老师翻阅笔记本的声音。他们的表情一片凝重，显然从游惠松的报告中感受到了立人学校面对危机与挑战并存的发展现状，暗自下决心要不断提升教育能力和教学水平，誓与立人教育荣辱共担！

游惠松最后说：

> 实话实说，今天的话题已涵盖了立人办学思想的大部内容。尚未涉及"发展战略""运营战术"等，这些话题留待日后再叙。我无意有"愚民"之举而存一己之私，敬请大家谅解。教育创新，这是教育事业的一个永恒主题。立人学校创办以来始终围绕这一主题谱写序曲，未来的立人事业将围绕这一主题不断高歌。让我们的歌声传遍四面八方并响彻九霄云外，以告慰父老乡亲的厚望和周恩来总理的英魂。最后，让我以"敬业乐群，弘毅拓新"与大家共勉。

教学遵循"生本化"

春季学期开学后的第三天，正是一年一度的元宵节，立人师生在操场举行了"烟花晚会"。

当夜，各班依次点燃烟花。一点点红红的火星在尖利的啸声中蹿上天空，几声脆响，夜空里炸开美丽景象。似金菊怒放，又似彩蝶翩跹，火树银花，映亮了茶厂半边的天空。

游惠松和张国生、刘金忠、刘碧香也站在"红楼"露台上，观赏夜空里绽放的烟花。操场里不时传来师生的欢呼声，游惠松顺口吟出辛弃疾《青玉案·元夕》里的词句："东风夜放花千树，更吹落，星如雨。"

这个阶段，北校区正在兴建的教学楼及公寓楼的楼体框架已经起来了，绚丽烂漫的烟花为防尘网和脚手架围裹的楼体覆上梦幻迷离的光华。刘碧香兴奋地说，大楼起来了，立人就有了"大学校"的样子了。游惠松说，我宁肯"大楼"建设缓一缓，也要先让"大师"成长起来。张国生说，董事长的开学报告具有"拨云见日"的功效，引起了全校教职工的强烈共鸣。大家一致认为，董事长的报告廓清了笼罩心头的迷雾，进一步明确了立人教育的发展方向。

刘金忠也说，有位男老师说他聆听了董事长的报告，春节时灌了酒的混混沌沌脑袋一下子清爽了，感觉前些年的老师都白当了。游惠松一听，哈哈大笑。他说，老师们要树立终生学习的念头，才能使能力和修养跟得上立人教育的发展步伐。

张国生顺势汇报，老师们说董事长提出的"校本培训"造就"名师"的做法极有必要性。为了防止校本培训"走过场"，我已经安排王学文制定翔实的操作方案，内容包括建立校本培训领导实施机构、设立每学期每阶段的培训计划、精心选择培训内容、安排培训时间及方式。总之要围绕学校发展的整体目标，突出"以校为本""以人为本"的理念，在促进教师个体发展的基础上，推动教师队伍的群体成长，进而促进学校的发展。刚开始的几期培训仍安排董事长为主讲，需要董事长考虑准备后面几期"校本培训"的讲稿。

游惠松说，这个没问题，还要筹划邀请国内著名的教育家魏书生、余映潮来到立人为老师们上课。若能把倡导素质教育、推动新课程建设的国家教委副主任柳斌请到立人来，那就更好了。在"校本培训"中要舍得花钱，所有花出去的钱最后都会以超高的教学质量来回馈立人教育。

三月初，游惠松带着几位董事会成员来到康山校区。进到教研室后，初三班主任林老师正和一位面容姣好的女生谈心。看到董事长等人来了，林老师先让女生回了教室。游惠松坐在一个办公桌前，一边翻阅老师的教案本，一边问林老师刚才那孩子怎么了？林老师说，那女生叫黄秋粉，正和外校一位男生谈恋爱。听同学们说上周星期天她与那位男生到厦门游玩，回来后心思还没收到学习上。林老师气恼地说，我给她提出三条路供她选择。第一条路是不恋爱继续读书，第二条路是谈恋爱不再读书，第三条路是谈恋爱继续读书。她竟然立即回答："我选第三条路！"一行人听闻林老师叙述，都哈哈大笑。林老师叹气道，唉，这些沉溺于早恋的学生，让人实在没有办法。

事有凑巧，一周后游惠松又到康山校区查看实验室设备时，在教学楼转角处遇到那位女同学。游惠松和蔼地叫住了她，问道："你是黄秋粉同学吗？"

女同学怔住了，这位陌生的长者怎么知道自己的姓名？她站在那里，忽闪着秀气的大眼睛，看着游惠松点了下头。

游惠松说："我是立人教育的董事长，来，我向你了解一下学习情况。"

女生性格爽朗，面对游惠松的询问，倒也落落大方地逐一回答。

游惠松问："你们从茶厂搬来这里，生活习惯吗？"

"还可以。"

"早上起床后，你都做些什么呢？"

"刷牙、洗脸呀！"

"然后呢？"

"走出宿舍去教室。"

"慢点、慢点。你忘了穿衣服走出宿舍不会害羞吗？"

女生脸红了，害羞地垂下脑袋。游惠松告诉她，凡事都有先后顺序，人生也是一样。不同阶段的事情，做颠倒了就不好。你是一个聪明的同学，目前的任务就是读书。女生红着脸给游惠松鞠躬行礼，转身跑到了教室。

不久，游惠松接到林老师的电话，说那个女生变好了，主动找到她承认错误，并表态要选择第一条路，不再谈恋爱，好好读书。游惠松在电话里哈哈地笑了。

游惠松一直想，并非凭几句谈话就能改变一个同学的思想。但是，教师与学生个别谈话时应该遵循"生本化"理念：要从学生的角度找准谈话的切入点，委婉表达想要阐明的观点；要多用类比方法加以引导，注意避开直面问题。这样才能精心呵护他们脆弱的自尊心，教育效果可能会更好一些。

一天，教务处送来近期遴选的《教师论文集》，征求董事长的意见。陈媚金老师撰写的《对"问题学生"的几点思考》一文引起游惠松的注意。陈老师在文章中展示了自己的三点思考：（一）我是全职"保姆"，尽心搭建起问题学生与家长及教师之间情感上过渡的桥梁。（二）我是学生中的"学生头"，融入他们中间培养集体意识，构筑起心理依托的坚强后盾。（三）我是教师中的"叛逆者"，强调学习文化知识并非第一，教学生学会懂得道理才是首要基础。

游惠松发现，陈媚金老师的几点"思考"语句朴实，观点鲜明。教学论文就应该立足教学实际，多些朴实生动的事例剖析，少些空洞乏味的理论阐述。前者更具有实践性、指导性和启迪性，而后者只是远离教师生命体验的古板枯燥的理论堆砌。陈老师遵循"生本化"理念，将高大庄严的教师身份转变为学生的"保姆""学生头"，甚至不惜成为传统教师的"叛逆者"，认为教会学生懂得道理比强调学习成绩更重要。整篇文章从教学活动的"亲自体验"出发，没有苍白无力的说教，却比一些"深奥"的理论更能打动人心。

游惠松想，如果立人老师都能像陈媚金老师这样"思考"，在"思考"中彰显立人教育的"大爱"之心，立人教师定能在教学反思及研究中茁壮成长。

游惠松决定充实开学报告中"教学遵循生本化"一节的内容，将上面的事例引入文章之中，倡导全体教师从"生本化"角度来从事教学工作，带着关爱精神和奉献精神对学生成长给予无微不至的关怀。

期中考试后，《立人报》刊载了游惠松的文章《教学遵循"生本化"》。文章共5000多字，分两次刊发。游惠松从心理学角度对各个学段孩子的认知思维及行为习惯进行分析，认为小学阶段学生的学习处于基本依赖期，教师出于"大爱"之心而全方位地组织教学、传授知识，适时点燃学生智慧火花，通过启迪思维激发他们的求知欲望；初中阶段学生的学习处于相对独立阶段，需要教师潜移默化地引导启迪，有计划、有步骤地实施"分层导学"教学法，通过"先学后教"提高教育教学效果；高中阶段学生的学习处于基本独立阶段，"分层导学""先学后教"应成为主体教学措施。培养学生的"自主学习"能力应该成为教学主轴，需要教师在课堂中加强师生互动，真正体现"学生为主体，教师为主导"的教学原则。

游惠松还结合具体教学实践，通过教师角色定位、课堂讲解分析、学生"管教"手法、因材施教本源、情感适用和激励化原则进行具体指导，分析面面俱到，讲解从容细致，有一种耳提面命般的教诲与引导。文章引用教育心理及社会科学前沿理论，如加德纳"智能多元论"、马斯洛"需要层次论"、阿尔德弗"生存关系发展论"、赫茨伯格"双因素理论"、麦格雷戈"X理论及Y理论"、弗鲁姆"期望理论"、亚当斯"公平理论"等，具有鲜明的时代特色和现代气息。游惠松还在解析中采用"叶子在树上的位置""黑川利雄温暖的手""一年级的小红星""激励是灵丹妙药"等故事和案例，生动形象，增添了文章的阅读情趣。

张国生认为，《教学遵循"生本化"》运用"学生为主体，教师为主导"的现代教育观点，立足教师面对即将施行的新课标、新教材发展现状，在新时期教师如何应对教学改革的紧迫形势方面，具有很强的理论培训及实践指导意义。

考察观摩团来到立人

春夏之交时节，漳州市教育局组织了由各科室负责人、各县区教育局局长及教研员共37人的考察观摩团，来到立人学校，开展了为期一天的考察观摩活动。

观摩团团长由市教育局局长李斯杰担任，副团长由副局长王天辉担任。此前，李斯杰赴京参加教育部举办的为期两月的《中华人民共和国民办教育促进法》培训班学习。他曾感慨，国家《民办教育促进法》颁布一年前，游惠松就开始创办立人学校。当时身为教育局局长的自己还认为私人办学是属于"希望工程"一类的公益活动，还以"朋友的角度"予以奉劝和提醒。如今颁布的《民办教育促进法》明确"民办教育事业属于公益性事业，是社会主义教育事业的组成部分"，并要求"各级人民政府应当将民办教育事业纳入国民经济和社会发展规划"。教育部部长周济也在讲话中指出，我国是"穷国办大教育"，就要尽可能进一步地动员社会各方面力量来支持教育，参与到举办教育的活动当中来，因此大力发展民办教育是解决教育发展问题的重要途径。可见，游惠松具有一种引领社会发展潮流的超前思维意识。

当年游惠松的办学申请得到批复同意后，立人学校每年的招生指标、教师聘任、校区扩建以及各类制度的制定都要向教育局报批后方能实施，所以李斯杰对立人学校三年来的发展历程了如指掌。南靖"十八罗汉"及岩溪中学 10 名教师抛弃公职投奔立人引发的社会风暴中，作为局长的李斯杰虽然表态尊重离职教师的个人选择，但在心里也震撼不已。游惠松实在是漳州少见的传奇人物，他和他的立人学校具有怎样的魅力，竟能吸引大量优秀教师义无反顾地投身其间？

从北京返回漳州后，李斯杰又到立人学校察看了一次。这所创办于国家《民办教育促进法》颁布之前的民办学校，成为漳州乃至福建创办最早的个人办学单位，是漳州民办教育的先行者。一般而言，民办学校的运行及管理制度明显异于公立学校，比如招生、学籍、考籍以及教师评优选优、职称评聘等制度都是空白。李斯杰发现，游惠松和立人的早期创业者如同一批"拓荒者"，硬是摸索创立了一整套行之有效的运营管理体系。比如早操、早读、课堂教学、课外活动、晚自修辅导、就寝等制度，即使公立学校都没有这样完备的制度管理体系。立人的办学创举比公立学校更富活力，显示出新课改背景下基础教育工作的开创性和时代性。

继立人之后，实验中学、正兴学校等民办学校相继出现。福建省政府办公厅、教育厅、省计委和省财政厅也联合发布了《福建省关于鼓励社会力量举办民办学校的若干意见》，对于教育主管部门来说，关于民办教育机构的管理还是新领域或新业务。为了宣传《中华人民共和国民办教育促进法》，为了体现教育主管部门对民办教育工作的重视和支持，探索民办教育机构运营管理的途径、方法和经验，李斯杰和副局长王天辉商议后，决定将立人学校树立为漳州"民办教育示范单位"，而后组织了这一场考察观摩活动。

这样兴师动众的大规模的考察观摩活动在立人学校的开展，意味着立人教育的发展成就得到了政府及社会各界的认可。

考察观摩团成员来到立人学校，看到新建的教学大楼和学生公寓即将竣工，图书室、实验室、微机教室、多媒体教室、艺体活动室、体育场、食堂、学生公寓等教学生活设施更趋完善，逐渐形成了一整套教育教学的管理经验。

观摩团成员不禁感叹，立人学校创建才四年，就呈现出旺盛的发展活力，正在成长为漳州教育界未来的一所"名校"。

在研讨交流会议上，张国生代表学校领导班子向观摩团成员汇报了学校总体发展情况，德育处主任刘金忠向观摩团成员介绍了立人学校"封闭式管理"和"开放式办学"设想与做法。观摩团成员带着参观校园环境、教室校舍、食堂场馆的直观感受，再听他们的汇报，全面、系统、深刻地理解了立人学校蓬勃发展的原因。

张国生汇报时手里只拿一个简单的提纲，上面写着立人学校发展的"八大措施"：（一）坚持严格、科学、高效的校园管理。（二）执行翔实有效的校本培训制度，打造业务精熟、品德高尚的师资队伍。（三）立足课堂教学，优化学法指导，把国家考试部门规定的高考和中考"考点"内容细化分解至课堂常规教学。（四）坚持课外"辅优补缺"工作，以"大爱"教育为底色，在奉献精神中创立教育口碑。（五）进一步改善办学条件，提高后勤服务水平，改善学生学习生活环境。（六）学习周恩来的伟人精神，激励学生以周恩来为楷模，坚持以"伟人精神育人"德育工作特色。（七）丰富课余生活，繁荣校园文化。（八）科学发展规划，提高办学层次。

张国生汇报时结合学校实例予以简单的解析，初听时感觉和一般学校的做法没什么区别，但听至后面部分，人们感受到了立人学校的独有特色及创新精神。如队伍建设中的"校本培训"制度、课堂教学中素质教育与考试评估相统一的原则、德育工作中推行"导师制"和"成长袋"策略等。特别在"课外辅导"环节中，张国生称立人教师绝不从事"有偿家教"活动，义务在课外进行"辅优补缺"工作。学生起始年段设有免费"奥赛班"和"后进生辅导班"，高三年段设有"优生辅导班""后进生辅导班"和"波动层加强班"。这些内容既符合立人学校"封闭式管理"特色，又体现出立人教师辛勤工作的教育情怀和无私奉献的"大爱"精神。

"立人有三多"

来立人学校前，观摩团成员认为"封闭式管理"就是将学生 24 小时都管束在校园里的一种简单方式。没有想到，刘金忠的汇报刷新了他们对"封闭式管理"这一概念"想当然"的理解。

刘金忠在汇报中首先重新审视"封闭式管理"的教育意义，认为相对封闭而规范的生活环境，有利于学生的健康成长，有利于学生自主学习，有利于培养学生独立生存的能力。其次，立人教育的"封闭式管理"不是教育工作者费时费力的"独角戏"，而是在校园内创造尊重信任学生的育人环境，让学生自主管理，促进其全面发展的一种教育手段。立人学校积极鼓励学生参与学校各项管理工作，从早操、课间操、晚自习到课外活动的纪律检查，从卫生到文体活动的组织，一切检查评比都是在老师的指导下，由学生会、团支部组织完成。这一过程就是学生自我净化、自我塑造、自我教育的过程，也是体现"教师为主导，学生为主体"的新课改教育理念的一个过程。

刘金忠在汇报中说，立人教育的外部管理模式看似是一个高度"封闭"的育人系统，旨在为学生营造优于现实生活的理想环境。但是，立人教育的内部运行机制却是一个开放的育人系统。学校时时处处为学生考虑，替他们架通认知世界的宽广桥梁，包括对国外教育、校外特定社会环境的开放等，千方百计为学生的个性成长创造条件，帮助他们走出封闭式的思维，如邀请周恩来生前卫士高振普将军来校讲述"知周学周"故事、组织来校参观的台湾文化学者与学生进行"沙龙"式座谈交流、新西兰奥克兰学院外籍教师来校和学生进行英语对谈等。这些活动无疑为立人学子提供了宽广的认知空间，让他们在开放、多元的现代育人环境中激发潜能，开阔视野，进而形成健全健康的现代人格素质。立人学校特别将"封闭"的校园与开阔的"大文化"氛围结合起来，使学生在这样的环境里形成多思、多问、多探究的求知习惯，从而获得终生获益的持久的发展动力。

观摩团成员畅所欲言，和立人教师开展广泛的交流研讨。有人直言，这次考察观摩给人最大的感觉就是"立人有三多"，即"制度多、检查评比多、兴趣活动小组多"。当时电视连续剧《士兵突击》正在全国各地电视台播出，王宝强饰演的"许三多"正在走红。人们闻听此言哈哈大笑，有人笑称游惠松就是一个"游三多"。

刘金忠解释说，"立人有三多"是基于立人学校的现实状况和管理难题而形成的特色。立人的现实状况实在不能和公立学校相比，立人教师每天上课期间很轻松，但放学后及双休日期间总是精神高度紧张，这和公立学校教师的情形是否正好相反？公立学校每天五点半放学或到周末放假后，学生都回家了，老师也就安心了。立人学校放学后学生留在宿舍，周末有学生不回家就留在校园。

这一阶段的光阴给立人教师形成一定的精神压力，反而比正常上班期更觉敏感和紧张。

所以，各位观摩团的老师感觉到了立人"制度多"的特点，比如后勤安保方面，立人学校就有《卫生管理制度》《门卫管理制度》《校园保卫人员工作指导书》《生管老师工作指导书》《立人学校平安校园创建工作实施方案》《校园治安管理条例》《学生宿舍管理规定》《粮油等食材统一定点采购制度》《食堂管理条例》《安全员检查上报制度》《二十四小时值班制度》等十多项制度。因为，我们必须通过制度保证，让学校内部管理细化到每一个宿舍、每一个学生之间，确保学校安全管理工作不得出现任何纰漏。

"检查评比多"是紧承"制度多"而产生的一个特色。如果没有检查评比，制度就仅仅"挂在墙上"，而不能"落到实处"。我们知道，每个学生都是一个独立的活体，都有自己特定的情绪，学生之间难免会发生各种各样的矛盾。3000多人生活在一个相对封闭的教育环境里，怎能保证不发生意外和事故？所以，只能丰富课余生活，陶冶学生情操，以高雅而充满情趣的艺体活动来塑造并充实学生的心灵。我们坚持用健康有益的艺体活动去占领课外文化阵地，引导学生摆脱低级趣味，追求真善美的生活情趣。近年来，立人学校充分利用周末时间有目的、有计划、有组织地开展课外兴趣活动，共出现了30多个研究性学习小组，40多个奥赛辅导班和基础辅导班，所以形成了立人学校"兴趣活动小组多"的独特现象。

大家听了刘金忠的解释，纷纷点头称是，内心更加佩服立人学校在教育管理、教学工作及德育工作中取得的成绩，感叹立人学校在艰苦的创业环境中勉力前行，顽强开拓创新，开创了漳州民办教育的新局面。

教育局副局长王天辉说，"立人有三多"正是立人教育有别于公立学校的特色。他还发现，他们在具体的德育实践活动中，还有"落实三制""控制三闲"和"大唱三歌"的内容。

他拿出一份《立人学校2004至2005学年度第二学期德育活动安排表》，认为立人学校将德育教育渗透到每个教育教学环节中，真正实现了德育教育常态化。如本学期的2月，立人的主题教育活动为贯彻落实"三制"并完善两项考评。所谓"三制"，即"荣誉申报审核制""学生成长导师制"和"见习班主任制"；而"两项"考评，则指《班主任工作考核办法》和《生管老师工作考评办法》。3月是"公民道德教育月"活动，结合学校实际把学生规范教育、思想教育以及周恩来精神学习融入公民道德教育之中。4月是"与诚信同行"主题教育活动。5月是"歌声迎接红五月"活动，主要内容是组织"唱三歌"，即

"唱班歌""唱段歌""唱革命歌曲"活动。6月开展"控制三闲"活动,即不说闲话、不耽闲思、不做闲事,全面迎接会考和期末考试。活动设置没有"高大远"的虚空与漂亮,倒有"低小近"的务实与亲切。各位同志们想一下,这样的德育教育活动之所以具有实效性,与立人学校的领导和老师对教育事业的忠实性、创新性、奉献性密切相关。

王天辉又举例说,立人学校的班主任为每个学生设立"成长袋",对他们的思想、学习、纪律、素质发展实施跟踪教育管理。立人所有的任课老师都挂钩一个学生,建立"学生档案",实施学生健康发展"导师制",对学生定期进行心理辅导并做好思想工作等。从这些琐碎细致的工作中,人们可以感受到立人教育工作者的爱心、耐心和细心。

高考前的担忧

在观摩团交流座谈会上,李斯杰最后做了总结。他说:"立人在建校之初提出'大师—大爱—大楼'的办学思路,做出了令人瞩目的成就。立人学校已经拥有一批热爱教育事业的老师,他们在孩子的眼里就是'大师',他们的'大爱'教育就浸渗到他们的一言一行中,他们的'大楼'也即将建成竣工。这次考察观摩活动我看到了立人学校未来发展的远景,他们正以不可阻拦的步履迈向漳州教育的前沿地带。"

李斯杰还指出:"立人学校的生源并不好。他们招录的都是各校录取后剩下的学生,是被'掐尖'后的普通学生。可以肯定地说,'差生'或'问题学生'很多,教育及管理难度非常大。希望来自'名校'和'百年老校'的领导和老师多看看,多想想,立人老师付出的劳动是否超乎我们工作量的十倍或百倍?有的老师班里若有几个'问题学生',就感觉管理难度陡然加大了。想过没有,当许多'问题学生'集中于一班或一校之中,情形又如何?是否会乱成'一锅粥'?哪怕乱成'一锅粥'别人也不会说什么,没有好学生就这个样子啊。但是,看看人家立人学校,不但没有乱成'一锅粥',而且井然有序,焕然一新,似乎创建了漳州教育的另一道风景。"

李斯杰意犹未尽,接着提到王天辉称赞的德育教育"成长袋""问题学生档案""导师制"等举措,认为这也是一个突出的亮点。在这里仅看到的是"成长袋""问题学生档案""导师制"吗?难道看到的不是一种献身教育事业的"大爱"精神?难道不是一种蓬勃而富于生机的科学探求精神?李斯杰说,如今《福建省关于鼓励社会力量举办民办学校的若干意见》也已发布,立人学校为漳州即将涌出的民办教育机构创建了管理经验和办学模式。不仅如此，立人学校对漳州各类中等学校的教育发展都有启迪意义，他们所体现出来的对民办教育事业的开拓性、学校管理的创新性、德育工作的坚韧性以及教育教学的务实性，值得全市各级各类学校借鉴学习，值得在全市进行大力推广。

考察观摩活动期间，李斯杰和游惠松有过一次单独谈话。

李斯杰向游惠松透露，组织部已找他谈过话了，这次考察观摩活动结束，自己将从教育局局长任上卸下来，去担任漳州职业技术学院党委书记一职。他感觉此前对立人的政策支持和行政关怀很不到位，为此深感内疚。但是，就算自己不再是教育局局长了，还会一如既往地关注立人教育的发展。游惠松赶紧说，李局长应该算是立人教育事业创建的功勋人物，没有李局长前期在立项、审批方面的关怀支持，立人学校不会发展到今天这个地步！对李局长给予立人教育的帮助和支持我们深表感谢，也希望李局长真如你自己所言，一定要持续关注立人教育事业的发展。

李斯杰问游惠松，两年前新招的这届高中学生今年要参加高考了，这一届高三的成绩怎么样呢？张国生校长在汇报中只提到了高一年级在上学期全市期末统考成绩，这成绩与几所重点中学相比较，还占有优势，优秀率比较高。成绩最高的学生还考了741分，位居全市前三名。这样成绩是立人学校全体师生同心拼搏的回报，也是立人办学史上一次质的飞跃。可是，张校长为什么没有提这届高三学生的成绩？全省高三的一模质检已经结束，是不是你们的成绩不太理想？说实在的，立人学校近四年的发展太不容易了，如果高考成绩不理想，立人学校的品牌形象就会大打折扣。

游惠松说，省一模质检成绩已经出来。他们说考得还可以，具体情况让张校长给你汇报。于是，起身叫来了张国生校长。张国生说，立人学校高三年段共有562名学生参加省质检考试，据切线分析，超过去年理科本科线410分的有154人，其中上重点线510分的达72人。越过文科本科线465分的有87人，其中上重点线550分的有18人。这次立人学校的高分学生尤其突出，理科生徐鹏653分，文科生卢丽好645分，均名列全市前茅。此外，还有卢婧婧、叶美丹、杨静锋等5位同学也取得超出重点线100分的好成绩。

李斯杰一听，很高兴地说，这成绩很亮人眼睛啊！说不准今年高考立人学校会出清华、北大这样的人才。若真这样，立人学校就会一炮走红！

游惠松说，毕竟是省模拟质检考试，比起真实的高考来可能试题相对简单一点。虽然成绩还能说得过去，但我们的心里还是没底。所以，在观摩交流座谈会就没有显露高三学生的成绩。

李斯杰笑了一下说，也好，毕竟不是真实高考，拿捏得准一点更有好处。后期冲刺备考工作一定要做好，若高考成绩不能实现辉煌，再好的学校管理和学校教育也会哑炮熄火。说心里话，立人各项工作都很优秀，我现在只担心立人学校今年的高考成绩。

说实在的，历年来的高考都是社会关注的热点。立人首届高三学子将要迎战高考，成绩究竟如何？不仅李斯杰流露出关心之情，游惠松也很担忧。

考察观摩团离开立人学校之后，张国生主持召开了高三年段全体教师会议，针对省质检试卷、答题情况，冲刺阶段的复习措施，高考信息搜集等问题做了深入研讨。5月初，立人学子参加了省二模质检考试。成绩揭晓后，经分析理科成绩和上次差不多，文科本科上线率似乎比上一次还要高一点。张国生、刘金忠、王学文和高三年段教师商议，结合立人学校"封闭式管理"优势特点，改革考前冲刺备考策略，坚持跟进指导争取备考取得更好效果。一般而言，到了高考前的一个月或半个月，各校都把学生解散回家，让他们自主复习。张国生认为，经过紧张复习后的学生一回家就会身心放松，课程复习方面容易放任自流，效果不好。立人学校决定高三学子在高考前不放假，早上由课任教师围绕"考点"精要指导，下午让学生在教室里自主复习。自主复习期间，科任老师则如坐诊一般留在教室里，随时对学生进行答疑解惑。

这样的安排优点很明显，既让学生自己有一个梳理知识、回旋脑袋的时间，又不过于分散心力，复习效果相对会更好。

毕业感言

在紧张的备考中，在热切的期盼中，在隐约的担忧中，高考的日期渐渐地临近了。

6月5日早晨，一串串鲜红的鞭炮在立人校门口炸响。10多辆停在校园里的大巴车上挂着红底白字的横幅，上书"祝贺立人学子高考成功金榜题名""十年寒窗今破壁，锦绣前程自此辟""天道酬勤，相信自己；相信六月，您最美丽""今日我为立人骄傲，明天立人为我自豪"等标语口号。校门两边也贴了一副鲜艳的对联，上书"挥毫烟云落笔疾，马到成功身名立"。立人560多名考生在考点负责老师的带领下已经进入大巴车里，周围站满了送行的家长和老师。

刘碧香也请假来到学校里，和张国生、刘金忠、王学文等人站在送行的人群里。毕竟是第一届学生参加高考，对于游惠松及所有立人创建者都有着非同寻常的意义。正是课间，不远处的教学楼上高二年段的学生涌出来站满了两层平台，眺望着出征高考的学兄学姐们的大巴车。

车动了，送行的人们一边说着祝福鼓劲的话语，一边频频挥手告别。庄重的送行场面里洋溢着一丝悲壮伤感的气氛，刘碧香望着一辆辆大巴车陆续驶出校门，眼圈儿都有些发红了。

附近村民看到10多辆大巴车来到立人学校，又听到鞭炮欢快炸响的声音，知道是立人学子出征高考的日子，也都从家里走出来看热闹。他们站在茶厂通向漳华路的道路两旁，看到大巴车徐徐驶出校门，不禁议论了起来。也有人说，立人学生参加高考的阵势这么大，学校发展太快了。有人说，你看这些参加高考的孩子春风满面，个个都有精气神，他们的成绩肯定差不了。有人说，立人学校使小坑头村有了琅琅书声，连树上鸟儿的叫声都变得脆亮多了。还有人说，小坑头是风水宝地，前清时出过状元，现在这里又要出状元了。

游惠松没有出现在送行的队伍里，他正在北校区的大楼施工现场。经过八个月的紧张施工，教学楼及学生公寓楼的主体结构及屋面工程已经完工，正在进行紧张的装饰及水电安装工程。按游惠松的设想，秋季学期一开学，教学楼和公寓楼都要启用。所以，进入6月后，他基本上都在工地上督看工程进度及质量，连第一届高三学子的毕业典礼都没有参加。

毕业典礼上，张国生代表学校领导向同学们致辞。他在致辞中深情回忆高三学子初入校园的情形，那时候校园狭小陈旧，十六七岁的同学们带着稚气和好奇的眼神来到立人。刚开始同学们还很不适应，老是想家，想父母，有的女同学还在半夜哭泣。有的同学不会叠被子，不会洗衣服，也不能很好的照顾自己，经常生病。是老师像父母兄长一样，处处呵护着你们关爱着你们。他希望同学们在今后的学习、生活、工作岗位上，要有立人学校首届高中毕业生的自豪感，要感恩立人宣传立人。要牢记母校"敬业乐群，弘毅拓新"的校训，记住母校对你们的"己立立人，己达达人"的叮咛，在今后的学习生活及将来的工作岗位上刻苦钻研，辛勤劳动，做出业绩，为母校争光。

最后，张校长动情地说，为了让同学们集中精力读好书，学校实施了封闭式管理。三年里，老师逼你们交作业，押你们考试，挤你们休息日，这一切都是逼不得已的举措，确实有些"不近人情"。但从今天开始，我们要把纯净的蓝天、绚丽的花园、七色的青春梦幻全都交给你们。请放飞自己的心情，放飞自己的梦想。一席话，说得几个同学开始抹眼泪。

是的，作为首届毕业的立人学子，高中三年的时光往往有着刻骨铭心的回忆。毕业班学生代表正是三年前刘金忠、王学文等人在南靖费尽周折而招来的徐鹏同学。他在答谢辞中充满感情地说，三年来许多往事仿佛发生在昨天。当年立人学习生活条件还不太完善，我们师生同甘共苦，鼓气加油，使我们一步步走向成熟。最难忘备战高考的日子里，我们进步时沐着老师赞许的目光；失败时感受老师鼓励的微笑，我们的每一分成绩都凝结着老师的汗水。感谢各位敬爱的领导、亲爱的老师，感谢所有的生管、保卫和后勤教育工作者，感谢立人学校的一砖一瓦、一草一木，你们激励着我们的成长，也必将影响着我们的未来。

高三（8）班的夏小汝同学在《毕业感言》中写道：

三年了，我们在相互陪伴、鼓励中，打着鼓点，吹着号角，雄赳赳气昂昂地行进在立人的沃土上，尽情挥洒生命的篇章。三年了，多少的酸甜苦辣、喜乐悲苦奏响了我们生命的乐章。三年了，立人学校上空的朵朵白云，是我们年轻的心情，校园周围的阵阵轻风是我们的稚嫩的絮语。

唯有这种平和，唯有这种清新，我们的生命才会飞翔得尽意，飞翔得精彩。

千言万语无法描绘我们此时的心情。我爱立人，从心里。是立人教会我应把握好生命的机缘，是立人教会我应在奋斗中前行。师生间，亲友般交往与沟通；同学间，兄弟姐妹般互敬互爱。老师的深情关怀，同学的殷切鼓励，让我在跌倒时及时站起来，在迷茫时找到方向，在痛苦时开怀大笑，在失落时得到慰藉。

感动，因为老师的忘我教学。感动，因为同学间的忘我拼搏。感动，一次又一次在心间弥散。我们同坐在一条船上，每个人都用力地划桨，为了共同的方向。梦想像是启明星，熠熠闪亮地昭示着幸福的方向。

欢笑声，是苦中作乐，是虽苦犹乐。谁能说，这不是另一种豪迈？

即将分别的日子，心中有些不舍。毕竟立人在我的生命旅途中占据着极其重要的一席，无论成功与否，永远不会忘却立人教会我的一切，永远不会忘记立人，我亲爱的母校。

我真诚地祝愿您，永葆生机，欣欣向荣……

徐鹏的答谢辞和夏小汝的毕业感言，情真意切，表达了学子对母校的感恩之情。但是，学生终归要毕业离去，母校仍会迎来新一届学生。毕业典礼后，张国生带领毕业班老师又开始忙碌新一年的招生事宜。不出三个月，新一届学子的欢声笑语将会填充毕业学子留下的空寥的教室。周而复始，经年累月，立人教育谱写着"立己达人、培育英才"的壮丽之歌。

游惠松虽然工作在北校区大楼建设工地上，虽然没有参加高三学子的毕业典礼，没有参加送别他们出征高考的离校仪式，但他的心里无时无刻不在关注这一届学子的高考成绩。在高考后等待成绩的二十多天里，游惠松和参加考试的学子一样，处在一种难以排遣的煎熬和焦虑情绪里。刘碧香笑着说，一年前游嘉程参加高考时，都没有看到你焦虑不安的情绪。游惠松说，在我的心里立人学子和儿子的分量一样重。一年前只有游嘉程一人参加高考，他考不好只影响我们一家人的情绪。这次 500 多名学子参加高考，若考不好将影响 500 多个家庭的情绪。何况这届学生来自南靖的孩子最多，若考不好，我有何颜面去面对家乡父老？

具有这种焦虑情绪的并非游惠松一人，张国生、刘金忠、王学文等人无不如此。一天，游惠松、张国生和刘金忠在"红楼"商议新教学楼功能布置事项时，王学文拿着省考试中心的文件来了。全省高中会考工作结束，立人的高一和高二年段会考成绩喜人。会考科目及格率达 95% 以上，优秀率达 40% 以上。张国生兴奋地说，办学仅四年的立人学校打造出了这样好的成绩，也算漳州教育界的一个奇迹。刘金忠说，如果我们高考成绩有这么辉煌，那就太好了！

游惠松为了缓解大家的焦灼情绪，故作神秘地拿出古老的"蓍草"推演了一番，占得一个"泰"卦。他高兴地说，这是一个好卦。象曰："泰，小往大来，吉，亨。"意为付出小收益大，吉祥顺利。我以易数法则推算，立人今年 500 多高考学子中，当有一半学子能上本二分数线。会有 50 多人能上本一重点线，清华、北大也会诞生在立人。大伙儿看到游惠松正儿八经地排列"蓍草"，念念有词地推算演说，最后言之凿凿地得出结论，都开心地笑了。

七月底的一天，游惠松在北校区新建的大楼内查看水电安装情况。手机响了，是教务处王学文的电话。刚一接通，王学文就在电话里大声嚷嚷，董事长您的"卦"太神了！高考成绩出来了，立人学校上本二线的人数 247 人，有 58 人上了本一重点线。有 4 名同学的成绩进入福建全省 300 强，有 1 名同学勇夺全市第 2 名，全省第 12 名。看来立人学校真要出清华、北大生……

这可是游惠松翘首以盼的"天大"的好消息！他按下电话后，从北校区新楼区里走出来，来到"红楼"办公室。泡了一壶茶，未及喝一口，就赶紧将电话打给了刘碧香。刘碧香闻讯极为高兴，连声说今天应该在凯立大酒楼摆一桌！游惠松说，好，你去安排。

他喝了一杯茶，仍然兴奋难抑，移过桌前的座机想给马长斌、黄琼霞、林启富、李斯杰、陈镜清等人逐一打去电话，想赶快把立人高考的巨大喜讯传递给所有关注立人成长的亲人和朋友……

第 5 章
诚源，愿心泉，平台同业乐心间

　　暑假刚过，游惠松刚从人民大会堂捧回了"2005 年全国杰出教育创新人物奖"。才休息几天，又得到通知，需再度飞往北京领奖。原来，由教育部主管、陈香梅教科文奖组委会和中国民办教育协会主办的"陈香梅教科文奖"揭晓，漳州立人学校榜上有名。在接踵而至的荣誉光环的围裹下，游惠松头脑没有发热，反而更加冷静持重。他认为，在荣誉面前飘飘然并自我满足是人性最大的弱点。眼前的成绩只能说立人学校已经"起好步"，实现了"打好基础"的短期目标。在"八年创一流"的征途上还有诸多困难需要克服，还有诸多关隘需要逾越。立人的领导和教师在荣誉面前要保持一份淡泊宁静的心态，保持一种谨严勤恳的工作作风……

新学年，新校长，新气象

如同树之年轮总有一圈儿粗壮清晰的纹样，人之生命也总有那么一个特殊年份，让人时常回忆。对于游惠松及其立人学校而言，2005 年就是这样一个特殊的年份。

这一年 6 月，首届高三学子参加高考获"两清华、一北大"的骄人成绩，震惊了漳州教育界。

在全社会关注高考的汹涌大潮下，升学率高低是办学成功与否的主要标志。有学生考上清华、北大无疑是体现办学成绩最骄人、最亮眼的品牌。要知道，那些年月里有些省市的"名校"数年也出不了一个清华、北大生。而建校仅四年、正规招生仅三年的立人学校，第一届高考就考出了"两清华、一北大"。

第一届毕业生"一炮走红"，让年轻的立人学校声名大振。

这样的情形让游惠松有些始料不及。这一年暑期，在漳州市民的谈天说地谈及教育中出现频率最高的词汇就是"立人"。立人品牌始被漳州市民认可，学校形象实现了由"瘦小"到"高大"的飞跃。有人不知道立人创建者游惠松的姓名，干脆将他称为"游立人"。还有人说起全市教育考察观摩座谈会的趣事，说"游立人"就是"游三多"。

"品牌效应"的突出标志就是这一年的招生公告刚一发布，就呼啦啦地来了好多学生。学校不得不划出分数线，开始择优录取。两年前，骑着摩托车奔波在乡间泥泞小道上的刘金忠曾幻想：何年何月不用辛苦疲惫地宣传招生，新生能主动来立人读书呢？边上的王学文也感叹，若真到那个时候，那该多么幸福啊！没有想到，仅过了三年，这"幸福"就降临他们身边。

"品牌效应"的另一个作用就是吸引一大批骨干教师加盟立人。平和一中的周新发、朱志成、赖旺炉、张朝胜、林玉琴、林丽碧等人，也相约来到立人。他们原本是学校重点班科任教师，都拥有备课组长以上的中层职务，在学校里承担着极为重要的教育教学任务，堪称平和"名校"中的"名师"。这些老师集体"跳槽"，成为立人的中坚力量，在漳州教育界再度引发一波震动与反响。

新学年第一学期开学前，新的教学楼"立人"和三座学生公寓楼"寒梅""兰蕙"和"竹韵"正式投入使用。为了确保新学期顺利启用大楼，解决新招学生的教学及住宿问题，游惠松和董事会一帮人一有时间就盯在工地上。从施工队进场的"三通一平"基础工程开始，仅用了十个月时间，四幢大楼拔地而起。大楼装潢工程完工，实验室、电脑室等教学设备配套工作也相继完成。教学楼顶部还建造了先进的天文观测台，校园具有了现代化、人文化的规模气象。新建的操场也完成跑道、沙坑、田径区和球类活动区的划分及器材建设工作，并正式投入使用。新旧校区连成一片，总面积达 210 亩，总建筑面积达 66000 平方米。教师队伍不断壮大，拥有专职教师 310 名。学校设有 74 个教学班，在校学生总计达到 5000 多人，成为漳州市在校生总数最多的完中校。

2005 年 9 月 1 日，立人学校进行了隆重的新学年第一学期开学典礼。

典礼由副校长吴两和主持，全体师生奏唱国歌举行升旗仪式后，大家习惯性地等待老校长张国生致辞。未料，吴两和却宣布"由刘金忠校长致辞"。升入高二和高三年段的学生及部分老教师极为惊讶，难道老校长张国生不再担任校长了？

原来，早在两月前，张国生就向董事会提出了辞去校长一职的申请。当时，高考成绩刚刚揭晓，领导和教师都沉浸在兴奋之中，游惠松让刘碧香在凯立大酒楼摆了两桌庆贺宴。宴席上，大家夸赞在张国生带领下取得了辉煌的高考成绩。张国生也很高兴，说了许多感谢董事会的支持及立人教师共同奋斗努力的话语。宴席结束后，张国生单独对游惠松提出，他的这届校长的使命就结束了，请董事会另聘或任命新校长。游惠松说，立人学校在你的操持下已经度过了最难挨的时光。在学校发展举步维艰的日子里，你都没有"撂挑子"。现在学校步入顺利发展阶段，你却要辞职，太可惜了。你难道是效仿古人"功成名就""激流勇退"吗？

张国生说，四年前创建立人时没有一个负责人，我就想暂且负责一两年。没有想到，这校长一当就是四年。我从 1984 年起就先后当了三中的副校长和二中的校长，直到 1994 年成为市普教室副主任才从校长任上卸下来。没有想到，退休后你又让我当了立人校长。现在，我已过够了当校长的"官瘾"，需要休息。我毕竟是 65 岁的人，心有余而力不足了。立人需要不断发展壮大，已经汇集了一大批年轻人才，让他们管理学校会比我这个老头子更好。我哪有什么"功成名就""激流勇退"的想法？好在首届高考成绩还不错，说明我也没有辜负大伙儿的期望。不管怎么说，现在是我辞去校长一职的最佳时机。

游惠松觉得张国生说的话也有道理，就征询张国生意见：谁可担任立人学校新校长？张国生似乎早有考虑，不假思索地推荐刘金忠。

张国生认为，刘金忠虽然没有当过校长的经历，但管理水平绝对能胜任校长一职。近年来，刘金忠负责学校德育工作和招生事宜，曾成功组织学校运动会和迎新晚会等。在负责管理学校纪律卫生工作中恪尽职守，颇有章法，深得众人信服。

张国生还说起了一件事。去年秋天开学前一天，正下大雨，远乡的部分孩子冒雨返校，有家长骑着摩托车送孩子来到学校。当时从漳华路通向校园的道路刚进行了水泥浇铸工程，边上替代的泥土路入口处堆了一些施工人员遗留的石块，影响过往车辆通行。刘金忠路过，发现这种情形后当即丢下手中雨伞，冒着瓢泼大雨把堵在路上的大小石块逐一搬掉。道路畅通了，家长对孩子说，立人学校有这样的老师，孩子交给他们我们放心。可见，在刘金忠的意识里，立人事业就是他自己的事业。这种主人翁精神就是成为一个好校长的基本条件。立人教育需要领导者具备精湛的教学技艺和宽厚的性格特点，刘金忠在这两方面都已得到广大师生的认可。

游惠松也说，立人教育是带有开创性的事业。既要让学生"立"起来成为人才，也要让教师"立"起来成为管理者。刘金忠虽然没有当过校长，但可以在管理实践中成长为一个优秀校长。

游惠松和张国生征求刘金忠意见时，刘金忠没有推辞。

他说，立人规模越来越大，教育管理任务也越来越重，老校长早已是退休领导，确实也需要休息。既然一时找不到合适人选，那我就先替代一会儿。只是我当校长没有经验，我替校长顶多也就一两年，希望一两年后有更适合的人来接替校长职务。刘金忠还说，这个阶段，我会借鉴老校长的管理经验尽量做好工作，履行职责，不让董事长和老校长操心。

就这样，在没有任何前奏和征兆下，立人学校无声无息地完成新老校长及领导班子的交替工作。

在开学典礼上，刘金忠在致辞中回顾了立人学校四年来从小到大、从默默无闻到声名远播的发展历程。他结合德育教育特色、高考辉煌成绩、会考优秀成绩以及学科竞赛中获得的大量奖项，说明年轻的立人不但在教学业绩上取得了惊人成绩，且在全面发展及素质教育中也独树一帜，遥遥领先。刘金忠最后说，立人的旗帜升起，代表着方向与目标；立人大楼矗立，代表着层次与高度。希望全体师生奋力拼搏，把新学年视为新起点，各项工作要有新起色、新气象，共同创造立人新辉煌。

这一年，学校顺应刘金忠关于新学年、新起色、新气象的祝福话语，获得了许多社会荣誉。首先是福建省民办教育协会和福建省中小学幼儿教师奖励基金会授予立人学校"福建省民办教育先进单位"荣誉称号。既而，游惠松在第四届中国科学家、教育家、企业家论坛学术成果交流会上，获"2005年全国杰出教育创新人物奖"。一个月后，又获中国民办教育联合会颁发的"全国先进民办学校"荣誉称号。市教育局也将"2005年高中教育教学先进单位"荣誉称号授予立人学校。漳州市人民政府授予立人学校"民办教育先进学校"荣誉称号。

这一年，漳州市德育工作评估组对立人学校的德育目标及工作特色进行评估验收，立人学校创立"周恩来班"的做法及经验被树为全市德育特色先进典型，通报全市予以表彰。学校还重视与国外优质教育机构进行深层次的对接与交流，和新西兰奥克兰商学院结为教学交流友好单位，同时也成为美国英语教育联盟会员单位，被"中国未来研究会"树为教育实践研究基地。

共业平台

暑假刚过，游惠松刚从人民大会堂捧回"2005 年全国杰出教育创新人物奖"。才休息几天又得到通知，需再度飞往北京领奖。原来，由教育部主管、陈香梅教科文奖组委会和中国民办教育协会主办的"陈香梅教科文奖"揭晓，漳州立人学校榜上有名。

"陈香梅教科文奖"又称"中国民办教育创新与发展贡献奖"，由全国人大教育科学文化卫生委员会及教育部相关司局提供支持，属各省市民办教育协会层层评选报送而获批的奖项，福建省获得此项殊荣的只有漳州立人学校。消息传来，全校领导和教师都极为高兴。

在接踵而至的荣誉光环的围裹下，游惠松头脑没有发热，反而更加冷静持重。他认为，在荣誉面前飘飘然并自我满足是人性的弱点。眼前的成绩只能说明立人学校已经"起好步"，实现了"打好基础"的短期目标。在"八年创一流"的征途上还有诸多困难需要克服，诸多关隘需要逾越。特别是立人领导，在荣誉面前要有一份淡泊宁静的心态，保持一种谨严勤恳的工作作风。

从厦门飞往北京的飞机上，游惠松闭目思考一个问题，那就是立人学校未来的发展走向。

立人高考"第一炮"打得方圆百里为之震动，社会各界赞誉不断。但是，有诸多看得见或看不见的困难和挑战正向立人围堵而来，有诸多明知应做却暂时无法可做的事务也横在立人面前。比如公立学校即将实施九年义务教育免费入学，以收费维持教学运营的民办学校需要尽快拿出应对国家教育大势的策略。校园建设虽已取得成就，但学生数量仍在增多，教学楼和公寓楼仍显不够，建设任务仍显繁重而迫切。

半年前，正兴集团提出要和立人合作创建平和立人学校。合作意向书都已签立，实际运作中却没了后劲。另有毅达学校等私立学校群起，对立人学校也构成了潜在的挑战。还有 5000 人规模的大校正常运营，对管理团队及后勤服务也构成新的挑战。四年崛起让立人学校站到了一个新的历史起点上，但如何实现"超越"，如何通过"八年创一流"将立人创建为漳州乃至全国的高水平学校，都是游惠松这一阶段思考最多的问题。

游惠松一直认为，建设"一流学校"绝非一人之力而能实现，也绝非核心领导层的精明决策就能实现，而是需要全体员工团队合作。但是，团队合作精神并非仅凭虚诺的宣传口号和简单的教育培训就能轻易形成。需要运用具体的激励措施，在全体成员同呼吸、共命运的前提下才能形成。游惠松设想，要在立人创建富于激励机制的"共业平台"，发挥出立人团队精神的实效，才能实现"八年创一流"的宏伟目标。

2005 年"国庆"节后，立人学校办公室和财务室发布了关于调整教职员工工资结构的文件。

文件将教职工的工资结构调整为五大块，即基本工资、考核工资、岗位工资、绩效工资和福利奖励。其中"绩效工资"与"缴费学生数"相关联，且占有较大份额。两年前，游惠松提出民办教育是"买方市场"概念，学校的教育教学质量决定着立人在"买方市场"里的份额。高超的教学质量又需要全体成员群策群力、合力共建才能形成。所以学校在建构员工薪资体系时，把教师工资与"缴费学生数"联系在一起，使他们感受到个人收益与学校发展之间的一种正比例关系，切身体会自己的经济收益与学校事业发展之间存在着休戚相关、荣辱与共的密切关系。游惠松曾有一个形象的比喻：立人是我们共有的家园，是我们大家小心捧着的一个盘子，是一个"风险共担、利益共享"的盘子。学校的收益就是这块盘子里的蛋糕，在享用蛋糕人数不变的情况下，蛋糕越大，分切到到每人餐盒里的"那一角"蛋糕也越大。

经过一年的实践探索，大胆改革，学校再次改革员工薪资体系。这次改革将教职工工资结构细化为十二个部分，即基本工资、教龄工资、考勤工资、岗位工资、职称工资、校长考核基金、董事会奖励基金、创业基金、社保基金、福利奖励基金、超工作量补助和年度微调工资。工资构成中的基本工资、教龄工资、考勤工资、岗位工资和职称工资都和员工的学历、资历逐一对应，和公立学校相比变化不大。但是，后面的五项"基金"类工资则体现出立人特色，令教职工更能鲜明地感受到自己与学校的归属关系。比如，设立校长考核基金以强化对员工的"过程管理评价"，设立董事会奖励基金体现学校发展速率与教职工薪酬高低的对应原则，超工作量补偿是对员工额外付出劳动行为的肯定等。此外，社保基金、福利基金、年度微调是体现立人教育集团对广大员工人文关怀的特定资金。

"基金"类工资中，"创业基金"是一项特殊的"年限基金"，员工获得"创业基金"以加盟立人的年限早晚依次递减，以此肯定早期加盟立人的员工为学校做出的突出贡献。

游惠松曾说，早期加盟立人的教师为学校立下不容忽视的功劳。他们身上体现出当年的"三敢"精神，即"敢想""敢做"和"敢拼"。他们"敢想"，敢于挑战一切"不可能"，怀揣让更多学子接受高中教育的梦想加盟并创建立人；他们"敢做"，敢于放弃"公职"来到民办学校，在饱受诟议的艰难环境里存活下来，才有了立人教育的雏形；他们"敢拼"，在没有高分优生的基础上坚持"苦教"，坚持"自身造血"，艰难创出立人品牌。在他们身上，我们可以看到忍辱负重、坚韧不拔、砥砺前行的拼搏精神。

林则徐曾说："苟利国家生死以，岂因祸福避趋之。"早期立人教师的身上，都有一种为教育献身的神圣情怀。有人始终不解，为什么要创办立人学校？南靖"十八罗汉"为什么要放弃公职来到立人？除了一份神圣的教育情怀外，还有一份坚信未来的信仰。我们坚信市场经济有它自身发展的未来优势，未来民办教育甚至可以比公办教育表现得更加出色。所以，我们也愿意广大教师来到立人就扎根立人，在立人这所特定的"熔炉"里铸造自己的能力与品行，尽更大才能服务莘莘学子。所以，"创业基金"中加盟立人年度越早的教师，享受"创业基金"的基数也将越高。

通过这个与时俱进的薪资体系可以看出，立人教职工都是学校的一分子，每个人都是股东却不需投资。每个人都可通过自己辛勤劳动、奉献精神和创新精神促进学校高质量发展，而自己的经济收入也将得到同步提高。由于员工薪资待遇与学校发展密切相关，全体成员从主人翁的角度出发为学校发展建言献策，形成员工与学校共同成长的激励机制，最大限度地提升了员工与学校的认同感和归属感。

这样一来，就形成了全体成员共建且共享的"共业平台"。对于"投资者不要求取得合理回报"的民办学校而言，"共业平台"体现出的民主、公正、仁爱、和谐是立人学校持续发展的基石。

竞聘上岗

游惠松的"共业平台"理论建构中，包括"共识"教育理念、"共享"经济效益和"共建"竞聘机制三大内容系统。上海人民出版社编纂出版的《中小学教师队伍建设研究》一书中，曾收录了游惠松的一篇题为《共业平台》的文章，文中写道：

> 事实上，学校团队工作业绩（W）＝团队员工工作能力（X）（0≤X≤100）×团队行政组织努力（Y）（0≤Y≤100）×教育理念（Z）（-100≤Z≤100）。显然，X 和 Y 的不同取值表现为团队不同的能量，而 Z 的不同取值至关重要，当 Z≤0 时，表示理念错误，则学校工作将误人子弟。当 X＝Y＝Z＝100 时，则学校团队成为百万雄师，战无不胜。这样平台上的教职员工创业激情澎湃，学校必定英才辈出。

在游惠松看来，"共享"经济效益和"共建"竞聘机制都是有效提高团队工作能力和管理能力的措施，如果没有"共识"则理论错误，教育事业就会陷入泥淖之中。只有当"X＝Y＝Z＝100时"，即"共识""共享"和"共建"获得同等重视程度之时，"共业平台"才能发挥出动态的积极的实践功效。

早在两年前，游惠松在《"三大精神"和"五化目标"》中就提出，正确教育理念的认知与构建并且达成"共识"，是立人教育团队永葆优秀的重要因素。立人学校注重"校本培训"，使教师团队理解且认同立人办学理念，围绕"做强"立人从而形成方向一致的合力。在全社会被"市场经济"的空气所笼罩的现实背景下，如果没有"共享"的经济效益，运用何种管理手段都难以激发员工的发自心底的积极性和奉献性。上述建立与时俱进的薪资体系，就体现出"共业平台"的"共享"特点。全体员工通过发挥聪明才智而增加个人经济收入，共享学校发展的福祉。

游惠松同时想到，民办学校团队主张"任人唯贤"的原则，通过"共建"竞聘机制以确保团队的先进性。正如搭建"舞台"的目的是供富于生机和活力的演员表演高雅剧目，立人搭建"共业平台"的目的是依托平台创建辉煌的教育业绩。所以，"共业平台"是体现效率和公平的运动形体，而非固定不变的僵化形体。只有通过"共建"竞聘机制，拓宽用人渠道，促进优秀人才脱颖而出，才能让"共业平台"永葆活力并实现可持续发展。

刘金忠接替张国生校长后，立人董事会进行学校干部人事制度改革，建立公开、平等、竞争、择优的用人机制，决定学校副校长及中层管理人员实行竞聘上岗。

副校长竞聘人选由董事会在广泛征求教师意见的基础上推荐确立，其他办公室及教务、德育、综治、后勤各处主任及副主任采取个人自荐和群众举荐的方式确立。竞聘上岗的重要环节是"综合测评"，要组织全体教职员工听取竞聘人员的竞职演讲，而后结合得票率、奖励得分和考核小组得分确定胜出者，最后由校务委员会和各处室负责人签订聘任手续。经几轮竞聘，吴两和、王凯支、王学文、吴印枝先后担任执行校长，徐海港、卢国川、周新发、林庆圩、林鑫辉担任副校长，赖丹、李益斌、陈小辉、叶东娅、简金堤、刘辉煌担任中层领导。

刚开始实行"竞聘上岗"时，有些中高层的原任领导在竞争中败落下来，产生了一定的精神压力。也有部分同人或朋友为轮换下来的"领导"打抱不平，校园里出现了一些"不和谐"的声音。但游惠松不为所动，坚持认为对部分管理人员进行适当变换有利于学校发展的现实需求。

游惠松在一次教师大会上指出，有专家对大雁能飞行几千里的问题做了研究，发现大雁在"人"字形排列飞行中，其领头雁差不多每两个小时就要轮换一次。因为领头雁在飞行中要克服的空气阻力较大，必须由较为强壮的大雁进行轮换。飞行途中若有老弱者掉队时雁队必派强健者陪同护理飞行。这个过程给学校团队建设以很好的启示，那就是"用人之长，容人之短，人尽其能，才尽其用，能上能下，适当轮岗"。我们应当明白，团队成员没有贵贱之分，只有分工不同，为了共同的目标，个人得失是次要的，唯有学校健康发展才是对团队所有成员最高利益的保证。

立人学校每三年进行一次管理干部"竞聘上岗"的调整措施，通过竞聘施政演讲、全员民意测验、校长及董事会综合评价，最终整合产生校级和处室年段领导人选。有部分优秀教师，虽然没有参加中层领导选拔竞聘，但可以参与建构"名师工作室"的竞聘申报工作。学校规定，凡是教育教学理念先进，能主动进行教育教学改革，具有较强的教育教学能力及研究能力，基本形成自己教学风格的教师可以申报成立"名师工作室"。以"名师"带动教师队伍建设，实现资源共享、智慧生成、全员提升的目标。没有达到条件的教师可申请成为"名师工作室"成员，学校对"名师工作室"及其成员每年都给予一定的奖励补助资金。

由此可见，处在"共业平台"上的立人成员，最终形成了三个意识。第一个意识是尽全力发挥聪明才智，为学校事业发展做贡献。贡献越大，个人收益也越高。贡献大的指标是教学成果，有广泛的学生认可度，能够推动并促进班级及年段工作。第二个意识是具有高度敬业精神，将全部的身心投入本职工作之中。个人的每一滴汗水汇入平台就会形成涓涓细流，浇沃立人事业勃发无限生机。第三个意识是"能上能下"，只有实现"能者上、平者让、庸者下"的用人机制，才能形成立人管理团队的最佳组合，使全体员工更加凝心聚力，行政工作效率不断提升。

经过数年的思考酝酿，游惠松和张国生、刘金忠等人反复讨论，形成了立人构建全员"共业平台"的发展理念。在游惠松的理念里，"共识""共享"和"共建"构成了立人"共业平台"的理论支撑点。他认为，"共识"办学理念是共业平台的思想基础，"共享"经济效益是共业平台的根本措施，"共建"竞聘机制是共业平台可持续发展的根本保障。

"三力"不断增强

2006年1月20日，已是农历腊月二十一日。再过两天，就是俗称"小年"的腊月二十三。漳州民谚，"廿四厄上天，廿五犀塘鱼"，春节的气氛渐渐浓了。

但是，立人学校的教师仍在学校里参加"新课程"学科业务培训活动。放寒假前，学校办公室通知全体教师在非毕业班的学生离校后，参加市教育局安排部署的"新课程"业务培训活动。毕业班授课老师如果当天没有教学任务，也按时参加培训。老师们发现，培训最后一天的课程安排为"教师业务提升"，授课教师为游惠松。

董事长要来亲自授课，不知道他会讲些什么呢？老师们纷纷发表各种各样的猜测。除新加盟的教师外，大多教师都在一年前听过游惠松《发扬三大精神，实现五化目标》的报告。他们猜想，董事长肯定要对立人新阶段的教育思想、教学理念和教学方法提出指导意见，那绝对是经过深思熟虑后的一种高屋建瓴的思想阐述。

万事开头难，创业更是如此。步入第四个年头的立人学校虽然呈现出蓬勃发展势头，但仍处于"打好基础"的初始阶段。游惠松认为，"共识"办学理念是共业平台的思想基础。只有通过"校本培训"让全体成员认同立人办学理念，共业平台就能搭建得比较牢固，也能使立人教育顺利度过初创阶段的艰难时局。和一年前相比，立人教师队伍更加壮大，已经拥有300多名专兼职教师。教师中不仅有省级"骨干教师"和市级"教学标兵"，还有各校"学科带头人"及入职才几年的年轻教师，甚至还有师范院校刚毕业的大学生。

队伍构成成分比较复杂，"共识"办学理念仍是当前紧迫而重要的一项举措。于是，游惠松让刘金忠结合"新课程"业务培训安排"校本培训"课程。他决定课程由自己主讲，为此花了半个月时间，精心准备了演讲稿。

毕竟是董事长亲自授课，老师们准时聚于会议大厅，都早早将手机关闭或设定了静音。主席台上放着一个笔记本电脑，大屏幕上显出红色背景衬托的金色大字"和谐积极，春色满园"。老师们明白，这是董事长今天讲座的标题。游惠松按时出现在主席台上，他微笑着扫视一下会场，开始向全体教师问好。他说，再过八九天就是春节了。在这里首先向大家拜个早年，衷心祝愿大家身体健康、春节愉快、阖家幸福！现在，非毕业班的学生都离校了，繁忙的日子暂告一个段落，让我们有时间一起静心思考学校的发展大计。而后，游惠松简短回顾了去年一年的工作，以惯有的富于逻辑性和条理性的语句指出立人学校今后的工作目标。工作目标包括八项内容，他用鼠标点了一下，大屏幕上显示出八项工作目标，前面的几位老师轻声读了出来：

> 一个精神支柱：弘扬周恩来精神。
> 两考成绩辉煌：中考、高考成绩争创新高。
> 三力不断增强：管理执行力、教师教育力、学生学习力。
> 四种关系和谐：干群关系、师生关系、家校关系、社会与学校关系。
> 五化目标实现：管理科学化、德育公民化、教学生本化、提高校本化、服务优质化。
> 六线行政畅通：三处三室政通人和。
> 七方管理井然：各年段及考试辅导中心七个"块"的管理科学、有序。
> 八年一流名扬：完成八年创一流的目标，立人名扬万里。

游惠松简单诠释了八项工作目标的基本内容后，指出学校教育是一个系统工程，需要团队成员通力协作、艰苦奋斗、不懈努力。上面八项目标中的最后一项目标"八年一流名扬"是近期学校奋斗的总目标，前七项则为具体目标。具体目标逐一得到落实，总体目标自然也就实现了。前七项目标之第一项"一个精神支柱"，现已成为立人学校的德育标签，以后把"周恩来精神"这个标签做得更亮更耀眼就可以。第二项"两考成绩辉煌"，目前看来立人师生已经积淀了一定基础，连年创建辉煌也问题不大。第三项"三力不断增强"则是我们当前紧要明确并解决的目标。

因为，目前学校存在的问题正是"管理执行力"还没有形成系统合力，"教师教育力"还缺乏科学统一的标准，"学生学习力"还没有发挥到最佳状态。所以，"三力不断增强"是当前亟待重视的问题，是立人事业突破瓶颈、走出困厄的重要目标。游惠松说，他今天的报告，就从"管理执行力""教师教育力"和"学生学习力"等三个方面的话题展开，谈谈看法，以求抛砖引玉。

开场白之后，游惠松开讲。他首先从分析"领导"二字的含义开启了"提高行政管理执行力"的讲座。他指出"领"是带领、率领、引领之"领"，领导者必定是先知者或先行者，唯有先行一步或几步才能引领其他成员追随而行。"导"是引导、教导、疏导、辅导之"导"，既可以在团队成员之前，也可以在团队成员之后，更多的时候则在团队成员中间。虽然"领"离不开"导"，"导"也离不开"领"，但领导作用的关键是领先行动，以身作则，才能起到示范、激励和指导作用。所以，领导的重心要实现从"领"到"导"的变奏。又从分析"管理"二字的含义，得出"三分管七分理"的结论。游惠松将管理工作的水平分为"九段"，由低到高，依次为经验管理、效率管理、成本管理、质量管理、人性管理、知识管理、创新管理、文化管理和战略管理。要求立人学校要着眼未来，为各种层次的管理人才提供用武之地。他从一个小孩子的玩具"陀螺"而得到启示：在高速发展的社会中，立人学校的领导管理理应顺应时代要求，通过这样的变奏而追求卓越，从而创设立人学校积极和谐的干群关系、师生关系、家校关系及学校与社会的关系，形成立人独有的精神特区。

在"增强教师教育力"的讲座中，他从学生发展观入手，对于加强师德建设、提高教育艺术、审视教育境界、追求教育理想、提升教育水平等展开论述，详细论证了增强教师教育力的途径、措施和方法。在全场180分钟的讲座内容里，这部分内容游惠松用了近一小时的时间。显然，他将这部分内容视为讲座的重点。游惠松参加工作后始终奋战在教学第一线，又有专职教育科研工作的经历，故而既有"得之于心而寓之于课堂"的教学实践，又有以此为基础而开展的反思、研究、探讨形成教学理论。他在讲座中运用诸多鲜活生动的材料，如巴尔扎克的作文本、"南辕北辙"的地理意义、上海闸北八中的成功教育、北京光明小学的"我能行"活动等，解析学生发展观及师德建设的作用和意义。还通过《木兰辞》观摩课和《故乡》课堂实录的细节剖析课堂教学中"教育艺术"的使用原则。又结合当时教育界发生的负面事件如"政教处铐学生""试卷上的不当批语""校长儿子举办婚礼"等，指出教师要加强职业道德建设，不断提升教育水平。

在"审视教育境界、追求教育理想"的话题中，游惠松运用王国维《人间词话》中的"人生三境"、李泽厚《美的历程》中的"内美"和"修能"、小乘佛教中的"顿悟"与"渐悟"等理念，指出教师成长过程中的三种境界：求生之境、执迷之境和自如之境。他主张立人教师要经过求生之境、执迷之境的历练，进入"平淡之中见险奇，洒脱之中见执着，闲散之中见精神"的自如之境，实现教育理想和人生价值。这一层内容的讲座，游惠松将熟知的案例和事例信手拈来，再以简练的语言进行精辟的解析，教师们听后，如沐春风，顿觉神清气爽。讲座内容切合教学实际和生活场景，让教师听来感觉亲切而富于生活情趣，因而引起极大共鸣。

在"培养学生学习力"一节中，游惠松认为学生健康的体魄是提高学习力的前提，而正确的学习方法是学习力的保证，所以他围绕德育教育和"分层导学"展开阐述。老师们知道，在任何一所学校里，德育都是老生常谈的话题，但游惠松考虑的是如何让德育教育在学校里系统全面地铺开，在可操作性的师生互动中获得德育教育的实效性。他说，立人学校德育的核心目标是"以人为本"和"促进人的全面发展"。为此，他从德育的内容选择、"三教"结合、生活、互动、情感体验原则及预防不良惩罚的危害等几方面，进行了翔实有效的演说指导。

关于"分层导学"教改推广工作，游惠松感慨地提起自己的工作经历。他回忆自己担任教研员一职时提出"分层导学"教学法构建理论，并在南靖和溪中学、长泰岩溪中学等学校进行了实验推广，当时取得了较好的效果。可惜因为部分教育管理者的漠视而没有得到大力推广，后来成为人生憾事。当时曾经幻想，若有一所自己当校长的学校，一定推广"分层导学"。现在自己办学都过了四年了，四年来奔波于"大师"队伍招聘和"大楼"工程建设，竟没有精力来指导推广"分层导学"法。他在讲座中回顾自己在南靖一中的工作往事，追述在市教研室工作时转换角色和探究教学方法的情景，语重心长地对老师们说，学生越早掌握自学方法，增强自学能力，其学业成绩越好，后续学习也越具潜力。

游惠松指出，立人学校致力于"以人为本"的德育教育活动，全面倡导"分层导学"教学法，目的就是培养学生的学习力。他坚定地指出，一定要尽快推广"分层导学"法，争取经过三五年的实践，让"分层导学"法在立人学校结出重大硕果。

讲座原本设想分两节大课，每节90分钟。结果，游惠松精力充沛，兴致大增，一气儿讲了三个多小时，都忘了让老师们在中间休息一会儿。不过，老师们却觉得三个小时的讲座一点也不冗长。他们安静地听讲，认真地记着笔记。有人悄悄地起身，小心地避开座位出去，上厕所后很快返回会场，唯恐漏听了讲座中的精彩内容。整场讲座看似三大块内容，却各块内容环环相扣，极为紧密。游惠松在阐述解析之中时常跃动着智慧的火花，广大教师受到很大的启迪和教益。

讲座结束时，大屏幕上出现了唐朝诗人岑参《白雪歌送武判官归京》中的句子："北风卷地百草折，胡天八月即飞雪。忽如一夜春风来，千树万树梨花开。"游惠松说，这几句唐诗作为今天讲座的结束是大有深意的。立人发展中肯定会逢到很多困难，状如寒风冰雪般威胁着学校的存在与发展。但是，只要我们全体成员集思广益，各显神通，迎难而上，"千树万树梨花开"，所有的问题都会迎刃而解。

讲座结束了，大礼堂里响起经久不息的掌声。

党建工作

春季学期刚开学，有两件急事摆在了刘金忠面前。一件是学生食堂改造工程的验收，另一件是筹备社会主义荣辱观教育启动大会。

学校食堂在寒假里进行了提升改造，面貌发生很大变化。这次改造共投入资金250多万元，用餐大厅经过装修显得宽敞明亮，且添置了标准的餐桌和结实的座凳。后堂制作间更换了灶台和灶具，持续规范食品采购渠道和制作程序，科学进行菜样调配。学生用餐也开始实行统一配餐制，营造出洁净、规范、温馨的就餐环境。刘金忠带领后勤和德育处的几位负责人对照改造方案逐项予以检查验收，认为各项设施合于方案标准，希望在服务细节方面更下功夫，让立人学子在学校里吃住舒心，生活愉快，促进学习成绩不断提高。

学校食堂改造工程验收刚毕，学校立即召开了开展社会主义荣辱观教育启动大会，刘金忠为全校师生作了《践行"八荣八耻"，创建和谐立人》的报告。

这一年3月，市教育局发布了《关于认真学习贯彻胡锦涛总书记重要讲话深入开展社会主义荣辱观教育的通知》，立人学校党支部依通知要求开展各项教育活动，刘金忠在会上对教育活动做出了具体安排。他认为，"八荣八耻"涵盖了爱国主义、集体主义和社会主义思想的丰富内容，是中国传统美德和时代精神的完美结合，是以爱国主义为核心的民族精神和以改革创新为核心的时代精神的鲜明表达，为公民道德建设树起了新的标杆。他在报告中要求全体师生牢固树立"立人为本，德育为先"观念，把社会主义荣辱观教育作为学生思想道德建设的重要内容，积极创建和谐校园。他明确要求广大老师要开展"真心关爱学生，倾情奉献教育"活动，用社会主义荣辱观的标准严格要求自己。在课堂教学中将荣辱观渗透到各学科教学内容中，努力培育有理想、有道德、有文化、有纪律的社会主义公民。

这一年6月，市教育局机关工委对各校开展社会主义荣辱观教育活动情况进行了检查验收，检查组一行先后参观了学校党建宣传栏、党员活动室、支部书记办公室，听取了党支部副书记吴继国对社会主义荣辱观教育活动的汇报，详细了解学校党组织班子建设、工作制度、党员管理、作用发挥等党建工作经验，认为立人学校虽然是民办教育机构，却重视党建工作，学校社会主义荣辱观教育活动办得有声有色，希望全校师生继续以社会实践为动力，深入贯彻"八荣八耻"，为培养社会主义事业的合格建设者和可靠接班人而努力。

游惠松在立人建校之初指出，《民办教育促进法》的制定颁布标志着关于民办教育的顶层法律设计已经完成，解决了"为谁办学、能办什么学、怎样办学"的法律问题。立人教育要坚持党的领导，坚持社会主义办学方向，坚持教育公益性，落实"立人为本"的根本任务。所以，在立人学校创建第三年的"七一"建党节，学校召开了立人党支部成立会议，会议选举吴继国为党支部副书记。

两年后，在市教育局机关工委指导下，立人学校正式成立中共漳州立人学校总支部委员会，选举刘金忠为书记。市教育局机关工委组织部部长张琦莅临成立大会，立人学校党员共计85人参加了大会。张琦在成立大会上充分肯定立人学校的党建工作，并希望以党建引领学校各项工作，做到在思想上重视党建工作。刘金忠在会上说，民办教育也姓"党"，立人是在党的领导下的教育，是培育"四有"新人的教育。我们要不断加强党建工作，全面贯彻党的教育方针，坚持社会主义办学方向，落实立德树人的根本任务。立人学校党总支会下设两个支部，在党总支书记刘金忠的主持下，严格按照章程，选举第一党支部书记为王凯支，第二党支部书记为李坤茂，并成功选出新一届支部委员。在与会党员的掌声中，漳州立人学校党建工作扬帆起航，踏上新的征程。

党总支成立后，学校成立第一届工会委员会，选举许四方为工会主席。学校相继召开共青团漳州立人学校代表大会，举办七年级少先队大队成立仪式，选举成立各部学生会。学校党政工领导团结一致，携手并肩，引领全校教职员工群策群力，开启了"八年创一流"的伟大征程。十七大召开之后，党总支开展了"贯彻科学发展观，构建和谐新校园"活动。通过"周恩来班"的创建引领活动，校园里充满了"叔叔好""阿姨好""老师好"等自然亲切的问候声。楼道上轻声慢步，教室内安静整洁，操场上活泼有序，立人校园处处呈现一派团结和谐、生动活泼的景象。

为了响应市教育局机关工委在党员"创先争优"工作中形成"一校一品"的党建品牌号召，立人学校充分挖掘闽南苏区红色资源和文化底蕴，组织全体党员教师到厦门同安影视城、翔安大嶝岛、园博园进行红色旅游考察活动。结合"学党史，知校情"创建活动，党总支组织全体党员到莆田湄洲湾、泉州闽台缘博物馆进行实地考察学习。广大党员教师深入了解闽台文化交流历史，在湄洲岛感受"妈祖文化"在闽台两地的传播习俗，在"闽台缘"博物馆感受两岸人民同文同根、同祖同源的历史渊源，充分认识到两岸和平统一的重大历史意义。

这些活动，带有明显的立人特色标签，开阔了广大教师党员的视野，结合闽台乡土文化教育和爱国主义教育活动，加深他们对"创先争优"的内涵的理解，激发全体教师党员的爱党、爱国、爱校的崇高情感。

经过多年的努力，立人学校党总支创建党建教育品牌，实现了"一个党员就是一面先锋旗帜；一个支部就是一个战斗堡垒"的创建目标。党建品牌创建工作充分提升了立人教育的整体质量，也翻开了立人教育党建工作发展的新篇章。

云霄立人学校成立

"六一"过后，福建省人大常委会副主任黄贤模、市人大副主任黄琼霞冒雨来到立人学校，开展调研工作。当时，陪同调研的还有市教育局局长翁福和芗城区的一位副区长及教育局负责人。黄贤模向游惠松详细询问了立人学校的办学过程和现状，就《民办教育促进法》落实情况和黄琼霞等人进行了交流。最后指出民办教育也是社会主义教育的一部分，地方政府要关心并支持立人学校的健康发展，人大立法机构要为民办学校教师合理流动及人事管理工作提供必要的法规支撑。

黄贤模一行离开立人时，翁福对游惠松说，希望他下午到局里来一下，有重要事情商量。下午，游惠松到了局里，发现翁局长办公室里还有一位市政府副秘书长。经过一番简短的叙谈，游惠松明白了，市政府和云霄县政府希望立人教育集团接管云霄师范学校的旧校园去创办一所新学校。

原来，云霄师范学校是一所创办于1958年的中等师范学校，建校以来为漳州地方培养了一大批小学教师。到了1998年，这所学校和国内诸多中等师范学校的命运一样，开始步入衰落状态。那一年国家实行大中专毕业生不包分配的自由择业政策，师范毕业的学生在择业竞争中又没有大专生和本科生的优势，学生毕业即失业。于是，生源锐减，至2000年几乎没有学生报考师范学校，学校濒于停办地步。2003年，龙溪师范学校和云霄师范学校并入漳州教育学院。漳州教育学院和龙溪师范学校之间的土地、设施和课程资源经过充分整合之后，拟改建为漳州城市职业学院。而位于云霄县的云霄师范却使用价值不大，成了漳州教育学院的一个包袱。一年前，立人学校高考成绩"一炮走红"，又拟和正兴教育集团联合在平和创建立人学校，于是漳州教育学院和教育局商量，希望游惠松以校区资产转让和土地租赁形式接管云霄师范学校。

游惠松一听，就动心了。这个阶段立人和正兴集团合办学校的事宜因双方的办学理念存在冲突而进展很慢。现在，市政府、市教育局、漳州教育学院和云霄县政府支持立人在云霄师范办学，这是尽占"天时""地利"的好事。游惠松十分清楚，云霄是福建省县域经济发展"十强"县之一，素有"开漳圣地"之称，历史文化悠久，在那里创建立人学校肯定具有很好的发展前景。

6月29日，游惠松和教育学院一位副院长前往云霄查看师范校区。进入大门，发现校园还保留着昔日的美丽。沿着通道行走五六十米，迎面有一幢高大的综合楼，左边靠围墙有一列琴房，综合楼左前方有一幢两层宿舍楼，右前方的二层楼是宽敞的大餐厅。后面是两栋五层学生宿舍楼，宿舍楼右边是一幢教师宿舍楼，两楼之间拥有一个设施完好的大操场。操场另一边又有一幢五层综合教学大楼，与之并列的还有两栋教学楼和实验大楼。校园里长满了高大的凤凰树和玉兰树，在清风中微微摇曳，正是开花时节，香气袭人，沁人心脾。游惠松大喜，这是一所建设设施和教学设备齐全的校园，完全可以实现当年办学、当年招生的计划。

离开的时候，同行的王学文带着些许疑惑问，在这里办学可以吗？游惠松肯定地回答，云霄是"开漳圣地"，是漳州悠久历史的发祥地。培养教师的师范学校往往又是一个地区绵延不绝的"文脉"之源，你想一下，在"开漳圣地"的"文脉"之源创办学校，焉有办不好之理？

他又对王学文开玩笑似的说，我来给你讲一下"风水"。你注意了没有，师范学校的校区地形呈北高南低之势，建筑物均为"子山午向"。学校大门正处在"午方"，形成"子山午向"。主路口从"坤方"来，根据发展需要我们要在"坤方"开一道次门，立"未山丑向"。这样的地势布局构成"旺财发丁"又"兼出文秀"的绝佳"风水"，在这里办学肯定会人才辈出。听了游惠松的一番玄虚言论，王学文摸着后脑壳呵呵地笑了。

暑假刚刚开始，立人学校的十多名教师刚停了手头的教学工作，就随着王学文来到云霄县，开始在师范校园里筹备云霄立人学校。筹备组首先将校门修葺一新，更换了云霄立人学校的新校牌。其次，打出招聘教师和招收高一新生的广告。市教育局已经批准云霄立人招收高一新生和高三复读生，云霄县教育局也同意云霄立人学校试招部分小学生。为了实现当年招生开课的目标，"今日园林"出资对校园部分设施予以维修，更换并增添了教室、办公室、宿舍楼的教学生活设施。由于食堂设备老化，游惠松投资50多万元进行设备提升改造。

后来陆续投资 30 多万元，添建硬件设施。新建的食堂成为云霄县唯一的 C 级食堂，奠定了学校发展的坚实基础。

毕竟是游惠松创建的学校，在"游立人"品牌力量的感召下，招生广告一经发布，云霄县周边学子纷纷而至。新学期开学时，学校招录高一新生 8 个班、高三补习生 3 个班、小学 5 个班，在校学生总数达到 1 万多人，迅速形成了一定的办学规模。两年后，云霄县人民政府批准同意增设初中部，云霄立人成为全县唯一一所从小学到高中的"十二年一贯制"学校。

令人惊讶的是，教师招聘工作也进展得极顺利。招聘广告发布后，漳浦、云霄、诏安、东山四县的重点中学及中心小学的很多教师前来报名，接受立人的挑选聘用。他们中间有省级"学科带头人"、省级"骨干教师"、市级"骨干教师"和"青年科技人才"，更有谙熟高考命题规律的研究专家。这样的情形说明，一方面教育家游惠松的文化魅力吸引众多人才加盟云霄立人，另一方面随着国家对民办教育的支持和重视，人们的观念也发生了很大变化，许多优秀人才拥有了辞去重点中学职务而加盟民办教育的底气。经过严格的考核招聘程序，有 100 多名教师成为云霄立人的专职教师。

游惠松没有想到，他的老朋友、云霄一中的"名师"蔡海生也来了。蔡海生是云霄县列屿镇人，和游惠松是龙溪师范大专班数学系同学。毕业后游惠松分配到南靖一中，蔡海生分配到云霄二中，自此"天各一方"。

游惠松在市普教室工作时，因为推行"分层导学"教改时二人再度相逢。此时蔡海生已调入云霄一中工作。对于"分层导学"二人有着共同的观点，遂成"莫逆之交"。游惠松创建漳州立人时，蔡海生因眷恋家乡生活而未能前往加盟助力。现在，游惠松的立人学校办到云霄来了，他也来请求加盟。游惠松一听极为高兴，他深知蔡海生和王凯支一样，是拥有超强教育科研能力的高端人才。他对蔡海生说，你来立人当一个教师太屈才了，依你的水平当一个立人的领导绰绰有余。于是，报请董事会批准，任命蔡海生为立人教育的副董事长，专门负责云霄立人的办学工作。

2006 年 8 月 21 日，云霄立人学校举行了简单的成立仪式。游惠松在鞭炮声中为新诞生的云霄立人学校揭牌。接下来在全校教师大会上，游惠松代表董事会宣读云霄立人学校的人事任命决定，任命吴勇林为校长，李坤茂为副校长，蔡海生为分管云霄立人的专职副董事长。两月后，游惠松再次来到云霄立人，在"校本培训"会上做了题为"非凡立人，非凡之路"的讲座报告。

许多老教师至今记得，云霄立人的创办堪称当年轰动云霄的一件大事。从打出招生广告到正式开学上课仅一个多月时间，1500 多名师生就出现在荒芜了三年多的师范旧校区。

三个月后的一个星空璀璨的夜晚，云霄县人民公园举办了一场大型文艺晚会，引起巨大的社会反响。晚会主题为"美丽云霄·立人之夜"，由共青团云霄县委与云霄立人联合主办，策划游惠松，艺术总监蔡海生。中共云霄县委、县政府四套领导班子成员都亲临晚会现场观看演出，精彩纷呈的节目博得了全场观众热烈的掌声。

又过了一年，今日园林公司又投资 30 万元，将云霄立人通往金霞社区的大道进行拓宽提升改造。大道通车后，解决了每天早晚放学时接送学生的车辆拥堵问题，给广大师生、家长及周围群众的出行带来极大便利，从而提升了立人学校社会印象。

美丽富饶的漳江之畔，钟灵毓秀的葵山南麓，云霄立人学校如一颗璀璨的教育明珠，悄然诞生。此后经年，云霄立人陆续建造学生宿舍楼、中学教学楼和教师宿舍楼。并向县政府申请征地，先后筹建标准塑胶跑道、体育馆、艺术馆等项目。

十五年后，云霄立人占地面积达 78173.81 平方米，校舍总建筑面积47339.75 平方米，绿化面积 7365 平方米。学校布局合理，设施齐全。拥有小学部 23 个班、初中部 21 个班、高中部 18 个班，共有学生 3159 人，教职工 326人。成为福建省二级达标高中校、福建省义务教育管理标准化学校。

校歌《有你更辉煌》

云霄人民公园大型文艺晚会上，第一个节目由立人学校合唱团表演。合唱的第一支曲目是立人学校校歌《有你更辉煌》，雄壮有力的曲调，意蕴丰富的歌词，给观众留下了非常深刻的印象。

这是立人校歌在大型文艺演出中第一次亮相。事实上，校歌创作出来的时间也仅两个多月。校歌词作者是游惠松，曲作者是蔡海生，两人合作创作校歌的想法也始于云霄立人学校的揭牌仪式。

那天，揭牌仪式刚结束。蔡海生对游惠松说，今天的鼓乐队演奏的乐曲为《团结友谊进行曲》。我觉得立人学校应该有一首校歌，在这种场所下演奏校歌会更有意义。游惠松说，这个创意很好，不过请什么人作词、什么人作曲要考虑周到。蔡海生说，请什么别人啊？你写歌词，我负责谱曲，我们自己就可以创作出来。你有填词作赋的深厚功底，可以写出一首带有立人教育特征的"词"，我会根据你的歌词意境谱成一支"曲"。

游惠松知道，蔡海生虽然读的是数学系，却酷爱音乐，又刻苦钻研乐理及作曲技艺并取得音乐学士学位。自1997年起，陆续创作并发表了《恋着这块美丽的校园》等30多首清新优美的歌曲。一年前，他的专著声乐教材《边学边唱》由福建教育出版社出版。游惠松心想，蔡海生的音乐造诣堪称专业水平，只要歌词能创作出来，他来谱曲应该没有问题。

游惠松有填词作赋、舞文弄墨的爱好，但撰写歌词却是头一回。他想，为了利于校歌的传唱和推广，歌词不应太过古雅，应该具有亲切、朴实、生动、精练的特点。既要体现立人的办学理念和教育特色，还要具备学生演唱的童趣特征。这样看来，校歌歌词还真是一个不大好写的作品。游惠松考量、揣摩、尝试了好多天，终于拿出了一首题为《有你更辉煌》的歌词：

> 走在校园的绿荫道上，书声琅琅在飘荡。这里有你，这里有我，在阳光中歌唱。特别懂礼貌，特别勤读书，特别守纪律，特别能吃苦。不论经过多少岁月，不论奔向何方，老师恩重，同学情深，点点滴滴在心中。
>
> 遨游学海，跋涉书山，梅兰竹菊吐芬芳。这里有你，这里有我，在立人中成长。特别讲团结，特别有作为。大鸾翔宇，追求卓越。不论经过多少岁月，不论奔向何方，因为有你，有你在心中，立人明天更辉煌。

蔡海生看到歌词后，大声称赞"写得真好"。他说，《有你更辉煌》看似写得随意自在，实则颇费了一番功夫。歌词分上下两段，每段歌词又依表达目的分为主歌和副歌。主歌部分以叙述为主，以立人学子"走在校园里"的活动场景起兴，在"书声琅琅"中引出"六个特别"之前四句。副歌部分以抒情为主，以"不论经过多少岁月"为标志，表达立人学子永远不忘"老师恩重，同学情深"的深刻意蕴。

第二段紧承第一段，先描述学子在校园里"遨游学海，跋涉书山"的勤学状态，引出"六个"特别之后两句。接着顺势引出"大鸾翔宇，追求卓越"的议论语句，这里的"大鸾"是周恩来乳名，"翔宇"是周恩来字号。叙述与议论结合，点明"六个特别"与立人学校"学周知周"德育活动密切相关。最后，仍以"不论经过多少岁月"为标志，表达出"有你在心中"，立人"明天更辉煌"的中心主题。这里的"你"又是"双关"修辞手法，既指代"周恩来精神"，又暗寓"立人学子"。因为拥有"周恩来精神"及勤奋求学的"学子"，立人学校的"明天"才"更辉煌"。对于立人学子而言，这里的"你"似乎又指难忘的母校，因为有了"立人"的求学经历，所以才"有你更辉煌"。整首歌词用语天然明净，咀嚼无滓，结构紧凑而立意深远。加上生动活泼，朗朗上口，特别适合在校园中传唱。

游惠松一听，不由得哈哈大笑。他说，我写的时候，对这些内容的确有所考虑。但是，歌词的创意绝对没有你说的这么深奥和高妙！不过，你若觉得行，那就赶紧完成谱曲。立人学校有一首校歌，也是校园文化建设的一项盛事。

蔡海生谱曲效率果然很快，一周后就将谱稿拿给游惠松。游惠松拿给音乐老师试唱了一下，感觉旋律清新优美。于是安排学校合唱团开始排练，并在音乐课上教唱校歌。

音乐教师发现，校歌的曲调婉转优美，和歌词思想内容极为吻合，有着很高的艺术水准。校歌曲调特用热情向上的 G 大调塑造立人学子青春昂扬、激情四溢的艺术形象。音乐表现方面采用进行曲式，突出乐曲自豪昂扬而又深情婉约的特点，乐句中选用"XXXX X｜XX XX X—｜XXXX｜XXX X—"和"X—X X｜X XXX—｜"等叙事乐句和抒情乐句相结合，塑造出立人学子践行"周恩来精神"以及感恩母校的音乐形象。

乐曲中最让人称道的是，蔡海生在主歌和副歌之间特意留下两个小节的空白，巧妙地加进去校园里的钟声，并辅以"Wonderful 立人""Brilliant 立人"的深情呼唤，带有校园生活的童趣和纯真，具有极强的艺术感染力。整首歌作词质朴生动，曲调清新明快，意蕴丰富，呈现出崇高、质朴、光辉明朗的艺术光华。

几周后，立人学校的各班学生都朗朗唱起了校歌。每逢课间，《有你更辉煌》的旋律不时从各教学楼内飘扬飞出。国庆节期间，学校合唱团排练的校歌及其他曲目一起参加了漳州校园文艺汇演。云霄立人学校在人民公园举办大型文艺晚会时，立人合唱团成员乘着大巴车，参加了演出活动。他们演唱的立人校歌，久久萦绕在人们心中，给云霄人民留下了十分美好难忘的印象。

校徽、校训、校歌、校旗是学校办学理念及治校精神的反映，是校园文化的重要组成部分。这些文化元素对内起号召激励作用，对外起展示学校形象作用，是体现校园文化建设的重要标志。有教育家认为，校歌、校徽、校旗等是学校课堂的一部分，属于学校的隐性课程。立人创建之初，游惠松曾为学校撰写的办学目标是"立己达人，培育英才"。随着学校规模的发展及教育思想变化成型，游惠松又撰写了"源诚形水，立己达人"的校训。后来，又确定了亲手自行设计的校徽和校旗，构成了立人学校独有的响当当的品牌文化符号。

陀螺管理模式

云霄立人运行正常后，游惠松于欣慰之余有一种身心疲累的感觉。但是，他又不能放任自己休息一个阶段。

立人初创之际，面对各种各样的阻力和困难，他常想起《周易》中的第三卦"屯"卦。那是"乾""坤"二卦之后的第一卦，"屯"象征草木初萌之际，所谓"万事开头难"即缘于事物初萌之际，往往充满艰险，须聚集力量，谨慎行事，才会顺遂发展。游惠松以宋词解释"屯"卦时，在《雨霖铃·创始克难》中曾写道："萌芽草木生始，艰难险陷，前途多变。果敢前行，谨慎秉持依然善。"他时常告诫自己，哪怕再疲累也不能有懈怠之心，唯勤劳守正才能走出事业初创的困境。

这个阶段，漳州立人的三座现代化大楼已拔地而起，教学楼第一期工程36间教室已投入使用。第二期工程和公寓楼即将竣工并将于春节后投入使用。学校投入100多万元资金，装备了60多间多媒体教室。并投入200多万元新建了6个学生餐厅和两个服务超市，进一步完善校园生活设施。又投入100多万元修建水泥路、篮球场、排球场、乒乓球桌、花圃、太阳能路灯等运动娱乐设施。教学大楼内的理化生实验室、电子备课室等设备，也进一步配置完善，已交付使用。

教学楼和宿舍楼由厦门师达建筑设计院设计建造，游惠松将两栋教学楼命名为"达人楼"，位于南部的称为"达人南楼"，位于西部的则称为"达人西楼"。宿舍楼被命名为"观菊楼"，和先前建成的"寒梅楼""兰蕙楼"和"竹韵楼"并称为"梅兰竹菊"四楼。游惠松在校歌中写道，"遨游学海，跋涉书山，梅兰竹菊吐芬芳"。这里的"梅兰竹菊"即暗寓立人学子在公寓楼内读书生活快乐成长之意。

游惠松知道，自己经营的是"百年树人"的教育事业，而非一般的企业。企业管理的对象是人，经营的产品是物；而教育管理的对象是人，经营的产品也是人。所以需要经营者更具有智慧头脑和艺术策略。他一直认为，老师在社会中属于带有理性思辨秉性的特殊族群，必须在尊重的前提下，通过一套相对完备的"理论"阐释，他们才能心悦诚服地接受管理。他们依管理策略开展工作，教育家的思想才能行之有效地贯彻到教学实践中。我们倡导老师要带着爱与温暖去工作，而校长则应该带着思想和智慧去管理引导教职员工。

几年来，游惠松的工作情形基本上属于下班后在"红楼"处理应急业务，晚上在家查阅资料并伏案写作。他必须让多年来零零碎碎的教育感想形成相对完备的"理论"，通过校本培训让教师认同。《"三大"精神，"五化"目标》《和谐积极，春色满园》《共业平台》《教学需要"生本化"》《非凡立人，非凡之路》等 10 多万字的"理论"报告都是在这样的情形下完成的。

《非凡立人，非凡之路》在云霄立人学校讲过之后，他又进行了修改完善。漳州立人学校在冬天举办的校本培训会议上，游惠松将这些内容和老师们又"交流"了一遍。春节后在《和谐积极，春色满园》的讲座中，他提到了"陀螺运行的启示"。在这次讲座中，他完整地提出了"陀螺管理模式"的教育管理思想。

面对拥有多个校区、600 多名教职员工的立人集团，如何才能让管理工作实现高效、同步、及时？游惠松的"陀螺管理模式"架构正是基于这一目标而诞生。

游惠松具有一种洞察纤毫的品质，连续几个月在多个校区走了一圈，就发现了管理工作中的许多问题。他对刘金忠说，前年在观摩交流中人们称我为"游三多"，说我们立人学校"制度多、检查评比多、兴趣活动小组多"。这虽为戏谑之辞，却也点出了我们管理中存在的问题。为什么制度多？是因为我们在工作中出现管理漏洞就制定一个制度，虽说具有"亡羊补牢"的功效，但也是缺乏长效机制的"头疼医头，脚疼医脚"的短视思维。为什么会这样呢？主要是我们仍采用漳州地区传统意义上的学校运营管理机构，即校长室下设德育、教务、后勤三处和办公室，对于全日制全寄宿制管理模式的立人学校显然不能适用。

游惠松提出设想，将保安、门卫等业务从后勤处分化出来，另设综治办；将教务处原来负责的教学研究功能分化出来，另设教研室。这样构成"三处三室"，责任职权好划分也好管理。在管理依据方面，我们只建立四方面制度就可以了。一是明确"三处三室"及其负责人的职责，二是制定各自岗位成员的管理程序，三是建立重大活动事项制度，四是制定且细化各处室及下辖机构的考核方案。这样做的好处是，以"块"的职责管理"三处三室"，以"条"的程序管理岗位成员，以"线"的考核强化各项事务的运行效果。这些内容可以概括为"板块化明晰职责，线条化考核监督"，整个管理模式也可称为"陀螺管理模式"。

游惠松说，为什么称为"陀螺管理模式"呢？我们看一下学校的管理架构，因为董事会负管理职责的校务领导下辖"三处三室"，各处室下面又有若干机构，如综治办有保卫科、生管科，教务处有各学科备课组、科技馆、图书馆、学科功能室、校园网络室等。所有这些机构及人员服务于从小学到高中的十二个年段，各年段又指导管理400多名教师展开教学工作，而400多名教师直接面对7000多名学生。这样的架构是不是一个静止的陀螺形状？或者称为金字塔型会更加正确。可是，我为什么不称为"金字塔型管理模式"而称为"陀螺管理模式"呢？

因为，古埃及"金字塔"或一般塔式模型的状态是固化的、静止的、沉稳的，而学校的常态不是固化或静止的，而是时常处在运动和旋转之中。将"金字塔"倒置就成了运动旋转的一个陀螺，所以称为"陀螺管理模式"更准确。立人管理的出发点是保持庞大的学校机体正常运转，而非稳固地维持静止状态。粗看学校管理架构为"陀螺静止结构"，置于顶层的校务领导的作用自然很重要。人们说，一个好校长就是一所好学校。这就要求校长要有思想、有策略、有管理能力，在宏观调控和微观操作中推进学校各项事业。如果学校如同陀螺般旋转时，置于顶层的校务领导的作用同样很重要。这时候，它的位置由顶层变成最底层，需要负载陀螺全部的体积和重量，还要保证在旋转中的体能不变。所以，我们小时候用木头削制陀螺时，一定要在尖端处镶嵌并粘牢一粒小钢珠。由此可见，无论在静止结构下还是旋转结构下，处在陀螺尖端部位的"领导"一定要具有稀有金属般的坚硬材质和明亮品质。他既要有能承载学校建设运行的神圣职责，又要有引领学校未来发展的思想建树。

陀螺为什么能平稳旋转而不致倾倒和停滞呢？有两个原因，一是陀螺最底部的平面要是正规的圆形或正六边形，同时尖端到最上面的正六边形的各端点之间的距离相等，保持平衡才能旋转。二是需要一个小鞭子来驱打它，给它外力让其匀速旋转。所以，在"陀螺管理模式"下，立人领导要将"三处三室"的作用置于同等重要地位，不得轻视任何一个部门工作。对团队成员要一视同仁，彼此的心灵距离要相等。各处室之间要密切合作，紧密团结，均衡发力，方能维护学校大局工作的正常运转。

为了保持学校如同陀螺般持久旋转，需要思想教育以鼓舞、经济手段以激励、监督考核以敦促，这就是"小鞭子"般的外力。有时候，"小鞭子"停了下来，陀螺还在不停旋转，是因为惯性作用而形成一种"内驱力"。我认为，所有立人成员的理想、情怀、事业心、进取心乃至对未来幸福生活的憧憬与追求而形成的合力，就是"内驱力"。所以，我们要建立"块"的职责管理，"条"的运作程序和"线"的考核机制，就是实现管理的精炼化、准确化和高效化。

为了增加外力的作用，董事会下设理事会和监事会，监事会又垂直对学校各个环节教学工作进行监督运行。实行板块化管理和线条化考核，哪一个条块上出了问题，影响立人搭建的这个"共业平台"，就要被追责或受到一定处罚。这样一来，就将管理工作化烦琐为简约、化混沌为明晰、化抽象为具体，实施科学管理，推动学校可持续发展。

这一番精深的思考及论述，令刘金忠极为钦佩。他感觉游惠松的论证思维绵密而幽深，细微时洞察秋毫，宏观时包揽寰宇，体现出一种思辨的魅力和智慧的光华。这一番论述似能瞬间打开人们心灵深处的窗户，驱散迷雾，引人进入对教育管理的科学、智慧、光明的境界。

几何模型里的管理智慧

刘金忠提议，董事长要把"陀螺管理模式"的设想和做法与老师们充分交流一下，让他们深度理解学校管理机制的运行原理。只有这样才能发挥他们的积极主动性，从而激发更强大的"内驱力"，各类制度执行起来也会更加顺畅。游惠松觉得有理，决定在《非凡立人，非凡之路》的报告中，重点诠释"陀螺管理模式"的教育思想。

冬天，漳州立人学校的年度"校本培训"活动开始，游惠松《非凡立人，非凡之路》的讲座报告如期开始。考虑到听课的教师中有部分新入职的教师，对学校五年来的发展过程还很陌生，报告开始游惠松先简短交代了立人学校创办的历史渊薮及发展过程，而后进入正题，重点评析适合全日制全寄宿制学校运行特点的人事管理机制。他在授课时语态平和，思路清晰，伴以刚劲利落的手势，不时有富于智慧和幽默的语句脱口而出，博得台下老师们的一片掌声。

为了阐述"陀螺管理模式"的运行原理，游惠松制作了陀螺模型的几何示意图。数学老师发现，这几幅示意图严格按照几何中的"立体透视"方法绘制。图画上的圆环、线条及端点处都标有 A、B、C、D、E、F 等字母，陀螺下端的扇形顶点处标有 O。随着游惠松的讲述，立人学校的组织机构的"陀螺管理模型"形象地展示了出来。他在讲解"陀螺静止结构"情景时，但见大屏幕分为两半，左部逐一出现标示为"图1""图2""图3""图4"的四幅立体几何图形。右部照应不同几何图形，一大串严密的推理语句层叠而出：

如图1所示，点 O 表示董事会，静止时处于最高点，居于"高处不胜寒"的位置。截面⊙O 表示学校行政团队工作，点 O 表示校长工作岗位，点 ABCDEF 分别表示三处三室的工作岗位。因为 OA = OB = OC = OD = OE = OF，对于校长来说，要切记"三处三室"工作同等重要，不能有任何

135

偏废。

如图 2 所示，正六边形 ABCDEF 面表示制度化工作内容，$\odot O$ 面表示人性化的工作内容，立人学校管理坚持制度化与人性化并举。$\odot O$ 上的各点表示立人学校团队各成员，各点到圆心 O 的距离均等。意味着领导对团队成员要一视同仁，彼此心的距离绝对相等。图中六个弓形面若要均等，则管理中"理"的成分极为重要。夫如是，则正六边形自成，圆 O 亦成。图中正六边形 A 虽成，若少了六个弓形则几何体成了正六棱锥，圆柱运动中若没有曲面，则陀螺运动不顺畅。"理"与"导"卓越发挥，领导的管理工作才显完美。

如图 3 所示，若点 O = （1、2、3、4、5、6）表示年段长工作岗位或班主任工作岗位等，给我们的启示与上述启示相同。若圆柱、锥形截面与 $\odot O$ 表示学校"块"的管理，母线表示学校"条"的管理，则"条"与"块"形成了完整的曲面陀螺几何体，学校"条"的管理政通人和，"块"的管理井然有序，则学校运转有如地球运动一般自然美妙。截面 $\odot O_1$ 与 $\odot O_2$ 若不全等，也即某个截面圆变成椭圆，陀螺几何体会出现严重缺陷以致倾斜，学校管理则缺乏整体协调功能。所以，各个"块"的管理应该均匀施力，平衡发展。

在场的许多教师小时候都玩过陀螺，对这一个普通的玩具极为熟悉。没有想到，游惠松以这个玩具的结构及运行原理来比喻学校管理制度，大家感觉新鲜而又好奇。立人教师大多比较年轻，对于基础数学中的几何推理手法比较熟悉。他们惊讶于游惠松想象之奇和联想之妙，用一个简单的陀螺几何模型，就将庞大而繁杂的学校组织架构及运行规则诠释了出来，形象生动，令人过目难忘。在解析"陀螺旋转结构"时，大屏幕上的图形发生了变化，游惠松给陀螺图形正六边形加上不同色彩的衬线，图形上加注了若干条经线和纬线，线条交点则为学校各个管理机构。随着他的解说，大屏幕上的推理语句变得更加复杂：

如图 4 所示，点 O 承载了整个陀螺体的体积和重量，若点 O 表示董事会，则任劳任怨是其职分。截面 $\odot O_i$ 表示年段"块"的管理，$\odot O$（i=1、2、3、4、5、6）上的点与点 O 等距，点 O 通过 OO_i 及 OA、OB（i=1、2、3、4、5、6）等形成"条"的管理。这表明董事会及校长对人对事应力争一碗水端平。截面 $\odot O_0$ 表示校务会，它对各年段"块"的管理，应通过线段 O_0O_i 及 A_0A_i、B_0B_i、C_0C_i、D_0D_i、E_0E_i、F_0F_i（i=1、2、3、4、5、6）

进行"条"的管理，政通人和则成必然。画⊙O边框用太阳光的七种颜色，同时，画⊙O中的正六边形ABCDEF边框时也用太阳光的七种颜色。这里的母线用绿色画出，比喻教育事业是阳光下的事业，教师是最伟大的职业，是人类灵魂的工程师。

游惠松意犹未尽，放慢语速，开始讲解"陀螺管理模式"中的"外力"因素。他指出要确保陀螺正常运动则需不断施加同向外力作用，而这里的外力就是家长、社会对我们的评价和期望，就是正确的建言议案。校务监事会应时刻观察陀螺的运行情况，及时梳理同向外力因素，通过董事会、校务会把同向外力作用及时施加给运动中的陀螺。

游惠松结合陀螺模型强调，每一位处在陀螺管理体系中的立人成员，要充分理解学校管理制度的"刚性因素"与"柔性因素"。他指着陀螺模型说，陀螺表面上的点表示团队成员，我们应当明确运动越快则陀螺运动就越平稳。这表示立人伟业发展越快则立人事业越加平稳巩固，团队成员更有安全感。玩过陀螺的人都知道，给陀螺施加外力需要用小鞭子抽打，鞭子所接触的点位会受到损伤，但为了陀螺能继续运转，受点委屈算得了什么？所以，作为立人的一员应有奉献精神和自我牺牲精神。高速运转且十分平稳的陀螺运动会吸引很多观众为其喝彩，作为陀螺构成中的一个分子也能时刻体验到成功的喜悦和快乐。

最后，游惠松点明了"陀螺管理模式"的意义。他认为在立人教育中建构"陀螺管理模式"，目的是探索学校可持续发展的运行机制，变革先前僵化的管理模式，使之更好地服务教师和教学工作。陀螺管理模式虽也包括人对物的管理，但归根到底体现的是人与人之间的社会关系，是一种管理者与被管理者密切结合、"双赢"合作的模式。

这一部分内容包罗万象，博大精深。游惠松通过论证几何中的"陀螺均衡运转"原理，经过一番审慎严密的推理演算，结合生动风趣的诠解语言，在90分钟的时间里将这些内容分条缕析地展示出来。广大教师通过游惠松的讲解，从多个角度、多个层面深刻理解了在高速发展的社会现实中，立人建构"陀螺管理模式"的必要性、紧迫性和重要性。游惠松曾说，数学虽是抽象表达，但最能反映事物的本质。唯有数学才能进一步探明真知，只有借助数学认知，通过逻辑演义推导出"陀螺管理模式"运行原理，老师们才会更深切地理解立人选择这一管理模式的科学性与合理性。

有新入职的年经教师说，知道董事长研究古文典籍，吟诗作赋，具有极为厚重的国学底子。没有想到，董事长还有极富推理论证和运算求解的数学天赋！

边上的老教师说，游惠松年轻时就是数学名师，后来成资深教研员，还是漳州中考升学数学试卷命题组成员之一。

游惠松主讲的这一场讲座逻辑严密，内容紧凑，环环相扣，语句清晰顺畅，凸显了一个专家学者思维的精深严密。人们感叹，他能应对多数人的疑惑和迷惘，将自己长时间思考的问题化繁为简、化难为易、举重若轻地诠释出来，尽显教育家的大师风范。

难忘的 2007

为了立人集团的建设发展，游惠松度过了无数个昼夜不眠的日子。在无限的忙碌和操劳中，2007 年的春节终于到了。

新学期一开始，高三年段住在平房里的学生搬入"观菊楼"。两座教学楼内也陆续添置教学设施，准备迎接新学年升入立人就读的学子。新大楼的启用给校园带来新的起色，也给立人学校带来诸多好的兆头。

三月，游惠松当选为漳州市人大代表，在人民剧场出席漳州市十四届人大一次会议。不久，传来消息，上一年度的学科竞赛中，立人学子成绩显著。高三年级高龙辉同学以全市第一名的成绩获全国数学奥赛省级二等奖。高一年级叶清煌、陈锋林同学在全省数学联赛中荣获省级二等奖和三等奖。在全国初中化学竞赛中，有三名同学获得省级二等奖和三等奖。

四月，游惠松整合教育、茶叶、矿业、现代农业、投资等产业，成立了综合性的"福建七方集团公司"。公司核心产业包括漳州立人学校、云霄立人学校、漳州立人小哈佛幼儿园、福建天露茶叶有限公司、漳州今日农业科技有限公司、福建子地矿业开发有限公司、漳州惠景印务有限公司等。在游惠松的设想里，组建集团公司是为了建构立人教育运行强大的保障体系，通过多种产业经营互补，多业并举，相得益彰，为"非营利性"的教育事业提供雄厚的经济支撑，不断提高民办教育机构的抗风险能力，确保立人教育长盛不衰。

五月，中国民办教育协会在北京成立，游惠松应邀出席会议，被推举为首届中国民办教育协会常务理事。从北京返回后，接到省委宣传部消息，中共中央党史研究室主任孙英要来漳州立人学校考察"周恩来班"的创建情况。

孙英一行来立人视察，成为福建省本年度的一件大事。

他是全国人大常委会委员，曾担任过中共甘肃省委书记。来的时候，陪同人员有国防大学少将将邵维正、中国近现代史学学会会长李永璞、中央党史研究室一部主任黄修荣、中央党史研究室一部副主任李蓉等。中共福建省委党史研究室副主任陈雄，漳州市委常委、宣传部部长林晓峰，副市长黄浦江等一同陪同调研。福建电视台、《福建日报》、漳州电视台、《闽南日报》都进行了专题报道。

孙英参观了立人学校的校园环境和教学楼、公寓楼内的教学生活设施，看望了"周恩来班"的师生，亲切地询问了他们的学习生活状况。孙英指出，周恩来是中华民族优秀传统的继承者，其品德、人格、风范、情怀为中华民族树立了一座精神丰碑。周恩来的精神，无论过去、现在和将来，都是中华民族宝贵的精神财富。研究周恩来，就是要不断挖掘并努力宣传、学习周恩来精神，使之更有力地促进社会主义现代化建设事业。孙英充分肯定立人学校"周恩来班"的创建经验和做法，希望立人学校继续办好"周恩来班"，培养学生爱国精神和高尚的道德情操。孙英还对随行的省委党史研究室和漳州市的领导做出指示，明年是周恩来诞辰110周年，中央及各地都要进行纪念活动，福建省及漳州立人学校也要做好相关纪念宣传活动。

六月，福建高考成绩揭晓。立人学校本一上线人数达111人，本二上线人数达423人，本三上线人数达637人。高考成绩再创辉煌，举校上下一片欢腾。"周恩来班"的举措得到上级领导的肯定，高考成绩又连年提升，标志着立人各项事业逐步发展。刘金忠在教师大会上高兴地说，高考成绩屡创新高，省市表彰捷报频传，这是立人阔步行进中的又一个奇迹。让我们再接再厉，共筑辉煌，用智慧和勤劳掀开漳州立人学校持续发展的新篇章。

未料，还在暑假里，就有消息传来，有二十多名教师要从立人"跑"到正兴学校去了。一听这消息，刘金忠本能地紧张起来。

这一学年，因为连续几届高考成绩获得大捷，无数新生涌到立人报名求学，学生数量一下子增加很多。全校共有6000多名学生，计划设立120多个教学班。这一年虽然进行了大规模的教师招聘工作，但因缺乏优秀人才使招来的教师数量明显不足。如果又有二十多名教师一下子离开立人，学校的教学工作将会受到重大影响。

消息最终得到了确定。原来，两年前，漳州正兴集团提出与立人学校携手在平和县创办一所立人学校。该校按一级达标学校标准规划设计，占地面积200亩，办学范围为幼儿园、小学、初中部、高中部及高考辅导中心，招聘教职工需500多名，学生总数约达5000人。正兴集团计划出资1亿元，立人教育依托品牌影响组建师资力量并进行教学管理工作，双方达成了堪称"强强联合"的合作意向。在平和县教育局的主持下，正兴集团董事长赖建辉与游惠松正式签订了合作协议，《闽南日报》都进行了专题报道。但是，以经营车轮及汽车钢圈起家的企业家和立人教育理念、运营观念完全不一样，后期合作就搁浅了下来。后来，立人集团在云霄创建了新学校，正兴教育集团则独立在平和县创办了正兴学校。大企业办学校最缺乏的是师资力量，就用副校长、中层主任等高岗位、高薪水为诱饵，从立人学校"挖"走了二十多个教师。

这一年，原本有几位年轻教师因考入公立校而辞职走了。现在正兴又"挖"走二十多人，总计有近三十名教师离开立人，新学期的授课安排将成大问题。

刘金忠感觉一场猝不及防的风暴忽地吹来，立人这艘大船一下子颠簸在惊涛骇浪之中。近三十名教师缺额，意味着新学期将有十个班级缺任课教师！刘金忠组织校委会商量对策，准备就近联系招聘一批代课教师或返聘别校退休教师先来任课，但缺口太大，临近开学了教师还没能到位。眼看着第二天就要开课了，但语文、数学、政治老师竟然还有一些没到位。匆忙之中，一方面动员教师增加任课班级，一方面加聘教师，总算暂时解决了教师紧缺的局面。到了年底，高校研究生招生工作结束，一批考研失败的大学生来到立人应聘，科任教师紧张的局面才得以缓解。

发生了这样的事情，游惠松觉得处于打好基础阶段的立人教育，要应对的问题还很多。他放下手头正在撰写的一组题为《载道南归，盛世恩来》的文章，开始思考写作一篇新的校本培训报告。

此前一年两次的校本培训中，游惠松至少每年都要主持一次专题讲座报告。他认为经过前几次的讲座，立人教育理念已经得到广大教师的认同，"共识平台"渐已形成。他原本不想再为校本培训主持报告讲座了，在本年度的培训活动中，只安排张国生和刘金忠准备讲座。自己要分心出来思考筹备下一年"恩来明苑"的落成典礼及诸多事项，并准备撰写立人学校创建"福建省普通高级中学一级达标校"的相关构想性文章。没想到，近期又发生了近三十名教师集体"跑"往他校的事件。

这一事件给立人教育带来短暂的"阵痛"，让游惠松开始反思学校"硬件"及"软件"建设中存在的问题。他为新的校本培训的讲座报告取名为《追求卓越，勇创一流》，决定从"立人之道"入手，针对"两个学段建设""立足三大基础""解决四个问题""做好五项工作"展开讲座，全面阐述立人教育如何应对解决在新发展阶段中出现的问题和困难。

对于教师队伍的建设，游惠松也有了新的设想。在《追求卓越，勇创一流》的报告中，他在阐述"解决四个问题"时，将"调适好教师职业的紧张与舒缓"作为首要问题提了出来。他认为，立人的学生是"立"着的人，来到立人的教师也不能是躺着的人，也是"立"着的教师。立人翔宇楼前"誓为进步找办法，勿为平庸找理由"的标语就是倡导立人教师要追求进步与成长，当学生个个成才时，教师也要个个成为"名师"。现在，立人成长起来的优秀教师进入其他学校，这是好事。"人往高处走，水往低处流"，这是一种自然本能的选择。我们主张"源诚形水"的校训，就是要以博大的胸襟来关注教师和学生的共同成长。

立人培养的这些优秀老师走了，立人"舍不得"却也没办法。但是，这样的情形出现昭示着立人教育不仅是"优秀学生"的成长摇篮，也是"优秀教师"的成长摇篮。这些老师走了，立人会在最短时间内再招人、再培养，一批新教师会在立人的熔炉锻造下很快出道成长。我们坚信，立人自身具有"造血"功能，这就是立人教育已经形成的传统本领，我们立人熔炉里从一开始就出产的是优秀师生，现在要一如既往地发挥好培养教师成长的传统。传统的力量是巨大的，可以经年累月地将一种精神薪火相继、辈代传承下去，同时也会将立人的教育品牌传播到很远的地方。

校本培训活动之期渐渐临近，游惠松继续修改完善《追求卓越，勇创一流》的讲座文稿。夜晚，教学楼内传来阵阵琴声、歌声和欢快的笑声。原来，各班正喜气洋洋筹备迎接 2008 年"迎新晚会"的节目。游惠松关了电脑，走到窗前，望着夜色下灯火璀璨的立人校园，心中发出感叹：2007 年终于过去了……

第6章
酷寒风雪红梅艳，迎春来，盛开花宴

　　高考成绩是最大的品牌，也是最能证明学校发展实力的闪亮品牌。2005年，第一届立人学子参加高考创造了"两清华一北大"的奇迹，而后连年刷新本一上线率，取得了轰动性的口碑效果，立人教育的品牌光华更加耀眼。三年后，本一上线人数255人，竟比上一年翻了一番，这样的成绩比下面某些县区学校十多年来考入本一人数的总和还要多。作为民办学校，立人学校不去抓"应试教育"显然不行，否则，会在短期内失去"市场优势"，最后陷入无法生存的尴尬境地。面对这样的教育窘境，游惠松思考最多的问题就是如何在重视高考成绩的过程中最大限度地遵循育人规律……

周恩来雕像落成

春天，立人学校迎来了不同寻常的一天。校园行政大楼上有许多红底白字的竖条标语垂落下来，操场四周布置了巨型充气式立柱和悬吊着标语的热气球。观礼台上覆了一层红地毯，后面矗立起绘有周恩来巨幅画像的背景板，上面写着"漳州市周恩来诞辰110周年纪念大会"的标语。主席台上端坐着好多位领导和嘉宾，台下坐满了黑压压的师生和各界社会人士，场面肃穆庄严。

这一天，是2008年3月9日，为了落实政治局委员、中央党史研究室主任孙英视察立人学校的指示，中共漳州市委宣传部、市教工委、市委党史研究室在立人学校隆重召开了纪念周恩来诞辰110周年大会。漳州市政府副市长黄浦江，市政协副主席王秀花，市教育局局长翁福，市委党史研究室主任高家凌、副主任曾一石，教工委副书记柯志明等领导，还有张全金、易百禄、黄长茂、陈玉璋、林启富等老干部也来了。

周总理的侄女周秉德、周秉宜和侄女婿任长安等亲属，原周总理卫士、中央警卫局副局长高振普将军，原周恩来秘书中央武警指挥学院副院长纪东将军，周恩来大型铜像设计者雕塑大师章永浩教授夫妇以及周恩来秘书童小鹏之子童丹宁、童励宁和叶飞之女叶小楠等应邀参加了纪念大会。

大会由市教工委副书记柯志明主持，副市长黄浦江在大会上致辞。黄浦江指出，漳州人民将永远铭记老一辈革命家为创建新中国、探索中国特色社会主义道路做出的历史贡献，在改革开放和社会主义现代化建设的历史新时期，继承老一辈革命家的遗志，继往开来，与时俱进，以实际行动学习周恩来同志，弘扬伟人周恩来精神，把漳州建设得更加美好！他在致辞中称赞立人学校"周恩来班"的创建活动，高度认可立人学校用周恩来精神教育学生，倡导以伟人精神育人，开辟德育工作新局面，以"六个特别"严格要求立人学子，号召全校学生"为中华之崛起而读书"，培养学生的综合素质。黄浦江热情洋溢地指出，立人学校"周恩来班"的建设得到了上级主管部门的肯定，受到家长和社会的广泛好评，打响了立人学校的品牌。希望漳州立人学校以此为契机，珍惜全省第一个"周恩来班"来之不易的荣誉，掀起新一轮学习周恩来精神的高潮，把"周恩来班"建设成为立人学校的品牌，把漳州立人学校建设成一流的现代化学校，为漳州教育事业做出更大的贡献。

纪念大会之后，所有人参加了立人学校达人楼前的周恩来雕像落成揭幕仪式。

在热烈的掌声里，周恩来侄女周秉德、副市长黄浦江来到红绸布覆盖着的周恩来雕像面前。他们轻轻拉动挽在红绸布上的红缨绳，随着红绸布缓缓落下，周恩来青铜塑像矗立在人们眼前。

雕像上的周总理身披长大衣，气宇轩昂，神态静穆，面带慈祥微笑，显出极目远眺的神态。塑像精选青铜材料浇铸而成，高度为4.5米。枣红色大理石镶砌的底座高3.3米，雕像与底座相加高度为7.8米，象征着周总理走过的不凡的七十八个春秋。整个雕像恢宏大气，形神兼备，为全国大型周恩来铜像之一。铜像由周秉德推荐的上海大学章永浩教授设计。章教授一生设计雕塑了无数名人雕像，其中最著名的是上海外滩陈毅市长铜雕像。

与会领导、来宾和立人学校师生向周总理塑像毕恭毕敬行三鞠躬并献鲜花。周秉德与高振普将军也先后讲话，对立人学校"周恩来班"的师生表示衷心的祝福并提出殷切的期望。

"周恩来班"的两名学生代表也在雕像前饱含深情地朗诵了诗歌《周总理，我们想念你》。游惠松望着朗读诗歌的孩子在举手投足间带着昂扬自信的神情，心想"周恩来班"的孩子果然有种独特的精神禀赋。

关于"周恩来班"的创建意义，游惠松曾提出过"人格相对论"。他认为，爱因斯坦平生将一座物理大山凿穿而得出一个哲学结论，当速度等于光速时，时间就停止；当一个物体质量足够大时，它周围的空间就弯曲。由此可以生发联想，当人格的力量达到一定强度时，它就会迅如光速般追附万物，囊括空间而引领生灵。这样一来，我们与伟人之间就没有时间之差和空间之别。所以，要让"周恩来班"的旗帜高高飘扬在立人上空，让周恩来精神伴随立人学子到永远。如今，立人学校的"周恩来班"已经创办至第六届了。"学周""知周"活动使立人的德育教育工作显示出榜样感召力量的现实效应，"为中华之崛起而读书"的豪迈情怀足以让每一个立人少年树立报效祖国的远大理想。

在纪念会议上，立人学校为获得"周恩来班"的班级授予荣誉牌匾，全场再次响起热烈的掌声。"周恩来班"的学生代表排列整齐，面向周恩来总理塑像宣誓：我是"周恩来班"的一名学生，我要珍惜"周恩来班"的荣誉，坚决做到特别懂礼貌，特别守纪律，特别讲团结，特别勤读书，特别能吃苦，特别有作为。铮铮誓言，响彻整个校园。

周秉德是周恩来总理三弟最大的女儿，自12岁住进中南海西花厅，在周恩来身边生活了十余年。周恩来夫妇无嗣，周秉德因此成为与周恩来关系最密切的晚辈。这是她第二次来到立人学校。三年前的初夏，她就曾来到立人学校。当时，在张国生老校长的引领下，亲切看望了"周恩来班"的师生，和同学们在一起深情回忆了周恩来总理光辉的一生。她说伯父周恩来从小教导我们，现在你们是普通学生，长大了就是普通老百姓。你们的一切幸福生活要靠自己的努力去争取，绝对不能搞特殊化。现在看到"周恩来班"，觉得中国更有希望了。

"周恩来班"的许多同学一直充满好奇，这些曾和周恩来一起工作、生活过的人会是什么样的呢？他们的身上到底会有哪些说不完、道不尽的故事？在周恩来的大型铜像揭幕式后，他们有幸得到了和周秉德女士及纪东将军合影的机会，心中的喜悦无法用言语描述，感觉伟人周恩来此时就亲切从容站在面前似的。而面容清秀、戴着一副眼镜的周秉德女士，无论谁与她合影，她都笑眯眯地满口答应。

刘金忠向周秉德汇报了立人学校的"学周知周"活动内容，通过"为中华之崛起而读书"演讲，"人人会讲周恩来故事""周恩来书画艺术作品展"等活动，让广大学子深入了解伟人周恩来的生平事迹。在伟人精神的感召下，学校德育工作有了很大起色。"知周学周，立人之本，立德励志，培育英才"已成为学校育人理念的重要组成部分，学校以此为契机，把宣传周恩来精神常态化，逐步形成了"大力弘扬恩来精神，精心铸就立校树人之魂"的办学育人特色。四年前，在南京举办的全国第四届"周恩来班""邓颖超班"青少年思想政治工作研讨会上，立人老校长张国生和"周恩来班"班主任代表应邀出席。班主任代表在大会上做了题为《以"六个特别"建设"周恩来班"》的学术报告，得到与会代表的好评。周秉德高兴地说，立人学校"周恩来班"的创建活动很有特点，在全国来说，也具有一定的代表性意义。

离开的时候，嘉宾们和"周恩来班"同学代表在高振普将军曾为立人学校题词"学伟人精神，做四有新人"的匾额前合影留念，并分别签名赠书给同学们，勉励立人学子好好学习伟人精神，为中华之崛起而读书。

《周恩来班的同学们》出版

周恩来雕像揭幕仪式之后，语文出版社新课标回访观摩课活动在立人学校举行。出版社邀请全国著名语文教育家、湖北荆州语文特级教师余映潮作为活动特聘专家，也来到立人学校。观摩课结束之后，余映潮在立人大礼堂为漳州市教研员、各县中学语文教研员、市直中学语文教师代表和立人全体教师做了一场关于"高效阅读教学"的专题报告。

余映潮在报告中对语文老师提出要求，为了提升教育科研能力，需要做到

"八个第一"。在"第一写作训练"中，余映潮指出，语文教师如果只教学不写作就会缺少高屋建瓴的能力，教师的成长要接受学科教学论文写作的磨炼。语文教师应该是一个写作爱好者，要随时把自己的学习与思想所得变成文字。余映潮的报告点明了语文教师提高教学科研能力的方法门径，"八个第一"成了立人语文教师的努力奋斗的目标。

余映潮并不知道，立人学校的语文教师中就有一批"写作爱好者"，赖旺炉老师就是其中的佼佼者。过了两个月，赖旺炉创作的长篇纪实文学《周恩来班的同学们》由国际华文出版社出版发行。

赖旺炉是立人学校第二届"周恩来班"的班主任，当时"周恩来班"学子是通过考试成绩挑选出来的品学兼优的初中应届毕业生。学校规定，进入"周恩来班"的同学，若家庭生活困难，则三年在校就读期间免收学费、课本费和住宿费。还有部分特惠生，按有关标准减免学费及其他费用。这样的条件令不少家长怦然心动，纷纷探听真实情形。听说立人早于办校时就设立"周恩来班"助学奖学金，帮助品学兼优的寒门学子实现大学梦，一些家庭拮据而又很想让孩子有书可读的家长由心动转为行动，大力支持子女报名准备参加考试。

这一年，赖旺炉所带的"周恩来班"也进入高三年段。班上学生林莉于两年前曾从选拔考试中脱颖而出，顺利进入"周恩来班"。《周恩来班的同学们》曾记述了她进入班级后的独特感受：

> 曾几何时，我挑灯夜战，就为能进入"周恩来班"。如今，我已坐在"周恩来班"的教室里。进一步地了解它，我感受到同学们对知识深深的渴望，更感受到了老师那股尽一切所能教好我们的干劲。我已深深地爱上它那名副其实的优秀。我相信，我能做得更好，因为我有"周恩来班"的信念支撑着我，有伟人的精神激励着我。在这里，我的梦想将插上翅膀高高地飞翔。

书中还有肖雪玲等同学回忆初来立人时的情形，那时候老师们说学校的目标是建成一流的花园式学校。当看到眼前的旧厂房、旧食堂、旧教学楼时，她觉得这一切似乎非常遥远。可是，不出几月，新食堂建好了，新的教学楼拔地而起。那样的发展速度，简直让人不敢相信自己的眼睛。这是一所没有悠久历史的学校，也是一所远离闹市的浮华与喧嚣的学校。它从容地招来四方学子，用琅琅书声染彩他们的梦，谨严笃实的教风和拼搏昂扬的学风铺砌了他们青春的底色。

当年，赖旺炉刚从平和一中来到立人，就担任了"周恩来班"班主任。他和学生们温暖相伴一年，建立了兄弟姐妹般的感情。有一次，赖旺炉解释"老"的意思之一是表示尊敬时，学生们便异口同声喊他为"老赖"。后来，学生们便亲昵地称他为"老赖"，在心底把他当成可信赖的"哥们儿"。有一位名叫王永毅的同学曾有一段时间情绪比较低落，"老赖"在他的作文本上写下一段话："现实中没有童话，我们要靠自己。无数的失败赐予了我们一颗处惊不乱的心，在艰难中披荆斩棘，什么时候都要告诉自己，不要退缩。"王永毅读了这句话，主动找"老赖"谈心，赖旺炉为他排忧解难，使他走出困境，逐渐变得阳光起来。王永毅说，从此喜欢上立人的朝阳，它在每一天早晨从东边升起，带着特有的激情，与立人学子遥遥呼应。

"周恩来班"的学生们说，在这里会找到一个全新的自己，不再孤独，不再徘徊，更不再忧伤。在清晨跑操队伍的口号声里，在晨读的琅琅书声里，旭日像旗帜一样缓缓升起，将绚丽的霞光泼溅到校园的林荫道上，如同独立于尘世的一个清亮的世界。

那个阶段，所有的故事感动着学生们，也感动着已过不惑之年的赖旺炉。他从内心里发出感叹："自从到了立人，就没有课余时间。因为全部的身心都投入工作中，所有的时间都和孩子们在一起。虽然没有了娱乐活动，但跟周恩来班的学生在一起，我得到了更纯粹、更欢畅的快乐。"一年的光阴，在揪心和操劳中疾驰而过，诸多的幸福与感动却沉潜心底。于是，他有意识地把这些幸福与感动从心底打捞上来，小心地记录下来，便有了这本《周恩来班的同学们》。

书里尽是孩子们成长的点滴记录。入学时的懵懂与彷徨，遭遇挫折后的失落与沮丧，收获进步后的喜悦与憧憬，都在书里具有淋漓尽致的表现。翻开书，仅看一下目录，一种清爽新鲜的感觉就会扑面而来。如《七楼出"旱情"》《李可欣转学》《敏佳的较劲》《楚瑜洗盘子》《子乐做好事》《占二喜当了生劳委员》《"芦柴棒"的帽子丢了》《张一欣折了腿》《雪妍的困惑》等，几乎所有的孩子都有故事，所有的故事都传递着立人的学习生活况味。故事里描绘出他们斑斓多姿的生活画面，将这些画面连缀起来，就是一幅幅带有鲜明时代特色的立人学子的青春画卷。

翻开这本煌煌十六万言的著作，可以窥见立人校园独特的教育风貌。在孩子们的眼里，立人优美的环境熏染陶冶他们的心灵，严父慈母般的老师用温暖的臂膀推着他们前行。在赖旺炉的眼里，孩子们的童真与情趣化为涓涓细流，浇沃他的教育理想，促他更加深入地探究分析，进入教育艺术的领域。作者以细腻入微的笔触，朴实无华的文风，展现了孩子们在集体中茁壮成长的鲜活细节与生动画面。以孩子的视角观察学校的特色，以老师的身份思考孩子的成长，既有学校生活的盎然情趣，又有教学工作的哲理思辨。这既是一部记述"周恩来班"的孩子成长故事的书，又是一部记载教师点滴教育感悟和生活思考的随笔作品。其因其纪实性、文学性和可读性，受到立人师生的欢迎。

这一届"周恩来班"学子即将毕业了，《周恩来班的同学们》也出版了。

赖旺炉无限感慨地对同学们说，这本书是我的作品，而你们要成为立人最骄傲的作品。果然，一个月后高考成绩揭晓，"周恩来班"的60多个同学绝大部分如愿以偿考上了一本名校。当年，漳州市高考"探花"吴屹松就是赖旺炉班的学生。离校后的学子拿到这本书后，纷纷给"老赖"打来电话。有一位同学在电话里说，翻开《周恩来班的同学们》，我发现这本书有一种咸味。因为这里面浸透了老师的汗水，所以是咸的。赖旺炉听着这样的电话，不觉陷入沉思。是的，那不是我一个人的汗水，是全体立人老师的汗水。人生多味，而咸就是盐，是洁白的结晶体。只有品尝过人生道路上所有滋味，才能体悟生活的雅韵。因为，百味之首仍为咸。

《周恩来班的同学们》出版了，但"周恩来班"的故事却仍在继续。

新学期开学了，赖旺炉又成了新一轮"周恩来班"的班主任。一批学生离开了，又一批学生来了。寂静的教室里又要闪现他们纯真的眼眸，周恩来雕像前又要传来他们庄严的誓言。站在讲台前的赖旺炉转头看到窗外的米兰，小小的黄花还是那样朴素明朗。有一两片小芽，三两朵花苞，嫩黄嫩黄的，又悄然萌生出孩童般的梦幻。赖旺炉不禁感叹，老师的面前永远是稚气清纯的面孔，而自己的面孔却在不知不觉间变得沧桑。不过，他心里却没有丝毫的感伤，因为教育事业特有的属性会让一个人永葆青春的活力，神采飞扬。

2008 年的高考

2008 年是旧历鼠年，年初在中国南方诸省发生了"百年一遇"的雪灾。那些电线杆上罕见的冰凌，如同一个个凸透镜，映照着滞留在火车站前的千万张焦虑的面孔，也映照出国家救灾机制的脆弱。

似乎应验了"鼠年多灾"的民间谶言，四个月后又发生了"五一二"汶川大地震，九万民众突然丧生。

灾难发生后，立人学校的师生从电视上看到无数无家可归的人们，看到一双双渴望救助的眼睛，看到不断攀升的伤亡数字，看到受灾现场的残垣断壁，心中无比痛苦。学校组织全体师生解囊相助，为四川灾区送去57万元的捐款。

也许，和大型企业和社会机构的捐款相比，57 万元的捐款是一笔不大的数字，但寄托了立人师生对灾区人民的一片真挚的爱心与希望。

这个阶段，游惠松不在学校。《周恩来班的同学们》一书首发式之后，他就一直待在和溪镇"恩来明苑"的施工现场。

谚云"行百里者半九十"，历时两年的建造工程即将竣工，越到最后关头烦琐事务也越多。再过几个月，这里又要举行"载道南归，盛世恩来"主题庆典活动，届时周恩来亲属及海内外游氏宗亲 2000 多人将参加活动。这是年前就策划好的活动，已经向周恩来总理生前秘书纪东将军及省市领导分别发了邀请函。这是立人教育集团的又一件大事，需要特别审慎地重视。

一天早晨，几个南靖的朋友来了。游惠松带着大家在苑内各处散步，顺便介绍"恩来明苑"各处建筑的地理环境。一行人看到远处连绵的山岭上覆蔽着郁郁葱葱的森林，林间云雾缭绕，不觉心旷神怡。在达人湖畔，游惠松指着对面的小山峰说，那里是一座"孝德园"，是宣扬中华传统孝道文化的建筑院落。山脚下是孝德园牌坊，一路青石台阶铺砌至山顶。

大伙儿信步来到牌坊前面，但见两边立柱上镌有一副对联，上联为"山山出木木林示禁火"，下联为"月月朋人人从木來神"。有人读了一遍而大声赞叹：此联为哪位名家所作，竟如此巧妙！游惠松笑道，哪里是什么名家所作，就是鄙人草创而已。也有人心下纳闷，此联上联阐明山林防火，下联寄寓朋友相聚之意，何来神奇之说！先前友人继续评析道，诸位且看，上联"山山出""木木林""林示禁"是否为三组拆字？最后着一"火"字表达出森林防火之意，何其巧妙！下联更绝，"月月朋""人人从""从木來"又是三组拆字，最后着一"神"表达来往朋友的神采。令人惊叹的是，上下两联共拆六字，有四字竟为叠字。特别是两联中的第六个字，既是第四字和第五字的叠字，又和第七个字相叠而构成第八个字。更难得的是，两联对仗用字竟有如此天然妙合！众人听后恍然大悟，不禁赞叹，果真神来之笔！

游惠松听别人评析自己创作的对联，也兴致大好。一行人正在评析对联的书法及雕刻技艺时，他的电话响了。看到他在一边接听电话，周围的人们停止了说话。

电话是刘金忠校长打来的。原来，这一天是 7 月 24 日，正是福建省高考成绩查分系统开启的第一天。年段长和几个班主任迫不及待地将查到的分数电话转告刘金忠，刘金忠又赶紧将这一消息转告游惠松。

这一年高考，立人学子考取 600 分以上成绩的有 16 人，500 分以上的有 221 人。其中，"周恩来班"的应届生吴屹松、杨志聪的成绩是 639 分。刘金忠在电话里说，大家分头问了一下市直各校的最高分，全市只有漳州一中的一个考生超过了这个成绩。目前看来，这两个孩子上清华、北大没有问题。今年试题比上一年更有难度，估计本一分数线会较去年下降 30 分，这样看来，立人上本一学生数量会突破 200 多人。最关键的是，全市前五名立人学校至少占了两名，这样的成绩是值得骄傲的！

刘金忠电话里的喜悦情绪感染了游惠松，他一边接听电话，一边呵呵地笑着。游惠松摁了电话说，立人今年又出"清华""北大"了，成绩考了 600 分以上的学生有 16 个，有两名学生进入全市前五名。游惠松刚一说完，现场响起一片惊叹声和欢呼声，人们纷纷向游惠松道贺。而后，游惠松向施工经理简单交代了几句，便带着助理驱车返回漳州。

游惠松明白，高考成绩一揭晓，学校就要结合招生工作启动新一轮宣传工作。这几年，"立人"在漳州乃至福建已经拓展出一片宽广的生存土壤，但实验中学、正兴学校等民办校相继出现，民办校之间以及和公办校之间的生源争夺大战从未平息过。近几年，立人学校声望正好，老百姓愿意把孩子送来就读，如今已发展成漳州规模最大的学校。但是，比起"百年老校"漳州一中等公立学校来说，优质生源还不充足，因此，借助"辉煌"的高考成绩来一番宣传攻势，对于游惠松和立人学校来说，是极为必要的举措。

天空里洋溢着醉人的湛蓝，有几缕轻盈的薄云似纯白的丝絮，在天际摇荡，犹如童年时不可捉摸的梦。高三年级的学生大多返校了，他们要在班主任和科任老师的指导下填报志愿，脸上都绽开灿烂的笑容。虽然冒着炎炎烈日而来，身上还流淌着汗水，但游惠松能感觉到他们内心里的清爽和惬意。

三天后，福建省高考录取分数线公布，本一理科线为 490 分，竟比上一年低了 50 多分。立人学子本一上线 255 人，本二线以上 836 人，本三线以上 1152 人。吴屹松、杨志聪同学取得 639 分好成绩，果然并列市直学校理科第二名。尤其值得一提的是，吴屹松中考成绩在平和县排名 160 多，经过立人学校三年的磨砺，实现了惊人的超越。综合来看，高考升学成绩仅次于漳州一中。《闽南日报》要闻版迅速登载了高考各校成绩：

　　本报讯（记者林建颖）7 月 27 日，据市高招办统计，我市本一上线超百人的学校有 7 所，分别为漳州一中、漳州立人学校、龙海一中、漳浦一中、云霄一中、诏安一中、平和一中。据市高招办数字统计，我市本科上线人数超过 500 人的学校有 10 所，分别为漳州一中、漳州立人学校、龙海一中、龙海二中、漳浦一中、云霄一中、诏安一中、东山一中、平和一中、长泰一中。

高考成绩是一所学校最大的品牌，也是最能证明学校发展实力的闪亮品牌。说实在的，立人教育品牌的形成与近几年骄人的高考成绩关系甚大。自从三年前第一届立人学子参加高考创造了"两清华一北大"的奇迹，而后连年刷新"本一上线率"，造成了轰动性的"口碑"效果，立人教育的品牌光华更加耀眼了。这次本一上线人数 255 人，竟然比上一年翻了一番，这样的成绩比下面某些县区学校十多年来考入本一人数的总和还要多。

因为全社会关注高考，地方政府也将高考成绩视为一项让群众既感兴趣又能看得见的"政绩"，所以《闽南日报》从招生考试部门获悉域内高考成绩后，第一时间就在报纸"要闻版"上按成绩给学校排了队，各校考试人数、600 分以上的人数、600 分以上高分率、本一上线人数、本一上线率，还有文理科"状元"得分、"状元"花落谁家、文理科前 20 名哪所学校占几名等。内容包含非常全面，统计数字极为详细，哪所学校"精英教育"搞得好，一目了然。

游惠松发现，热炒高考已成全社会的"通病"。考生中出了"清华""北大"，哪个学校都要高调宣传。因为高考成绩直接影响着基础教育生源的流向，反过来说，学校之间的优势竞争资源的倾斜流动，可以通过高考成绩反映出来。政府需要通过宣传高考来表现"政绩"，学校通过宣传高考增加招生筹码。这样一来，"应试教育""分数至上"似乎又成了学校教育的主流目标。

作为民办学校，立人学校不去抓"应试教育"显然不行。否则会在短期内失去"市场优势"，最后陷入无法生存境地。面对这样的教育窘境，游惠松思考最多的问题就是如何在重视高考成绩的过程中最大限度地遵循育人规律。

提升高考成绩的法宝

早在两年前，游惠松就提出了基于立人学校现有生源条件，努力探求提升高考成绩的门径和方略。在一次管理层会议上，游惠松指出立人教育要重视提升高考成绩的普遍性意义，不要仅瞄准培养几个"清华"和"北大"。"清华"和"北大"多考一点当然好，但学校教育质量和清华北大的考生数量多少没有多大关系。我们的目光要长远一点，要把工作的立足点落在提高"本一"和"本二"的升学率方面，保证立人学子人人都能考上理想大学，保证所有的家长都因孩子能念大学而感到满意。仅有几个"清华"和"北大"，导致少数人高兴而大多数人都不高兴，长此下去，"立人"的教育品牌就会受到影响。

基于立人"生源条件"来提升高考成绩，这是游惠松深思熟虑后的想法。那几年，各地学校在"生源"争夺中出现了一些荒唐闹剧，比如漳州某民办校为了多出几个"清华""北大"，竟花二三十万元钱买优秀学生。有人劝游惠松也这么做，他坚决拒绝，说这是违背教育本质规律的错误现象。培养学生成才的过程需要耗费大量人力物力资源，没有理由拿钱给刚入校的学生。如果是家境困难的学生，立人倒可以划拨资金予以资助，这几年立人为救济困难学生付出资金累计已达 50 多万元。但是，如果通过买卖方式或商品化思维来造就"清华""北大"，以此提高学校声誉是遭人唾弃的投机行为。

还有一些学校采取"悬赏"做法，给那些能替学校招来优秀学生的人依成绩高低发放不同数额的"赏金"。这样做还真是简单高效的方法，有老师建议立人学校也要这样办，游惠松也没有同意。他说，这样一做社会上宣传立人的人们会遭受辱骂，以为他们是为了赚钱才帮助立人拉生源。立人学校绝不做这种杀鸡取卵、竭泽而渔的事，教育是长效化的事业，经过数年才能显露出发展效果。作为教育的决策者一定要有眼光和恪守，要有格局和底线，否则，教育事业就做不长远。

当时，小学和初中升学还没有采取摇号措施，民办学校可以自己考试录取。有的学校在录取前常会留下几百个名额，一个名额收 3 万元、5 万元甚至 8 万元不等的建校费。唯独立人学校依学生成绩一次性录取到位，一个名额都不留。有人说游惠松很傻，只靠卖名额就能轻松赚到几千万，别人都在做，你为何不去做？游惠松说，教育是需要思想和情怀支撑的"大产业"，对人的成长及"生本化"的考虑要放在"市场化"的前面。如果仅考虑"市场化"那就不用做"教育"了，世界上"赚钱"的产业很多，为何要来做教育？

这样看来，努力探求提升高考成绩的法门只有一点，那就是研究学生、研究高考，以"教研"为门径提升高考成绩，这成了立人教育的关键法宝。立人学校为此成立高考攻关小组，刘金忠担任名誉组长，王学文担任组长。组员由高三年段老师吴两和、周新发、洪建新、谢惠清、徐海港、卢国川、李坤茂、赖旺炉、陈春梅、林玉进、杨自力、庄耀华、杨庆宝、黄长德、林玉琴、黄志忠、燕文滨、张万裘、林建龙、张朝胜、肖燕惠、杨荣辉、刘鑫和、曾凡植、庄国清等组成。

游惠松主持召开董事会，决定每年投入 100 多万元，作为高考攻关小组的活动经费。在攻关小组成立会议上，游惠松指出，面对传统教育的历史积弊，着眼于能力素质综合发展的新课程教改已经全面推进。但是，面对一时不可能替代的高等学校择优选拔录取制度，学生家长以及全社会的期望与责任，高三与高考绝对不可以掉以轻心，这对立人教育来说是一个十分艰巨的挑战和任务。为了应对新课改背景下的时代局势，我们成立高考攻关小组，这是通过教育科研工作来化解危机意识的必要举措。

刘金忠也说，如何迎接如火如荼的新课改，如何真正掌握学科能力从容应对高考，这是所有教师和学生都面临的新困惑。其实，正确把握教学规律，实现"新课改"挑战"老传统"，在大胆变革中将对立的矛盾变为和谐双赢，既要完美体现新课程的要求，又要立足新课改使高考辉煌成为必然。现在，很多学校尚在课改与高考之间犹豫彷徨时，我们应该有自己毫不犹豫的选择。高考攻关小组的任务就是研究新课改形势下各地高考的命题变化及其特点，整合最新复习资源编制切实可行的高三复习方案，全方位探索提高高考成绩的有益途径。

在一次高考攻关小组研讨会上，游惠松要求高三班主任和年段长应对本校上一届高考的各科平均分进行统计分析，总结经验得失，为来年复习教学提供借鉴。进一步要求攻关小组要在每年 9 月份举行一次复习经验交流会，交流会由新旧两届高三任课教师和高考后的优秀学生代表共同参加，师生交流，切磋教学及考点复习技艺，尽快形成攻关小组的经验文本。所有小组成员都要比较分析当年高考试卷和历年来试卷命题知识点的选择、赋分及考查思维的异同之处，整理成文，每人一份，为下届高三年级教师进行复习教学提供参考。每人为下一届高三年级复习教学编制一套学科模拟试卷。游惠松特别强调，这样切合实际研究活动要形成"滚动"制度，最好形成攻关小组的常态化研究范式。

令人欣慰的是，几年来高考攻关小组取得了重大效果。在刘金忠的带领下，他们制定了体现"分层导学"教学思想的复习方案。方案将高三学生分为"稳定层"和"波动层"两大类，安排以班主任为核心，各学科老师配合，跟踪"周测"和"月考"成绩及时调整辅导策略。小组成员结合学科特点和近年来的试题特点，编制富有针对性的"解题"训练教案。如《高考语文"古典诗歌鉴赏"常见题型及答题要略》《新课标高考数学题型全归纳：等比数列与等差数列概念及性质对比典型试题解答门径》《高考英语必修四词汇考查题型训练要则》《高考物理"实验考情"题型训练》《高考化学总复习选择题热点题型特训试题解析》《高考生物各类型题解题技巧诠释》《高三历史高考题型突破练习方案》《高考地理必考考点题型大盘点及复习建议》《高考政治"漫画类选择题型"专练方法》等。可以看出，高三教师在备考复习中将课堂教学的重点由"教法"选择转变为"学法"指导。

通过研究近年来立人学子高考成绩的发展曲线，攻关小组发现立人考生在

"文综"和"理综"试卷中失分较多。文综、理综教师不辞辛苦合理安排时间查缺补漏，备课组提早指定早读内容，下沉班级督促指导学习，采用方法落实早读效果。对小测成绩中综合科较弱的班级，要求年段每周利用晚自习时间，进行文综和理综小专题训练和专题辅导。这样立足实际，选准薄弱环节实施重点突破，较好地提升了考生总体成绩，强化了学生在考场上的整体竞争力。

高三备课组教师还开创性地探索出"模块专人备课，考点分工教学"的复习指导方法，即历史、地理、政治、物理、化学、生物诸学科教师根据自身专长选择完成一个或几个考试模块的复习备课，而后由本人在各个班级负责这一考点的复习指导。这种方式的特点是教师专门研究准备某一考点的复习重点、题型解析、解题指导并准备相关的多媒体辅助课件，学科教师能围绕专题任务进行重点探析，利于精雕细刻出富有针对性的课程精品，对教材及教法理解得更加深刻完善，教学艺术更臻完善。这样一来，参与实验的老师每堂课都不同程度地运用多媒体教学，彻底改变了以前只停留在极少数公开课才使用多媒体的尴尬状况。

"模块专人备课，考点分工教学"有利于教师发扬自身优势，精心备课、讲课，提高课堂教学质量，连续几轮复习使高三学生对学科考试模块的掌握达到最佳效果。分工分模块教学试验大大减轻了学科教师的备课量，适度降低了繁重的工作压力，成为立人学校复习教学中的最佳模式。

载道南归，盛世恩来

夏天，历时两年建设的恩来明苑之前期工程基本完成。四年前，游惠松在南靖和溪镇迎新村的博平岭下创建了立人学校劳动教育基地"溢芳茶园"。茶园分布在十一座山岭之间，其中山林较茂密的一座山岭形似莲荷之瓣，当地百姓称之为莲花山。游惠松看到莲花山风景秀丽，便在茶园建设完工之后，又在当地政府和家乡父老的支持下，投资兴建"恩来明苑"。

按游惠松的最初设想，首先要将恩来明苑创建为纪念周恩来丰功伟绩的红色教育基地，立人师生在茶园参加劳动教育之际，到此接受爱国主义和革命传统文化教育。其次，在这里创办立人培训教育机构和文化名人接待中心，供立人教师在此参加培训及休闲度假活动，也为来到立人学校的国内外文化名流提供一处参观交流的场所。此外，拟建设"孝德园"一处，成为家乡父老的养老院机构。后来，游惠松读《游氏族谱序》，知道天下游氏源自西周时期的周王室国姓。周朝帝国创建者为武王姬发，其父西伯侯姬昌为《周易》文化创始人。

而至春秋时周厉王之子姬友建立郑国，郑穆公有子叫姬偃，字子游，史称公子偃。后来，公子偃的孙子游皈遂以祖父之字"游"命氏，世代相传至今。这样看来，天下周氏与游氏同出一脉。

随着读书阅历的逐渐深广，游惠松越来越感觉到先祖游酢和周公恩来之间精神意脉大有相似之处。

游酢精研儒家经典，拜"洛阳二程"为师，学识大进。为"道学南归"而辛勤耕耘，撰《易学》《诗二南义》等著作，特别是"程门立雪"之举体现出中国传统文化中律己敬人的礼仪规范。而周恩来是中国人文精神的骄子。中央党史和文献研究院研究员陈晋在《领袖与人格》中指出，中国儒家的入世、忧患，追求道德的自律与完善；道家对外在功名利益上的相对超脱和达观；墨家的勤苦和为群体的事业不惜一切的献身精神；纵横家审时度势的机敏才智以及法家的严谨与务实，似乎都可以在周恩来身上找到一些影子。他的身上表现出一种特殊的东方文明和东方型的人格美，表现出从心灵深处所透露出来的对人的肯定、尊重和爱。

游酢在《诲子诗》中写道，"门前獬豸公裳在，只恐儿孙不读书"。周公恩来少年立志"为中华之崛起而读书"，胸臆境界明显高于带有封建士大夫精神局限的大儒游酢，但是两人之间重视读书和追求知识的心愿是一致的。可以说，游酢和周恩来，都是具有中国传统人文精神的典型代表。

中国传统文化所秉持的"德""道""气""理""心"等精神元素都注重人文精神的渗透，都试图以德为基础来构建一种超载道德的精神境界，这种精神境界就是"诚"。游酢殚精竭虑，南传理学，以"诚"行理，诚心以待世物，与天地之"气"合体为一，从而达成"天人合一，世界大同"的至高境界。周恩来"全心全意为人民服务"，以"诚"为人生行为之源泉，最终获得"至情至性、至高至圣、大智大勇、鞠躬尽瘁"的誉称。

迎新村"文化大革命"之前原有"游氏祠堂"，以纪念游酢等八代先祖。游惠松认为，游酢虽是游氏先祖，却是"程门立雪""载道南归"的文化奠基人之一。这位游氏先祖位居"洛阳二程"门下"游、杨、谢、吕"四大弟子之首，和杨时、李侗、朱熹同为八闽历史中彪炳千古的文化名人，在中国文化发展过程中发挥了继往开来的重大作用。何不在莲花山创建"恩来明苑"时，将"周公恩来"和"游氏先祖"纪念意义融合在一起呢？于是，在游惠松的脑海里形成了"载道南归，盛世恩来"和文化主题。

恩来明苑包括游酢广场、凤鸣山、佛遨山、周恩来纪念馆、百草堂、达人湖宾馆、寿缘山孝德园等诸多景观，主体建筑景观由游惠松自行策划设计，其中的仿汉园林建筑和园林景观文化巧妙地把周恩来精神与游酢理学文化融为一体的创意，受到各级领导、周恩来亲属及游氏宗亲的好评。人们把这里称为莲花山国学文化创意产业园，它成为南靖县的又一处红色旅游文化景区。

首期工程达人湖以及周恩来纪念馆、大定阁、孝德园和湖泊护坡及后山斜坡硬化加固等项目完成之后，立人教育集团在"恩来明苑"举办了以"载道南归，盛世恩来"为主题的庆典活动。庆典活动在庄严、肃穆、祥和中进行，福建省历史名人研究会游酢研究会的专家学者、周恩来亲属、立人学校部分领导和教师以及海内外游氏宗亲 2000 多人参加了这次活动。周恩来总理生前秘书纪东将军和省市县各级领导出席会议并讲话。活动当中，与会领导和各位嘉宾怀着无限崇敬的心情进入大定阁，为周恩来、游酢塑像揭幕。

大定阁是一座青石和红砖砌造的仿古建筑，门首悬有一匾，上书"大定阁"三字，门两边置有木刻对联，上联"定夫立雪传家训"，下联"翔宇飞龙引道源"。进入正堂，上首正中摆放着周恩来和游酢的坐式塑像，周恩来总理着传统中山装，左手平抬，置于腰间，右手平放于膝。游酢着宋代儒生服饰和冠冕，双臂平举，手执笏板，目光慈祥，平视远方。塑像左右两侧也摆放一副木刻对联，上联为"崇瞻酢祖明哲理"，下联为"敬拜周公显赫灵"，横批为"德临大同"。对联字体以篆文书写，并饰以金粉，显示出古朴典雅的风格。

游惠松陪纪东将军和部省市领导游览了游酢广场，广场中游酢立式雕像后面的"程门立雪"花岗岩石雕图格外引人注目。右下角古朴苍劲的一组古松扑面而来，其上武夷山"狮子峰"威严耸立。云雾缭绕的山势与左上角三分之二处亭亭玉立的"玉女峰"相互呼应，刚柔相济。其中间近景游酢、杨时两人拱手弓身，站立雪地，诚心正意之态，栩栩如生。雪地石阶，古木茅屋与大儒程颐"瞑目而坐"情状构成动静合一的生动画面。石刻中花木修竹，奇美独秀；雪花飘扬，群山起伏；险峰屹立，纵横交错；峭壁怪石，气势恢宏。二程故居"嵩阳书院"与闽学鼻祖发源地武夷山之"水云寮"情景交融，互照生辉，丹青焕彩。全图古意新境，诗意盎然，引起人们极大的观览兴趣。

游惠松兴之所至，当即奋笔疾书，完成一阕《水调歌头·程门立雪》：

武夷双遗产，文化自然齐。千年遥想，朱子于易理成集。后世明清科考，周易讲习示范，欲望灭成虚。风行东南亚，天理立诚谜。

北宋儒，程门举，运实巫。游杨立雪，得道南启武夷席。庠教水云寮立，三尺教传胡宪，得意有朱熹，荣第建阳灿，举世化生旗。

高考研究专家

2008 年 11 月，游惠松、刘金忠应邀出席了在北京召开的第五届中国教育家大会。在会议的交流研讨阶段，游惠松向大会提交了题为《教育管理中的一个几何模型——陀螺运动的启示》的文章，得到与会专家的好评，被评为会议优秀论文一等奖。漳州立人学校被评为"改革开放 30 年中国基础教育十大杰出机构"，游惠松荣获"改革开放 30 年中国基础教育十大杰出人物""改革开放 30 年中国民办教育十大杰出人物"称号。刘金忠也获得"2008 年中国教育管理杰出人物奖"。不久，在中国民办教育协会成立大会上，游惠松当选为首届"中国民办教育协会常务理事"。

第五届中国教育家大会结束后，刘金忠又到湖北荆州，出席了由国家"周恩来邓颖超研究中心"主办的第六届全国"周恩来班""邓颖超班"青少年政治思想工作研讨会。会议在翔宇教育集团监利新教育实验学校召开，来自全国近 20 个省市区近百所学校和研究机构的代表 100 余人参加了会议。这次会议上，游惠松、刘金忠被批准成为中共中央文献研究室周恩来研究会会员。

从荆州返回到漳州，刘金忠有一种忙得喘不过气来的感觉。

虽然立人学校这一巨大的"陀螺"在环环相扣的部门合力下实现了平稳运转，各项工作进展顺利，但总有一些细节性的问题需要校长协调处理。高二文理分科后部分学生提出要调班，高三年级竞赛培优小组要更换指导教练，还有生活区对违禁物品、安全隐患物品的重点排查工作等，各处室及年段长前来请示或参与处理工作。这还不算，仅纪念周恩来诞辰 111 周年的活动筹备工作，就让他忙了好多天。

即使在十分忙碌的日子里，刘金忠始终在考虑一项在他看来很重要的工作，那就是做好福建省高三质量检查考试迎考工作。

2009 年 4 月，高三年段如期参加全省首度质量检查考试。在等待成绩发布的间隙里，学校邀请国务院特殊津贴享受者、陕西师大教育科学学院张熊飞教授来校进行"诱思探究教学"教改理论与实践指导。张熊飞参观立人教学设施，深入课堂和师生交流探讨，盛赞立人学校优良的教风和学风。他当即将立人学校确立为全国教育科学"九五"规划重点课题"诱思探究教学"实验基地，而后报请教育部批准将相关证书和牌匾授予立人学校。立人学校也因之成为福建省第一个全国教育科学重点课题研究基地，这样的成果无疑是对立人教育科研工作的肯定。

"诱思探究教学"研究活动结束，省质检成绩也刚好出炉。在全市理科前20名中立人学子占了4名，文科前20名中占了3名。说实在的，这样的成绩拿到社会上也是十分"亮眼"的。但是，这一年省质检试卷编制难度总体高于去年，从学生成绩分布来看，文理科皆呈现"两头少，中间多"的情况，并呈现出一定的区分度，文科集中在420分至460分之间，而理科集中在390分到430分之间。刘金忠和副校长王学文商议，要求高三年段课任老师认真分析此次质检成绩，针对这样的成绩现状确立新一轮高考复习的思路和方案。

四月中旬，刘金忠主持召开了省质检质量分析会。高级顾问张国生及攻关小组成员、教研员、备课组长和年段教师参加了会议。王学文首先对立人学生的成绩进行数据分析，包括学校之间、学科之间、前后考试成绩之间的数据比较，通过翔实的比较分析，肯定了高三年段教学成绩，也提出了存在的问题及相应的解决措施。而后，教研员、备课组长和年段长分别发表意见，纷纷表示要在最后50天的冲刺阶段里重视差距问题，加强解题规范训练，强化"培优出尖"和"补短保本"工作，全力以赴，力创高考辉煌。

学校高级顾问、立人老校长张国生指出，王校长和各位老师的质量分析及对策观点都很正确，特别是"加强解题规范训练"肯定是冲刺阶段里最有效的方法。但是，存在的难点就是"如何进行解题规范训练"。比如一道理科综合性难题，教师谙熟解法途径，如何让学生通过教师"教导演示"而触类旁通，逢到类似难题能举一反三，迎刃而解？这就又回到原点，那就是高三教师一定要花大力气进行"研究"，既要研究"教法"也要研究"学法"。经过"研究"，让学生获得化繁为简、化难为易的思维训练，最终才能形成完备的"解题"能力。

刘金忠在会议总结时对张国生的讲话极力称赞，他说教育之所以称为艺术，就是因为需要讲究技巧和方法。那种传统的重复演示和叠加训练的"笨办法"已经过时了，我们就要做学习型、反思型、研究型的教师。不学习就不知道现在高考命题的主流走向，不反思就不知道自己的教学盲区在哪里，不研究就找不到提升复习成绩的最佳途径。高考是一项系统工程，教师、学生、社会环境、地域经济缺一样都不行。"名师"出"高徒"，"高徒"也能成就"名师"，两者是相辅相成的。学生投入的学习时间、练习数量与密度、教师课堂教学、复习备考的方略都是决定高考成绩的重要因素。只有我们成为高考研究专家，才能较好地统筹这些因素，争取立人学校的高考成绩再攀新的台阶。

多年来，立人领导和老师形成了一个共识，那就是通过教研手段为高考增量提质注入新的活力。成为高考研究专家，成了毕业班教师的普遍追求。近年来,"话题作文"是高考常见命题方式。语文老师赖旺炉研究发现,"话题作文"中存在最明显的写作弊病就是"套作"。很多考生可以把平时训练的作文套进来,即使做到"天衣无缝"也很难得到高分。为了避免这种现象,赖旺炉从"审题""选题""深度"和"点石成金"四个角度加以引导,经过一个阶段的训练,学生逢到"话题作文"时都能以开阔的思路切入写作,成绩提高了很多。赖旺炉老师还把自己的教改实践整理成研究论文《福建省高考作文摭谈》,发表于 2009 年第 11 期的《中学语文》,后又荣获由中国教育工作者协会等单位评选的第四届"中国教育教学创新成果奖"一等奖。在福建省高考考试说明学习论文写作征集活动中,立人学校的 24 位老师获得市级奖励。

年段长谢惠清一次和学生谈心,学生说家长和老师对他的期望值很高,由此形成的压力像一颗沉重的石头压在心头,他只有通过整日整夜的"刷题"来掩盖内心深处的惶恐不安。这样的话语让谢惠清陷入了思考,因为高三期间压力很大,有的学校还发生了学生精神崩溃的悲剧。如何疏导毕业班学生的精神压力和紧张情绪呢?谢惠清在《立人报》发表《以质量求发展,抓好高三教学》文章,针对毕业班学生复习任务较大、思想压力较大的状况,指出以"大爱教育"为宗旨,既要给学生施加压力,还要为他们疏导压力。要从关爱学生入手,从点滴小事做起,教育学生"学会做人、学会求知、学会做事、学会共处"。特别注重在全面复习攻坚阶段进一步增强学生的自信心,关心他们,鼓励他们,使之能以平常心对待生活和对待高考。谢惠清的观点得到高三老师的认同,在学科教学、"思齐"校本课程及主题班会活动中,适时加入心理辅导内容,指导心理调适和情绪疏导,鼓励学生以饱满的学习热情和良好的精神状态迎接高考。

研究学生、研究高考,以"教研"为门径提升高考成绩,成了立人教师遵循的基本准则。

高考是一场涅槃

有人说,高考是一场青春的战役,是一场看不到血雨腥风的厮杀,是一场昏天黑地的冲锋,更是一场水深火热的煎熬与苦斗。对于立人学子陈炳杰来说,高考是一次义无反顾的抉择,更是一次抉择后的幡然醒悟。

陈炳杰深刻体会到,只有醒悟后的人生才有光明和未来。

如今,坐在华东政法大学明亮的图书馆大楼查阅资料的陈炳杰仍在庆幸当时对立人学校的一次试探性的造访。

去年 6 月，成绩出来了，自己都觉得难以置信，学习了三年怎么考了这么低的分数？但又不得不接受，因为分数前面的准考证号标明这个分数确实就是自己的成绩。内心很恐惧，很无奈，又有一些不甘。家人看到分数的时候，也感到不可思议，怎么考得这么低？

因为怕看家人的脸色，怕听邻居的闲言碎语，他干脆跑到厦门一家制造厂当起了小工。置身在闷热的车间里，拖着疲惫劳累的身子来回搬运着永远也搬不完的物品和器具。在单调重复的劳作中，心中的失望与痛苦与日俱增。就这样沦陷在年复一年的辛苦劳作中吗？就这样在无望的苟活里让青春枯萎，让容颜憔悴？

一个月后，父亲和表哥找到了他。见到亲人一瞬间，他泪流满面。父亲劝他回家，可是回家能改变高考失败的厄运吗？父亲说，已经托人问了立人学校，他们收录你进入补习班学习。表哥正在福州读大学，他对陈炳杰说出更多道理："马云就是复读了三年才考上杭州师范学院，俞敏洪也是复读了三年才考上北大，有许多名人都是经过复读才考上大学的啊。只要再读一年，就有希望!"

陈炳杰心动了。但是，为什么非得去立人学校复读呢？表哥说，立人学校是漳州的"高考加工厂"，许多低分学生复读一年后都考上了心仪的大学。他们自己说是经立人"加工"后"低进高出"的产品。听表哥这样说，陈炳杰不禁笑出声来，还有这样的说法？如果复读一年再考不上，那不就成了立人的一个"不合格产品"？表哥说，要不先去"试探"一下吧。

在父亲和表哥的陪同下，陈炳杰怀着"试探"的心思走进了立人学校。接待他的正是谢惠清老师，当时是高考辅导中心的主任。谢老师热情询问了他的高考成绩和平时的学习状况，亲切地说你的基础知识应该是扎实的，知识点的储备和积累也是充足的。可能你对原校老师的教学方法不能接受，还没有找到适合自己的复习方法，加之压力过大，发挥失常，所以考试成绩不理想。其实，学校之间的师资力量和教学资源确实存在着很大差别，也许立人老师的教学方法和教学理念能够适合你。如果在立人再努力学习一年，你考上心仪大学的概率会更高一些。

谢老师在话语之间用了"可能""也许""如果""概率"等词语，语气委婉谦逊又显得真诚实在。谢老师在谈话中刻意考虑陈炳杰的感受，落榜生往往敏感而自尊，有时候肯定的言词和强势的鼓励反而会再次伤及他们的脆弱神经。谢老师始终用平和的目光望着陈炳杰，陈炳杰也从他的目光里读出了温暖、信任、感动和力量。

一席话，使得陈炳杰豁然开朗。当天就留在了立人高辅中心，开始了他的

"高四"生涯。

事实证明，谢惠清的自信和力量来自立人学校多年来形成的笃实严谨的教风、科学合理的教学方法和教育管理制度。这一切聚合出特有的育人氛围，创设出和谐怡人的学习环境。课堂上，老师详解"知识点"的同时渗入"解题"意识和"学法"指导，巧妙地为学生打造一把把通过难题大门的金钥匙。课堂外，不厌其烦地回答同学们的各种疑惑与不解，用富于激励和启迪的话语擦去他们心中的一个个问号。每一场考试都以考测目标设置试卷，只为准确发现考生存在的缺陷。考试结束后的质量分析会总有精深的分析和讨论，每一张试卷上反映出的问题都会在老师的脑海里划下应对思考的痕迹。

陈炳杰发现，一场质量检测刚刚结束，各科老师又准备了大量的练习资料和信息试卷。为了不让他们再次留下悔恨，老师鼓励同学们义无反顾地勇往直前。校园里月夜下的那棵大榕树，见证了师生亲切谈心、守望相助、共享成绩进步时的快乐时光。有时候那皎洁的月华和婆娑的树影却也难掩师生目光里停滞的荫翳，那是师生共担学业退步后的痛苦体验。立人校园里的欢乐和悲伤成了成绩提升或下滑的晴雨表，单纯的快乐和难耐的痛苦时常纠结在一起，交织出一曲深沉而神圣的立人之歌。

高考冲刺阶段的学习既紧张又刺激，同学们深知天道酬勤的道理，唯有奋进不息才能摘取胜利的果实。在老师的教导下，同学们良性竞争而又相互帮助，彼此结下了真诚的情谊。冲刺阶段同学们的拼搏苦战造就了立人的辉煌，陈炳杰和他的同学们由此深信不疑，未来的立人定会创造出新的奇迹。

200多天复读时光随着新一波高考号角的吹响即将拉下帷幕，陈炳杰对立人学校却不再陌生。在这里，他感受到了立人老师身上固有的那份沉甸甸的博爱与责任。

具有这种独特体悟与感受的同学并非陈炳杰一人。分赴祖国四面八方的高校中深造的立人学子，都有同样的感觉和体会。多少年过去了，他们犹在怀念洒落在立人校园中的那些缱绻的光影和奋进的流年。他们的笔下，更多是对母校恩师的感怀与思念：

> 空旷的教室里，传来老师嘹亮的讲课声与学生响亮的回答声。这里没有利益的输送只有知识的传递；这里没有市侩的说教只有智慧的启迪。立人老师对学生的无私教诲如同深山幽兰与寒夜独梅，历久弥香，令人舒畅。循循善诱，孜孜不倦，这就是立人教师的质朴与本色，也许唯质朴与本色方能担得起责任与使命。我曾想，孔子能够在春秋乱世教导三千弟子，立

人老师定能盛世年华造就万千英才！（陈艺红）

现在还能想起老师批评我的那种"哀其不幸，怒其不争"的目光。他绞尽脑汁只为帮助我弥补知识的缺陷与能力的不足，他瘦弱的身躯与高亢的话语形成鲜明反差，更显殷切真挚。现在想来，那些话语折射着一种铅华洗净后的朴素光芒，导引我走出迷茫、失落、痛苦和煎熬的深渊。正是立人老师恪尽职守的教诲，才让我羽翼渐丰，穿透高考的阴云而搏击蓝天。亲爱的老师，这份恩情令我刻骨铭心。可惜离别的时候过于匆忙，我竟没有机会向您深深地鞠上一躬，真是此生莫大的遗憾。（黄丹琳）

如今，高考誓师的呐喊声犹在耳畔回响，而那些热血沸腾的时光却已远去。我成功地考入理想学院，在陌生的环境里没有浮躁与畏惧，迈着踏实稳重步履走向新的挑战和机遇。薄弱的身心经过磨砺和锤炼日渐强大，这是三年立人的求学经历所获的礼物。昨日暗夜里的坚守孕育出今日晴阳下的灿烂，是立人的教诲与熏陶让我走得更远，谨以寥寥数言怀念这一段刻骨铭心的时光，表达对故乡母校的眷恋和对立人恩师的感念。（曾林斌）

最难忘的是立人老师的风趣与幽默。风景这边独好，文科班级尤甚。数学李老师那冷不防的黑色幽默给人以回味的余韵，历史黄老师那一些"坏坏的"的笑话让人忍俊不禁，英语林老师的一句"跟我走，人人都上130"嗨翻了全班……立人老师学识精深，个性鲜明，课堂气氛活泼轻松。威严表情遮掩着他们善良的底色，也许平易近人方能"立己达人"，所以"孩子式"的倔强与幽默更显他们师德的伟大与师恩的神圣。（周婧）

高三时印象最深刻的一个词语就是"状态"。老师时常就会提醒我们：状态！状态！从此我的生活中"状态"不再是一个抽象的词语，而是桀骜不驯、拼搏奋进的一种姿态。老师说，当你以一种心无旁骛的心情进入有效学习时，说明你真正有了"状态"。我一直很庆幸自己选择了立人，是立人给了我极好的学习氛围，让我获得了最佳的学习"状态"。我敢说，立人那样浓厚的学习氛围在其他学校很难见到，多年之后还让我深切思念。（游雅静）

……

立人学校也是刘碧香的侄子刘江洪的母校。说起来很有意思，刘江洪当年读书到高二的时候就应征入伍了。两年后军旅生涯结束，回到家乡待业。恰逢立人学校刚刚创办，他兴致勃勃地找到姑父游惠松，想谋个保安的差事。未料，游惠松正色道，立人的所有员工都是合格的教育工作者，即使保安也需要文凭，也不是随便就能来的。刘江洪无奈返回，但又来找到游惠松。他对游惠松说，姑父，你不让我当保安，总得让我到立人补习吧？游惠松高兴地说，补习好，只要有了文凭，恐怕立人的保安你都看不到眼里了。于是，刘江洪选择了复读参加高考。

经过一年发奋苦读，刘江洪最终考出优异成绩，被厦门大学录取。"宁静的校园是学生学习的最佳环境。远处偶尔传来的汽笛声有一种催人奋进的意味。"回味起在立人的这一年学习时光，至今刘江洪仍很珍惜。他说，就是这一年的学习使我的知识，使我的人生有了质的飞跃，这一年让我终生难忘。

2009 年 7 月，二十岁的陈炳杰顺利考入上海的华东政法大学。这一年，立人学子总共有 261 名考入本一院校，761 名考入本二院校，近 1100 名考入本三院校，再次创造了漳州教育史上的高考奇迹。

一年后的一个暑假，陈炳杰和几个同学相约来到芝山公园。从主峰万寿亭向北远眺，风光秀丽的立人校园尽收眼底。坐落在校园最东边的兰蕙楼和竹韵楼格外清晰，两楼之间的那几个水泥和钢筋浇铸成的乒乓球桌台也依稀可见。看到熟悉的校园场景，想起了立人学校的读书时光，诸多感慨涌上心头。

陈炳杰曾想，经过立人学校的熏陶和洗礼，他的生命拥有了别样的光华。

如同经过淬火的钢刀最锋锐，经过磨砺的青春也最明亮。这一年，他正好二十岁。在立人就读一年，仿佛灵魂也经历浴火重生般的涅槃升华。此后经年，陈炳杰会带着立人给他的精神养料，勇往直前地跋涉在未来之途上。

"莲花山会议"

立人学子陈炳杰在芝山公园"望校兴叹"之际，立人教育集团的中高层领导正在莲花山"恩来明苑"度假。

集团办公室安排度假时间为四天，前三天游览园区或自由活动，第四天召开会议讨论学校的第三个"五年发展规划"。各位领导到达莲花山的第一天，办公室分发度假物品时也将游惠松起草的《立人教育集团第三个五年发展规划（征求意见稿）》发给大家，要求在自由活动期间，阅读思考一下《规划》初稿，第四天集中讨论时最好有针对性的修改意见。有人开玩笑说，集团公司之所以要招我们来此度假，原来是借"度假"之名，对中高层领导进行一次特殊的"校本培训"。

其实，在游惠松的心里，对中高层领导的"校本培训"是次要的。这些人凝聚成教育集团的领导阶层，成为立人事业持续发展的中坚力量，不用培训就能结成坚硬"共识"机体。他的真正目的是通过这次自由度假,在同人们轻松自在的心态下,征求他们对"第三个五年规划"的意见,也即征求他们对未来立人教育大业的发展方面的意见或建议。

这个阶段,立人教育整体发展进入一个新的时期。中国教师发展基金会和中国民办教育协会授予立人学校"优秀民办学校"荣誉称号,"立人"教育被省工商局评为漳州市"知名商标"。中共漳州市委宣传部、市委文明办、市教育局联合授予立人"漳州市德育先进校"称号。漳州市教育局也授予立人学校"教育教学质量先进学校"和"义务教育标准化学校"称号。

校园硬件建设成就斐然,北校区新落成三座教学楼,分别命名为"翔宇楼""立志楼"和"立德楼"。又新落成三座公寓大楼,分别命名为"真智楼""善启楼""美林楼"。北校区新建一座可容纳7000多人的多功能体育馆,游惠松将其命名为"行健馆"。另建起两座高标准的现代化食堂,又扩建综合操场,全长300米的塑胶跑道运动场已投入使用。操场边上的空地上建成"诚徽广场",广场西部建起两层高台状的小公园,台上建有红白相间的六层"恩来塔"。南校区又建起一座名为"惠泽"的教师公寓楼,另新建食堂一座。目前已拥有五幢教学大楼,七幢学生公寓楼,一幢实验、办公综合大楼,十个多功能餐厅和一个标准化塑胶田径运动场,配有满足学生需求的多个篮球场、排球场、乒乓球场,另有配备齐全的实验室、教室、音乐室、宿舍、食堂和多功能梯形教室都已先后投入使用。

立人学校又新征土地100亩,投资1.2亿元,拟兴建综合办公大楼和"生物园""地理园"等,总建筑面积达3万多平方米。校园内曲径通幽,绿树成荫,楼阁栉比,已成为一座现代化的园林式的学校。近年来,立人初高中会考和中高考成绩均居全市前茅,办学质量稳步提高。中考、高考双双取得历史性的突破,上本科人数屡创新高,骄人的成绩也使立人学校的社会满意度普遍提高。

在这样有口皆碑的辉煌成果面前,立人学校的部分领导和教师的思想认识也出现了一些误区。游惠松听一些老师讲,立人教育目前的发展水平已是最高水平,未来只要善于坚持就能生存得很好。还有人说,立人教育就是"教师苦教,学生苦学"的结果,只要坚持这样的教学传统学校品牌就会屹立不倒。诸如此类的话语,还有很多,让游惠松开始陷入长时间的思考之中。

这一切,让立人的部分领导和老师产生了"自我满足"。心理学将人对外部世界的认知分为舒适区、学习区和恐惧区,每个人都乐于在自己有限的"舒适区"里常规活动,把压力降至最低,把焦虑拒之门外。游惠松想,舒适并不必然是好事，一个人长时间处在"舒适地带"，会形成惯性的心理状态和行为定式。精神上必然缺乏追求和闯劲，陷入一种简单层次上的自我重复，很难有进步和改观。

如果不去打破"舒适区"的枷锁，走出"自我满足"的牢笼，怎能知道外面世界的精彩？

这一年，游惠松正好五十岁。《论语》称"五十而知天命"，意思是知道自己命运的年龄，也是一个让人"认命"的年龄。游惠松认为，"认命"不是停止不前，而是看清自己的本质生活，脚踏实地，真实做人。一个五十岁的男人应该看淡那些虚幻的名利，恬然度过一生。但是，"立人"才十岁，这是倾注了大批创建者心血的事业，其发展之路还很漫长。五十年的人生经历也告诉游惠松，任何人和任何事物都会被取代，也终将被取代。时代的碾压是残酷的，如果耽于"自我满足"而不思进取，"立人"终将会被取代或消失。事业发展永无止境，对事业的追求也应该永无止境。

游惠松敏锐地发现，立人教育发展初见"辉煌"，但部分领导和教师的"自我满足感"已成为横亘在团队面前的一道关隘。在近十年的发展征程中，集团公司采取的策略措施有没有漏洞？立人取得的教育成绩是否合乎人们的愿望，与全社会对教育的预期目标之间是否存在一些差距，还有没有值得弥补的地方？只有认识这些问题，才能"百尺竿头，更进一尺"，推进立人事业不断攀登新的顶峰。

为了让大伙儿扔掉包袱，畅所欲言，游惠松刻意避开会议模式，以度假的方式让中高层领导聚集一起，在自由宽松的环境里相互交流《规划》初稿的意见。鼓励大家积极反思前期学校发展中存在的问题，并提出相应的对策建议。

因为没有了正规会议的拘束和羁绊，大家畅所欲言，直陈学校现状、存在问题及对后期发展规划提出建议。有的人单独发言就占用了40多分钟还欲罢不能，有的人前面说了后面又说，还有的人针对别人的意见展开辩论，气氛极为活跃。一天过去了，还有多半数人没有发表意见，只好在晚上接着开始讨论。可是在一个晚上的讨论中，才解决了《规划》中的一两个问题。于是，第二天接着讨论。这样一来，这次讨论会议整整进行了"三天三夜"。

听着大伙儿的发言，游惠松感到十分欣慰，终于听到了大家中肯的意见。大伙儿的意见建议，也激发了他向新的人生目标发起挑战的豪情壮志。在《持经达易，成就立人》的报告中，游惠松说："大家在恩来明苑，三天三夜，各抒己见。坦率直言，提出了一系列问题，使我感到责任重大，理当有所作为。"他坚定地认为，立人教育要且正当其时就学校工作进行重大改革，甚至是一场自我革命。立人全体成员要迎接这场革命，在这一改革过程中逐步提高广大师生的教育生活品质。

游惠松认为这次讨论活动极为重要也极为必要，将其称为立人教育史上的"莲花山会议"。

"莲花山会议"的重要性就在于及时调整了立人教育未来的发展方向，必要性就在于及时厘清并规避了立人事业发展中的一些风险问题。通过讨论，大家一致认为，若将立人教育的成就建立在"教师苦教，学生苦读"的基础上，显然并非立人教育的最佳选择。一定要通过更为优良的方法和措施开启立人教育生活，提倡教师谋求一种更为省时、省力和更为高效的教育教学方法进行工作。教师的工作应该更为高效洒脱，要依个体兴趣开展广泛深入的自我专业提升行动。唯有落实这样的教育理念，立人的课堂教学才会普遍精彩。立人的课堂教学也将展示给世人更多的惊喜、感动和征服。这一过程的生成，将实现教师乐教、学生乐学的效果。让每一位立人成员在教育生活中留下人生的美好幸福记忆，进而成就各自的美好幸福人生。

"莲花山会议"结束后，游惠松将大伙儿提出的"数也数不清的问题"进行梳理归纳，正式完成了《立人教育第三个五年规划报告》。他又为报告撰写了题为《持经达易，成就立人》的解析文章，针对"行政""团队""德育""教务""教研""综治""后勤""年段""社团""品牌"建设方面提出具体的工作方针。

大伙儿发现，游惠松解决问题的方法还是"陀螺管理模式"。以上十大话题分别应对学校十大机构的职能责任，结合工作"误区"，进行拨云见日、鞭辟入里的剖析指导，将构成立人"陀螺"平面的十个"端点"逐一擦亮，运作旋转起来就会通体闪光，立人品牌的光华才会持久明亮。

年底，在年度校本培训工作中印发了《立人教育第三个五年规划》和游惠松撰写的5万多字的《持经达易，成就立人》报告。此后，老师们聆听了游惠松针对第三个五年规划的讲话。广大教师普遍认为，游惠松的报告为立人教育的未来发展提出了明确的目标、正确的途径和科学有效的工作方法，表现出他对立人事业长远发展的智慧远见。

"千分工程"和奥数竞赛

2009年的高考中，立人学校上本一分数线的人数比上一年净增20多人。本科上线人数已连续两年突破千人大关。遗憾的是，这一年立人学子没有人考取

"清华"和"北大"。在高考总结会议上，有些领导及高三教师在讲话之中带出了自责惋惜的情绪。

游惠松对刘金忠说，全社会都关注考取"清华""北大"的学生无可厚非。毕竟它们是名校中的"名校"，招牌的光环太过明亮。只要每年能考上一个，学校的招生宣传材料就会添加许多光环和色彩。但是，立人的目光不能仅瞄准几个"清华"和"北大"，而要关注立人学子高考升学率的整体提高，要造就培养更多建设国家各类事业的人才。五年来，立人送到985工程院校的优秀考生共251人，这样的成绩漳州人民肯定是认同的。从人生未来走向来看，清华、北大也并非人人都出色。我的同学中就有清华北大的，目前看来他们在事业开拓中并没有出类拔萃之处。即便和他们一起喝茶交流思想，也看不到他们的视野一定有多开阔，见识一定有多高深。立人学校对清华、北大的宣传一定要控制在适度范围，不能大肆宣传，误导立人教育目标偏离正确方向。立人教育的正确方向就是"立人"，即坚持按照教育规律来培养全面发展的人才。比如，德育层面上创办"周恩来班"，确立周恩来精神为学校德育的灵魂，进而推广传统孝道礼仪。一句话，要重视立人教育品牌的文化内涵，显示出立人教育有别于其他教育机构的独特教育风貌。

从第一届学子参加高考到现在的八年岁月中，立人教育取得了众口皆碑的辉煌成果。学校初创时曾设想"两年起好步，四年打基础，八年创一流"的发展目标，现在看来，"起好步""打好基础"的目标是实现了，但"创一流"的目标还没有完全实现。

2010年，漳州市对中考升学进行了改革。为了促进学生在义务教育阶段里的全面发展，漳州扩大升学考试应考科目。将原来综合科目考试全部改为单科测试，语文、数学、英语满分为150分，其余政治、历史、地理、物理、化学和生物各门单科同等重视，皆为满分100分，总分为1050分。中考升学考试改革方案发布后，引发了漳州全社会的关注和讨论。游惠松设想，要在"创一流"的征途中与时俱进，通过有效运作方法，让师生广泛参与、感受、体验立人富于"生本化"的教育生活，不断涵养健全人格，成就师生的美好幸福人生。他认为要以优秀传统文化为立人学子奠定道德底色，以精良的学科成绩和艺体教育创下立人品牌，以放眼世界、引领未来为立人教育的发展方向。面对漳州中考改革新动向，要变革初中办学的思路和方法，将初中"苗子"培养成立人高中优质生源。

中考改革是关乎立人学子的升学命运及学校品牌建设的大事，游惠松亲自主持了"提升初中教学质量及应对中考改革"的座谈会。会上，时任初中部常务副校长王凯支提出了实施"千分工程"和"重视初中奥数竞赛"两项建议。王凯支认为,"千分工程"包含两大举措:一是强化优等生专向培养工作力度,鼓励引导他们冲刺"千分"。二是分化责任,培养壮大优等生队伍。具体措施是遴选出成绩逊于"优等生"的层级学生,查找他们的薄弱学科分化承包给科任教师,科任教师针对本生具体情况制定相应的辅导措施。以"分层导学"举措,提高此类学生的整体成绩,使之跃升至"优等生"层级。分析近年来立人学子的中考成绩,英语、数学、物理、化学四科为薄弱学科。除英语外,物理、化学和数学学科的成绩都与"数学"能力关系极大,这应该是教育界的共识。所以,"重视初中奥数竞赛"可成为提升薄弱学科成绩的一个较好的抓手。游惠松一听,王凯支的"千分工程建议"既立足立人学校的教育现状,又具有一定的实践指导意义,当即表态,今后初中教育的重点内容就是实施"千分工程",同时要大力重视初中奥数竞赛,从而带动理科及薄弱学科成绩的全面提升。

座谈会上,初中部时任年段主任的胡明南、杨启裕、林庆圩和简金堤纷纷表态发言,一定要团队协作、群策群力,从拓展知识与提升能力两方面入手,引导立人学子冲击"千分工程"。从此,立人初中教育以实施"千分工程"为标志,翻开了崭新的一页。初中各年段实施分层教学策略,召开学生励志大会,保质促优,吹响了冲刺"千分工程"的战斗号角。初中部召开教师备课会议,提出"分类推进,全程管理"的教学举措,不断实施"分层导学,整体推进"策略,不断探求实施"千分工程"的富于有效性和针对性的具体门径。各教研组加强中考研究,对近三年的中考试题进行归类分解,强化毕业学子解题能力的训练。多项举措合力共进,"千分工程"获得了很大成功。一年后,全市中考成绩揭晓,在全市中考总成绩前十名的学生中,立人学子独占三人,居全市第一。那一年全市对上了1000分的人数进行统计,立人学校共19人,居漳州全市第二名。两年后,人们惊讶地发现,中考裸考总成绩1000分以上人数,立人学子竟占全市第一,全漳州市前100名的人数中,立人学子仍占全市第一。初中学子汤慧桢和陈怡婕先后以总分1025分和1028分的骄人成绩,夺得漳州市的中考状元。

立人学校重视初中奥数竞赛工作,有效地带动薄弱学科的成绩提升,促进"千分工程"的有效实施。在韩建山、章清海、许亚梅、谢雄凤、吴洋辉、简金堤、陈剑华、李幼华、陈建海、柯香玲、涂开能、陈张枫、丁晓梅、吴木丁、胡伟、杨国强、陈林鸿、陈东宝等数学老师的努力下,立人的初中奥数成绩捷报频传。在近六年的全国初中数学竞赛中,立人学子五次摘得漳州市状元。在连续六年初中数学奥赛获奖总人数统计中,立人夺得漳州全市第一、福建全省第二的良好成绩。近年来，在全国初中数学竞赛及福建省"大梦杯"数学竞赛中，立人学子朱天梁、黄滨权、兰建伟和朱钇涵等同学先后勇摘漳州市状元桂冠。

"千分工程"的实施，更好地保证了立人学校高中部的生源质量，也间接地促进了高考成绩的提升。多年来，中考之后，立人初中年段前 120 名均直升本校高中。一次，《闽南日报》的记者采访漳州中考状元汤慧桢，问及填报哪所学校的时候，汤慧桢不假思索地回答："还能是哪所？当然是立人学校了！"汤慧桢的话语道出了立人初中学子的心声，因为对母校的深厚的感恩情怀，就读立人高中成了他们必然的、唯一的选择。

电视剧《高考万花筒》

2011 年春节过后，市教育局办公室电话通知，福建省高考招生办公室主任林其天要来立人学校参观调研。刘金忠十分重视，赶紧将这一消息向游惠松进行了汇报。游惠松当即表态由自己出面主持迎接林其天一行的活动，并指示各部门高度重视，做好各项接待工作。还特意提醒刘金忠安排教务处和教研室准备好学校近年来高考及今年备考的汇报材料，省高招办主任来了肯定要了解高考情况并对学校备考工作提出重要的建议和指导意见，这是高考专家林其天指导学校备考工作一次重要机会，做好接待工作的意义十分重大。

在福建教育界，林其天被誉为著名的高考指导专家，特别是对高考招生变化及志愿投档方面有着十分精深的研究。成千上万的高考学子及其家长提起"林其天"这个名字来，绝对不会陌生。近年来，每逢高考前后"林其天"便是一个网络热词。福建电视台及网络媒体纷纷推出"福建省高招办主任林其天解读高考招生政策三大变动""林其天详解高考志愿填报技巧""林其天解读平行志愿投档模式"等节目，吸引大量师生、家长及社会人员的关注。

林其天比游惠松大五岁，初中毕业后曾在三明钢铁厂当学徒。他工余时间坚持自学，并从车间出黑板报，为广播站写稿发展成为省报和省电台的作者。高考制度恢复的第二年，林其天和游惠松同年参加高考。不过，那一年游惠松落榜，林其天却成功考入福建师大。毕业后在省教育厅人事处和师资处当干部，先后担任过办公室副主任、成人教育处处长等职。业余时间仍笔耕不辍，继续发表新闻、通讯和专业论文，兼任《中国教育报》福建记者站站长。2000 年调任省高校招生委员会办公室主任，开始潜心研究高招填报志愿策略与技巧。十年来，帮助数十万考生纠正填报志愿错误，亲历了局外人难以遇到的种种高考见闻。他曾将自己的经历见闻诉诸笔端，创作完成了20多万字的长篇纪实作品《高考红绿灯》。两年前，《高考红绿灯》经厦门大学出版社正式出版。

不久，林其天在市教育局副局长骆沙舟和市招办主任李莉的陪同下，来到立人学校。一同前来的还有福建教育电视台项目部主任叶淑平和影视剧著名策划人王利鸽两位女士。游惠松、刘金忠带着相关人员在立人楼会客厅举办了隆重的欢迎会议。一番叙谈之后，林其天说明来意，他不是来调研学校高考工作，而是为了一部电视剧拍摄事宜而来。

原来，《高考红绿灯》出版后受到很多学校的领导、师生及家长的欢迎，已连续再版两次。在福建教育电视台的编剧、策划人叶淑平女士建议下，由著名制片人王利鸽改编成中国第一部直面高考的电视连续剧《高考万花筒》。王利鸽是香港影视传媒学院博士，作为资深制作人曾与导演张艺谋合作拍摄《英雄》《十面埋伏》等多部电影。在她的运作下，福建桃园文化传播有限公司、福州四知展望文化传播有限公司、福建教育传媒制作有限公司联合出资拍摄《高考万花筒》。剧组成立后，拟将南靖"云水谣"风景区及校园环境优美的漳州某校定为外景拍摄场地。但是，漳州某校怕剧组进驻校园拍摄会影响学校正常教学，迟迟不予答应。于是，林其天前来征求游惠松意见，希望立人学校能够支持拍摄这部电视剧。

骆沙舟副局长说，《高考万花筒》剧组将外景拍摄地选在漳州，是对漳州教育事业的发展以及高考取得优秀成绩的肯定。立人学校自2005年首届参加高考以来，为高等院校输送了近2万名本科学生，"985"大学380多人，是"漳州市高考大户"，先后荣获"全省先进民办学校"和"全市高中教育质量先进校"荣誉称号。《高考万花筒》的外景地选在立人是非常合适的，希望立人学校支持协助做好电视剧拍摄工作。

叶淑平也说，拍摄当中会以学校的部分教室、实验室、宿舍、体育场等学生活动真实场景为实景，还要选取部分学生充当"群众演员"，对学校教学工作或许会有影响。但前后拍摄工作不会超过两周，影响也不会太大。王利鸽坦言，为了回报立人学校对拍摄工作的大力支持，剧情故事中的学校就用"立人"之名，外景楼体上的标语"今日我为立人骄傲，明日立人为我自豪"标语会在影视剧中原样保留。游惠松听了这些情况介绍后，当即拍板答应，全校上下一定全力支持《高考万花筒》的拍摄工作。游惠松还说剧组既然要去南靖"云水谣"景区取景，立人集团下辖的千亩"溢芳茶园"和"恩来明苑"也提供给剧组充当外景拍摄场地，并表态在立人学校拍摄期间剧组成员的食宿及相关费用也由立人教育集团承担。

林其天等人十分高兴，王利鸽连声感谢立人教育集团对影视文化事业的关心和支持，夸赞游惠松董事长具有一定的远见博识。

游惠松对于支持拍摄《高考万花筒》一事，确实有自己的想法。他对刘金忠说，两周的拍摄时间对教学工作的影响并不大。"文武之道，一张一弛"，立人学校师生没有见过拍摄电影的场面，让他们在见识中放松一下绷紧的学习神经也有必要。立人学校有大量的艺术考生，考生当中就有报考影视专业的学生。让他们充当群众演员，在参与拍摄中尽早见识影视剧制作流程，对学校艺术教育工作也有很好的促进作用。更重要的是，他们以"立人学校"为校名展开情节，全国在沈阳、昆明、佳木斯等地都有"立人"学校。但是电视剧的外景地在南靖"云水谣"景区，观众一看就知道是漳州立人学校，更何况校园里"行健馆""恩来塔""立人楼"及富有个性的校园环境会出现在影视剧镜头之中，这是漳州立人学校独有的景观标识。影片一经上映，对立人学校将是一次最好的广告宣传，这可是"花大钱"做广告都换不来的一种宣传效果。

这一年，是中国"十二五"规划的开局之年，也是立人学校"第二个五年规划"的收官之年。在迎接立人学校建校十周年日子里，游惠松萌生了创建国际合作学校的想法。他在董事会会议上指出，国家教育"十二五"规划中提倡"放眼世界，引领未来"的教育思想，立人要响应国家号召，力争满足更多学生和家长对优质教育的需求，不断提升立人教育品牌的竞争力。按照计划，开学后将赴欧美等国进行考察活动。所以，协助拍摄电视剧《高考万花筒》的事宜就由刘金忠全面负责。

春季学期开学后过了两周，即 2011 年 3 月 19 日，中国第一部直面高考的青春励志电视剧《高考万花筒》在立人学校周恩来塑像前隆重举行开机仪式。庞大的影视剧制作团队成员总策划叶淑平、制片人王利鸽、导演陈玉光、女演员杨云溪、出品人张晓灵等人来到立人校园，可谓名流云集。漳州市教育局副局长骆沙舟、福建省高招办主任暨《高考红绿灯》作者林其天、芗城区政法委副书记陈孟春、漳州市工商联副主席李瑞明、立人学校校长刘金忠出席了开机仪式，并各自发表了讲话。

高三年段"周恩来班"的林桢淑等 28 名高三的同学参加了《高考万花筒》的演出拍摄工作。本剧导演陈玉光曾执导过《血洗金三角》《信是有缘》《古堡情事》等电视剧作品，曾获国家新闻出版广电总局"飞天奖"及中宣部"五个一工程"奖，在影视界具有一定的影响力。他要求拍摄制作人员把高考的技术层面问题很好地融入剧情，全景式展示高三学生从备考到应考，从填报志愿到奔赴高校的全过程，表现的重点在于考生与家长，突出本剧的现实性、服务性与实用性。剧中扮演女一号的演员杨云溪是影视界的一颗"新星"，已有9年的演艺经历，饰演作品达50多部。19岁的她和林桢淑等"周恩来班"的同学年龄相当，今年也是高三学生。她对林桢淑说："我们正经历着高三复习的紧张阶段，所以很快就能入戏，只要把自己对高考的神秘、焦虑很自然地展示出来，演出就会取得成功。"

一个月后，电视剧《高考万花筒》在立人学校的拍摄工作完成，剧组人员依依不舍地离开了这座花园式的校园。

两个月后，立人学校全体高三学生参加福建省普通高中质量检测统一考试的成绩揭晓，立人高三学子中有2名进入全市前10名，有4名进入全市前20名。有23名进入全市前200名，有29名单科排全市前20名。其中61名学生成绩上"985工程"录取分数线，有541名成绩达到本一录取分数线，有1770名上了本二线。

林桢淑同学顺利通过北京大学保送生考试，被北京大学提前录取。

第 7 章
从容待，十年一剑，来日定披靡

游惠松的十周年庆典讲话，引发了人们甜蜜抑或苦涩的回忆。张国生想起初到立人时看到的只有几间破房子的简陋，刘金忠、吴两和、王凯支想起当年抛下"公职"来到立人背水一战的决绝，王学文、谢惠清想起当年招生时走遍乡村山区的艰辛。凡此种种，感慨万千。有人说，当你感觉很累的时候要欣慰，因为你在走上坡路。对于游惠松而言，这一截上坡路也太过漫长了，他整整走了十年。十年间从未停歇过探索立人发展的步履，学校一路跋涉的历程，承载着数万名师生员工的梦想与追求。岁月能改变山河的形状，季节能改变人们的容颜，对于游惠松来说，唯一不变的就是一种坚定的信念……

推行"分层导学"

电视剧《高考万花筒》在立人学校拍摄之际，刘金忠召开学务委员会议，安排开展贯彻"分层导学"教改理论的课堂教学研讨活动。会议决定各年段各学科确立骨干教师两名为教研"领军"人物，率先将自己的实践课例展示出来，供其他学科老师借鉴。

游惠松早年以教研员身份在漳州各县区推行"分层导学"课改时，有一个深切的体会。大凡教改工作取得成功须具备两项条件：一是教师具备现代教育教学的认知能力，能全面领会教改思想及以强大的教学能力去贯彻实施；二是学校领导层高度重视，将行政推动手段和教学实践举措相结合，持之以恒才能取得成果。立人学校创办之初，他就在教师大会上提倡"分层导学"教学理念。只是学校初创之时，教师队伍不稳定，学校建设工作处于方兴未艾之际，虽然大力提倡但收效甚微。五年前，他在《和谐积极，春色满园》报告中，曾回忆创建"分层导学"理论并在漳州县区乡间推广的艰辛往事，提出在立人学校推广"分层导学"的设想。

当时，《中国教育报》《人民教育》杂志报道了江苏省泰兴市洋思中学的事迹，称其为"全国初中教育的一面旗帜"，洋恩中学被树立为"全国十所薄弱学校变为名校"的典型学校。游惠松和刘金忠曾带领几位中层领导前往参观，发现洋思中学的教育理念是"没有教不好的学生，让每一位家长满意"，在教学中推行"先学后教，当堂训练"课堂教学模式。刘金忠说，我们很早就提出了"教好一个孩子，幸福一个家庭"的教育观点，和洋思中学的教育理念一致。董事长很早就创建了"分层导学"理论，其要点是"导引自学，先测后讲"，和洋思中学的"先学后教，当堂训练"教学法也极为接近。洋思中学现在是"全国十所薄弱学校变为名校"，我们立人也可以在这样先进教育教学理念的推动下，成为一流名校。于是，立人学校提出了"北学衡水，南学洋思"的教学口号。这个口号指高中教育采用衡水中学通过点燃激励和吃苦耐劳精神来适应高考，全面提升高考升学率。在初中则推行"分层导学"，以教改推动素质教育，促进学生全面发展。

那一年，学校安排在初一年段设立试验班，推行"分层导学"教改实践活动。市普教室资深教研员林建东被特聘为立人学校教研顾问，筹建教研室，为"分层导学"教改实验做前期理论准备。林建东经过深思提出，"分层导学"教学法的精髓，一是分层，二是导学。他认为，"分层"有显性分层和隐性分层，是施教的前提；"导学"则要求教师们充分地发挥自己之所长，从导读、导看、导听、导思、导记、导练、导议、导情、导意、导志、导为等细节入手，充分施展有效的导学。教学过程中，提倡"导无定法，门派有异"，以充分发挥立人教师在教学中的能动性和创造性。

春季学期开学后，全校师生举行"分层导学"揭题誓师大会，由林建东领衔指导，在七年级设立"分层导学"试点。工作启动会议上，游惠松发表了题为《推进分层导学教改，创设和谐师生关系》的讲话。游惠松认为，初中阶段学生的学习处于相对独立阶段，即从基本依赖到相对独立地学习。这时需要教师正确地引导，潜移默化地启迪和有计划、有步骤地实施教学方案。对此，"分层导学式教学法"值得参照，此阶段若能做到先学而后教是十分有益的。林建东也根据分层导学的进程，精心撰写了一系列指导文章，如《分层导学领读阶段教师的作为与分析》《漳州立人学校校本培训资料》等。根据分层导学的教学理论，鼓励教师从学科特点和学情因素出发，吸收启发式、探究式等教学法精华，努力构建立人特色教学模式。

五年过去了，游惠松认为立人各年段已经全面具备了推行"分层导学"课堂教改的条件。在《持经达易，成就立人》的报告中，游惠松用十六个字表述了分层导学的思想，即"导引自学，先测后讲，分层达标，循序渐升"。他还提出了体现"分层导学"思想的课堂教学的六个环节：（一）导学提纲指引下的学生自主学习。（二）基础知识的全面检测与过关。（三）重点、难点精讲。（四）重点、难点知识分层应用。（五）分层作业的布置与批改。（六）培优补差，个体互动与验收。

在游惠松的强力推动下，立人学校迅速掀起"分层导学"的改革热潮。在两个多月的时间里，教研室组织了两次全校规模的"分层导学"理论学习与测试。刘金忠主持召开了四次"分层导学"课堂教学改革的专题研讨会议，要求广大教师以立足打造立人自己的课堂教学特色品牌为目的，改变"教师为主讲，学生为主听"的传统教学方式，培养学生自主学习能力，为学生的终身学习和发展奠定良好的基础。

第一轮骨干教师主持的"分层导学"课堂教学研讨课活动结束后，学校评出了优秀课例十二节。优秀课例中，语文课三节，分别是苏晓岚的《星星变奏曲》、陈晓玲的《傅雷家书两则》和余雁冰的《孤独之旅》；数学课三节，分别是许亚梅的《实数的运算》、陈建海的《分式方程及其应用》和李幼华的《数据的整理与分析》。另有其他学科各一节，分别是英语老师郑惠娜的"Unit 6 Topic 1 Section A We're going on spring field trip"，政治老师叶锦元的《知识助我成长》，历史老师龙燕萍的《反法西斯战争的胜利》，地理老师江宝霞的《河流为生命线的地区——长江沿江地带》，生物老师蔡清柑的《观察细胞的结构》，物理老师吴印枝的《水资源危机与节约用水》。这些课例设计都在吃透教材的基础上，将教学内容分层级安排"导学"。课前以学案形式指导学生预习，课堂中根据学生完成学案情况"分层"调控，将学生能解决的问题交给学生讲解，个别学生不能独立解决的问题组织学生讨论交流，结合师生评价形式肯定学生的学习效果。"分层导学"在一定程度上提高了课堂容量，有效促进了学生潜能、个性、创造力的发挥，对于激发学生的学习兴趣，逐步提高学生的自学能力具有很大的帮助作用。

游惠松也抽空进入课堂听了老师们所授的部分课程，听课之后又查看授课老师的教学设计，并和他们交流"分层导学"的体会，热情赞扬他们的设计亮点，对不足之处也委婉地进行了批评指正。他对刘金忠说，我们不能"关门教改，闭门独乐"，要组织老师们"走出去"，看看其他名校名师的教改成果，相互比较中充分感受教改的时代氛围。还要注意把名校名师"请进来"，让他们现场示范教学，现身说法，增强老师们研讨教学艺术的兴趣。总之，要在"分层导学"的旗帜下，博采众长，广纳百家，自成一家，最终形成立人教育课堂教学的特色品牌。

这一年，全国"课改10周年暨落实新修订课标理念"名师教学观摩活动在厦门举办，著名特级教师于永正、贾志敏、王崧舟、朱煜、刘松、戴曙光、刘德武等在活动中进行现场授课。机会难得，立人派出多名教师前往参加学习。此后，学校先后派出三批"取经队伍"，前往洋思中学、阳谷二中、杜郎口中学等校学习先进的课堂教学理念、科学的课堂教学方式。听课教师返回后各自撰写心得和专题报告，在学校研讨会上交流互动，使全体教师都进一步理解"授之以鱼，不如授之以渔"的教学思想，更进一步领悟立人"分层导学"的真正内涵。不久，学校特邀厦门实验小学的刘胜峰老师来到立人学校进行课改专题讲座。讲座过程中，刘老师适时地结合实际课题为例进行说明，具体形象，深入浅出，让教师们深受启发。这些"走出去""请进来"的活动，让立人教师深刻体会到了学习的重要性与紧迫感，为教师业务能力的提升和教学水平的提高起到了积极的推动作用。

经过几年的艰苦探索，立人教师结合"分层导学"的课堂改革活动，学习了丰富的现代教育教学理论知识，积淀了深厚的"分层导学"课堂教学实践经验。学校编辑了十二本教师教改心得、教学设计，承担了三十多批次的市直学校课堂教学探究、观摩教学活动，受到省市教育专家及同行的一致好评。"分层导学"课堂教学改革成就了一大批优秀教师。王锡连、黄平青、沈银娇、庄文花、赖旺炉、赖丹、陈春梅等十几位教师先后获得省级、国家级课堂教学比武、学科论文竞赛一、二、三等奖。

机器人大赛和现代教育

立人实施"分层导学"课堂改革活动，不仅促进了学生的全面发展，也使得教学质量逐步攀升。无论是在市级学生学科竞赛还是省级学科竞赛中，都取得了很好的成绩。

在诸多竞赛获奖消息中，有一条消息引起了人们的关注。2011年5月，第九届福建省青少年机器人竞赛中，立人学校初中部的许俊杰、吴海滨、许舒淇、王美香获省级二等奖。此后，第十二届中国青少年机器人大赛在天津举行，立人学校高中部叶超林、罗颖组合及初中部许俊杰、吴海滨组合在大赛中分别获得高中组全国一等奖和初中组全国二等奖。

这次全国青少年机器人竞赛由中国科学技术协会和天津市人民政府联合主办，由中国科协青少年科技中心和天津市科协承办，包括香港、澳门在内的全国各地的180多支代表队参加。中国科学技术协会会长、中国科学院院士韩启德在大赛开幕式上指出，全国青少年机器人大赛活动举办以来，在普及机器人技术知识、带动各地开展机器人教育活动、促进地区间学习与交流等方面起到了积极的推动作用，是提升青少年科学素质、培养科技创新后备人才的基础一环。立人学校组建的两支团队组合代表福建省参加竞赛，这是福建省学生首次获得该大赛的一等奖。

2011年6月，在漳州市"图特"科技运动会收音机制作竞赛中，林永远老师带领的立人学校制作团队中的罗颖同学获一等奖，叶超林、王国荣、李宁宁、王美香等同学荣获二等奖，李依莎、姚珊珊、王怡萍、游芳妍、许俊杰、戴昕汉、许舒淇、吴海滨、陈雯、陈志炜、林伟凯、刘玮彬等同学获三等奖。

一个月后又有佳讯传来，在全国中学生信息学教育知识大赛中，立人学子郑俊杰获福建赛区省级二等奖，林士翰、蔡博铨、曾雅琳同学分获省三等奖。立人学校的三位老师被评为漳州市青年优秀科技教育辅导员。其中，陈怡玲和林永远两位老师获得福建省"优秀科技辅导员"称号。

这些成就的取得，体现出游惠松极富前瞻性的现代教育思想眼光。早在南靖一中工作期间，游惠松就开始订阅两种杂志，一种是广州日报报业集团主办的《南风窗》，另一种是由黑龙江省教育研究院主管，黑龙江省教育学会主办的

《教育探索》。前者在中国大陆首次提出"政经杂志"理念，主办者具有直面社会问题的勇气和魄力，立足前沿时事，评事论理客观公允，中肯犀利，为读者提供了认识和思考当代中国社会的有益渠道。后者是以宣传普通教育、职业教育、成人教育和学前教育为重点的刊物，所载内容为各国教育学术研究的前沿观点，特别喜欢研究基础教育领域的重点和热点问题以及教育教学第一线的改革与实验的新成果，对于开阔教育工作者的视野具有一定的帮助作用。这两种杂志成了他的案头必备书，前者让他透析理解并深刻认识中国的现实，后者让他了解未来教育的发展前景。

在立人学校管理层的一次会议上，游惠松指出，要以优秀传统文化为立人学子奠定道德底色，以精良的学科成绩和艺体教育创下立人品牌，以放眼世界、引领未来为立人教育的发展方向。所谓"放眼世界、引领未来"，意味着我们教育的目光要冲破樊篱向域外延伸，我们教育的孩子除了考入国内名校外，还要具备考入国外高校的条件。此外，在重视所谓"主课"教学外，还要加大艺体教育和现代技术的分量。在这种思想背景下，立人学校成立了 30 多个课外兴趣小组，其中包括计算机和机器人兴趣小组。

五年前，科技辅导员林永远提出组建机器人兴趣小组时，还踌躇了一个阶段。因为，其他兴趣小组的器材在教学中经常用到，如乐器、美术模具、体育设备等，只要将有兴趣的孩子组织在一起就可活动。而机器人制作需要通电及安全系数较高的场地，设施器材的购置需要大量经费，组建这个兴趣小组的代价大且短期内看不到活动效果，不知学校是否会同意。他硬着头皮和张国生老校长谈了一下，张国生眼前一亮，觉得这是一个好设想，即前往游惠松处汇报，游惠松立马答应划拨经费支持创建机器人制作兴趣小组。怕自己会忘掉，又立即把刘金忠校长叫来交代找到合适机会组建工作室。游惠松认为，融合信息技术和智能技术于一体的机器人制作兴趣小组成立后，以此为萌芽，逐渐把机器人教育引入校园。从发展的眼光来看，机器人肯定会越来越普及。游惠松对张国生说，有专家预言，从信息产业的角度看，21 世纪第一个十年将是智能机器人时代。在信息技术教育中渗透机器人学科知识与机器人应用前景方面的教育已势在必行。

在林永远的印象里，饱读国学典籍著作的游惠松并没有传统"老夫子"般的封闭、禁锢的守旧思想，反有一种贯通世界万物的胸襟，洞穿宇宙未来的目光，思想深处跃荡着引领教育超前发展的现代化因子。当时，在《和谐积极，春色满园》的校本培训报告中，游惠松在谈到"战略管理"时指出：

二十多年前，大部分人认为日本人最聪明，美国人太傻。原因是美国领先于世界的电子技术、微型集成电路技术，却被日本人拿去赚了太多的钱。今天回顾起来很多人会出一身冷汗，因为二十年前日本人在说"能不能把美国人发明的技术拿来赚钱"时，美国人正拿着这项技术说："这个东西能不能统治世界经济？"这就是二十多年后的美国和日本的科技与国力差距的根源所在。

游惠松通过这样的事例说明进行学校教育管理规划时，要有"战略"前瞻性的目光。这样的目光不只是教育可持续发展的孤立的问题，而是关乎国家未来建设发展的重大问题。立人教育确立了"放眼世界，引领未来"的发展方向，就要重视科技教育和信息技术教育。现在让立人学生接触机器人，仅是一个开端。孩子们进行机器人制作活动，可以学到比计算机更全面的知识，除了能够学到编程语言、程序设计，还能学到机电方面的知识。所以，游惠松认为，机器人进入中小学教育是当今科技发展的一个必然趋势。

立人学校的机器人制作兴趣小组刚开始仅有五六个同学，数年后就发展成为30多人的一个"大组"。陈怡玲和林永远老师将孩子们分为"初中组"和"高中组"，依据不同的学识视域设置活动内容。孩子们接触机器人原理时学习兴趣极为高涨，其制作过程融合了计算机、机械、电子、通信、控制、声光、电磁等多个学科领域，极大地促进了孩子们的动手、动脑能力，有利于培养他们形成活跃的创新思维和较高的综合素质。而今，形成了各年级学生都有参加的机器人社团活动规模。

这一年，当第九届福建省青少年机器人大赛活动开展后，漳州市有资格参赛的学校寥寥无几。立人学校组建的两支团队代表漳州参赛竟然获得省级二等奖；后代表福建省参加第十二届中国青少年机器人大赛，又分获一等奖和二等奖。在很多学校还鲜少机器人教育概念的背景下，立人学校的机器人教育教学成就，引起了漳州教育界的关注。

三年后，福建省第三十届青少年科技创新大赛在龙岩一中举行。这次大赛中设立了科技辅导员科教创新成果竞赛项目，内容包括科教方案、科技发明和科教制作三类。立人学校的陈怡玲老师参赛的项目《双水相萃取分离辣椒碱》获得省级优秀奖。同时，在福建省第十三届青少年机器人大赛中，立人学子王晓键、朱伟勇同学获得一等奖，王杨、蔡光英、李斯昌、朱婉祯获二等奖，林书炜、陈晓煜、刘卓斌、钟开桓、曾英超、石漳林等同学获三等奖。立人学校连续两年获省级机器人制作大赛二等奖和三等奖总计50人次。多年来，立人学校学生在市级机器人制作大赛中获得三等奖以上总计 560 多人次。在 2019 青少年机器人世界杯暨世界创新技术挑战赛中国合肥公开赛中，立人学子获得了 3 个全国一等奖、4 个全国二等奖、7 个全国三等奖的骄人成绩。立人学校还以在两届比赛中获得的优异成绩，荣获团体一等奖的荣誉称号。

与此同时，云霄立人学校机器人社团也硕果累累。从 2020 年成立至今，学生参加各项机器人竞赛，共有 200 多人次在全国全省全市机器人竞赛中获奖。其中汤鑫彬、张舒淳同学获得 2015 年 WRO 世界青少年机器人奥林匹克竞赛中国总决赛全国第二名。2016 年，谢立鹤、蔡宇宁同学勇夺第十七届全国中小学电脑制作活动机器人竞赛全国冠军。2017 年，吴森镇、方恒杰同学荣获第十八届全国中小学电脑制作活动机器人竞赛金牌。获奖人数中，累计有 9 人次获全国金牌，2 人次获全国银牌，2 人次获全国铜牌。2018 年，陈小兵老师荣膺中国青少年机器人竞赛"全国优秀教练员"称号，是本届福建省唯一获此殊荣的个人。同年，云霄立人学校被中国科协青少年科技中心、中国青少年科技辅导员协会联合授予"全国青少年人工智能活动特色单位"荣誉称号。

游惠松甚感欣慰，一片绿叶让人心旷神怡，其间如果再有几朵红花点缀，那会更加让人赏心悦目。他对林永远说，科技创新，机器人就是要做那几朵红花。这句话一直激励着林永远和立人的机器人制作团队在这条道路上探索前行。

"小学部"成立

夏天的傍晚，游惠松如常优哉游哉漫步走在校园里。他走到立人楼前，背着双手仰头看那棵巨大的榕树。十年间，高大的榕树枝干已越发苍虬葱郁，树冠浓密，见证着立人由小到大的成长。游惠松不由近前轻轻地摩挲这棵大树，看得出他对校园里的一切是如此的喜爱和熟悉。凉风中，老榕树晃动着苍劲的枝条，似乎和树下的游惠松宽厚地打着招呼。

环绕着操场、综合楼、教学楼的是一排排新栽的翠绿的香樟树，过不了几年，这些小树将成长为大树。树的成长似乎是容易的，而人的培育却是艰难的，所以有"十年树木，百年树人"之说。游惠松忽地想起了立人初创的那一年，他和几位亲戚朋友给几间旧教室里墙壁刷完大白粉时，天已傍黑了。考虑到过两天就要开学上课了，那些破旧的桌椅还没有来得及磨光上漆。游惠松就动员亲友在榕树下吃点干粮，准备休息一会儿继续"挑灯夜战"。忽然一阵自行车铃声脆亮地响起，有位清俊的少年骑车从坡下疾驰而来。少年便是游嘉程，看到爸妈创建学校，也来帮忙。那时的漳华路处在郊区，没有路灯，道路漆黑且泥泞不堪。从城区骑自行车赶来，连续爬坡下坡也得半个多小时。少年游嘉程毫不畏惧地穿行于夜色里，一帮忙就是一个夏天。多年之后，游嘉程也想起这段往事，他说周边的茶园和村庄黑魆魆连成一片，唯有榕树旁的教室里灯火明亮。当时觉得父亲创办的学校便是冥冥之中的暗处一灯，引领闽南学子循着光明而来。

少年游嘉程无疑是十分懂事的，游惠松想起这些，甚觉欣慰。当然，这一切又源于自小对他的严格教育。游惠松记得，读小学时游嘉程曾迷上游戏，有一次竟偷偷把他一个月的工资拿去打游戏。游惠松发现后当即叫他写下保证书，自发重誓，若再错一次就截掉一根手指头。当时的教育虽然带有恐吓的残酷成分，但严格的教育使游嘉程自幼养成勤俭持家、谨严治校的好习惯。闽南俗语"小汉偷割匏，大汉偷牵牛"，自小的坏习惯如果得不到矫正，长大后也很难成才。文学家巴金说过，"孩子成功的教育，从好习惯培养开始"，这话大有道理，游惠松再次想到，做好小学教育特别是幼小衔接是整个社会都应该高度重视的教育问题。

这个阶段，游惠松越来越清晰地认识到，小学教育是根的教育。教育家陶行知先生也曾明确指出："小学教育是建国之根本，幼稚教育尤为根本之根本。"树根只有深入土壤，充分吸取营养，才能使树木生长旺盛；反过来，树木旺盛又能更好地促进根系发达。根深才能叶茂，叶茂有利根深。游惠松暗暗下了决心：立人应该成立"小学部"。当时，现代化的教学大楼、公寓楼、行健馆、体育场等已修建完成，校道、篮球场、排球场、乒乓球桌、花圃等一应俱全。一切从零开始，从无到有，立人学校正在欣欣向荣之中。游惠松认为，"小学部"的成立已是瓜熟蒂落，水到渠成。

"六一"儿童节过后，立人董事会宣布正式创办小学部。新上任的校长刘秀全、副校长陈龙华，带着几位老师到康山校区，雷厉风行开启了立人小学的创建工作。当时横在他们面前的首要工作是校舍改建，学生宿舍、教学楼、校道、操场都要进行一番整改。那段日子，总能看到刘秀全和陈龙华戴着斗笠，挽着裤腿，穿行于校园工程队里。那年夏天，高温天气似乎来得特别早，刚进6月就烈日炎炎。从漳州双语实验学校转而加盟立人的杨秀芳老师来到康山校区报到，终于从工程队的民工伙里看到了两位校长。他们顾不上满头大汗，乐呵呵地迎上来打招呼，爽朗地笑着，露出一口大白牙。杨秀芳心里暗笑，自己差点把他们当成两个非洲同事了。

接着是招兵买马，开始招聘老师并招收学生。因为校区处在整改工程中，招聘老师的工作就委托云霄立人学校进行。那段日子，刘秀全和陈龙华往返奔波于漳州立人学校和云霄立人学校。经过严格考核和层层筛选，一批优秀中青年教师和重点师范院校毕业生脱颖而出，踊跃加盟立人小学部，成为立人团队的一股新生力量。杨秀芳记得，她和十多位招聘的老师刚一到岗，就跟着两位校长顶着酷暑炎热，游走于乡镇村落，开始挨家挨户地宣传立人小学的招生。如同立人高中初创时的情形，漳州的各县乡镇村庄及市区的大街小巷都留下了他们宣传招生的闪亮足迹。

两个月过去了，经过修葺翻新工程，一座整洁清新、设施完备的小学校出现了。走进校园，绿树掩映下的一幢教学楼和一幢学生公寓楼比肩而立，楼体最高处写着"有理想、有道德、有文化、有纪律"及"专心、细心、耐心、爱心"的红色标语。教学楼和公寓楼后面是多功能餐厅，再后面便是芳草鲜美的后花园。在一株根深叶茂的榕树和几丛灿烂绽放的玫红色的三角梅簇拥下，一面棕红色砖墙沉稳矗立。刘秀全特意请来立人的美术教师，在校区大门右侧绘制了一幅背景为蓝天白云间小鸟奋飞的版画。版画上部的空白处写上"身心健康、美德养成、学业进步"几行红色大字，鲜亮醒目。

终究是立人的品牌效应起了作用，新创建的小学部开学竟然招录了526名新生就读，从一年级到五年级共设立10个教学班。

2011年8月26日，立人小学进行了简短的开学典礼。从此，穿着白上衣蓝中裤的立人校服的一只只"小蜜蜂"，就在康山校区翩翩起飞了。开学一周后，游惠松也来到康山校区看望新入校的孩子们。听着他们稚嫩的童音齐读课文，犹如天籁之音，游惠松极为喜欢。他发现老师们对粉刷一新的教室进行了精心布置，顶棚上挂着五颜六色的气球，每个学生座位都设置了名片。班主任老师还撷取孩子们平时学习生活的点点滴滴，制作成视频在家长群里播放。让低年级的孩子对着视频向爸爸妈妈问好，让高年级孩子给父母写一封信，对父母说出心里话，不少父母为此而感动流泪。游惠松对刘秀全说，要立足实际，弘扬"源诚形水，立己达人"的校训精神。制定各学段培养目标时，结合立人校园文化特点，大力推行"三大工程"即礼仪、写字和阅读，以良好行为习惯的养成为重点，注重学生全面发展，创造性地育人和办学，致力于打造出富有特色的立人小学。

其实，对于如何教学游惠松并不担心。他最担心的是小学寄宿生活的后期管理，小学生生活自理能力很差，更需要精心地呵护和照顾。游惠松进入公寓楼一边查看，一边和老师们聊天，一圈儿下来，基本上比较放心。老师们在住宿和就餐方面充当着既为父母又为朋友的角色，与孩子们一起用餐，为他们添菜加饭。闲暇时帮孩子洗头、吹头发，及时叮嘱增减衣物，指导他们收衣叠被。

他们是慈母，又是严师，坚持"教会独立生活，促进自我管理"思路。孩子们从初入学时对寄宿生活的无所适从到逐步适应，从依赖家长到独立自主，从单纯的"自我管理"到"积极参与集体生活"的巨大转变，家长们看在眼里，喜在心上。一学期过去了，家长们都说，若论校园环境和学校设施，立人学校不算最好；若论教育教学质量，立人学校肯定是第一流的。

一年后，立人小学的口碑名声迅速在漳州传播开来。学校直属于市教育局领导管辖，依托立人强大的教育资源，重点加强英语教学、电脑多媒体教学、音体美特长教育和学生研究性学习兴趣养成，办学特色鲜明，深受家长欢迎。最令人称道的是，小学部也实施完备的全寄宿制管理服务制度，解决上班族家长没有时间接送孩子上学难题。立人小学的成立，极大地缓解了漳州市区的小学就读压力，这是立人教育为漳州人民做出的又一重大贡献。

新学年又开学的时候，学校已有1300多名学生，26个教学班，125名教职员工。当年漳州市举办"暑假读一本好书"征文比赛中，立人小学竟有数十个学子荣获一、二等奖。又过了两年，漳州市举办首届"小学生汉字听写大赛"，立人小学作为一所最年轻的参赛学校，参赛的学生代表队展示了骄人的风采，首先冲出市直学校预赛，又在来自全市各县区强队参加的复赛中胜出，最后获得总决赛二等奖。这一切，凝聚了老师们太多的心血与智慧。

康山校区小学部的创办，标志着立人学校实现了从小学、初中到高中的完整建制。

让教师享受快乐

闽南的冬天历来都是暖融融的，只有冬至到来的时候，风里才有些萧瑟的寒意。漳州风俗，冬至这天要磨糯米搓汤圆，更有在冬至前夕就开始一家人围坐灯下搓汤圆的场景。汤圆搓好后放入熔化的红糖浆中，待其烫熟后浮上来，称为"浮圆仔"。趁热咬上一口，香喷喷、甜滋滋、暖烘烘、软绵绵，一股幸福的温热的滋味就绵长地停留在人们的舌蕾和心头。

入夜时分，后勤处的老师带着食堂的几位精干小伙子，推着配餐车出现在教师公寓楼。他们推车轻轻地行进在楼道内，敲开几位外省来的教师的房门，将一盒新煮的热腾腾的汤圆送到他们手上。然后礼貌地鞠躬说："立人工会祝您冬至节快乐。"

原来，刘碧香的亲戚给她送来很多搓好的汤圆，她想起了谢惠清的爱人李文玉因为患有贫血身体不好，再加上两口子都是高中骨干教师，估计没有时间做汤圆。就打电话让谢惠清来家里拿汤圆去煮了吃，谢惠清电话里说也有亲戚送了汤圆过来，不去拿了。谢惠清还在电话里对刘碧香表达谢意，说李文玉吃了她从漳浦让名医配的中药效果较好，再加上她送的阿胶、鹿茸具有补血作用，这阵子李文玉的身体好多了。

刘碧香挂了电话，又想起外地来的几个单身老师。"每逢佳节倍思亲"，他们怎么过冬至节呢？于是，给工会主席洪建新打电话，安排煮一些汤圆到夜晚时给他们送过去，让离开家乡的他们感受一下漳州"冬至"的节日氛围。洪建新电话里连声说："嫂子考虑得太周到了，要让立人的每一个教师感受到家的温暖，享受到工作的快乐。"于是那些外省来的老师就在冬至节这一天吃上了工会送的热乎乎的汤圆，日子忙碌又充实甜美的滋味就留在了他们的心头。

不止冬至、元宵佳节，在日常生活中，凡是婚事、丧事或老师生病住院，工会都会组织慰问、看望。让立人的每一个教师感受到家的温暖，享受到工作的快乐，是游惠松始终秉持的观点。早在建校之初的"校本培训"活动中，游惠松就说过，人在世上要保证一生快乐的话，必须有一个团体值得他全身心地投入和贡献。这样的团队是注重"人的因素"的团队，使所有成员摒弃了民办学校一般共有的心理障碍，即利益心态、归属心态、忧患心态、打工心态和消磨心态。学校管理者要切实从事业、待遇、情感、环境、管理等方面多为教师考虑，力求建构一个稳定而有为的团队。什么时候都要考虑教师应该是富有朝气与活力的生命个体，让他们成为享受生命、享受快乐、享受教育的阳光教师。

冬至节前，立人学校工会开展了"庆元旦、迎新年"教职工活动，分别举行了教职工卡拉OK赛、传球接力、滚雪球、拔河比赛、自备项目等系列活动。操场上教职工拔河比赛火热开展，洪建新穿梭在各组队员间不断交代注意事项。参赛老师们卸下了平时课堂上的严谨和古板，凑在一起轻松又热烈地商讨最佳战术。哨声响起，交战双方稳扎马步，摆好阵势。一声令下，立刻展开"厮杀"。振奋的场面吸引不少学生纷纷前来，组成"粉丝"队，为各自的"偶像"老师呐喊助威。几位校长也跃跃欲试，下场参与，上下齐心，其乐融融。一时间，掌声和呐喊声震耳欲聋，热烈振奋的气氛驱散了弥漫在冬季操场里的阵阵寒气。

礼堂里，气氛同样热烈，掌声、喝彩声此起彼伏，由教职工组成的参赛选手们轮番登台，一展歌喉。尤其是女教师，一改讲台上的朴素装扮，身着皮短裙，脚蹬长马靴，青春肆意，举手投足间透出十足的明星范。美妙的歌曲在欢声笑语中吟唱，艺术意蕴在这一刻完全得到激发。现场时时爆发出春雷般的掌声，观众享受到了一席精彩的艺术盛宴。最后陶小敏高歌一曲把气氛推到了最高潮。

游惠松也置身其中，感受到了教师的快乐。他默默想，在立人学校这个共业平台上，只有大家的人生价值充分体现了，立人事业才能走向成功。人们真正快乐的来源是作为一个团体的队员且奉献自我，经由超越自己来发挥无限潜能。刘金忠在旁仿佛也知晓游惠松的想法，转身和洪建新及几个工会成员商议，新的一年，学校要积极探索工会活动的组织形式和开展方式，不断打造"家"文化，持续增强教职工幸福感、归属感、成就感。全体教职工也要以"家"为载体，不断树立爱"家"、荣"家"、兴"家"的思想，不忘初心、牢记使命，共同为建设立人"大家"而不断努力。说得大家连连称是。

元旦期间，学校党总支组织全体党员教师到厦门同安影视城、翔安大嶝岛开展"创先争优"实践活动。立人党建工作一向得到上级党委的充分肯定，上级党组织先后多次到立人检查，如省教育工委刘宝和副书记和刘远市长就曾先后带领有关领导前来指导工作，并关心、督促立人学校在条件成熟时成立党委。游惠松也一直把立人党建工作挂在心头，听闻学校党总支开展活动，对党总支书记李坤茂说，既然去了就带着老师们到集美中洲岛去游览一下园博苑，那是教育家陈嘉庚先生的故乡。要让老师们感受一下陈嘉庚艰苦创业、倾资兴学、造福人民的家国情怀。老师们乘着大巴，一路上大家轮流唱歌、讲故事、猜谜语，极为快乐。进入园博苑，在中华教育园北部的"杏林书院"台阶前面，老师们郑重地拉开"漳州立人学校党总支创先争优实践活动"的横幅拍照留念。进入四进围合的庭院式的书院，感受古代士人祭祀、藏书、讲学的文化氛围，眼前晃荡出书院历经千年而弦歌不绝、学脉延绵的空前盛况。站在中洲岛上，放眼望去，水中有山，山外有海，山海相连，海天一色，极目远眺、放飞心情，享受观海的愉悦。返回的时候，大伙儿提议这样的活动应该多搞几次，李坤茂也觉得这样的活动既是对党员教师的一次爱国主义教育，更是一次开阔视野的文化洗礼，尽管时间短暂但意义极为深远，就乐呵呵地答应了。

在第三届田径运动会的开幕式上，学生们惊讶地发现，在运动健儿的入场仪式上，出现了一个特别的代表队，那就是"教职工代表方阵"。他们精神饱满、步伐整齐，伴随着铿锵有力的运动员进行曲，昂首阔步走过主席台，博得了学生们的掌声和喝彩。原来，这次运动会上将有32名教职工和4400多名学生健儿同时参加13个大项目的竞拼比赛。这样的情形，在别校运动会中极为罕见。立人师生兴致盎然、团结合作，在绿茵场上演绎着一幕幕精彩的瞬间，为运动健儿们鼓掌、欢呼和加油的声音此起彼伏。这是一场友谊与比赛的演练，也是竞争与合作的角逐，更是一次生命教育的展示。"我运动，我快乐!"也展示出立人教职员工"健康生活、快乐工作"的理念。

《诚悦立人》出版

2012 年 3 月，福建省民办中小学优质特色教育研讨会在漳州国防大厦召开。其间，与会代表在福建省民办教育协会会长马长冰的带领下来到立人学校参观。

马长冰曾在会议讲话中指出，优质和特色是 21 世纪民办教育存在和发展的价值。所以，与会代表来到立人学校，就想看到"优质"和"特色"。果然，立人学校为各地嘉宾展示了"三个一"工程，即"一项目""一活动"和"一特色"。"一项目"是指学生全面发展"2211"项目，"一活动"是指"学周知周"活动，"一特色"是指校园文化建设特色创建工作。为了加深与会代表对"三个一"工程的印象，刘金忠带领各位嘉宾参观了周恩来生平事迹图片展、立人师生现场书画比赛。晚上七点，又为所有代表献上了一场"大爱立人·十年风华"的主题联欢晚会。参会的各地嘉宾中有部分人物为福建民办教育界的俊彦翘楚，如福州西山学校董事长张文彬、厦门英才学校执行董事王毓泉、石狮中英文学校常务副校长王家超等人，他们驰骋民办教育领域，各以不凡的业绩和辉煌的成就受到教育界人士关注。他们参观立人学校之后，纷纷赞叹，立人教育确实体现了"优质"和"特色"的办学特点。

活动期间，《立人报》小记者还采访了省民办教育协会的马长冰会长。马长冰原为福建省教委副主任，后受聘为教育部国家督学。他从北京大学数学力学系毕业后，在福州市参加工作，历任福州七中副校长、福州五中校长等职，工作期间致力于优化教育教学过程、推进素质教育的科学研究，撰写了大量思考探讨教育教学工作的文章，出版《种树集》《造林集》和《浅见集》等多部书籍。面对《立人报》小记者的采访，马长冰肯定了立人学校"三个一"工程建设中的成就，寄语立人学子勤奋学习、快乐生活、全面发展，成长为社会主义建设合格的接班人。

早在立人初创之际，马长冰就开始关注立人学校。2005 年 5 月，马长冰第一次来到立人学校，和游惠松坐在"红楼"前大榕树下的石桌前泡茶叙话。游惠松向马长冰介绍了立人办学的思路，如搭建"共业平台"，设立"大师—大爱—大楼"的办学新路以及"两年起好步，四年打基础，八年创一流"的发展蓝图等。当时游惠松就谈到了校园文化建设中的"优质"与"特色"问题，他认为只有建构一种与中华优秀传统文化相融合、相适应的富于时代精神的特色文化，一所学校才有"灵魂"，才有绵延不绝的发展动力。当时，游惠松的话语让马长冰产生了深深的共鸣。他坚信，立人肯定是一所了不起的好学校，肯定会发展为一流名校，因为学校创建者是一个有理想、有思想、有见识的教育工作者。果然，七年过去了，立人已发展成有三个校区的教育集团，在校中小学生总数13000多人，教职工1300多人；校园占地面积23万多平方米，建筑面积15万多平方米，基本实现了游惠松当年的办学规划。

在立人的参观活动结束后，马长冰和游惠松再次进行了叙谈。叙谈之际，游惠松拿出了他撰写的一部厚厚的书稿，书名为《诚悦立人》。游惠松说，立人学校走过了不同寻常的十年时光，今年拟举办一个十周年庆祝活动。这部书稿是为十周年庆祝活动而写的，内中汇集了本人十年间在"校本培训"活动中的报告讲话稿以及撰写的一些教育思考文章，望马会长在百忙中抽出时间审阅并提出批评意见，特别希望马会长能为本书写一篇序，以借助"名人光环"来扩大本书及立人学校的文化影响。

马长冰翻开书稿扉页，看到游惠松写在前面的"寄语"："办一所学校并不难，难的是为学校建构一种文化，与中华优秀传统文化相融合、与时代共呼吸的优秀特色文化。尤其难的是为学校注入灵魂，一种体现中华纯正道统的至高无上的灵魂。"马长冰读后会心地笑了，这些内容正是七年前游惠松第一次见他时说过的话。马长冰爽快地答应了为本书作序的请求，他说："立人学校是漳州乃至福建的一面旗帜，做好这方面的宣传工作有利于促进福建民办教育事业的蓬勃发展。"

《诚悦立人》收录了立人学校创建以来在重要时段进行"校本培训"时游惠松撰写的培训报告。这部分文字构成了全书的主题，游惠松将这些文章冠以"立己达人"主题予以收录。此外，本书还收录了伴随着立人发展的阶段里对社会、人文、教育乃至个人命运思考的一组文章，分别是《诚悦立人》《易理应用》《读书遐想》《共业平台》。

马长冰发现，《诚悦立人》是游惠松于立人学校创建早期所写的一篇重要文章。此文史料翔实，推论精确，显示出扎实的文史功底和深厚的理论功夫。全文通过探究中国古代教育的起源、历史沿革及思想嬗变而揭示教育本质问题，游惠松从西周"学在官府""明人伦"而发轫，历数春秋、秦汉、魏晋、隋唐至宋元明清诸教育特征，简述新中国教育史，得出"人类应以'诚'为人生行为之源泉"的结论。在此基础上诠释"源诚形水，厚德载物"的校训思想，从而点明立人学校在德育中开展"学周知周"特色活动的意义，即"周恩来精神与当代青少年思想道德教育高度契合"。文章标题为"诚悦立人"，本书汇编成稿后又用这个标题做了书名，意味着此文是最能体现游惠松"源诚形水，立己达人"教育思想的作品。

《易理应用》记述了立人学校建设过程中从国学典籍出发、考虑选址及规划的一些思考。《读书遐想》讲述了三个故事，游氏先祖、理学家游酢"只恐儿孙不读书"的故事、周恩来总理"为中华之崛起而读书"的故事，最后讲述作者本人少年时"为革命而读书"的故事。三则故事时代不同，出发点不同，但落脚点都是"读书"，目的就是通过"不同时代的读书声，给予后辈学人无尽的启迪"，显示出一代教育家传播读书理念的良苦用心。《共业平台》是 2005 年新年校本培训后，根据报告中的"共识平台""共业平台"等想法进行整合修改而成的文章，后发表于上海人民出版社 2012 年编辑的《中小学教师队伍建设研究》一书。

书稿中收录的游惠松在"校本培训"中的报告讲稿是本书主体部分，占了全书近三分之二的篇幅。从 2005 年春节后的第一次培训报告开始，游惠松撰写了大量的"校本培训"报告文案。特别重要的有《发扬三大精神，实现五化目标》《持经达易，成就立人》《追求卓越，勇创一流》《非凡立人，非凡之路》《和谐积极，春色满园》五篇文章。这些文章是在立人创建最重要时段里游惠松撰写的指导立人"破冰"前行的报告理论，报告立足当时立人发展的现实背景，内容中充满了回忆、追述、现状、成就、不足及反思。这些文字带有熟稔的时代生活的印迹，反映作者十年间创建立人的坎坷经历及心路历程，渗透着作者面对困难时百折不回、坚韧不拔的精神意志。从中可以感知游惠松及他的追随者在"山重水复疑无路"的窘境中的忧郁和徘徊，在"柳暗花明又一村"的局面中的欣喜与憧憬，个中艰辛曲折，令人唏嘘感叹。通览文稿，可以了解立人教育的文化建设由本到末、由源到水的必然过程。马长冰在"序"中说："这本书浓缩了立人的发展史，折射了他的教育理想。读完作者在各时期的报告，我看到了他克服了外人难以想象的困难，以令人佩服的创造精神和开拓精神打造了一所具有现代化教育特色的民办学校。书中字里行间传递出的教育指导思想、办学理念更是会令关心民办教育的人们感悟良多。"

一年后，《诚悦立人》由人民出版社顺利出版，成为见证立人教育集团发展历程的一本理论著作。

为迎接十周年校庆的到来，校委会还编纂了一部汇集教师演讲稿及师生文学作品的文集，名为《印象立人》。该书主编是吴天炳，他将立人师生的这部作品分为"流金岁月""深情回首""情满校园""飞鸿传情""大鸾翔宇""倾情奉献"六个篇章。刘金忠在"前言"中发出感慨："在这里，每天都有感人的故事在发生。在这里，每年都有瑰丽的奇迹在创造。十年来，我们可爱的学子用手中的笔记录了身边的点滴感动，抒写了心中的细腻感怀。十年来，我们可敬的校友飞鸿传书，用特别的方式寄托对母校的感恩与感谢。十年来，我们可贵的教师以勇毅笃行的敬业精神，诠释着'大师'与'大爱'的崇高品质。今天，我们将十年来立人学友、校友、师友的'心声'收编整理，汇聚为《印象立人》。以此重温立人十年岁月里走过的伟大征程，进一步激发'立人'人的自豪感和归属感，奋力再创属于立人的新的辉煌。"

十周年庆典

听闻立人学校在筹办十周年大型庆典活动的消息，《闽南日报》的两位记者来到学校采访游惠松。

出乎他们意料的是，大名鼎鼎的游惠松看起来朴素又随和。聊起十年前为什么要创办立人学校时，爽朗谈笑着的游惠松陷入了对过去岁月的回忆，他放慢语速，一字一顿地说：为了让更多的孩子有书可读！从 2001 年开始走上兴办立人的征程，"那个时候，我就告诉自己，我要创办一所自己的学校"。记者不禁问道："办校之前想到过会有这么多的困难和委屈吗？""想过，知道会很累，但没有想到会这么累，如果早知这么累，我可能会退却。"游惠松坦诚地说。

"说到底，是一种创建事业的激情在鼓动着自己。教育是让人们无怨无悔地投入且值得回味的一项文化事业。我办过工厂和公司，整天面对冷冰冰的机器感觉不到收获的快乐。可以说，办学校就是缘于根深蒂固的一种教育情结，感觉教育才是充满温情、充满人性、可以播撒阳光的事业，值得人们倾情付出。"游惠松话语间神色转为严肃，此时几缕阳光恰从窗外斜照进来，为他的面部轮廓弥上几道庄严神圣的晖光。

2012 年 12 月 9 日，立人运动场上彩旗飘扬，锣鼓喧天。远远看去，行健馆檐顶的一排灰瓦在蓝天下呈波浪状优美起伏，恰如此刻立人师生涌动不息的心潮。馆内人潮涌动，欢声笑语，四方宾客聚集在这里准备举行建校十周年庆祝大会。

立人学校的老朋友、全国政协原副秘书长、周恩来思想生平研究会顾问、周恩来邓颖超研究中心顾问赵炜，周恩来总理侄女、周恩来邓颖超研究中心顾问、原新华社副社长周秉德，中央警卫局原副局长、周恩来思想生平研究会顾问、周恩来邓颖超研究中心顾问高振普，武警指挥学院原副院长、周恩来思想生平研究会副会长、周恩来邓颖超研究中心顾问纪东前来祝贺。此外，全国人大常委会委员、中国教育国际交流协会会长、国家总督学、原国家教委副主任柳斌，省人大教科文卫主任王豫生，原福建省教育厅副厅长、现福建省民办教育协会会长马长冰，中共中央文献研究室原室务委员、周恩来思想生平研究会会长、周恩来邓颖超研究中心主任廖心文，还有漳州市的老领导张全金、黄长茂、易百禄、曹盛文、李天森、黄琼霞、王秀花等人前来出席庆祝大会。

行健馆边新设的贵宾签到处，一时成了最热闹的地方。嘉宾一到，游惠松、刘碧香、张国生、刘金忠、王凯支等纷纷迎上前来，热情地和他们握手、拥抱。

刘碧香今日特意换了一条深蓝色西装长裙，精心系上一条紫红玫瑰四方纱巾，襟前别了一朵在微风中摇摇颤颤的同色系绿叶衬领花，谈笑晏晏，风姿动人。在初冬的暖阳中显得分外高雅大方。一向喜穿中式衣服的游惠松今天也郑重其事穿上了深蓝色西装，打上了紫红色领带。

游惠松陪同几位贵宾签到后缓步走入馆内，一边走一边向嘉宾介绍新建的体育馆，馆名出自《易经》之"天行健，君子以自强不息"，面积达4000多平方米，现为立人学校重要的会议场馆。赵炜秘书长四处端详，连连惊叹，去年来的时候这个礼堂正在筹建，没想到一年后就建好了。更没想到的是，去年看过的很多工地今年已变成整齐的楼房。尤其是那个周恩来纪念塔，没想到建造得非常漂亮……赵炜一连串的"没想到"把大家都逗笑了，气氛轻松而又热烈。

行健馆的主席台的屏幕上打着"立人十载 春华秋实"八个红色大字，会场里座无虚席。在全体师生的殷切期待中，刘金忠同样身穿蓝色西装打着蓝色领带在发言席上隆重宣布：立人学校十年校庆典礼现在开始！请全体起立，奏国歌！国歌声后，游惠松稳步上了台，环顾所有的来宾、朋友和立人师生，开口致辞：

> 在万众瞩目的党的十八大胜利召开的大喜日子里，我们迎来了漳州立人学校建校暨"周恩来班"创建十周年的庆典活动。今天，高朋胜友，云集校园，我怀着无比喜悦的心情，代表立人教育集团董事会，对各位领导、嘉宾、校友、家长的光临，表示热烈的欢迎和崇高的敬意，向全体师生表示诚挚的问候，向长期以来关心和支持立人事业发展的各界朋友表示衷心的感谢！

掌声热烈地响起又落下，全场肃穆。游惠松十周年庆典会议上的讲话，引发了人们甜蜜抑或苦涩的回忆。张国生想起初到立人时看到的只有几间破房子的简陋，刘金忠、吴两和、王凯支想起当年抛下"公职"来到立人背水一战的决绝，王学文、谢惠清想起当年招生时走遍乡村山区的艰辛。凡此种种，感慨万千。有人说，当你感觉很累的时候要欣慰，因为你在走上坡路。对于游惠松而言，这一截上坡路也太过漫长了，他整整走了十年。十年间从未停歇过探索立人发展的步履，学校一路跋涉的历程，承载着数万名师生员工的梦想与追求。岁月能改变山河的形状，季节能改变人们的容颜，对于游惠松来说，唯一不变的就是一种坚定的信念。

刘碧香看着满堂济济的行健馆，心中涌上一丝自豪感。当年和游惠松在乡镇、县城两地分居时，游惠松有时要搭便车回县城，别人都称他为"刘副镇长"爱人，那时刘碧香就想游惠松有才华，有能力，一生不应当只止于当一名普通教师，教育方面的能力应该得到更大的施展，于是刘碧香全力支持游惠松办学。十年来相互扶持，共同创业，终于有了今天的成就。刘碧香理理襟前的领花，再看看台上的游惠松，昨晚帮他找出的紫红色领带和自己的紫红纱巾现在看来的确搭配和谐。不觉心里有了一份小喜悦，忍不住嘴角翘起偷偷笑了。

行健馆内回荡着游惠松缓慢又坚定的话语："今天，我们真切地触摸立人十年，共同完成对历史弦歌的追寻，一起献上浓墨重彩的一笔。明天，立人承载许多新的希冀与梦想，新的困难与机遇，新的责任与担当！"听到这样的话语，所有的立人成员心头也是一振。是啊，光阴会一点一点地堆积成季节，勤劳会一点一点地堆积成事业，经历会一点一点地堆积成人生。只要有坚定的信仰，季节就不会枯萎，事业就不会单薄，就会成就无悔无憾的人生。立人教育不同寻常的十年发展历程，正是以游惠松为代表的一代开拓者高瞻远瞩、不畏劳苦、坚忍奋斗的结果。十年风雨兼程，艰苦创业已成昨日；未来的十年，历史将叩问立人在新的起点上，如何谱写新的华章？生活、学习、工作仍将继续，立人的路还将很长很长。

会后，举行了立人学校基础设施落成剪彩仪式。这是立人建校十年来一件具有意义的大事和盛事。翔宇楼外的大操场上，人马早已整装待发。游惠松致辞结束后，礼炮响起，长龙齐舞，五颜六色的气球放飞蓝天。众人齐声欢呼，立人校园瞬间成了欢乐的海洋。

是夜，一台隆重精彩的十年校庆文艺晚会在行健馆举办，晚会开始之际，展示学校风采和十年发展成就的校情宣传片视频呈现了学校的繁荣发展和青春活力，令人自豪、催人奋进。随后优美动听的民族器乐伴奏和演唱，激情十足的现代舞蹈，慷慨激昂的诗朗诵逐一登场，五彩缤纷，欢乐喜庆。台下的刘碧香想起和游惠松十年来走过的艰辛的这一路，想起儿子游嘉程曾当众夸奖说，母亲的性格非常坚韧，什么困难都努力扛下来，渡过了一道道难关。不由得心潮起伏，湿了眼眶。

刘碧香悄然起身，走出礼堂，来到大操场。远处高高矗立的立人楼上，金色璀璨的"立人"两字在群星闪烁的暗黢的夜空中分外耀眼。刘碧香在心里暗想：夜空中有一颗坚强的星，那就是立人之星。她坚信，有全体教职工的共同努力，立人学校一定会越办越好，一定会绽放更加华美的光芒。

让爱唤醒心中的巨人

立人学校举办十周年庆典活动的那一年，市文学艺术院作家朱向青还在市区一所中学当老师。有一天，门房师傅叫住她，交给她一封校外的来信，信上写道：

敬爱的朱老师：

收到这封信，您一定很惊奇吧？您肯定没想到我这个在初中最调皮捣蛋的学生会给您写信吧？一年多没见面了，怪想您的。听说您现在到分校教高二，一定很辛苦吧？您现在的学生有我们以前四个那么调皮吗？我想他们一定没有我们当时那么可爱，哈哈。我现在就读于漳州立人学校，这里的物理和化学实验设备可以算是全市最好的，老师也都很好。您有空可过来走走看看，去年我们学校的校长就有来参观过呢。回头想想也真是后悔，当初要是听您的教诲，就不用浪费一年的时间，那时真是傻。不过您放心，来到立人，我一定会重新开始拼搏的，我们游董说，己立立人嘛。在此向您拜个早年，祝新年快乐、工作顺利、身体健康！

您的学生吴昊敬上

2012 年 12 月 20 日

朱向青读完信后，微微笑了。原来是吴昊同学寄来的。她不由得回想起调皮的吴昊和他的那三个哥们儿，当时他们号称班级"四大天王"。那时候"四大天王"在课堂上大出洋相，让课任老师头疼不已。每隔几天，就有老师找自己告状。这封来信，让朱向青想起这几个"活宝"曾令她又气又笑的往事。细看手里的信封，正面背景是一幅立人学校南门图，绿树掩映下，大门西边围墙上一行白底红字醒目地书写着"敬业乐群、弘毅拓新"八个大字，背面是学校简介。在立人成长，从立人走出，成为国家栋梁之材，这是多么美好的愿望。朱向青心里暗想，这一所建在城北小坑头村的民办学校是一所什么样的学校呢，竟让当年的调皮捣蛋鬼变了模样？她在心里默默祝福：吴昊同学，希望你在立人，再走过三年，走出属于你的不一样的人生轨迹。

后来，朱向青调入市文学艺术院，在好奇心驱使下去参观了立人学校。走进立人，静对高大的周总理铜像，心内油然升腾一缕敬仰之情。"学伟人精神，立伟人之志"是立人学子自觉的价值取向。朱向青发现立人的德育教育很有特点，让学生学会感恩，感恩家长，感恩老师，感恩社会，是德育工作的常态化的活动。大道立人，厚德载物，有如一眼泉源汩汩流淌。立人真是一所能让调皮捣蛋学生脱胎换骨重又"站立"起来的学校。

校园里，朱向青还遇到衣着朴素的游惠松。两个人叙谈之际，从他们身边走过的学生都微笑着鞠躬问好。朱向青说，立人的孩子真是特别有礼貌啊。游惠松说："我也常听许多从立人毕业的学生和家长们谈起立人，首先感谢的是立人教会了他们成为一名身心健康、勇于担当、懂得感恩的人。立国当先立家，立家当须立人。从教育的角度来看，'人'字的一撇当为'生'，那一捺当为'师'。立人的宗旨就是先'生'而后'师'，'生'与'师'相互依存，不可偏废。学生依靠教师而成长，感恩老师应为美德。教师教育学生为奉献，博学大爱为立人圭臬。"这一番新奇的解说，让朱向青觉得游惠松也是一位具有博学大爱精神的教育家。

立人的副校长胡明南接受了朱向青采访，谈到吴昊同学的来信时，胡明南说："感恩教育是立人学校为培植学生健康成长且构建大德育体系的一项活动，包括给老师写一封'感恩书信'就是具体活动之一。当时，有学生在老师毫不知情的状态下走上讲台，声情并茂地朗读写给老师的感谢信，任课老师很受感动。"

有些孩子毕业离开立人后，还将"感恩老师"的书信寄到母校。信中说，立人的老师比学生还有个性，比如"谦虚细致的刘老师""严谨求实的胡老师""豁达威严的王老师""平易近人的游老师""乐观风趣的卢老师""温文尔雅的小庄老师"，还有"一丝不苟的老庄老师"等，他们百家争鸣，各具特色。但他们又有一个共性，那就是知识渊博，爱心满满。

张国生也收到了学生寄来的一张明信片，右上角贴着一枚印着一棵枝繁叶茂、硕果累累的大树图案邮票，正中间，端正地用钢笔写下这样一段话：

敬爱的张校长：

无尽的感谢道不出心中对您的恩情。没有您，就没有我的今天！忘不了立人建校初期您忙碌的身影，忘不了您对我们这些穷困孩子的关怀之情。祝您身体健康，事事如意！

落款是"首届周恩来班学生张金溪寄"，张金溪是立人首届"周恩来班"的学生。当年学校向贫困生张金溪伸出橄榄枝，让他有幸进入"周恩来班"，接受最好的教育，有幸结识一批最为和蔼可亲的老师，有幸拥有一群情同手足的同学。张金溪已于福州大学水利水电工程专业毕业，进入浙江电力有限公司工作。至今想起立人学校的老校长、谢惠清等老师对他的关怀及鼓励，犹自感激不已。

"感恩老师"的文化传统，成为激发老师更加热爱教育工作的内生动力。学校党总支副书记李坤茂犹记得，数年前叶锦元刚送走一届初三学子，学校德育处让他接任新一届的初三班主任工作。当时妻子已经怀孕，分娩期就在秋季学期。由于双方父母都有工作，又远在老家，没法过来帮忙。如果继续带毕业班，那谁来照顾妻子和孩子？德育处老师说，这个初三（16）班的原班主任要离职进修，领导认为你是优秀班主任，接这个班会保证本班学生的高考成绩。叶锦元一咬牙，就再次接替了毕业班的班主任工作。

新学期开学刚一月，妻子如期临盆为他诞下一个女儿。次日，忙碌了一夜的叶锦元带着一身疲惫去给同学们上课。一进教室见到黑板上写着："老爸，恭喜你当上父亲了。祝小小叶快快长大。"一瞬间，他的眼眶湿润了。这一帮小崽子知道他去医院照料临产的妻子，还亲昵地称呼自己为"老爸"，给予"小小叶"兄弟姐妹般的祝福，看来真是"一家人"呢。一夜没睡的叶锦元完全忘了疲倦，充满激情地完成了全部的教学内容。孩子满月之后，叶锦元征得妻子同意，让妻子带着孩子住到娘家。而他背负着"抛妻弃女"的骂名，坚持在学校忘我工作，将所有对孩子的思念全部化成对初三（16）班全体学生的爱。学生感恩老师，老师爱生如子，"感恩老师"的文化传统化为一曲曲动人的爱的歌曲。

2013年4月，立人邀请全国著名的励志演说家曾小勇在行健馆做了以"让爱唤醒心中的巨人"为主题的教育演讲会。曾小勇首先动情地讲述了自己的人生经历，他的坚韧、勇毅、自信、图强和充满感恩的心灵震撼了每一位师生和家长。在轻柔舒缓的音乐声中，曾小勇以心灵对话的方式，引领在场的同学回忆往事，重温过去，相信自己，感恩父母、感恩老师。报告会上的几个互动环节一次次将演讲现场气氛推向高潮。在长达三小时的演讲会中，会场掌声不断，泪水涟涟，拥抱成片。演讲会让同学们增强了感恩意识，激发了学习动力，树立了自信，也在父母和孩子、老师和学生之间搭建了沟通的桥梁。

立人学校还在感恩教育中推出了"一封家书"活动，号召同学们提笔给爸爸妈妈及家乡亲人写一封信，表达对他们的感恩和思念。于是，一只只"鸿雁"翩然飞往千家万户，一封封家书踏上归家的感恩之路。这些朴实而温馨、含蓄却煽情的"家书"，温暖着远方家乡的父母和亲人。很多同学说，这是第一次给父母写信，开始有些无从提笔、感觉难为情，但渐渐地浓浓亲情便在字里行间流露出来，说出了很多在电话和短信里说不出的话。家长们读着"一封家书"，连声夸奖，立人让我们的孩子长大了，懂事了。

"小棉袄"感恩活动继续推行，为爸爸妈妈泡杯茶，给爷爷奶奶洗洗脚，和至亲长辈聊聊天等。行孝当及时啊，这一系列活动让刘金忠也受到触动。他想，习近平总书记说中华民族传统美德概括起来就是"孝""仁""勤""忠"四个字。四字之中"孝"就是孝敬父母、尊重长辈，这是最基础、最起码的美德要求。他不由想起老家南靖的九十多岁的父母亲，想起年前回去爽朗忠厚的父亲跟自己像兄弟俩一样头碰头喝了个痛快，满头白发的母亲难得和儿子合照有些难为情却满脸开心的情形，想起当初父母亲最终理解支持自己来到立人艰苦创业的往事，不觉湿了眼眶，赶紧拿出手机，拨通了家里的电话。

立人斯特合作学校成立

2013 年 10 月，立人学校的校园里来了一位金发碧眼的老外。翔宇楼的大屏幕上滚动播放着一条欢迎标语："热烈欢迎美国缅因州米利诺基特学区督学肯·史密斯先生莅临我校访问。"

早在一年前，立人学校就与美国缅因州斯特恩斯高中签署合作办学的协议，创办了斯特中美合作校。斯特恩斯高中位于缅因州的一个名为米利诺基特的小镇，为了保证当地学校和境外合作校的办学质量，依照美国法律当地督学肯·史密斯先生来到立人访问并了解办学情况。刘金忠带着他标志性的憨厚诚恳的笑容，引领肯·史密斯先生一路参观校园。肯·史密斯先生在立人楼、达人楼、恩来塔前留恋拍照，经过生物实验室还进去认真地摆弄起显微镜，动手实验起来。

立人斯特合作学校的成立，显示出游惠松的远见博识。

数年前，游惠松就提出了"放眼世界，引领未来"的办学理念。通过欧美之行的教育考察，他高瞻远瞩，审时度势，萌生了创办中美国际合作学校的设想。在游惠松看来，立人教育要立足全球教育视野，通过国际间合作办学，建立海外留学的直通车，为立人学子提供全方位的多元就学机会。在国际合作校中就读的学生可以拿到国内和美国高中毕业证书，提早适应美国学校和社会并申请就读美国优秀大学。在校董会上，游惠松指出，立人学子应该具有国际意识，提高国际交往能力。若能进入世界顶尖大学，就会圆了更多学生和家长们的梦想。

经过几番海外教育考察后，决定与美国斯特恩斯高中合作办学，创办漳州立人斯特合作学校。经过几番磋商，一年前，立人学校与美国缅因州公立斯特恩斯高中达成合作办学框架协议。当时，漳州正兴学校已经申报成立了中澳高中合作学校，漳州一中也成立了中英双语特色班。在此情形下，立人学校再度申请成立中外合作办学机构的困难很大。但游惠松说，立人虽然没有占领国际化办学的先机优势，但我们要和拥有国际名校数量最多的美国合作，甚至要培养拥有中国高中和美国高中的双学籍学生。当然，这样的办学模式要经过教育部的备案审批方可实现。虽然困难重重，我们也要迎难而上，立人教育的国际化是拓宽学校发展渠道的重大举措，如果瞻前顾后，犹豫不定，越往后推困难越大。

经过张顺林等老师对国内国际合作校的考察调研，多方联动，十周年校庆筹办之际，游惠松敦促刘金忠启动了学校的申报工作，终于 2013 年 2 月经福建省教育厅批准，正式设立漳州立人斯特合作学校。当时，立人斯特合作学校是福建省唯一一所通过教育部办学许可核定的中外合作办学机构。立人学校校长刘金忠兼立人斯特合作学校校长，张顺林任执行校长。不久，游嘉程在美国西顿大学获工商管理硕士学位，学成而归。他从小深受父亲办学理念影响，兼之融汇中西思维，注重实践且拥有丰富的跨国文化阅历，义不容辞负责起立人斯特合作学校理事会全面工作，成为漳州立人斯特合作学校年轻有为的理事长。

2013 年 9 月，立人斯特合作学校领航班的 15 名学生成功注册了美国斯特恩斯高中的学籍，成为拥有中国高中和美国高中双学籍的学生，为考取美国的大学走出了坚实的第一步。翌年又招收国外留学班和国内普高班共三个班，学校呈现蓬勃发展的局面。见证了学校从无到有、从小到大全过程的张顺林感慨说，第二年能大胆创新，开辟国内方向，顶着师资选配困难和招生各方面层层压力，迎难而上，不得不让人们都佩服游惠松的远见博识和智慧决策。

为了增加教学资源，提高教学质量和水平，学校斥重资建立起与美国高中共享资源的远程教育平台，实现了网络视频会议、VOD 点播、网上课堂三个模块。同学们对这种便利又先进的教学方式都非常好奇，看到披着一头金黄色卷发的美国女教师既在万里之外又在眼前，笑着和大家说"hello"，大家也纷纷say "hello"，一时课堂上问好之声不绝于耳。

但是，孩子们更喜欢美国教师面对面的教学。外教德博拉原汁原味的英语课堂让学生从 26 个字母、48 个国际音标、八大基本语法及简单日常英语口语开始，轻松突破开口障碍，掌握较标准的语音、语调及基础语法，运用实用句子进行较简单生活对话。活泼的德博拉老师上课很有激情，表情丰富，甚至是有点夸张。课堂上又说、又唱、又跳，来回走动于讲台、黑板、学生中间。同学们也不再拘泥于课堂，在老师的调动下兴致高涨。德博拉还常运用一些游戏帮助教学，前半节课讲解与手工有关的课文，后半节课教同学们动手剪"雪花"。学生们认真细致地完成自己的作品，每幅作品形状各异，形象生动。大家边动手边学英语，敢开口、爱开口，渐渐克服了中英文语言的习惯差异，越说越流利。张顺林忍不住竖起大拇指，夸德博拉教得好，不但给学生带来了学好英语的契机，也给中国老师们带来了不少先进、科学的教学方法。

立人斯特学校已拥有一支优秀均衡的教师团队，也常聘请专家学者来校传经送宝。北京出国事务专家沈老师专程来到立人，为学生授课5天。沈老师结合近年来中国学生出国发展情况，从国内外教育体制、专业设置等方面的差异性以及外语水平等方面，分析了目前立人学生出国（境）各种因素，并强调学校应进一步加大工作力度，拓展项目国家和类型，打破瓶颈，为同学们创造更多出国学习和交流的机会。沈老师还结合自身经验，鼓励同学们要充分利用出国（境）留学的宝贵机会充实自我、实践游学、回报祖国。

人们发现，立人中美合作校引进优质的国外教育资源，在师资、教材和课程设置方面与国外教育资源紧密接轨，有利于学生接受中西方文化教育。学校注重学生的语言本质和口语练习，部分课程施行双语教育，为想要出国留学的学生提供了快捷的途径。为了促进学生全面发展，学校特意组织全体师生前往福建杨梅第一大镇龙海市浮宫帮助农民采摘杨梅，组织学生和老师一起去漳州市福利院做义工，开展"敬老爱劳献爱心"感恩主题实践活动。游惠松深为赞许，说斯特学校的学生家庭较为富裕，但勤俭节约、艰苦奋斗对他们同样是必需的。作为教育者的我们理应把他们教育好，我们应在活动课程、德育课程和生活课程上多下功夫，以切实加强劳动教育、勤俭节约教育、艰苦奋斗教育，逐步把他们培养成生活、工作的强者。

斯特国际合作校的师生成了立人学校的一道新的风景线。迎新晚会上，外教EnDi老师带领中美学子演唱了一首悦耳动听、节奏轻快的英文歌曲。舞台上，学生们且歌且舞，朝气蓬勃，青春靓丽，精彩的表演获得了全场阵阵掌声。

"思齐"校本课程

在创建斯特中美合作学校的过程中，游惠松曾出访欧美等国考察教育现状。这次考察让游惠松开了眼界，长了见识，为创办国际合作校积累了非常好的借鉴经验，也使游惠松萌生了开发立人"校本课程"的念头。

游惠松发现，国外基础教育学校可以自由选择适合本地区或本校的课程，有很多学校开发形成了富有特色的"校本课程"。数年前,游惠松在立人学校"新课改"培训时读了一遍《基础教育课程改革纲要》。《纲要》指出,基础教育将实行国家、地方、学校三级课程管理。按照新课程计划,学校和地方课程占总课时数的10%至12%。这就意味着学校课程将由国家课程、地方课程和学校课程三部分组成,并颁发了与之相配套的《地方和学校课程开发指南》。教育专家将地方和学校课程称为"校本课程",课程设置权限完全由地方和学校负责。这一决策的实施,将会改变"校校同课程、师师同教案、生生同书本"的局面。福建省被教育部定为第三批"新课标"地区,新高考已经开始实施,但从没听说过哪个学校开发了自己的"校本课程"。

游惠松明白,"校本课程"开发的困境来源于国内教育整齐划一的办学特点。诸多教育管理者根本没有开拓性和创新性的办学意识,毫无特色,形成了"千校一面"的教育现状。游惠松在十周年校庆"答记者问"时曾说:"要还教育一个本来的面目,给受众一个完整的教育体系,这是我一直努力的方向。"他认为,每所学校都要有自己的独特个性,要有"接地气"的校本文化禀赋,这样的教育才能培养出"面向未来"的多样化人才。立人学校因创建"周恩来班"而催生"学周知周""国学教育""德育教育"等别具特色的活动,积淀了丰厚的教育管理和教学资源,具备了创建"校本课程"的条件。

创建"校本课程"设想,得到立人教育董事会成员的响应。大家认为,设置"校本课程"的关键是要编纂一套适合立人学校特色的"校本教材",决定由立人学校校务会安排落实校本教材的编纂工作。刘金忠立即召开校务会,安排立人副校长王樑为校本教材编纂组组长,德育主任徐海港为副组长,组织学校骨干教师开启校本教材的编纂工作。一周后,刘金忠向游惠松汇报,校本教材编纂组已经组建,成员为有编纂经验的高中语文教师,由徐海港、陈德兴、赖旺炉、王春煌、方春林、程晖等组成,编纂工作已经启动。刘金忠说:"王樑和徐海港认为校本教材的名称暂定为《立人》,董事长考虑一下这个名称是否得当。"

游惠松说:"称为《立人》也可以,但显得笼统而无特点。《论语》中有'见贤思齐焉,见不贤而内自省也'的话语。'见贤思齐'的意思是见到德才兼备的人就要向他看齐,这不正是立人'大爱诚徵,见贤思齐'的德育理念吗?学校校本教材就以此为题,称为《思齐》。"刘金忠说:"校本教材旨在让全体师生系统全面了解中华传统美德和周恩来精神,以伟人品德为标本,对照检查自己,不断提高自身德育修养。称为《思齐》好,立意高远,含意新鲜。"

一年后,编纂小组编出了《思齐》校本教材的初稿,小学高年级使用的

《思齐》为上下各一册，初中七年级至九年级使用的《思齐》各一册。高中部高一、高二使用的《思齐》各一册。包括"谦逊礼让""孝亲尊长""知恩图报""道德自律""仁爱互助""宽以待人""勤敏乐学"和"勇于担当"等章节内容。结合《基础教育课程改革纲要》和学校教育现状，《思齐》校本课程的总课时数为24课时，初中在三个年段各设8个课时，高一和高二两个年段每学期设6个课时。各年段每月完成1至2个课时学习任务。游惠松看着溢着油墨清香的《思齐》初稿，极为高兴。他花了两天时间，将《思齐》初稿亲自审订了一遍，并欣然为《思齐》教材作序。

这个阶段，前国家女排主教练、福建省体育局副局长陈忠和让秘书联系立人学校，说女排雅典奥运冠军队员冯坤、宋妮娜、杨昊、张平、赵蕊蕊、陈静、张越红、刘亚男、张娜、李珊、王丽娜等一行20多人要来参观立人学校。原来，国家女排最早的训练基地就设在漳州，陈忠和邀请她们来漳州过一个"住娘家"活动。队员之中的张娜现为周恩来母校天津南开中学的副校长，听闻漳州立人学校设有"周恩来班"，就想过来看一下。这些巾帼英雄在国家体育总局训练局局长徐利和陈忠和的陪同下来到立人学校。

徐利、陈忠和、张娜等人在游惠松、刘金忠的陪同下参观了立人校园。张娜发现，立人校园里具有以周恩来名字命名的广场及学校各大建筑物，教学楼、实验楼、图书馆等地随处悬挂着周恩来巨幅画像，每个办公室里都摆放周恩来陶瓷雕像。进入班级，发现所有学生都佩戴"周恩来班"徽章，感到既熟悉又亲切。张娜看到《思齐》校本教材，连声说里面选录的周恩来的故事太好了。南开中学现在开发了"校园文学与文学课堂"的校本教材，还没有开发与伟人周恩来相关内容的教材。立人学校的做法太好了，她返回学校后要建议南开中学和立人学校联合编纂《思齐》教材。

不久，周总理特型演员曹志颖也来到了立人，为高一、高二年段全体师生做了"周恩来精神"专题报告会。曹志颖在报告中称，为了"演总理学总理"，他每年要做三件善事：义务献血、为西部捐建母亲水窖、为希望小学捐款。结合自己表演周总理的经历，要求立人学子永远不忘开国领袖和老一辈革命家的光荣事迹，一定要继承老一代革命遗志，将红色文化发扬光大。报告结束后，游惠松要求《思齐》编纂小组将曹志颖的报告内容也整合到教材之中。

《思齐》校本教材是一部体现立人教育特色的独创性教材，是立人教育科研工作中诞生的一大文化成果。但是，有了校本教材，并不意味着"校本课程"就能推广。如何使用教材及如何开展"校本课程"，成了立人教师面对的课题。

在"校本课程"开展及教材使用研讨会上，德育副校长徐海港认为，《思齐》校本课程不能"纸上谈兵",要以教材为载体通过形式多样的活动,把中华传统美德与学生的学习生活、为人处世结合起来,在潜移默化中使学生受到熏陶教育。德育处主任陈小辉指出,要将《思齐》校本课程和学习课程相结合,还要安排"体验课程",即利用课余时间设计 1 至 2 个体验活动,比如"读后感"征文、演讲赛、辩论赛等,以小组、班级、年段为单位开展,突出课程进行的实效性,在"体验课程"中加深对传统美德的理解和体会。

2014 年 10 月,高二(14)班在翔宇楼报告厅展示了一堂精彩的《思齐》校本教材体验课,高中部各年段段长和全体班主任到场观摩学习。课程主题是"遵纪守法",两位学生主持人首先让全体成员观看一段法制视频,在直观认识的基础上引出《思齐》教材里的小故事,让学生们思考并展开讨论。体验课堂上,同学们展示了自编自导自演的小品《值日生日记》,精彩的表演赢得观摩老师的阵阵掌声。最后,班长走上讲台,带领全班同学进行"遵纪守法"的宣誓活动,将体验课堂的气氛推向高潮。班主任李如贵老师和德育处张万裘副主任对同学们的精彩表现给予肯定和赞扬,希望同学们通过本次活动,争做遵纪守法的立人学子,争做合格的社会公民。校本课堂充分遵循《思齐》教材"进得去"的方法,体现浓郁的生活气息和实践特征。

在德育处主任的带动组织下,初中部各班级也举行了以"勤敏乐业""谦恭礼让"为主题的《思齐》校本教材主题班会课。班会课包含了读名言、听故事、赏歌曲、谈感受等丰富的内容和环节,如以周恩来勤敏乐业的一生和当代勤敏乐业代表人物的先进事例,以及周恩来为后人留下"谦恭礼让"的美好典范等为学生们展示了一堂生动的德育课,号召学生"见贤思齐",向伟人和身边道德榜样学习。

《思齐》教学活动如火如荼地展开,学校以此为契机,把宣传周恩来精神常态化,强化了"大力弘扬恩来精神,精心铸就立校树人之魂"办学特色。

除了《思齐》校本教程,"每日一语"经典诵读也在校园内悄然展开。"敏而好学,不耻下问""玉不琢,不成器;人不学,不知道""业精于勤,荒于嬉;行成于思,毁于随"……一天一句,如春风化雨,滋润着立人学子们的心田。不仅拓宽了知识面,还可以让同学们学以致用,在言谈、写作中出口成章,信手拈来。

"素质教育和应试教育不应是对立的。"游惠松深有感慨,在立人学校,教学目标很清楚,第一个是身心健康,第二个是美德养成,第三个是学业进步。过程远比结果重要,比起成绩,立人学校更加关心孩子的成长。在教育过程中,巧妙地把提高学生的素养融入教学中,"让文明礼仪成为一种习惯,以传统美德文化为抓手,培养学生的综合素养,是我这个董事长该做的事情。"游惠松说。

第 8 章
合心力，看思齐正道，誉满人间

似乎是电视剧《高考万花筒》的首播给立人学子带来了好运，似乎是观剧主题班会上的豪情逸气激发了莘莘学子的拼搏勇气，似乎是余云的励志演讲点亮了立人学子的梦想。2015 年高考，立人学子"一战成名"。"两清华五北大"成绩，在全市引起巨大轰动。继而，北京大学教育学院发来贺信，对立人高考取得优异成绩表示热烈祝贺，感谢立人为全国各高校输送了众多优秀学生，为国家发展和民族进步做出了重大贡献。立人教育的口碑，在漳州大地传得更加响亮……

心灵驿站

秋天的校园，仍是一幅欣然蓬勃的景象。体育场上永远跳跃奔跑着一群不知疲倦的男生，远远传来他们在足球场上发出的吼叫声。一边的植物园树木葱茏，有三三两两的学子在那里读书和休憩。正是木棉花带着绒毛的种子飘落的时候，有几个调皮的女生捧着双手在草地上晃动嬉闹，她们正在下面追接着飘落的种子。有同学接到了，用嘴吹到另一个同学的脖子里。那同学佯怒追打，两人一起向立人楼跑去，草地上抛下一串银铃般的笑声。

从学校南门进入，有一棵高大的榕树。榕树下是一排红砖砌成的房屋，那是学校初创时游惠松办公待客的"红楼"。现在，这里是学校的心理辅导室。红楼正面白色拱顶下有一道古朴的木门，上面写着"心灵驿站"四个字，中间还挂着一个淡蓝色的心形图案。门前有一个标志性的塔井，有几个女生安静地坐在门口石桌椅上惬意地絮话。在她们的脚下，有几片树叶在风里翻着卷儿轻轻滚动。

正是休息日的下午，胡诗颖却小跑似的从南门进来。天还是有些热，她虽然打着伞但眼镜下面秀气的鼻梁上还是沁出了细密的汗珠儿。几个女同学不禁面露惊讶之色，胡老师这样急匆匆赶来干什么呢？胡诗颖似乎没有注意到女同学的神色，快步迈过红白相间的瓷砖地面，打开"心灵驿站"的木门，走了进去。

原来，胡诗颖接到一个高三女生的电话，说自己今天情绪很糟糕，甚至不想活了。胡诗颖电话里对她进行温言相劝，然后，约定在心理辅导室见面。

胡诗颖是漳州小有名气的心理辅导专家，是国家三级心理咨询师、心理教育专业硕士、第十四届全国心理学大会专题讨论会代表团发言人。她致力于中小学心理健康教育课程的教学目标和内容的研究，负责省级课题"中学生情绪智力情境判断测验的编制与应用"专项研究工作，其论文曾发表于国内教育专刊，有许多心理辅导教学案例在教育学会获奖。

每年高考前一个月，胡诗颖都会应邀前往漳州人民广播电台录制团市委和教育局联合主办的新闻综合广播"轻松备考，与你同行"的高考心理减压特别节目。节目在新闻综合广播频道及全媒体视频直播后，深受广大考生和家长的欢迎。2014年2月，在福建省首届中小学心理健康教育优秀教学设计大赛中，她执教的《管好时间这本账——高三学生时间管理策略辅导》教学设计荣获二等奖。而后，论文《情境判断测验在情绪智力测量中的应用》获《中小学心理健康教育》杂志"优秀论文奖"。

胡诗颖性格和善，话语温柔。听她说话的时候，那双隐在眼镜后面的眼睛里总漾着澄澈明亮的光泽。同学们和她对视一眼，躁动的心都会平静下来。同学们有什么心里话，也喜欢来找她诉说一番，有些大胆的男生干脆称她为"胡姐""老胡"，她也不以为意。

胡诗颖打开空调，在电壶里灌上凉水，刚摁开烧水开关，就有敲门声传了过来。打开门，那女生低着头走了进来。

女生名叫琪琪，高三文科班学生。父亲在老家一所中学里教书，母亲是企业中层领导，性格很强势。有一个弟弟在上小学，她一直认为父母偏爱弟弟，所以对她要求很严格。暑假期间一家人天天在同一屋檐下生活，她略有失误就受到母亲责骂。而且，母亲对她的行踪严格管控，琪琪觉得自己的隐私都没法得到保障。暑假快结束的时候，她和母亲曾大吵一架。开学后，情绪一直很低落，觉得活着真没有意思。

"老师，我觉得我的情绪不是很稳定，毕竟快高考了大家压力也都很大。我试过一些方法，但是效果不是很明显，持续了一个月了没有好，好像还越来越严重，比如吃不下饭。"

"有时候心情没有那么糟糕的时候又会觉得自己很矫情，可是这样想完之后不久又会因为一点小事崩溃，会联想到很多坏事情，我会把原因都归在自己的身上，然后就有……危险的想法？"

"老师，我上网查了很多抑郁症的消息，觉得自己很多状态都和他们说的一样，我也有测量表，抑郁程度很高，我是不是得了抑郁症？"

琪琪显然是有备而来，一见胡诗颖就抛出一大串问题。胡诗颖不打断她的话，任由她继续诉说。因为，高明的心理咨询师首先应该是"倾听师"。通过"倾听"收集对方的相关心理资料，而后快速做出判断。有时候，"倾听"也是一种治疗的手段。有的孩子对老师说了一大通话后，心情就变好了，心理病症也消失了，似乎不需要老师进行心理干预。所以，待琪琪说完，胡老师仍不急于"就事论事"回答她的问题，而是用平常聊天的口气和她建立关系，一方面帮助她平缓情绪，静下心来看待问题。另一方面诱导她说出心理纠结的困境出自什么地方。当听到琪琪说去看过医生并且吃了药，还有糟糕的情绪不是偶然萌生而是长期积累的结果时，胡老师暂时松了口气，琪琪应该还没有到抑郁症的程度。

胡老师给她倒一杯水，然后分析她和母亲关系紧张的原因在于母女之间没有相互理解。胡老师说，相互理解是很重要的，子女是晚辈能否首先理解长辈，其实，理解他们，学会体谅父母和自我约束，这才是战胜父母管束的最佳方法。理解父母并能更好地关爱自己，主动寻找美好的体验，从更阳光积极的角度去拥抱这个世界，你会发现生活原本是非常美好的。一席话，说得琪琪频频点头。离开的时候，琪琪忽然抓住胡诗颖的手，感动地说："老师，我很高兴有人能够理解我，虽然我现在好想哭，内心却非常开心。"

胡诗颖常想，能够帮助一个孩子，让她看到这个世界更多的自己，这确实是心理辅导老师的意义所在。

立人学校心理辅导室设置有两间个体咨询室，放置有沙盘和情绪宣泄的工具，具有音乐放松治疗功能。立人学校创建的那一年，教育部印发了《中小学心理健康教育指导纲要》，根据《纲要》精神学校创建了心理活动室。到了立人学校十周年庆典时，教育部对《中小学心理健康教育指导纲要》再次进行修订，对学校心理健康教育工作具有更加明确的规定。除各活动功能室的设立规定外，还明确规定中小学心理健康教师的配比应达到1∶1000。此后，学校心理活动室规模及设施建设逐步符合国家标准。心理辅导教师除胡诗颖外，还有朱瑞能和廖璐两位专业教师，聘请心理健康教育指导专家、闽南师范大学教育科学学院院长陈顺森教授为顾问。心理辅导室成为协助学生提高心理健康水平，增强心理调控能力和社会适应能力的场所。在这里，学习运用多种资源去克服成长的障碍，预防和缓解心理问题，充分发挥个人潜能，拥抱丰富而融恰的人生。

每逢高考临近的时候，高三学生到了冲刺阶段，许多学生陷入分秒必争的学习当中，往往压力很大。胡诗颖和她的团队特意做出一个规定，若有高三学子预约咨询，就要在征询提前预约的其他年段学生意见的前提下，优先予以接待。当高三进入复习阶段，在第一次段考之前，胡诗颖和她的团队成员下沉班级，举办复习阶段学习心理及注意力培训讲座，先后开展以"战胜压力，轻松迎考"为主题的团体心理辅导活动。通过年段长和班主任建立学生心理危机预警机制，指导班主任与生活老师识别学生心理问题并进行初步处理。

为了重视高三学生迎考阶段出现的普遍性的心理问题，缓解学生们的学习压力，学校要求授课教师将心理健康知识融入教学之中。学校特意请来全国首届优秀心理学工作者宋文娟老师、全国优秀班主任尹玖强老师、江西金太阳研究分院院长李长建老师三位全国知名教育专家，为全校教师开展心理健康教育学术讲座，要求在现代前沿的心理教育思想和理念的指引下做好新时期青少年成长过程中心理健康教育及德育教育工作。

那个阶段，胡诗颖的"心灵驿站"团队和高三班主任召开座谈会，共同设置了《以平常心态对待高考》《不用自卑，有人在羡慕你的优点》《不放弃也是人生的一种优秀品质》《了解大脑工作的原理，挖掘科学有效的学习方法》等心理健康教育主题班会方案。各班精心策划，认真准备，上好每一节心理健康教育主题班会。鼓励高三学子卸下沉重的心理包袱，轻装上阵，争取考出好的成绩。

跨国、跨文化交流活动

2015 年新年伊始，立人斯特合作学校召开师生大会，游嘉程理事长在讲话中总结了上一年的工作成就。

游嘉程说："立人斯特合作学校确立了'国内高考'和'国外留学'的人才培养方向。对于国内高考方向，立人学校已经形成并完备了教学经验和备考方略。'国外留学'方向是中美合作校的主导方向，也可称为专题方向。学校的各项教学活动，都将在这个方向指引下逐步开展。所以，新的一年里，我们将继续组织师生赴美开展夏令营活动，让同学们在活动中感受美国学习生活氛围，从而加强两地教育教学工作的合作与交流。"

在过去的一年里，立人斯特合作学校举办了好几场具有一定规模的跨国、跨文化交流活动。

五月里的一天，学校迎来了美国福克斯跨文化交流协会会长苏珊女士。苏珊分别给立人学校的老师、学生和斯特合作学校的师生开了三场精彩的讲座，立人师生和家长从讲座中真切地感受到一种先进的教育理念。一个月后，斯特合作学校组织了师生赴美夏令营活动。胡明南记得，那是仲夏时节，他的第一次出国活动就是带领九位立人学子赴美国亚利桑那州凤凰城参加游学夏令营活动。经过 20 多个小时的颠簸，飞机降至亚利桑那州凤凰城，师生抖去一身的疲惫，带着激动兴奋的心情踏上了美国的土地。一下飞机，他们就受到凤凰城力德士中学的热烈欢迎和热情招待。师生以 1 或 2 人为一组被安排到学生家长或老师家里，开始零距离地体验了解美国人民的家庭生活。孩子们惊奇地发现，他们的寄宿家庭里都有一个和中国学生年龄相仿的孩子。这些美国家长把从中国来的孩子都当成自己的孩子一样看待。立人学子也很快适应了寄宿生活，仅过了一天，就亲热地称呼寄宿家庭的爸爸和妈妈为 Daddy 和 Mummy。

夏令营活动安排得丰富多彩，白天学校安排的课程有语言、技能、艺术，此外还有训练语言和对话的有趣的游戏，如做西餐、攀岩、骑马、游览大峡谷等。在缅因州的森林里，自然老师带领大家沿溪而上，探寻大山的五个水源，还教大家如何用钻孔仪器获取树的年轮而不需要把它砍倒。而摄影老师则带领大家参观了他母亲的画廊，和蔼的画家奶奶向大家展示了自动制作画框的仪器，高科技让小伙伴们叹为观止。孩子们在缅因州活动时，美国老师特意将所有人安排在一个名叫大驼鹿旅馆的度假村，住在同一栋别墅里，如同一个大家庭的成员在度假。按照规则，每天早上醒来刚一开口说话，就要说外语，否则将受到惩罚。在亲切的日常化的生活氛围里，大家的英语口语水平获得突飞猛进的提高。

在后半程的夏令营活动中，立人师生先后访问了洛杉矶、华盛顿、费城、纽约、波士顿等城市，参观了宾夕法尼亚大学、普林斯顿大学、哥伦比亚大学、耶鲁大学、哈佛大学、麻省理工学院等美国著名高等学府，游览了洛杉矶迪斯尼乐园、好莱坞环球影视城、白宫、百老汇、华尔街、自由女神像等景点。美国游学之旅，让同学们一起走过了一段充实又灿烂的日子。这些天里，孩子们看到了美国的自然地理风光，体验了美国的风土人情，感受到了美国高等学府的浓厚文化氛围。

在美国活动期间，有一件小事也令胡明南感慨不已。有一天，他在寄宿家庭用早餐倒牛奶时，房东的一个六岁小女孩在旁边等候。胡明南依习惯也要帮她倒，她却回答说"I can，tbank you（我自己会，谢谢）"。胡明南想到在机场看到的情形，许多美国父母提着自己的行李箱匆匆走在前面，后面一个不到1米高的小孩子拖着自己的小行李箱紧紧跟随。可见，美国家长切切实实做到了从小培养孩子的独立性。胡明南还想起游惠松说过的一件趣事，游嘉程上小学时要拿钱交学费时，他曾以没有零钱为由而给他百元大钞，而七八岁的游嘉程总会在事后把差额如数拿到家里，这就是勤俭节约良好教育的结果。游惠松多次在例会上说，作为教育者应时时注意在活动课程、德育课程和生活课程中多下功夫。要切实加强劳动教育、勤俭节约教育、艰苦奋斗教育，逐步把他们培养成生活、工作的强者。当时张顺林在旁，也说起了一件事。去年夏天和游嘉程一起带学生去美国游学，天气炎热，嘉程怕几个人口渴，就去买了几瓶水大家喝，却没有舍得给自己买，只喝带出来的水。我们还说他"小气"呢，原来是游董训练出来的。众人一听，都哈哈大笑。

立人学校的赴美夏令营活动结束后，美国亚利桑那州凤凰城力德士学校领导及美国斯特恩斯学区督学 Frank Boynton 秉承礼尚往来的美好愿望，也莅临立人中美合作校进行回访交流。一年后，中国欧亚友好联谊总会执行主席、欧亚联合发展中心主任翁瑞明先生陪同匈牙利罗兰大学文学院院长 Doc. Borhy Laszlo 以及孔子学院院长 Doc. Hamar Imre 等一行到立人学校参观考察。刘金忠、游嘉程带着来宾参观了立人校园。罗兰大学文学院院长、孔子学院院长、国际招生官分别做了精彩的报告，向立人学校师生详细介绍了罗兰大学，并和学校学子展开互动，现场接受学生咨询，受到学校学生的热烈欢迎，立人学子对海外留学表现出高度的热情和关注。

经过一番跨国、跨文化交流活动，中美合作校适时推出了"出国留学第一课"的大型讲座活动。讲座在翔宇楼一楼报告厅举行，前美国驻广州领事馆官员郭涛清受邀主持讲座。国际部高一和高二两个年段的学生和初中部九年级百名学生团及国际部全体老师近 300 人聆听了郭涛清的讲座。郭涛清从政治背景、社会经济现状以及美国的教育制度入手，以幽默风趣的语言介绍美国留学生活的注意事项。郭涛清详细分析了美国各地学校的教育风格、师资实力、录取条件，结合学成归国就业方面存在的问题，启迪学生合理设计各自的留学规划。讲座中设置了互动环节，立人学子踊跃提问，郭涛清耐心予以解答，现场气氛活跃。

一年后，"首届出国留学教育专展"在行健馆拉开帷幕。有许多外校的家长和学子也来参加活动，场面气氛极为热烈。展馆中设置了"个性化留学""一站式服务"等专题展区，学生及家长现场即可接触到最新的国际教育理念和留学动向。在一面面宣传展板围成的展区里摆放着一排椅子，和立人合作的国外院校招生官员、斯特合作学校国际课程导师、出国语言培训导师端坐在后面，对学生和家长进行关于出国留学的政策、条件及服务流程等知识的讲座辅导。这次活动切合人们对出国留学活动的关注需求心理，引起漳州各界人士的关注。每一个展区都人头攒动，围满了学生和家长，他们认真听取专家和老师的报告，有的家长还带着小本子边听边飞快地做着笔录。

细心的老师发现，在出国留学专展活动的开幕式上，游惠松和刘金忠也来了。但他们没有坐在主席台上，而是和家长一起坐在听众席的椅子上倾听，身子微微前倾，神态极为专注和认真。

活动开幕式由游嘉程主持，他气定神闲地立在主持台前，眉宇之间带着青年才俊的沉稳、自信、聪颖气度，向全体嘉宾介绍了中美合作学校的办学目标和服务宗旨：

> 立人斯特合作学校是经教育部备案，通过省教育厅批准成立和福建省唯一的高中阶段中外合作办学机构。学校重视引进国外优质教育资源，以满足广大学生、家长对国际留学的广泛需求。放眼世界，引领未来，立人国际将不断开拓国际教育视野，继续保持最大热情，为莘莘学子铺展最合适的就学渠道，加快迈向国际化教育进程。

游嘉程讲话时，游惠松的脸上有了一丝笑容。那是父亲看到孩子成长的欣慰、赞赏、骄傲甚至有些宠溺的笑容。或许，还有一种即将卸掉立人重担的轻松与自在。

游嘉程在立人斯特合作学校理事长的职位上，显示出了一定的教育管理水平。他结合自己出国留学生活的感受，认为国际合作校要加强"跨文化沟通"，大力推进中美两地教育机构之间的跨文化交流活动。通过国际间的跨国界、跨时空、跨文明的交流互鉴活动，让立人学子尽快理解不同文化背景下的经济和社会生活习俗。从不同视角先期了解留学环节中遇到的各种问题，及时调整学习目标和培养目标，为漳州人民提供更先进的教育教学服务。因而，游嘉程成功地策划了一系列跨国、跨文化交流活动，从各种角度展示了立人中外合作教育的非凡成就的工作实绩。这样的成绩博得了人们的好评，也让游惠松感到欣慰。

刘金忠看到游惠松脸上的笑容，也会意地笑了。他知道，游惠松很早就提出了"放眼世界、引领未来"的教育理念。如今引进国外优质教育资源，创新人才培养模式，实施中美高中双学籍双文凭模式，为学生申请美国大学打造了一条直通大道。这个举措将"放眼世界、引领未来"教育理念落到了实处，也体现了游嘉程出色的管理才能。如今看来，中美合作教育的发展势头会越来越好，一定能够再创新的辉煌。

果不其然，从 2016 年开始，学校连续几届开设了 IGCSE、Level 及世界多个国家的精品高中课程，建立海外留学的直通车，为学生提供了全方位的多元就学机会。学校共培养了 9 个同学考取世界百强大学，如吴佩聪考取美国加州大学圣克鲁兹分校，郑琴峰考取澳大利亚悉尼大学，庄沅澄考取英国诺丁汉大学，张伟航考取美国加州大学圣塔芭芭拉分校，王佳辉考取英国利兹大学。近年来，共有 37 个同学考取世界前 200 名的大学，海外名校本科录取率 100%。出国班捷报频传，圆了大多学生和家长们进入世界顶尖大学的梦想。

行健馆"首届出国留学教育专展"入口处，一幅写有"漳州立人学校首届出国留学教育专展"的大型展板前，众人意气风发簇拥着游嘉程，随着闽南日报社记者"开拍"的示意，开心地齐喊一声"茄子"，一起比出了"胜利"的手势。

漳浦立人学校成立

2015 年 7 月，闽南网推出一则题为《漳浦立人正式签约入驻金浦教育园区》消息，引起人们的普遍关注：

【漳浦资讯】7月28日，漳浦县人民政府正式与漳州立人学校正式签订战略合作意向书，标志着漳浦立人学校正式入驻金浦教育园区。签订仪式上，漳浦县副县长陈林与漳州立人董事长游惠松签订意向书，县教育局局长黄耀光和漳州立人斯特国际合作学校理事长游嘉程等人出席了签字仪式。据悉，漳浦立人学校是漳州立人教育集团旗下的一所教育机构，学校在园区一期占地225.9亩，校舍建筑面积约3万平方米。新任校长胡明南接受本台记者采访时表示，今年学校计划招收初一班学生300多名，在五年内办学规模将达到万人以上。立人学校将立足金浦教育园区，为漳浦人民提供学前到高中各阶段的各类优质教育服务项目。

其实，这则新闻应该算一则"旧闻"。早在两个月前，游惠松就和漳浦县政府达成了在金浦教育园区创办立人学校的合作意向。

当时，游嘉程开车载着游惠松、张顺林等人到漳浦县域观光。车子越过群峰插天、绵亘百余里的梁岳山麓，行驶在负山面海的漳浦大地上。游惠松说漳浦是国家级非物质文化遗产"布袋木偶戏"的发祥地，立人举办"非遗"进校园活动时，请来的木偶雕刻家杨亚洲就是漳浦人，其父杨胜是北派布袋戏的一代宗师。漳浦是闽南古老县份之一，历史上名人辈出，特别是明中期到清中期，七品以上的文官和五品以上的武官至少有500人，著名的有林士章、朱天球、卢维祯、黄道周、蔡世远、蔡新、蓝廷珍、蓝鼎元等。蔡世远和蔡新叔侄作为清乾隆、嘉庆两帝的帝师，可谓厥功甚伟，廉能之名垂于青史，有"名相故里"之称。

张顺林指着车外巍峨秀丽的山峦说，梁山和峰山是漳浦两大名山。最早将两大名山向世人介绍的文赋是《梁峰二山赋》，作者是漳浦籍明末著名学者黄道周，他在赋中盛赞家乡的梁山和峰山"堪与九华和黄山俦匹媲美"。游惠松对辞赋一向颇有研究，一听来了兴趣。他说："我们多次路过漳浦县城，都没有进去过，今天不免到漳浦县城去游览一番。"

他们的车子渐渐行至漳浦县城西南面的大南坂镇，面前出现了一个环境优美、功能完备的园区。绿树掩映的道路两旁，尽是带有闽南文化风貌的现代建筑群落，边上有一块巨幅广告牌，上面写有"漳浦金浦教育园区"的红色大字。张顺林说，这里就是漳浦县近年来着力打造的"山水教育园、文化科研区、生态宜居城"的金浦教育园区。游惠松说："我们是做教育的人，既然来了教育园区，那就看一下再走吧。"

于是，游嘉程开车进入园区。来到西一路转口到了金刚山下，这里地势平坦，草木葱茏，连片的花海和高大的棕榈树间分布一条条美丽的花园大道。张顺林说，前几年我就来过这里，当时这里尽是荒田、水洼和一些小树林子。风一吹，满身满脸的灰尘扑来，而今看着一幢幢漂亮的教学楼拔地而起，大南坂镇发展也太快了。

一行人下车后，在园区里行走。但见红砖墙、燕尾脊，一幢幢富有闽南建筑特色的教学楼矗立在园区里。游惠松边走边看着眼前的一大片崭新校区，连声说环境太美了。这里先期修建的县委党校、漳浦电大、石化学院的教学大楼、运动场、绿化工程等室外附属工程都已施工完成。其中东一路、园区道路与综合管网、运动场、园区桥梁、变配电工程，北一路、堤防与护岸等建筑设施一应俱全，琳琅满目。

可惜，游惠松等人四处观看，一大片园区美则美矣，却空空无人。只有一个年老的绿化工人在那里弯腰管理花圃，浇花剪草。那老人听到游惠松等人的赞叹，显出不以为然的表情说："美有啥用？建好一年多了，说好要来的职校、师范学院都不来了。主要是离县城有七八千米，他们感觉生活不便，都不想来了。"

但是，游惠松非常喜欢金浦教育园区的环境风光和地理位置。这里远眺梁山群峰并峙，巍峨秀丽；近观鹿溪河清亮如带，环城东流，具有"以山为脉、以水为韵、以文为魂"的自然人文之胜。近年来，漳浦推进教育发展与科研创新相结合，探索人才培养新模式，促进地方经济发展提速，逐渐创造有特色的教育环境。这里肯定会发展成集中小学教育、成人教育、职业教育和高等教育为一体的现代化综合教育园区，成为未来漳浦县城最大的教育和科研集聚地区。游惠松发现，园区东北角的建筑采用集中内院式布置，楼宇之间形成围合空间，环境和谐安静。他开始琢磨，若在这里创办一所立人学校定能大有作为。一想到办学，他的脑海里立即跳出了一个广告语："梁山山下，鹿溪河畔，昔日名相故里，今朝立人教育！"默想着这样的广告词语，游惠松不禁面露喜色。

同行拨通了时任漳浦县委常委、宣传部部长、教工委书记陈勇谋的电话，陈勇谋听闻漳州立人教育集团的董事长游惠松一行来了，极为高兴，赶紧带着县委组织部副部长、园区管委会主任吴佐赶了过来。一听游惠松有在漳浦创办学校的意向，吴佐马上说："我们拍手欢迎立人到漳浦来！"陈勇谋说："游董啊，不瞒你说，最近就有两批人前来联系要办校事宜。但他们都是规模一般的培训学校之类，我都拒绝了。但游董你是教育家，立人又是漳州教育界的品牌学校，如果立人教育能入驻园区，将会大大提升金浦教育园区的招商形象，也能很大地带动且促进漳浦教育攀上新的发展台阶。"游惠松听到他们对立人的称赞，心内暗喜，当即表态，回去后谋划一下，要在金浦教育园区创建一所立人学校。

人们都很高兴，一次不经意的探访活动，成就了漳浦立人学校。

从漳浦返回漳州后，游惠松开始谋划创办漳浦立人学校。这一年，游惠松五十五岁。他想，再过五年自己将要退休，十多年来为了立人教育事业让家人跟着吃了不少苦头。现在游嘉程已是立人斯特合作学校的理事长，是立人事业中比较年轻的骨干领导力量。创建漳浦立人是一件大事，特别是教育事业不是一般的企业，并非仅是资本投入后进行商业运营那么简单容易。游惠松想，毕竟自己老了，一所庞大的学校若真要创建起来，出力流汗的将是游嘉程等年轻人。所以，他想征求一下游嘉程的意见。

其时，游嘉程已于一年前结婚成家，他也觉得创办一所学校是一件大事，需要慎重对待。于是，他和媳妇商量要不要去漳浦立人再办一所学校。游嘉程媳妇反问他："你自己是怎么想的？"游嘉程说："古人云三十而立，我已三十多岁，正是干事创业的大好时机。"媳妇一听就知晓了他的心意，爽快地说："放心，家里有我呢，全力支持！"于是，游嘉程对游惠松说，漳浦金浦教育园区自然风光秀丽，交通条件便捷，兼有厚重的人文传统和完善的校园设施，肯定能办成一所品牌学校。游惠松一听，就让游嘉程牵头和漳浦县政府联系办学事宜。

一周后传来消息，中共漳浦县委、县政府经过紧锣密鼓的开会研究，决定大力支持立人教育集团在金浦教育园区创办立人学校。游嘉程立即前往漳浦和金浦教育园区管委会和县教育局进行接洽，商定了漳浦立人学校拟于秋季学期开始招生办学的合作意向。但是，离开学时间毕竟只有两个月时间，由于时间紧张，于是双方商定采用"先租后买"的形式，以政府招商引资的名义在金浦教育园区引入立人教育品牌。县政府主要领导要求各部门打开"绿色通道"，全力支持并做好漳浦立人学校的创办招生工作。

董事会调派胡明南到金浦教育园区，筹备漳浦立人学校的创建工作。十多年前曾是长泰县岩溪中学副校长的胡明南，追随校长王凯支来到立人，历任班主任、年段长、副校长、学部执行校长等职。他和王凯支一样，也是立人教育从无到有、从小到大、从弱到强的见证者及亲历者。此番肩挑重担来到漳浦，经过一个月的努力，首先完成了二十多位教师的招聘工作。而后，胡明南身先士卒，带领全体教职员工全力以赴，分赴漳浦各乡，烧旺立人这把火，完成了首届招生任务。

新学期开启的时候，游惠松和漳浦县政府正式签订了在金浦教育园区创办学校的战略合作意向书。漳浦立人学校正式获批创办，首届招收 327 名初一新生，开启了漳浦立人学校办学新征程。次年 5 月，漳浦立人经市教育局批准创立了高中部，李坤茂任漳浦立人学校高中部执行校长。新成立的高中部首届顺利招收到 346 名高一新生。

有一天，李坤茂遇见了一件一头雾水的事，有位家长一瘸一拐到学校送来锦旗，口口声声要感谢立人学校两位老师，上面却没有写明名字。原来家里孩子从漳浦四中初中部毕业后，很想就读立人高中，但因为父母身体残疾生活拮据，无法就读。漳浦四中招生组李胜财等两位老师在招生家访中得知这个情况后，看到家长和学生热切而又无奈的眼神，马上表示他们两人愿意每学期捐助该生 5000 元让其就读。做完这件好事后他们坚持不留下名字，也没上报到学校，悄然离去，成了"无名英雄"。

自此立人"无名英雄"越来越多，由教师自发自愿组成的"助困"队伍，每人每学期纷纷捐助 1000 元至 5000 元不等，对经济困难的学生实施自助且不留姓名，也不问资助的学生是谁，正所谓：予人玫瑰，手留芬芳。这种教育的善举成了漳浦立人学校一道独特而亮丽的风景线。

不久，中共漳浦立人学校支部委员会成立，李坤茂当选首任党支部书记。游惠松在开学仪式上说，漳浦立人一定要秉承"名相故里"的文化传统和先进教育理念，凝心聚力，开拓进取，把学校办成一所管理精细，环境优美，质量上乘，融自然风景与人文景观于一体的花园式学校。

一场特殊的庆功宴

八月的漳州，龙眼、芒果、菠萝、石榴和香蕉都成熟了，进入了丹桂飘香、清风送爽的最好时节。入夜时分，胜利公园边上的漳州大酒店的主楼在霓虹灯的光影里显出金碧辉煌的豪华气象。二楼宴会大厅里座无虚席，不时传来一阵欢声笑语。

立人学校高三年段的教师和家属聚集在这里，举办 2015 年的毕业班庆功宴。

宴会在校歌优美的旋律里拉开帷幕，游惠松登台致辞。他对学校各项事业所取得的辉煌成就表示热烈祝贺，对全体高三老师的辛勤付出表达衷心感谢和诚挚慰问。刘金忠在致辞中说："今天我要向在座的高三年段全体班主任、备课组长及各位科任老师敬酒。是你们众志成城，合人划桨，把 2015 届这条高考大船成功驶向金色码头。正是你们规划有序、教学有方、艰辛努力和奋力拼搏，才使立人学校在高考中立于不败之地。我们可以这样说，高考是播种机，向全国重点大学散布一粒粒漳州立人的优秀种子。高考是宣言书，向全校师生宣言2015届的高三师生是最棒的。高考是宣传书，向全市人民宣布立人学校是人才成长的最佳摇篮。"

游惠松和刘金忠的致辞博得一片掌声。宴会开始，游惠松、刘金忠、王学文等各位领导端着酒杯，逐席向高三年段的班主任及科任教师敬酒。继而，年段长卢国川又带着班主任回敬学校领导。一时之际，你来我往，杯盘交错，欢声笑语，煞是热闹。

游惠松兴致勃勃，刘金忠更是兴奋异常，在一帮惯能斗酒的老师们的怂恿下，开始猜拳行令，较量得不亦乐乎。

游惠松、刘金忠的高兴是有理由的。这一年，立人学校的陈志君、刘惠贤两名同学考入清华，汤慧桢、曾文君、吴晓斌、高宇航和曾雪扬共五名同学考入北大，胡洁颖同学考入香港中文大学。

十年前，立人学子首次参加高考创立了"两清华一北大"的奇迹，在漳州引起小小轰动。这一次，立人学校"两清华五北大"的成绩在全市引起更大轰动。当时有一种说法，普通学生在立人就读三年就能考入大学，优秀学生在立人大多能考入重点大学，而重点大学中被清华、北大录取的成功率也最高。人们不禁纳闷，游惠松和他的立人学校究竟有一种怎样的魔力呢？

在游惠松看来，这一切与魔力无关。不过是遵循教育规律，坚守教育方向，坚持依托现有生源条件提升高考质量而取得的成绩。但是，坚守教育方向并非让广大教师"用笨办法""下死功夫"，甚至透支身心健康去拼搏高考成绩。游惠松始终认为，教育是一门"科学"，更是一门"艺术"，需要研究才能洞悉其中的规律。当立人教师人人都成了研究学生和高考的专家，高考成绩的提升便是自然之理。当高考攻关小组将备考课堂中的"教法"选择变为"学法"指导时，学生解题能力定会得到提升。当新旧两届高三教师交流切磋考点复习技艺形成长效机制后，数年来荟萃的经验便成了高考制胜的不二法宝。此外，大胆进行适合立人学校实际状况的教育改革创新，比如"六年一贯制"、创新人才实验班的推行等。

十多年来，游惠松固执地坚持一个思想，那就是一定要在重视高考过程中最大限度地遵循育人规律。立人领导和教师也以此为基点，激发学生树立刻苦学习、勇攀学峰的壮志雄心，着力寻求提升高考各科复习成绩的方法和门径。2015届的高三学子记得，电视剧《高考万花筒》热播时高三各班借助集体观看电视进行了一场励志教育主题班会。一个月后又进行了为高三学子"加油""打气"的演讲活动。

春季学期开学不久，电视剧《高考万花筒》在福建电视台开播。因为外景是人们熟悉的南靖土楼及立人校园，引起漳州百姓的关注和热议。高三学生向班主任提出，让他们看一场也行，总得看看立人学校在电视剧里是什么样子吧。几个班主任和卢国川段长一合计，决计选择"复读生白楠高考成功后抱着爸爸哭泣"的那一集，让各班学生集体观看，结束后以交流观后感的形式进行一场心理疏导和励志教育班会。

卢国川向刘金忠汇报这个设想时，刘金忠极力称赞。他显出庄重的神色，对卢国川说："在立人学校拍摄的《高考万花筒》首播，肯定会给立人学子带来好运！秉承这种好运，我们一定会在今年的高考中创造新的辉煌。"他们特意选定高考前八十天的一个晚上，组织高三学生利用晚自习观看电视剧《高考万花筒》。

电视剧观看及励志教育班会举办得非常成功，同学们看到校园里行健馆、恩来塔、立人楼、体育场等各种熟悉的场景及楼体上醒目的标语"今日我为立人骄傲，明日立人为我自豪"，都发出惊喜般的欢呼声。随着电视剧情节展开，人物之间的精彩对白及父子两代人的激烈冲突交织出一股扣人心弦的力量，引发同学们小声地议论。当片中歌曲《真心英雄》响起时，全班同学情不自禁地跟着合唱了起来。影片结束后，立人校歌旋律轻轻响起，多媒体屏幕上闪现当年参与拍摄《高考万花筒》的立人校友、现在北京大学读书的林桢淑等几位同学的身影，他们从各自就读的高校发来视频为学弟学妹们加油助威。校友在加油鼓劲的话语中忆及母校拼搏就读的时光，噙着眼泪，深情鼓励学弟学妹珍惜时光，高效学习，放手一搏，向高考最高峰发起冲击。卢国川段长设计的这一精彩高妙的细节将观剧励志主题班会的气氛推向高潮，同学们看着昔日立人学子的风采，一边鼓掌喝彩，一边为自己鼓劲加油。观剧感交流中，同学们纷纷表态要以壮士断腕的勇气、破釜沉舟的决心、百米冲刺的速度，用智慧和毅力给自己营造机会，为立人学校创造新的奇迹。

观剧励志班会过后仅一个月，又举行了为高三学子"加油""打气"的励志演讲活动。高三师生发现，立人教育董事会和校务会极为重视这一场励志演讲。学校特意请来了全国知名演说家、北大基础教育研究院终身教授余云老师主持。余云围绕"为什么要上好大学""如何考试拿高分""爱国主义、人生激励、感恩教育""如何战胜困难、自卑、内向"等话题展开。整场演讲深入浅出，从自己成长经历、以刘邦和项羽等英雄人物的生动事例，用语幽默风趣，引人深思。余云声情并茂地告诉同学们，命运掌握在自己手里，绝不掌握在别人的嘴里！在坚持梦想的路途中无论遇到多少困难、多少人的质疑都不应该放弃自己的梦想。余云还精心设置互动环节，邀请高三学子登上讲台大声说出自己的奋斗目标，大声表达对父母和老师的感恩之情，将演讲推向高潮。卢国川段长在总结中告诫高三学子，要以只争朝夕的精神，变压力为动力，变决心为信心，变誓词为行动，以必胜的信念、坚韧的毅力，用智慧决胜考场，共同铸就 2015 年立人高考的新辉煌。

似乎是电视剧《高考万花筒》的首播真给立人学子带来了好运，似乎是观剧主题班会上的豪情逸气激发了立人学子的拼搏勇气，似乎是余云的励志演讲点亮了立人学子的梦想，这一届高考，立人学子"一战成名"。"两清华五北大"成绩，在全市引起巨大轰动。继而，北京大学教育学院发来贺信，对立人高考优异成绩表示热烈祝贺，感谢立人为全国各高校输送了众多优秀学生，为国家发展和民族进步做出了重大贡献。

立人教育的口碑，在漳州大地传得更加响亮。

普通孩子也能考入名校

立人学校筹备举办高三毕业班庆功宴的日子里，龙海市港尾镇考后村的村口挂出了一幅红底白字的长横幅，上面书写着"热烈祝贺考后村陈志君同学被清华大学录取"的标语。

原来，陈志君是村里自高考制度恢复以来考上清华大学的第一人，乡亲们认为，这样的辉煌成绩是漳州立人学校的荣耀，也是全村人民的骄傲。于是，他们挂上横幅，放响爆竹，举办宴席，热烈庆贺。外村过往之人，无不驻足观望一番，目露羡慕之情。

还有些外地人对考后村的地名产生兴趣，为何称"考后"村，难道是古代参加科举考试后，落第的穷酸文人汇聚一处组建的村落？现在考出了"清华"及许多高校生，村名中是否要改为"考中"村？村人闻之大笑，对他们进行纠正。"考后村"并非穷酸文人考后聚居的村子，而是从大海里浮出的村子。考后村位于九龙江出海口，闽南方言将海水退潮称为"考"，民间传说此村原来居于海底，海水"考"后浮出地面，故称"考后村"。除考后村外，周边诸多村庄据传都是从大海里浮上来的，八闽大地至今还有"浮福建沉七洲"的说法。一席话，说得外地人纷纷咂舌，没有想到这个村落还有如此神奇的民间传说和浓厚的文化底蕴。

游惠松闻讯和董事会几位成员商量一番，让刘金忠、王学文、卢国川、谢惠清、胡明南、王凯支及陈志君的班主任老师张永禄等人带上 5 万元钱的奖学金，前往考后村表达祝贺。

游惠松在董事会上提出，立人教育集团将从今年开始为考上清华和北大的孩子每人奖励 5 万元。我一直主张，对清华、北大的宣传要控制在一定范围内。现在，为考上两所名校的孩子奖励 5 万元是一种并不过分的宣传方式。虽然这 5 万元是一个小小的数字，但是，这个小小的数字意义重大，昭示着这些孩子入校前和其他孩子一样，并没有带着价值二三十万元的光环进入学校，是他们在立人学校经过刻苦学习而考入清华、北大的。我们要肯定这些孩子三年来刻苦学习的精神，同时肯定立人学校三年来对他们施加教育的准确性和有效性。现在看来，立人通过正常渠道招入的平常孩子也能考入名校，别的学校通过商品化思维引入优秀生源，考入清华、北大的人数未必有立人多。我们要坚定地认为，拿钱奖励这些考入清华、北大的孩子是高尚而磊落的行为。

游惠松充满深情地说："这些孩子能选择进入立人学校，他们以及他们父母当初的选择体现了对立人教育的信任，这一份心意是令人感动的。现在他们考上清华、北大了，我们拿上 5 万元钱看望一下人家，感谢他们一家对立人教育的信任，也表达对他们一家人的祝贺。喝彩道喜，是人之常情。何况这些孩子都来自漳州乡下，家境原本一般，现在孩子考上大学也需要花费一大笔筹备上学。这 5 万元钱，可以是鼓励他们考入清华、北大的奖学金，也可以视为帮助他们上大学的助学金。"刘金忠也说这样的做法会收到两大效益：一是人们知道送孩子到立人就读就有考上清华、北大的机会；二是立人学校对考上清华、北大的孩子予以奖励，激励更多孩子刻苦求学，弘扬知识改变命运、学习改变未来的教育思想。

刘金忠一行人来到龙海市港尾镇考后村，陈志君的父母及家人极为高兴，看到学校为陈志君送来 5 万元奖学金，都很感动。考后村村主任李志远和陈志君原毕业小学校长林锦川也闻讯赶来，他们夸赞陈志君拼搏努力考入名校的奋斗精神，共同表示对立人学校的衷心感谢，并祝愿立人教育事业蒸蒸日上。

林锦川是漳州市优秀教育工作者，他说漳州的几所著名中学都是"掐尖"招生，他们的学生考上北大、清华并不奇怪。而立人学校因为建校时间短，又是民办学校，所招学生十有八九是成绩并不突出的。面对这些成绩平平的孩子，立人学校竟能"化腐朽为神奇"，培养出七名清华北大生，显示了一种超强的教学实力。反过来说，通过这样的辉煌成果来推论教学过程，立人的老师付出的心血更是数倍于其他学校的老师。

刘金忠在和乡亲们的交流中，介绍了立人学校的"千分工程""六年一贯制""高考研究室"等办学举措。他说，立人学校全员关注高考，注重对高考的科学探究，寻找提高高考成绩的途径，并取得了一定的成绩。但是，如果离开了广大父老乡亲及全社会对立人的信任和支持，立人也不会取得这样的成绩。我们真诚地希望父老乡亲放心地送孩子到立人求学，我们一定不辜负家长厚望，培养孩子全面发展，最终成为社会需要的优秀人才。刘金忠的话语，博得了乡亲们的一片掌声。

接下来几天里，刘金忠、王学文和卢国川一行人分赴漳浦县霞美镇、华安县仙都镇、龙海市石码镇，辗转于平和县山格乡、坂仔镇、九峰镇一带，到考入清华的立人学子刘惠贤以及考入北大的汤慧桢、高宇航、吴晓斌、曾文君、曾雪扬家中，为他们各送去 5 万元的奖学金。

毕业后师生重聚，分外高兴，把手言欢，其乐融融。如同陈志君的家乡考后村一样，父老乡亲听说立人领导和老师来了，都自发来到这些学生家里。乡亲们说，村里终于有学生考上清华、北大了，如同古代考中"举人"一般，这是全村的一份难得的荣耀。立人学校的老师能够教出"举人"，肯定都是学问很大的"先生"。所以，他们赶过来，就是想看看立人的这些"先生"。刘金忠笑着说，清华、北大生不能和古代"举人"相比。古代考中"举人"朝廷就会授任一个重要官职，立人学子考上清华、北大，不过是步入了更高发展的人生阶层，还需继续努力才能成为国家栋梁之材。乡亲们也笑着说，无论如何，能教出清华、北大生的学校就是一所教育质量让人信得过的好学校。

各位家长看到立人领导和老师送上的奖学金，十分感动。还有的家长推托说，立人学校培养孩子考上大学，劳苦功高，我们怎么表达感谢之意都不过分。现在学校又给孩子送来奖学金，真是太过意不去了。刘金忠说，只要孩子们记住立人老师的嘱托，不忘母校教诲，继续为母校争光、为家乡争光、为祖国争光，立人学校付出的一切都是值得的。

中国美院漳州立人考点

傍晚，正是放学时分，同学们都去食堂吃饭了，校园一片安静。张国生照例喜欢在这个时候到校园里走走看看。六月的闽南，天已是一片燥热，走到有两层楼高、外砌红色砖墙的艺体中心，看到门虚掩着，张国生就推进去，一楼美术室里十几个画板、一盒盒的涂料错杂摆放，一应俱全。

美术室的四壁贴满了同学们的习作，正对门的墙壁上方粘有红色招贴纸裁剪出来的黑体美术字，内容为"扬艺体特长，显综合实力"。吴南平老师正在细心地辅导学生如何观察周围的景色，如何用色彩、线条、虚实等去感知作品的内在意蕴，用情感去描绘作品里的事物。看到有人进来正欲停下打招呼，张国生笑着摆摆手，没有打扰他们，静悄悄地离开了美术室。抬头看，此时，晚霞满天，煞是灿烂。

这一年的高考中，还有一个让立人师生值得骄傲的好消息。这一年，立人学校的美术考生平均226.53分，全部上了本二分数线。录取结束后，竟有七名学习绘画的学子考入国家美术高等教育中最负盛名的中国美术学院。这一切，意味着立人学校一年前成立艺体中心、聘请著名书画家为学校高级艺术顾问的举措取得了很大成效。

在立人学子参加高考的那些日子里，立人学校收到了中国美术学院关于在立人学校成立社会美术水平考级考点的函件。人们知道，中国美术学院是一所久负盛名的美术学校，该校的"社会美术考试中心"是唯一一所经国家文化部批准的、国家级的美术水平专业考级机构，在全国范围内面向社会开展美术水平考级，极具权威性。在广大美术考生的心中，中国美术学院是一座圣殿般的学院。如今，中国美术学院将社会美术水平考级考点设在立人学校，是对立人学校绘画艺术教育的一种鼓励和肯定。消息传出后，人们奔走相告，今后不出漳州就可参加全国美术水平考级考试。

六月底的一天，立人学校行健馆的主席台上方，打出了"中国美术学院社会美术水平考级漳州立人学校考点授牌仪式"的耀眼的字幕。人们发现，游惠松、游嘉程、张国生、刘金忠、吴两和、谢惠清等立人学校董事会、校务会领导陪同中国美术学院福建考级中心主任廖申女士、中国美术学院考级监考老师刘杰、姜君颐等，满面笑容步入行健馆，馆里早已坐满立人学校师生，正注目期待。一众人等在主席台上分别列席，进行授牌仪式。

主席台上鲜花簇拥，暖意融融。廖申在致辞中高度赞赏立人学校在艺术教育上取得的突出成绩以及为美术高考做出的重要贡献。她表示，中国美术学院社会美术水平考试中心在漳州立人学校设立考级点，将进一步促进学校的美术教育水平的提高，吸引更多爱好美术的人才。刘金忠在讲话中对中国美术学院对学校美术教学的支持表示衷心感谢。他向廖申主任表态，立人学校一定会本着对考生及社会负责任的态度，积极开展美术考级活动，让学生在参加美术水平考级的过程中，不断提升自身的学识与艺术修养，不断提升学校的美术教育水平，争取让更多学生在美术方面得到更大的发展。廖申将"中国美术学院社会美术水平考级中心漳州立人学校考级点"的金色牌匾授予游惠松时，大厅内响起经久不息的掌声。

合影留念时，廖申和手捧牌匾的游惠松端坐中间。结束后，张国生打趣游惠松说："游董好像自己得了奖牌一样高兴啊。"游惠松也笑着说："这是立人办学以来又一件大事，对推动立人多元化和特色教育的发展有着积极深远的影响。美术鉴赏能够有助于学生今后在社会中对事物有着清晰的辨别能力和独立思考能力，而鉴赏能力也是新世纪人才必备的基本能力。中国美术学院将社会美术水平考级中心考点设在立人学校，对于探索艺术教育及促进学生全面发展方面有着很大的现实意义。"边上的吴两和补充说："立人正是秉持'源城形水，立己达人'的校训，成立国学、演讲、书法、美术、钢琴、声乐、机器人、摄影、各种球类、健美操、棋类等40多个兴趣小组，都是立足促进学生全面发展而实施的有力举措。"

过了几天，谢惠清带着中国美术学院社会美术水平考级点的牌子到艺体中心美术组，将牌子转交给艺体中心美术负责人蔡靖山。谢惠清说，学校上一年成立了艺体中心，各位老师在没有成功经验可以借鉴的情况下，短期内取得了较好的成绩。至今除了7人考进中国美术学院，已有200多人考入其他各类美术院校了，不容易啊。蔡靖山也深有感触地说："谢老师还记得吗？艺体中心成立前的那几年，老师们兵分几路到漳州各校招收艺考生，我跟你到南靖县忙碌了一天，连一个学生都没有招到。晚上九点多才在金山镇草草吃了晚饭，准备上高速路口返回漳州时，你突然对司机说，'调头，拐回去，我就不信一整天就招不到一位学生！'我们又拐到南靖二中，竟然顺利招到两名学生。那晚回到漳州已是晚上一点多了。那是我到立人后第一次出去招生，真的被立人老师这一股倔强和执着的'牛脾气'所感动。"

谢惠清也欣慰地说："当然记得，那时工作中最大的困难就是艺体文补生招生的竞争和压力。还好艺体中心都是组织专业对口的老师在外招生，便于宣传和动员。大家又积极献言献策，推出团体报名等策略。艺体文补班第一年就顺利招了六个班，从教师的整合培训到整理教学场地后开始教学，圆满完成了当年的任务。后来几年，艺体老师团队不断提升自身的专业技能和教学能力，给一届又一届的立人学子们传授美术高考实操方法，培养艺术鉴赏能力，丰富学生的学习生活，充实学生的心灵，圆了无数立人学子的大学梦。"

两年后，艺体中心美术组再次传来佳讯。在漳州市第二届中小学生艺术节比赛中，立人学校荣获优秀组织奖。其中，游桂兰老师指导的国画《名山居图》获二等奖，曾鸿武指导的绘画《我爱我家》获市三等奖。在美术专业全省联考中，立人学子李渊源考取265分，获全省第四名、漳州市第一名的好成绩。此外赖培俊 255 分，全省第 91 名。黄致璋 252 分，全省第 156 名。张冰倩 249 分，全省第 177 名。消息传来，大伙儿兴奋地把"状元"李渊源抱起来转了好几个圈。

那一天，立人校园处处阳光明媚，远方蓝空晴朗，而立人学校为莘莘学子打开的另一片艺术的天空更是高远明亮。

新的一年又到了，立人校园内又推出一张海报：绘画人生由你书写！立人学校美术高考集训班火热报名中！不时有学子停下驻足观看，几行大字深深地打动他们的心灵。

高级艺术顾问宋草人

秋季学期刚开学，为了促进学校美术教育工作，立人特聘中国当代十大著名书画家宋草人先生为高级艺术顾问。

一天晚上，行健馆里人头攒动，学校高二年段的全体师生端坐在下面，聚精会神地等待宋草人前来做报告。宋草人还没有出现，大屏幕上开始播放中央电视台拍摄的《书画家宋草人》专题片。

宋草人祖籍山东，20 世纪 50 年代生于福建漳州，后徙至扬州，曾毕业于南京师范大学音乐美术系。在扬州从事文化艺术活动时，书法大师启功还赐予他"扬州九怪"的雅号。曾创作出版《草人书画作品集》《草人翰墨》《草人拙笔》《草人书画选集》等多部著作。中央电视台、凤凰卫视、浙江卫视等诸多媒体对其艺术创作及成就有专题报道。屏幕下的同学们一边观看，一边窃窃私语，对草人的经历和艺术成就充满了敬仰和好奇。

晚上七时三十分，在众人的期待下，游惠松陪同草人先生出现在主席台上，大厅里响起一片雷鸣般的掌声。草人披着一头卷发，浑身上下弥漫着艺术家气息。一开口，幽默风趣的话语赢得师生阵阵喝彩。他说："我是一介平民，是扎根于大众土壤中的一棵小草，故起笔名为草人。立人学校请我为艺术顾问，我愿成为校园里的一棵小草、一株小树，以微弱的绿色装饰立人的艺术天地……"

大家发现，草人先生并没有想象中的艺术家所特有的高冷与傲慢，而是具有一种朴实、亲和、睿智的风采。他的报告语速适中，声音浑厚，向立人师生讲授中国书画艺术的神韵和特质，认为中国的书法绘画艺术代表了中国传统文化的精髓。一个优秀的中国书画家，必然对中国的哲学、历史、古典诗词、书画皆有深入了解，否则，不可能登堂入室，只能临摹古人，描摹大自然。绘画当以诗为魂、以书为骨。"老师同学们，你们知道中国古文化中对我影响最大的是谁吗？是屈原之骚韵，是司马之沉痛，更是东坡之疏旷，稼轩之悲凉。"

主席台上的游惠松心内赞许，草人先生用书法入画，用画入书法，刚柔并用，流畅鲜活，将线条用到了极致。草人先生的极致情怀，恰在于大爱，在于善于和身处的大千世界交流，并由此衍生了取之不竭的艺术灵感和大爱苍生的悲悯情怀，这与立人学校的办学宗旨和教育理念不谋而合。教育是一种"大爱"，学校正是秉承"立人之本，培育英才"的办学目标，坚持把宽广博大的爱施予每一个学生，使每个学生身心得以健康成长。于是在机缘巧合之下草人先生与漳州立人教育集团结缘，被聘请为集团文化艺术高级顾问。正所谓志同而道合，道合而相谋啊。

馆内又爆发出阵阵掌声。草人在演讲中展示两幅题名分别为"清气满乾坤""岁寒三友"的作品给全体师生看。整幅画线条淋漓畅快，突破了传统书画对于笔法的局限，融入了许多独创的笔法，使其书画作品更加具有艺术张力。草人将自己独创的笔法称为"感应笔法"，具有形意兼备特点，创作中能够贯通创作者和观赏者之间的心灵感应，灵魂的线条构成形象优美的"纸上的舞蹈"。讲到高潮之处，草人兴致大发，竟即席挥毫泼墨，书写周恩来的至理名言"为中华之崛起而读书"及毛泽东的《七律·长征》赠予立人师生。

演讲报告结束的时候，草人先生和师生们一起激情朗诵了毛泽东的《七律·长征》。草人先生浑厚的声音飘荡在行健馆内，师生们情不自禁地齐声合诵，会场欢声雷动。

报告结束后，草人到艺体中心和师生进行创作交流。艺体中心蔡靖山向在场师生评析鉴赏了草人"怪书"作品。如《鹤寿》中的"鹤"字是把右半边的"鸟"字演化为肖似金鸡独立的"鹤"的图形状。《常回家看看》中的"回"字与"家"字合二而一，"回"字是用两个"圆圈"代替，并把"家"字团团包围起来，象征着"团圆"，表达了"回家的感觉真好"之意。

草人在座谈会上回顾自己60年来的创作生涯，谦逊地说自己的作品很多，能称上极品的却为数不多。他感慨地说："作品来自于生活，没有丰富的人生阅历、没有深刻的生活感悟，是创作不出来好作品的。同样，一个真正的艺术家，首先人品要好，没有好的人品，是创作不出好作品的。任何一个艺术家，首先要让人们喜欢上他这个人，然后才能喜欢他的作品。"

草人还在艺体中心挥毫泼墨，以怪书风格书写了立人的校训。笔墨淋漓间"源诚形水，立己达人"八个大字跃然纸上。作品线条流畅自如，各字独立劲健而又顾盼相望，生动有趣。特别是"源"字的偏旁三点水和"水"字形似淡淡的波流，草人特地在"波流"中间浓墨写一"形"字，右部三撇亦如水形，和波流状的笔画极为吻合。作品的落款也极有创意，他在最末的"人"字左上方写一个"草"字，借用"立己达人"的"人"字完成了"草人"署名。最后，在"草"字下方加盖了两方小小的红色印章，又在左上部以倾斜角度加盖了一方红色的"闲章"。整幅作品如灵动的河水浸润版面，每一个细节都彰显书法艺术的神韵。

座谈会结束，草人寄语艺体中心学习书画的同学们，一定要切记"源诚形水，立己达人"的校训，以"己立立人，己达达人"的格言激励自己，要努力做到今天胜过昨日，天天有所收获。

一年后，游惠松在"恩来明苑"的莲花山文化园区专为草人修建了收藏陈列其书画作品的"草人堂"。草人堂坐落于马鞍山前，堂前湖水映照蓝天，波光粼粼；堂中丹青焕彩，翰墨生辉。门柱上镌刻着一副对联，联云："草踏仙山地生彩，人游墨海笔放歌。"这副对联由游惠松亲自撰写，草人极为喜欢，拿笔书录出来由工匠精雕细刻而成。

在艺术顾问草人先生的指导推动下，立人书画艺术教育工作攀上新的台阶。两年后，立人学校美术考生平均成绩232.53分，本科上线率98.21%。当一个个学生在美术的这条路找到了自己的发光点，考上心仪的本科学校时，立人的美术老师都极为欣悦，觉得一切苦和累都是值得的。

上海音乐学院冬季考点授牌

巴颜松布里山脚下哟

那达慕大会热闹欢腾

摔跤射箭赛马竞技

蒙古民族的古老传统……

一群扎着红色腰带，头缠红巾，洋溢着青春活力的蒙古族小男子汉正引吭歌唱，他们唱的是蒙古族的经典曲目《欢乐的那达慕》。他们是来自漳州立人学校的男声合唱团。在音乐老师张伟超指挥下，在赖舒微老师的钢琴伴奏下，他们娴熟的合唱技巧和优美的歌声深深感染了在场的评委和听众。"摔跤啰勇士们，摔跤啰勇士们，我们的冠军从那右方，好似雄鹰跳进赛场……"热情的蒙古族人，彪悍的摔跤运动，伴随着欢快的音乐旋律逐一出场，那达慕草原上的一场欢乐的盛会仿佛就在眼前。

这是初冬的漳州人民剧场，"厦漳泉同城化中小学合唱比赛"正在这里举行。这次比赛，吸引了来自厦门、泉州、漳州三地的十八支合唱队伍参加比赛。比赛紧锣密鼓、异彩纷呈，展现了三地中学生的良好风貌和个性风采，是一场高水平的发挥和对决。经激烈角逐，漳州立人学校合唱团荣获比赛金奖，捧回了第一名的好成绩。

人民剧场高大的门柱前，手捧奖杯和奖状的张伟超在一群欢呼雀跃的小男子汉们的簇拥下，笑容腼腆而又灿烂。三年前，他从闽南师范大学艺术学院毕业后，即入职立人成为学校的音乐专职教师，后成为学校艺术团团长。张伟超特别喜欢指挥家郑小瑛教授说过的一句话："音乐虽是阳春白雪但会'和者日众'，音乐家要急社会之所需，尽自己之所能，大力推广音乐普及活动。"张伟超一直把这句话作为自己在立人音乐教育中的追求方向，他深知音乐首先应该是学生群体的大众化受益，需要通过各类的艺术活动，如歌手赛、钢琴赛、社团、晚会等，让大多数的学生参与。其次，要培养专业性较高的团队，如管乐团、民乐团、钢琴赛、电声乐团等，提高部分学生的专业化水平，提高学生群体的现场欣赏水平。庆幸的是，立人教育提倡大爱教育，爱学生即关心学生的全面发展。近年来立人在艺术教育工作中大规模投入资金，无论是共享钢琴的摆放、舞台的搭设还是管乐团的组建等，都是其他民办学校难以做到的。

张伟超深有感触，音乐老师在很多学校是被边缘化的角色，在立人学校却得到格外重视。学校不仅是知识的教授载体，"立人"的关键就在于注重学生综合素质的提高与发展。"扬艺体特长，显综合实力"并不是"红头文件"里的一个口号，而是立人教育的一种品牌标签。张伟超带领立人艺术团，尝试把罕见的铜管乐器、木管乐器引入校园。在全校推行合唱教学，把"齐唱"模式提升到多声部合唱。推广漳州首例音乐班，从曲目的内容、形式、舞美、灯光、服装、道具等方面不断优化创新，以力所能及的最高艺术水平充分展示立人教育的艺术形象。

一个平台、一个团队，历经无数的日日夜夜。立人教师用最平凡的举动，推动着不平凡的明天。很多事情，只要去做就会成就学生，就会营造校园文化艺术气息，更是实践者自我更新、自我提升的过程。正如理想萌芽之后跟跄地成长，收获成就之后会有一小点儿欢喜，但也需要将这种欢喜包裹起来、收藏起来，等待新的目标的启航。张伟超坚信，在艺术教育领域中，立人肯定会闯出一条带有自身特色的路子。

厦漳泉同城化中小学合唱比赛结束后，又有好消息从上海传来。第十届国际青少年艺术节上海赛区漳州分赛场选拔赛将在立人学校行健馆举行。国际青少年艺术节曾是"中华文化五洲行"大型公益系列活动的主打品牌，漳州立人分赛场选拔赛是上海赛区在福建省唯一的一个赛点。和厦漳泉同城化中小学合唱比赛一样，第十届国际青少年艺术节在立人的分赛场选拔活动，引起社会各界及诸多媒体的热烈关注。

2015年12月12日，第十届国际青少年艺术节在漳州分赛场选拔活动在立人学校行健馆拉开帷幕。这一天，天空湛蓝，云絮纯白，太阳周边有一些幻彩的雾霭慢慢弥散在楼宇和蓝天之间，立人学校再次迎着太阳敞开大门欢迎四方来宾。

福建省钢琴艺术教育学会会长、美国北美音乐家协会副秘书长杨弋夫教授，青年钢琴演奏家、上海音乐学院附中钢琴教师卢矜矜讲师，青年钢琴演奏家、华东师范大学音乐系钢琴专业教师吴䶮衡讲师，上海音乐家协会单簧管协会常务理事、上海音乐学院附中单簧管专业郭翔老师，著名音乐制作人、青年二胡演奏家郑伟老师等音乐界知名专家担任本次比赛评委。来自全省各地的50多位艺术特长选手带着憧憬和期待走入立人校园，参加本次选拔赛。参赛项目分为钢琴、弦乐、民乐和声乐四部分，依照儿童、少年、青年不同组别进行，参赛作品健康向上、热情活泼、大胆创新、风格多样。一时之际，各种美妙的乐声在行健馆内如清泉般潺潺流淌，汇成了一条清纯悦耳的艺术江河。

人们并不知道，第十届国际青少年艺术节上海赛区漳州分赛场选拔活动之所以在立人学校举办，是因为上海音乐学院社会艺术水平考级委员将"社会艺术水平冬季考级点"设在漳州立人学校。在艺术节选拔赛开幕式的下午，行健馆内隆重举行了授牌仪式。

授牌仪式同样名家云集，星光耀眼。参加授牌仪式的七年级师生发现，杨弋夫、卢矜矜、吴䶮衡、郭翔、张浩、郑伟等音乐界知名人士出现在主席台上。

授牌仪式开始前，青年钢琴演奏家、华东师范大学音乐教师吴䶮衡走到摆在舞台中央的三角钢琴前，向下面的观众深深鞠躬。而后，端坐琴凳上，将双手轻轻地放在琴键上。此刻，舞台上的灯光变为幽深的黛蓝色，后侧主席台上的人物在迷离的光波里变成若隐若现的一道儿剪影。顶棚的一盏追光灯亮了，将一缕水银般的光柱泻在三角钢琴及吴䶮衡的身上。但见他双眼微闭，深呼吸一下，修长的手指在琴键上游动，一段高山流水般的旋律飞扬在行健馆的上空。他演奏的是匈牙利著名作曲家李斯特的《爱之梦》，热情宏伟的气势而又具有富于诗意的描绘让大家深深感受到了音乐的魅力和带来的心灵的震撼。

在雷鸣般的鼓掌声和潮水般的欢呼声里，舞台上的灯光渐次而亮。演奏完毕的吴䶮衡款款而起，鞠躬谢幕，而后返回到后侧座位上。上海音协钢琴专业委员会会员、上海音乐学院附中教师卢矜矜来到台前，代表上海音乐学院社会艺术水平考级委员会隆重宣布，漳州立人学校为上海音乐学院社会艺术水平冬季考级点。中国音乐家协会音乐考级委员会理事、上海音乐学院钢琴系主任林朝教授为立人学校颁发了牌匾和授权书。游嘉程、吴两和走上舞台，代表立人学校接受了授牌和授权书。吴两和发表了简短的答谢词："感谢上海音乐学院对立人学校的信任，立人学校将不负重托，为社会培养更多艺术人才。"

上海音乐学院将"社会艺术水平冬季考级点"设在漳州立人学校，无疑是立人教育发展史上的一件重大喜事，标志着立人多元化办学及艺术教育活动的纵深发展逐步得到社会的认可。

这个阶段，立人学校音乐组成立了不同类型的器乐社团，备受同学们青睐的有笛子、口琴、葫芦丝、吉他、小提琴等。清脆悦耳的笛声、圆润饱满的吉他声、飘逸轻柔的葫芦丝声、优雅迷人的小提琴声交响在美丽的校园里，让更多的学生享受到音乐带来的魅力。

各个社团如期在每周末展开活动，当年从立人学校毕业的刘慧洁在大学里主修播音与主持艺术专业，如今再次进入立人学校兼职教授"节目主持艺术"。第一堂课曾问同学们为什么要选择社团。将近 20 个学生没有重复的答案，每人都有自己清楚明晰的理由。有的说："我在立人担任了很多活动的主持人，想要在这一方面不断努力。"有的说："我学习播音主持很长时间了，希望不要放弃。"他们都有自己的想法和努力的目标。多彩社团点燃了青春的激情，多彩青春唱响了蓬勃的旋律。立人的各种社团如书法社、素描社、象棋社、动漫社、篮球社、羽毛球社、乒乓球社等蓬勃开展，学生在学业以外发展个性特长，快乐成长。

立人学校艺体生高考训练也卓有成效，得到广大艺体考生的认可。艺体中心生源不断增加，学校成为全省知名的艺体办学特色学校。艺术团在帮助同学们及自身获得成就享受喜悦的同时，不可避免地碰上一道难题，如怎样和科任老师、班主任、家长等沟通，去平衡课程学习和艺术实践的关系等。

有一天晚上，张伟超在操场散步时，高二年级的小戴同学跑过来向他殷勤问好。他想："这小子肯定有什么事要请我帮忙。"果然，寒暄一会后，小戴提出要准备节目上迎新晚会，却担忧班主任不同意，希望张老师在班主任那里通融一下。张伟超笑着问他成绩如何，小戴不好意思开了口："中上成绩，但去年上了迎新晚会后，我在舞台上找到了自信，觉得自己也是公众人物了，比初中自律很多，一直在进步。"张伟超听后笑了："你就把刚才的话跟班主任说，我相信他会同意的。同时拿出最好的学习姿态，并以不断进步的学习成绩来证明自己，你上迎新晚会一定没问题。"

微风徐徐吹送，张伟超和小戴同学沿着操场一圈一圈地走着，聊着梦想、爱好和期望。操场上不时传来师生俩清朗的笑声，似乎美好的愿望在这一瞬间都实现了。

立人的"一报一刊"

元旦一过，寒假在即，一学期很快过去。按一般的教学进度而言，这个阶段师生都进入期末复习迎考时节了。张国生从南门进入校园，却听到从操场那儿传来一阵整齐嘹亮的跑操口令声，此起彼伏，声浪一阵高过一阵。榕树上的鸟雀都受到惊吓，扑棱棱飞到校园外面的电线杆子上，不敢再飞进来。这样的规模和气势似乎不像是几个班级的体育课，他不禁循声走了过去。

原来，高一年段正在操场里进行以"激情校园·跑动青春"为主题的跑操汇演竞赛。这几年，跑操汇演是新入校的高一年段的传统活动。新生入校，经过军训培养了他们坚忍不拔的意志和充满活力的斗志，但是想让这种意志和斗志成为克服懒惰和松懈的一种习惯，就需要在清晨的跑操活动中持续培养。所以，暑期军训之后，高一年段狠抓清晨跑操活动，让这种气壮山河的跑操习惯延续至高三毕业。为了强化督促跑操的效果，每年冬学期高一年段都要进行跑操汇演竞赛。

远远望去，偌大的操场里20多个班级列队立于操场北部，跑道边上摆了一长溜桌凳，年段长邀请副校长王樑、德育处主任及部分中层领导和体育组的老师坐在那里观测评分。毕竟是竞赛活动，各班学生都统一穿上了军训时的迷彩服，周身洋溢着英姿勃发的青春气息。汇演时一次出行三个班级，在班长的口令声里从跑道上整齐跑过。队列中的男生或女生各个神情庄重，嘹亮的口号昭示出蓬勃的朝气与别样的风采，矫健的步履展示着立人学子的自信和刚健。刘金忠曾说："这跑操汇演还源于衡水中学的经验。衡水经验博大精深，我们不能逐一学好，唯独这跑操的经验学习贯彻得最好。"

自从成为学校高级顾问之后，张国生基本上每周来学校一次。刘金忠、王凯支、谢惠清等年轻的领导班子有着很好的管理措施，所以也用不着太牵挂学校的各类事务。逢到重要事务需要"老校长"出面，他们都会电话通知。这次前来，就是因为刘金忠两天前的一个电话。

刘金忠电话里说，2016年《翔宇》新杂志印出来了，总共出满了15期。正赶上翔宇文学社成立十三周年的纪念日，负责文学社的老师计划结合庆祝活动召开一个《翔宇》"小作家"作品研讨会。当年的文学社连同《翔宇》《立人报》都是老校长一手抓起来的，这次活动就请老校长来主持。

刘金忠的电话让张国生想起立人初创之际的旧事。2003年的元旦刚过，建校仅半年的立人学校就成立了学生文学社，同时编印了《翔宇》杂志和《立人报》。那时候，虽然校园规模不大，师生数量不足700人，但游惠松劲头十足。他和张国生商议道，立人是新生事物，就要呈现新锐发展的苗头和蓬勃生长的气象。建校的诸多困难都不怕，就怕立人师生不能齐心合力共闯难关。所以，要不断地相互交流思想，传递积极进取的主流意识。我们常说要搭建师生"共识平台"，总得有个载体来承载"平台"作用。召开师生大会或"校本培训"虽是一个很好的途径，但每学年也只能召开一两次。如果有份报纸和刊物，将我们共有的教育理念登载传播，供广大师生阅读交流，就会如四季里的和风细雨，在潜移默化中改变周围的自然景观。

张国生说，如今各学科教研组都有计划地开展第二课堂活动，语文组开展了"迎国庆"和"写一封家书"的征文比赛，涌现一批好作品和"小作家"。老师们正设想成立文学社并编印一份小小的刊物，用来登载"小作家"的作品。我也想将爱好写作的师生组织起来成立文学社，有了"写作班子"，编一份小报和刊物应该问题不大。

文学社成立之后，语文老师给文学社取了两个名称，一个是"水仙花文学社"，另一个是"九龙江文学社"。究竟叫什么名称好呢？张国生征求游惠松的意见。游惠松说，水仙花是漳州市花，九龙江是漳州母亲河，都比较响亮。但名头都有点儿太大了，没有立人教育的独特性。不如叫"翔宇文学社"如何？"翔宇"是周恩来总理的字，"周恩来班"是立人学校的德育品牌，以"翔宇"为文学社命名很有意义。从字面上来看，"翔宇"是鸟儿在天空中振翅而飞，寓意立人学子如同蓝天下的飞鸟一般，自由快乐成长，既形象又美好。于是，新成立的文学社就称为"翔宇文学社"。

文学社师生合力编排出的第一本《翔宇》专刊，收录了"迎国庆""写一封家书"征文比赛中的获奖佳作，受到同学们热烈欢迎。刚开始，文学社活动没有周期性规律，加之新学校招生及教学任务比较紧张，辅导老师只能抽暇进行组稿工作，刊出期数很不固定。有时候一学期出两刊，有时候两学期才出一刊。直到2010年5月，赖旺炉成为文学社负责老师，活动步入常态化和规律化。赖旺炉任主编，吴天炳任副主编，语文组的黄桂苹和朱小欧担任编委，他们重新设置了杂志栏目，内容也更加丰富多彩。这样一来，前面的几本杂志就成了试验本，新编这本杂志正式冠为"第一期"。封面设计也别具匠心，背景选用湛蓝的天空下翻卷着洁白浪花的大海图画，画面上有两对海鸥翩翩飞翔。左上角标有"立人"校徽图案，右上方的"翔宇"刊名设计为红色行草字体。整体感觉主题分明，意境深远，格调清新别致。

相较而言，《立人报》从刚开始编辑就步入了正规程序。刊头三个鲜红庄重的大字"立人报"出自周恩来亲笔书信集字，左边为周恩来铜像相片，右边是全国政协原副秘书长、周恩来思想生平研究会顾问、周恩来邓颖超研究中心顾问赵炜题写的"六个特别"。《立人报》由吴天炳任主编，赖旺炉任副主编，几乎从第一份的编印起，就保持了固定的版面风格。当时设置为四开对折小报，分四个版面，黑白印刷，内容极为丰富。张国生记得，第一期《立人报》头版头条是游惠松亲自撰写的《立人为本，培育英才》的文章，配图为立人学校升国旗活动照片。此外登载了两份重要文件，一件是中共中央文献研究室第二编辑部同意立人学校设置"周恩来班"的批复，另一件是漳州市教育局同意立人学校"高中阶段试招生"的通知文件。第二版编排了张国生的《校长训词》和几篇学生谈立人学习生活感受的作品，插图为张国生为立人学子讲述周恩来故事的照片。第三版摘登了《闽南日报》发表的报道立人学校《举办缅怀伟人系列活动》的一则消息，另选登三篇学生优秀作文。第四版通版选载党史研究专家赵春生发表在《光明日报》上的文章，题目是《周恩来论青少年学生修养》。当年立人老师中缺乏编辑人才，游惠松特意聘请《闽南日报》高级记者陈镜清为采编顾问，在他的指导下，顺利编印了第一期《立人报》。此后，在主编吴天炳的组织编辑下，《立人报》至今已出刊近百期，成为立人教育对外宣传的重要窗口。

由此可以看出，《翔宇》是一本以登载学生习作为主的"纯文学"刊物，传播也仅限于校园之内。《立人报》则是一份融校园新闻、学科指导、学生习作和教育研究为一体的综合性报纸。有人戏称，《立人报》是立人教育的"机关报"。为了宣传展示立人的品牌形象及招生政策，《立人报》在校内外都有广泛的传播途径。所以编排风格灵活多样，编校质量也有更高要求。在游惠松看来，《立人报》是实现搭建"共业平台"的重要载体。报纸定期登载立人学校骨干教师的教学理论文章，对教育教学工作具有一定的指导借鉴意义。游惠松在"校本课程"中的一些讲座内容也适时在《立人报》进行选载，广大教师聆听报告之后再来阅读这些文章，得到的体会更加深刻。

"小作家"作品研讨会

操场里跑操汇演的口号声嘹亮地响成一片，张国生看了一会儿就赶紧离开了。他知道，翔宇楼的六楼会议室里，文学社的老师和50多位"小作家"在等着他呢。

十多年过去了，他还时常牵挂着立人"一报一刊"的编纂印刷工作。自创办以来，《立人报》坚持编排到了第 60 期。内容新鲜生动，图文并茂，深得广大师生喜欢。《翔宇》杂志也在五年的时光里连续编排 15 期，这些杂志铭记了不同年代里立人学子在文学道路上稚嫩追求和艰难跋涉的时光印记。

张国生至今保存着每一期的报纸和杂志，这些泛黄的报刊是立人学校早期校园文化建设的重要产品。因为有了校报和校刊，学生的优秀习作有了发表园地，极大地促进了校园文学创作活动。立人学子在省内外文学创作及征文比赛中，连连获得较好成绩。特别是中国语文教育研究会主办、《人民文学》和《中国校园文学》杂志社承办的第十一届"新人杯"全国中小学校园文学大赛中，立人学校高一年级的王艺红、邹舒琦、庄晨倩、林淑婷、朱思臻五位同学荣获全国一等奖，赖丹老师还获得"新人杯"校园文学辅导奖。

此外，"叶圣陶杯"全国中学生新作文大赛是经教育部批准，由中国当代文学研究会主办、中国少年儿童新闻出版总社《中学生》杂志社承办的国家级文学比赛活动。立人学子在近三届"叶圣陶杯"作文大赛中，获得全国一等奖的有 20 余人，获得二等奖和三等奖的有 100 余人。徐海港、陈春梅、吴天炳、温竞成、洪艺富、刘燕卿、侯安妮等老师还被授予"叶圣陶杯"全国中学生新作文大赛"优秀指导老师"荣誉称号。由于突出的文学教育成绩，立人学校连续两届被评为"全国新课程写作示范校"。当时，在全国获评"新课程写作示范校"的学校只有 10 所，立人学校名列其中，充分体现了学校文学教育和写作教学取得的重大成就。

近年来，由共青团中央、中国语文报刊协会、《语文报》编辑部、《语文教学通讯》编辑部联合举办的"语文报杯"全国中学生作文大赛已连续举办了 16 届。该项赛事每年一届，参赛人数已逾千万，产生了广泛的社会影响，已成为全国中学生作文竞赛活动中的最具权威的品牌。立人学校先后组织 500 多名学子参加此项赛事，再次促进了校园文学的创作风潮。在第十六届"语文报杯"作文大赛中，立人学子张晨馨、吴姝颖获国家级特等奖，王小雅、王丽珊、陈俊涓、黄锴、谢雨雯获省特等奖，庄雅茹、何秋丽、何晓琪、黄煜婷、简顺禧、谢贝烜、卢雪萍、黄婉婷共 8 名同学获省级一等奖。另有沈与燃、郑婷婷、刘倩如等 10 名同学获省级二等奖，肖嘉蔚、杨舒敏、陈小玲等 20 名同学获省级三等奖。在厦漳泉三市教育局联合举办的"我的闽南梦"征文大赛中，立人初中部的许玉洁、黄逸婷、黄晨曦 3 位同学分获一等奖、三等奖和优秀奖。《闽南日报》也在立人学校设立了"小记者工作室"，28 名同学获得了报社颁发的

"小记者证"，有效推动了学校写作教学水平的进一步提高。

《翔宇》"小作家"作品研讨会上，游惠松和刘金忠都来了，足见立人学校对《翔宇》及文学社团工作的重视。赖旺炉、吴天炳、赖丹、刘燕卿和白晓华等几位教师中的"作家"和50多位立人"小作家"参加研讨座谈会。在张国生的主持下，文学社负责人赖旺炉汇报了文学社成立以来"小作家"的创作情况，吴天炳汇报了《翔宇》杂志的编纂出刊情况，而后安排王艺红、庄晨倩、江信安、柯怀珺、林淑婷、朱思臻、王思娴、舒琦、邹舒琦、秦江山10位"小作家"为代表，畅谈了各自的读书及写作的体会。

游惠松翻开新出的溢着油墨清香的第15期《翔宇》杂志，发现这是一本立人学子的"获奖作品专辑"。这一期杂志收录了《给老师的一封信》征文获奖作品6篇，同题佳作《立人的早晨》和《追梦人》各7篇，重点推出了"叶圣陶杯"全国获奖作品11篇。这些作品中，柯怀珺的《听见你的声音》、江信安的《很久以前》、王思娴的《再见了，老屋》、谢贝烜的《跟随余秋雨》和杨彬的《荔枝情，荔枝魂》为一等奖作品，其余皆为二等奖作品。品读这些获奖作品，感觉语句生动，想象新奇，笔意清新雅丽，从不同的角度体现小作者对生活的精心观察和独特感悟，记录了他们在立人学校拼搏奋斗及茁壮成长的真实情状，也反映了立人学校文学教育中取得的最新成果。

游惠松在座谈会上说，在张国生老校长的指导下，《翔宇》编纂出版了15期，成为立人校园文化中的一道亮丽风景线。多年来，翔宇文学社秉承提高学生人文素养的宗旨，在校园内营造了一种独特的人文氛围，为扩大学生视野、发挥学生特长、提高学生素养做出了很大贡献。立人学校的教育品牌得到全社会认同，与文学社"小作家"们的写作有着密切的关系。十多年前，学校曾举办过"立人杯"全市中学生写作大赛，具体活动就由学校语文教研组和翔宇文学社承办。市文联在立人学校还举办了青少年文学教育及创作研讨会，本土著名作家青禾、何也等人和获奖师生交流座谈，共同探讨青少年文学创作的特点、技艺及发展方向。当时立人学校新建才两年，结合那次中学生文学竞赛充分展示了学校新形象，收到了较好的宣传效果。游惠松还饶有兴趣地向"小作家"们讲述了自己小学时学写作文的故事，讲到语文老师口述作文让他拿笔抄录的情景时，引得在场师生哈哈大笑。

刘金忠也对翔宇文学社及"小作家"们在写作中取得的成绩予以肯定，高度赞扬了《翔宇》编委会的吴天炳、赖旺炉等老师，感谢他们为编好《翔宇》杂志付出的心血，鼓励他们继续做好文学社指导及《翔宇》编纂工作，努力繁荣校园文学创作，丰富校园文化生活，打造品牌社团，为学校增光添彩。张国生总结会议时指出，《立人报》和《翔宇》在立人校园文化建设工作中发挥了重大作用。文学社注重发现培养人才，"一报一刊"为具有写作专长的学生架设桥梁，编委会老师努力推荐写作优秀学生参加全国各种写作大赛。近年来立人学子参加各类写作竞赛获奖人数逐年增多，成绩愈加突出就是很好的明证。文学社要吸引更多爱好写作的同学加入进来，让同学们通过写作表达自己的思想情感，对所见所闻提出自己的见解观点，有助于培养他们思考问题、分析问题和解决问题的能力。中学生正处在树立正确人生观和价值观的关键时期，《立人报》和《翔宇》杂志要充分发挥宣传优势和阵地作用，助力学校思想道德建设工作。立人的各位"小作家"要以高质量的文学创作活动，促进立人学子不断提高道德品质和道德修养。

《翔宇》"小作家"研讨座谈会之后，学校更加重视《立人报》和《翔宇》杂志的编纂工作，设立制度，将"一报一刊"的编辑工作量和编校质量纳入立人考核体系。吴天炳、赖旺炉等老师很受鼓舞，他们将继续以饱满的工作热情投入文学社指导工作中，以期待校园里"小作家"不断涌现。在全国性的中学生写作大赛中，屡屡传来立人学子获奖的消息。"一报一刊"的编纂质量逐年得到提升，成为展示立人学校校园文化的优秀窗口。

第 9 章
引领开来，书藏化育，立徵明德智慧传

　　林秋欣在立人六年的成长岁月里，收获的不仅仅是考取了清华大学，更是收获了诸多与成长有关的精神财富，如诚实品质、责任意识和感恩情怀。在她的印象里，立人师生有一种永不言败、昂扬自信的精神秉质。多少年过去了，她才明白"源诚形水，己立达人"的校训就寄寓着一种生生不息的奋进力量。源诚形水，随境而存，顺势必动，静时沉稳如山岳，动则呼啸如巨涛。己立立人，己达达人，信念感染信念，理想点亮理想。一种柔韧而明亮的信仰之光恒久地播撒于立人校园，薪火相继，辈代传承。每一年考入清华北大的立人学子，都将一种超凡脱俗、卓尔不群的品质永远赋予了令人难忘的母校……

新形势下"校本培训"

八月的立人校园,风景比其他时节更有别样趣味。校园里悠长的青石甬道、挂着一蓬蓬茂密胡须的老榕树,还有壮观的教学楼和点缀在园林间的恩来塔,无不给人以超然清丽的感觉。刘金忠、吴两和陪同着三位客人漫步在绿意盎然的校园里。

三位客人来自全国不同地区:一位是来自湖北黄冈的宋文娟,她是驰名的黄冈中学德育副校长,系全国首届优秀心理学工作者;一位是来自江西南昌的李长建,他是江西金太阳研究分院院长,系全国著名的高考备考研究专家;还有一位是来自山东淄博的尹玖强,他是淄博二中高级教师,曾获"全国优秀班主任"荣誉称号。

宋文娟、李长建和尹玖强参观了行健馆、诚徵广场、恩来广场、生物园和地理园,对立人的校园文化构建表示高度赞赏。最令他们惊奇的是,立人校园里分布着许多精美的石凳和石桌。细加端详,这些石凳和石桌竟然不是一般的石材,而是一块块光滑润泽、色彩华美的玉石雕制而成的工艺品。在翔宇楼前的林荫道旁、运动场四周的香樟树下、休闲园里的花草丛中、诚徵广场的四周,随处可见这种色彩斑斓、纹理精美的石凳和石桌。刘金忠告诉他们,这可不是一般的石头,它们质地坚贞浑厚,造型精妙,磨平的表面图案纹理富有国画意境,每一块玉石都是一件天然的艺术品。这些石材产自九龙江北溪的华安九龙壁,素有"中华奇石"之称。立人近年来花费几十万元资金买来这批石材,在校园里建造了石凳 1000 多个、石桌 100 多张,长条石椅也有 100 多条,供全体师生及家长在漫步游览时乘坐休息。

三位老师听了刘金忠的介绍,感叹说这些精美的石凳和石桌散落在校园里,既是可供观赏的工艺品,又能供师生随意休憩和歇脚。特别是炎炎夏日,坐在树荫下的石凳上顿有冰凉清爽的感觉,学习的紧张和疲惫便会一扫而光。如果说,立人校园整体呈现幽静淡雅的园林风光和文化意趣,而这些小小石凳和石桌则让立人空间富有人文关怀、生活气息和艺术气质。卢梭在《爱弥儿》中说:"什么是最好的教育?最好的教育就是无所作为的教育。学生看不到教育的发生,却实实在在地影响着他们的心灵,帮助他们发挥潜能,这才是天底下最好的教育。"优美的校园环境和优良的校园文化对学生的潜移默化的影响,就是一种"看不到的教育",却有着荡涤心灵的巨大作用。这些小小的石凳和石桌,体现了立人学校对广大学子的教育情怀和暖暖爱意。

立人集团董事会邀请宋文娟、李长建和尹玖强三位老师来到学校，是为了一次大规模的暑期教师培训会。

这一年 7 月，立人学子冯金柯、黄晓婕分别考入清华和北大，另有 53 名学子被 985 院校录取，101 名学子被 211 院校录取，二本院校录取学生达 1180 名，总计升入高等本科院校以上的学子达 1336 名。虽然考入清华、北大的学生数量比上一年度有所减少，但升学总人数比上一年度超了 26 名，意味着高考升学率有所提升。新建的漳浦立人学校也计划招收 300 名优秀学子升入高中部。这一年，漳州市教育局经过组织专家团队进行实地考察，认为漳浦立人学校具备了创办完中校的条件，于是印发了漳教发〔2016〕86 号批复文件，同意漳浦立人学校增设高中部，正式升格为从七年级至高三的六年制普通完中校。立人斯特合作学校也在一年前得到教育部的正式办学许可批复，成为福建省唯一获批的高中阶段中外合作办学机构。这一年，第一批领航班学子已顺利进入美国高校就读。

这一切，标志着立人教育事业持续稳步向前发展。但游惠松认为，立人教育要向"一流"目标迈进，还需要进一步实现"三力"提升，即提升行政执行力、学生学习力和教师教育力。"三力"之中"教师教育力"的提升最为重要，因为教师是学校教育工作的主体。立人学校虽有着一支敬业敏思、乐于奉献的高素质教师队伍，如果立足现代教育或未来教育的发展前景来考量，"教师教育力"还有很大的提升空间。近年来，全国人大十二届三次会议的《政府工作报告》中提出了"互联网+"的行动计划。立人教育发展到一定阶段，一定要走上"互联网+"的道路。要把立人的课堂教学内容及优秀教育内涵呈现在网络上，让非立人学子同样可以享有立人优质教育资源。现在通过"一师一优课"的推进已迈出了第一步，在完成技术团队组建之后，"互联网+"也将在立人教育全面推进。面对这样的时代浪潮，扪心自问，有一部分教师的思想意识、学识结构、科技手段和教学能力是否能跟得上日新月异的发展势头？

毕竟中国改革已进入深水区，民办教育必将进入市场化时期，竞争将更加激烈。因此，立人教师必须不断开展自我提升和自我完善的教育活动，否则将在自我满足的心理中被严酷的现实抛弃。梁启超认为，"人之处于世也，如逆水行舟，不进则退"。面对时代赋予的新机遇和新挑战，立人教育一定要做好新时期的"校本培训"工作。

在游惠松的安排下，董事会、校务会精心设置了此次培训的两类课程，一是"校本认知课程"，即围绕学校教育理念、新学年工作计划、师德师风建设、教师职业素质、学校教育教学管理工作等方面对新老教师进行全方位业务培训。

二是"专家辅导课程",聘请国内著名专家针对新高考、新中考及新的教育形势下教师的职业认同和专业成长开展专题培训。

2016 年 8 月 21 日,为期三天的"校本培训"在翔宇楼报告厅拉开帷幕,立人学校和斯特合作学校的 500 多名教师参加培训。活动分两个阶段。

第一阶段在高中部和初中部分别进行,由校董事会、校务会领导、各部门及处室领导分别承担课程内容。刘金忠主讲《立人学校新时期教育方针设想及发展指南》,吴两和主讲《基于"陀螺管理模式"下的人事工作安排》,高中部副校长王樑主讲《进一步打造德育特色和德育品牌的教育实践》,初中部常务校长王凯支主讲《上下同心、成就立人、幸福你我》课题。此外,校长助理谢惠清、团委书记严秋玉、高中德育处主任陈德兴、高中部教务处主任周新发、高中部教研室主任李剑锋、高中部综治办主任叶亚其、初中部副校长林利菊、初中部德育处主任吴印枝、初中部教务处主任叶东娅、初中部教研室主任刘坤和、初中综治办主任陈小辉等高中层领导分别就各自分管的工作领域设置相关课题进行主讲。

第二阶段为"专题讲座",全体教师聆听了全国首届优秀心理学工作者宋文娟的《用"心"做教育》、江西金太阳研究分院院长李长建的《新课程背景下的高三复习备考》、"全国优秀班主任"尹玖强的《教师的职业认同和专业化成长》报告。宋文娟的报告从一名合格教师的素养构成要素展开,结合自己 30 多年的教师经历,以大量的实例分析解读了教师面对不同学生群体及教学工作中的各类现象提出应对策略。她和立人教师分享了自己如何在工作中转变心态,以"自己一颗心走进学生一颗心"的教育感化体会。李长建通过"高考命题总方向""新《考试大纲》解读""高效一轮备考策略"三大主题展开讲座,围绕"一点四面"与"一体四层四翼",从顶层设计的角度解答了高考"为什么考""考什么""怎么考"的问题。尹玖强倡导教师要用阳光心态享受生活,从改变工作态度、加强职业认同感、提升境界并善于发现教师职业的"乐趣"等方面提出建议。他们的讲座运用事例丰富生动,讲解通俗易懂,给立人教师留下了极为深刻的印象。

在立人教育处于高质量发展的特殊时段,游惠松授意安排了这场内容丰富、举措得当的培训活动,让全体教师明确了新时期立人教育的工作重点和发展方向。特别是三位专家老师的讲座报告,以先进的教育理念、生动的案例和精彩的诠释,给立人教师带来了耳目一新的感受和体验。这场培训让立人教师适时感知前沿教育思想、教学理念和管理方法,达到了拓宽视野、拓展思维、提高见识的培训效果,为新时期如何更好地做好教育工作奠定了坚实的思想基础。

十佳最美生管老师

早晨，林裕泰忙忙碌碌地穿梭在宿舍楼里，进入一个个宿舍评比卫生，看看地板是否干净，宿舍是否整洁。他一边工作，一边开心地哼唱着闽南小调《兄弟兄弟》："凡事应该想得开，久久重新来做起。你有我忠心的友谊，你有坚定的意志……"

春季学期开学刚一周，学校综治办召开了"2016年度十佳优秀生管老师"颁奖会议。这次会议上，林裕泰、林伟煌、林建力、李炳祥、陈贤博、李文清、张淑红、刘海华、魏瑞卿、徐雪琼共十人被授予"十佳优秀生管老师"荣誉称号。林裕泰在上一年度就是"十佳优秀生管老师"，今年第二次获得这样的荣誉，心里非常高兴。游惠松对"十佳优秀生管老师"说，和科任老师相比，你们的工作是平凡的。但是在立人学校里，"学科课程"和"生活课程"同等重要。况且，伟大的事业都是从平凡开始的，正是经年累月里对平凡的坚守，才赋予伟大事业的庄严和神圣。游惠松的话语，让生管老师认识到自己岗位的价值和意义，纷纷表示一定要以更加勤勉的态度做好本职工作，在平凡的岗位上为立人教育贡献一份力量，发出一份光热。

在人们的印象里，生管老师应该是一些大妈或大叔级别的服务人员，但在立人学校，生管老师不只是宿舍生活区的服务人员，还是同学们的"生活导师"。对于立人学子而言，除了在教学楼上课学习外，其余时间都是在生活区与生管老师一起度过，"吃好饭、睡好觉"。生管老师工作理念就是关爱学生要有"慈母"的心，教育学生要有"严父"的爱，生管老师俨然成了他们最亲近、最贴心的家人。

从身份角色来说，生管老师教导学生的内容很多。很多七年级学生进入立人时从未在家做过家务活，没有养成生活自立的习惯。他们往往不明白被子要叠成什么样式，物品摆放要达到什么要求。林裕泰就想出一招，随身带着以往示范宿舍的照片，拿出来让学生们观看。然后指着照片教导同学们，处理宿舍内务如何做到"标准六条线"。为了提高学生们独立生活能力，保持良好的个人卫生习惯，学校综治处开展了以"播撒习惯的种子，收获文明的果实"为主题的规范叠被子比赛活动。一番活动下来，同学们都学会了叠被子及整理宿舍内务事宜，很快适应了寄宿制学习生活。

林裕泰还指导学生们把宿舍当作"家"一样用心巧妙地构思和装饰，用手工、书画作品和盆景等布置房间，凸显各自的文化品位和生活情趣，体现出

"家"的温馨氛围。学生们在布置宿舍时体验到了合作和分享的乐趣，宿舍再也不是冷冰冰的铁床和一成不变的"六条线"，而是充满温馨的家，是他们疲劳时停泊的港湾，养精蓄锐的加油站。

此外，生管老师还要教导立人学子具有积极乐观的思想，要乐于助人、团结同学等。学生们在宿舍区容易因生活琐事而引发矛盾冲突，林裕泰常常教导他们学会换位思考，彼此大度包容，珍惜三年的同学时光。为了培养孩子们生活起居有规律，每天中午或晚上两休时间都督促他们安静休息。为了防止顽劣的孩子在就寝时间说话聊天，林裕泰像猫捉老鼠一样，有时蹑手蹑脚地把鞋子脱掉，小心翼翼地把耳朵贴在门板、窗户上偷听"抓现行"。抓到就耐心地批评教育，时间一长，孩子们都能按时入睡，第二天又精力充足地投入学习生活中。

年轻的生管老师李燕金刚来到立人时，觉得生管老师只是自己职业生涯中的一份简单的工作。但是，随着与学生接触的时间久了，她对生活老师这个岗位有了一个新的认识与解读。从年龄上来说，生管老师应该算是学生的哥哥姐姐或者叔叔阿姨，所以生活中总有一种关心照顾小一辈的本能想法，如温差变化时提醒同学们添衣保暖，下雨天提醒他们带上雨伞等。住校的孩子离开亲人一人在外，生病了或不小心受伤了会需要父母一般的呵护。每逢这样的情形，李燕金都会关心地问他们，去医务室看医生了吗，拿药了吗？为了更方便地照顾这些孩子们，她自己准备了很多家庭用品。学生遇到生理期肚子痛，就泡姜糖水给她们喝；学生被螨虫咬得浑身难受，就拿出花露水白醋给她们擦席子。李燕金以前有晕血症，成为立人生管老师后，在多次看到学生因不小心手脚被门框上的铁件划破流血时，闪现在脑子里的第一个念头就是赶紧帮她们止血、上消毒水、敷消炎药、包纱布、贴邦迪，一气呵成处理好学生伤口后，才发现自己竟然没再有"晕血"的感觉了。同事笑着对她说，因为你把学生当成了自己的亲人，所以就临危不惧，旧病也不治而愈了。

在立人工作十六年的吴小燕也常碰上这样的事。一天，轮到她值班时，半夜时分一个学生来敲值班室的门。她赶紧起身开门问明情况，原来是她的舍友病了。吴小燕马上赶过去，见她脸色苍白，呕吐不止，便第一时间送她去医务室治疗，并将情况通知班主任。还有一次，一个学生走到值班室门口突然晕倒。吴小燕赶紧把她扶起来，拿温水让她喝下，问她怎么回事。她说头晕难受，联系了班主任说马上过来接她去看医生。为了争取时间，瘦弱的她背起学生就从六楼楼梯上走了下去。虽然累得满头大汗，气喘吁吁，但听到学生恢复健康后就觉得再苦再累也值得。

但是，孩子的天性就是顽皮。对学生倾情热爱、真诚关心固然能感化他们，使他们在一定时间里遵守纪律和规矩，但时间一长，总有调皮学生违纪违规甚至引发安全事故，所以严格的制度管理又是生管老师的必修之课。每到星期天返校的夜晚，生管老师都要深入宿舍点名，发现没有返校的学生需马上上报到学校生管科。生管科的基本职能正是"时空执勤，化危为夷"，确保宿舍区的安全稳定。

生管老师天天做着这样一些简单烦琐又很重要的工作，而简单烦琐的工作容易引发人们精神的疲惫、麻痹和轻视。为了克服这样的缺陷，观菊楼的谢执政老师总结出"四勤"工作原理，即生管老师要做到"嘴勤""手勤""脑勤"和"腿勤"。"嘴勤"就是对学生的问题尽力帮助解决，该提醒的及时提醒。在指出学生卫生等方面不足时，要手把手教会学生怎么做，这就是"手勤"。经常想一想近期的工作，想一想该做的事，已做的事，还需要做什么，心里清楚，不忘事，不落事，这就是"脑勤"。不定时的巡查那就是"腿勤"了。"四勤"原理得到了生管老师们的一致认可。

高中部宿舍每年到了暑期都要抢时间装修，临近开学前一周完工后留下很多工程垃圾、粉尘需要清理。在大热天，德育副校长徐海港陪着所有生管老师一起分配任务打扫、清洗每一间学生宿舍，有时候为了尽快完成任务有的老师还利用晚上时间加班加点。开学后新生和家长们露出笑容，生管老师们顾不上疲惫也满脸喜悦。徐海港对大家说，这就是我们作为老师的收获和成就感。

有辛勤的付出，就会换来幸福的回报。学校每年中秋、冬至都没放假，各个班级由班主任组织自行举办才艺展示、团体游戏、中秋博饼、师生互动等精彩纷呈的节目。有时候，学校组织冬至日一起煮汤圆、吃汤圆等活动。活动之时，学生们总不忘自己的生管老师，也把他们分别请到班级里，一起品尝热腾腾的汤圆，一起度过热闹的节日。即使那些在宿舍楼值班的老师，学生们开完晚会也会给他们带去一大堆小吃食品，还不忘送上一句"节日快乐"的祝福。孩子们简单的举动，让生管老师们倍感温馨，在他们心里留下了一个个温暖的记忆。

有一天，生管老师周淼玲因为休息时间一个孩子在宿舍里多次讲话，就对她进行了批评处罚。那孩子起先很不高兴，气恼地走了。过了几天，周淼玲再次找到她，和她谈心，那孩子自知理亏表示诚恳接受老师的批评。第二天，那孩子写了一封道歉信偷偷地放在了周淼玲的办公桌上。周淼玲读着充满稚气的语句，非常高兴。没有想到，快放寒假的时候，班主任用手机拍照发来那孩子的一篇作文，题目是《致最平凡最可爱的人》，作文的主人公正是周淼玲老师。读着这样的感恩文字，周淼玲的心里涌出满满的幸福。

　　立人学子对生管老师表现的尊敬和爱戴，体现了良好的学风和校风。几位负责维修的生管老师深有感触地说，平时在教学楼维修路上或者在班级维修的时候，学生都会主动叫一声"老师好"。虽然没有直接教授他们知识，但是被尊重也是一种快乐啊。有时候在寒暑假期间，同学们在街头见着生管老师，会像见到亲人一样喜出望外，老远就大声喊着"阿姨""老师"。即使从立人毕业的那些学生，从大学里回来度假时，也不忘跑到立人学校找管理宿舍和生管老师聊天。

　　立人校园里的又一亮点是生管、保卫联合管理，消除安全漏洞。四月里的一天，高中综治办组织召开生管、保卫工作会议，综治办张志勇主任、江锦飘副主任等以及全体高中部生管、保卫参加会议。张志勇讲述了立人学校综治办组建的历史，生管科和保卫科合并的过程，强调组建生管、保卫联动的必要性，并对具体的联动进行了部署，要求生管、保卫要相互配合、加强合作，确保校园的安全稳定。

　　全校紧急疏散演练起来了，全体班主任、综治办成员准时到达指定位置。随着警报铃的响起，全体学生弯着腰、捂着口鼻，沿学校指定楼梯通道迅速撤离至学校操场安全地带；又一场火灾消防应急演练，随着消防安全警报的拉响，生管老师迅速穿戴好消防装备，快速抵达演练现场，分工明确，配合默契，整个演练过程一气呵成。这几次演练，大大提高了全体师生的安全意识和自救能力，为创建"平安校园"夯实了基础。

　　"立正，稍息，敬礼……"这不是学生在军训。恩来广场上，在洪亮如钟的口令声中，学校保卫人员正进行着每周一次的常规军训。顽强的意志、坚定的决心和持久的耐心，这也是身为一名合格的校园保卫人员所不可或缺的基本素质。只见教官一边耐心细致地向队员讲解动作要领，一边一丝不苟地纠正任何失误动作。通过军训，保卫人员把军训期间表现和培养起来的顽强拼搏的作风、团结协作的精神、优良的纪律和良好的行为习惯，带到宿舍区的管理中，带到自己的生活习惯中。

　　校园里的草绿了，玉兰树的花开了，桑树又结果了，恩来塔前的菠萝蜜硕果累累了，教学楼前的三角梅也花团锦簇了。又是新的一天，霞光万道，映照着立人的生管老师、保卫人员们在各自的岗位辛勤忙碌的身影，成为立人学校一道亮丽的风景线。

成为一个幸福的教师

"世界上最幸福的事之一，莫过于经过一番努力后，所有的东西正慢慢变成你想要的样子。"这是王凯支在新学年"校本培训"的讲座中说过的一句话。

王凯支时任立人学校副校长，分管学校德育工作，"校本培训"中关于"师德"教育的课程就由他担任主讲。他讲座的主题是"大美立人，成就梦想"，围绕"生活目标""职业理想""工作态度"和"家庭幸福"等话题，阐述了他在立人学校十多年的工作体会，包含了他长期以来对创建"立人文化"的思考与感悟。因为结合自己的亲历和感受展开讲座，对立人往事追忆也引起台下的老师共鸣和感触。王凯支特别强调，要保持一种永不停滞的心思，永远让生命在追求和前行中获得美好与充实。大爱无声，大爱亦有声，因为立人教师的共同梦想就是携手创造大美立人。

如何实现自己的理想？如何成为一个幸福的教师？

坐在培训大厅里的陈晓玲老师在心里悄悄盘算，从象牙塔平静地走出，悄然站到三尺讲台上，已有八个年头了。至今清楚地记得，当第一次面对六十多双纯真的眼眸时，骤然感觉到短短三尺的讲台无限延伸了。在那个瞬间，多了一丝感动的情愫，同时，幸福的号角也从这个港湾开始吹响。每一个毕业季，她都会亲自给即将告别初三的孩子们每人写一封信。这并不是什么尊贵的毕业礼物，却成为孩子们一辈子的回忆。因为，这封普通的书信里寄寓了老师对他们独一无二的祝福与期待。

一个在课堂上曾被各科老师频频批评的"捣蛋王子"，在毕业两年后的一天，发给陈晓玲一张图片，是曾经给他那封信的信封，上面留言："老师，我一直在努力，我很想到达你期待的彼岸。"短短一句话，让陈晓玲感动了整整两天，幸福了很久很久。就像一个母亲教会了孩子如何爱世界后，孩子也一样爱着母亲。在老师给予学生尊重与关爱的同时，也收获了他们满满的爱。

程雷云也因王凯支的讲座而心潮起伏。十二年前的夏天，他从师院毕业来到立人，教研组和备课组是自己立足三尺讲台的力量源泉，组内老师资源共享，成绩共创，常常是在老师们热烈的讨论、激烈的争辩或细致的研究甚至简单的交谈中，教学难题被一一化解。在浓厚而自由的教研氛围里被带入语文教学的奇妙世界。学校藏龙卧虎，不少骨干教师和学科带头人的课堂全部对外开放。这对于新上岗者来说无疑是一个宝藏。于是一边精心打理自己的教学工作，一边兴奋而贪婪地奔走于各个教室之间，不愿意放过任何一个向资深教师学习的机会。"如果工作是一种乐趣，人生就是天堂。"歌德如是说。寒来暑往，春去秋至，十几年的时间不算很长，但教师们和学校一起，健康快乐而又骄傲地成长了。当年的青涩已经变得成熟，青春的事业仍然在这里延续，所有人都期待着在学校这方神圣的土地上开出更艳丽的花朵，结出更丰硕的果实。没有人知道自己的巅峰在哪里，唯有不断重复努力地去做以求精进。

"校本培训"期间，学校举办了"立高尚师德，创一流业绩"主题演讲比赛活动。行健馆的大礼堂里，音乐已经悠扬地奏起，牵动了老师们无尽的遐想与回忆。幸福在哪里？又该去哪儿寻觅？青春的岁月，是未来的醇酒一杯；一路走来，采摘到了无数的甜美。有多少感慨，又有多少期待？身着浅蓝色毛衣、深蓝色长裙的张子锐老师走上台来了，这个光听名字以为是大男生的90后年轻女老师，有着温柔恬静的容貌，演讲起来却又是那么激情洋溢。她在演讲中诠释了自己的名言："对于学生，我总是输。"在和学生相处的所有时光里，她总是不吝啬为学生竖起大拇指，不吝啬为学生扬起微笑的嘴角。她认为爱自己、爱他人、爱生命里一切需要爱的事物不需要任何理由。哪怕生命微小到只是一根细小的灯芯，燃烧了，就能照亮自己，也能照亮他人，甚至可以尝试照亮一个世界。最终一等奖桂冠戴在了这个热爱生活的姑娘头上。十五位优秀教师登台演讲，娓娓而谈对教育事业的忠诚和对学生的热爱。最后七年级的刘幼珍老师带着全班同学共同演绎校歌《厚德载物》，将演讲比赛的气氛推向高潮。

如何成为一个真正能"传道授业解惑"的老师，需要用一生的时间去追问，去学习，去解答。这次演讲比赛，进一步见证了在立人学校兢兢业业、勤勤恳恳奉献着自己光和热的教师的情怀，老师们对师德师风的内涵有了更加深刻的感悟。何树兴老师动情地说，我在立人工作，我的爱人也在立人工作。这里不仅仅是我们工作的地方，还是我们的家。这里是彼此共同奋斗的地方，是两人生命里不可或缺的部分。其实，这样的"立人夫妻"在漳州立人、云霄立人、漳浦立人几所学校里比比皆是，对于他们来说，爱不只是彼此凝视，而是一起注视着同一个方向。生命在不断追求中自会达到一定的高度。岁月在共同执着中必将呈现别致的风华。立人事业成为两人共同拥有的辛勤而又甜蜜的事业。

立人家属同样用自己的一份力量成为爱人坚实的靠山。"我是一名教师，也是一个妻子。"黄建丽老师说，"都说一个成功男人背后一定有一个成功的女人，我要说，一个幸福的女教师背后需要有一个默默支持的男人。"小学部搬到康山校区后，她丈夫黄镇辉为让爱人安心上班，在学校附近租了间房子，索性把家安在学校边上。每天下班就赶往出租房做饭炖汤，知道妻子放不下家庭和学生，无法分担妻子的事业，所以就分担了家里的重担。每次看到丈夫来回奔波的身影，黄建丽都会在心里默默感谢他的付出，感谢他给自己的幸福，让自己有更多的精力投入在挚爱的教育事业上，让更多的孩子们享受到幸福。

立人还有大家共同守护的"立人宝宝"。刘丽琴老师与立人的缘分，就是女儿的成长史。生女儿那天，立人向她抛出了橄榄枝。女儿三岁时，由于刘丽琴爱人在古雷上班，早出晚归，每逢早上六点多到班级看早读时，女儿常被妈妈叫起来，抱到办公室，趴在桌子上睡觉。冬天的早晨，外面还是一片漆黑，特别让人心疼。住在同一层的领导、老师和教师家属得知后主动提出，在刘丽琴上早读课时帮她看孩子。孩子醒了就帮她洗脸刷牙穿衣服，喂好早餐后把她带到办公室。各家炖了好吃的东西，也都叫宝宝过去吃。正是这些"立人家人"让刘丽琴没有了后顾之忧，也正是大家的爱，让原本爱哭的女儿变得乐观大方，开朗外向。在大家呵护下长大的她，也即将成为立人小学的一名学生，继续感受立人大爱。感恩的同时，刘丽琴也把学生当作自己的大宝宝一样爱着。爱自己的孩子，也热爱学生，热爱学校。

爱与责任是所有立人人做好教育工作的原动力，他们用责任播撒希望的种子，用爱呵护幼苗成长。学生是他们眼中的鲜花，他们愿一起用汗水让学生的青春之花绽放。

《立人报》主编吴天炳是演讲比赛的评委之一，他在聆听的过程中动了心思。如果将这些体现立人教师高尚师德师风的演讲稿汇编成书，既将立人"大爱教育"的生动事迹记载下来，又能全面反映立人师德高尚、业务精湛、充满活力的教师队伍的整体形象。他的想法得到了党总支书记吴两和的支持，两人合计将书名定为《师道》。《师道》不仅要收录这次演讲比赛中的优秀讲稿，还要收录此前举办教师演讲活动中的优秀讲稿，同时也要将前一个阶段进行的"师德师风"征文活动中涌现出的优秀作品收录。吴天炳立即行动起来，他和几位老师组建了编委会，围绕"爱岗敬业、教书育人、为人师表"的师德核心，经过两个月的选稿和编辑工作，顺利完成了《师道》汇编工作。

夏天，在立人高三学子参加高考的日子里，《师道》一书正式编印发行，成为立人老师们摆放桌上并珍藏的墨香四溢的一本文集。

信念感染信念

高考成绩揭晓后，立人学子林秋欣考入清华大学。游惠松遣王学文、徐海港、卢国川、王凯支带领游龙武等部分高三老师前往长泰县武安镇珠浦村去奉送奖学金。他在董事会上说，既然前两年为考取清华、北大的孩子发了奖学金，有此先河，即成定例。以后各年度，只要有学生考入清华、北大，立人就要为这些孩子送上奖学金。

珠浦村是坐落于寨尖尾山下龙津江畔的一个古村落，一道悠长的小巷串结起许多古厝老屋，几处古老的庵院祠堂间散落着几眼澄澈的古井。行走在青石铺砌的小巷里，淳朴的民俗风情和熟稔的闽南乡音让人心意安逸纯净。林秋欣没有想到，立人学校的老师前来奉送奖学金会在小村里闹出很大动静。这一年，她的高考成绩是 657 分，位列漳州市第二名。在长泰县参加高考的 3000 多名学子中，只有林秋欣一人考入清华。村人认为林秋欣为全村乃至全县人民争了光，是全县人民的骄傲和榜样。他们在立人老师要来的这一天，早早聚在了古老的林氏祖祠，依古老的传统模式布置了庄重的"金秋励志"授奖会场。县教育局、县侨联、武安镇、长泰一中、长泰二小等单位的领导也来了，珠浦村村委会成员及林氏宗亲、父老乡亲、同学好友等 200 多人参加了立人学校的"金秋励志"授奖仪式。

授奖仪式上，除立人学校外，珠浦村村委会也为林秋欣准备了奖学金。武安镇镇长戴荣辉、立人副校长王学文分别发表讲话，对林秋欣表示祝贺并提出了希望。林秋欣和她的父亲向立人学校回赠了早就准备好的一块牌匾，上书"桃李芳菲"四个大字。林秋欣也在授奖仪式上发表了情真意切的答谢辞，现场响亮的掌声中交织着盈耳而来的喝彩声和欢呼声，让人萌生"今朝一举步青云，人生从此驭长风"的慨叹。

仪式结束后，立人的老师走了。林秋欣站在村口，望着母校恩师的车子驶入峰峦隽秀、溪河婉流的寨尖尾山下，回忆起六年的求学生涯，心内感慨不已。

她曾对乡亲们说，在立人六年的成长岁月里，最大的收获不仅仅是考取了清华大学，更是收获了诸多与成长有关的精神财富，比如诚实品质、责任意识和感恩情怀。在她的印象里，立人师生有一种永不言败、昂扬自信的精神秉质。多少年过去了，她才明白"源诚形水，立己达人"的校训就寄寓着一种生生不息的奋进力量。源诚形水，随境而存，顺势必动，静时沉稳如山岳，动则呼啸如巨涛。己立立人，己达达人，信念感染信念，理想点亮理想。一种柔韧而明亮的信仰之光恒久地播撒于立人校园，薪火相继，辈代传承。每一年考入清华北大的立人学子，都将一种超凡脱俗、卓尔不群的品质永远赋予了令人难忘的母校。

林秋欣记得，高二时她和同学们都进入十八岁的门槛，学校为他们举办"成人礼"活动。年段长徐海港让她代表走过"成人门"的学子在活动大会上讲话，她有点羞怯，就赶紧摆手推脱。徐海港又是林秋欣的语文老师，他鼓励说，"成人礼"的意义就在于让同学们知道成长的意义，开始清醒地追求理想，独立地承担社会责任，所以，你要以义无反顾的勇敢和欢欣鼓舞的姿态来展示立人学子的风采。于是，她在活动当天大胆地走上主席台，分享了自己成长的点滴感悟。她自信满满地告诉每位同学，十八岁意味着成熟，意味着感恩父母和老师，更意味着要做脱颖而出的强者，去获得力压群雄的胜利。她的讲话博得了同学们的一片掌声，从此变得自信昂扬，不再胆怯自卑。

林秋欣还记得，刚升入高三后的几次模拟考试都发挥失常，总觉得很沮丧。班主任游龙武老师问她考试失常原因时，她止不住泪如雨下。游老师帮她总结错题及失分原因并对症归纳出很实用的学习方法，鼓励她适当放松压力，舒缓焦虑情绪。语文老师徐海港在语文课上夸奖她一年来的写作水平有很大提高，让她充满信心。物理老师杨庆宝每次月考后都安慰她有很大的提升空间，英语老师李文玉的幽默课堂让她和同学紧绷的神经迅速松弛下来。这一切，凝成了她生命历程中最珍贵的记忆。

在林秋欣和同学们参加高考的前100天，学校举行了"百日誓师"大会。教师代表吴天炳登台为高三学子鼓劲，先说"满分宝典"，后以殷切话语道出"我们将竭诚相助，全力以赴"的承诺，也道出了高三全体教师的心声。各班学生代表带领同学们集体宣誓："三年厉兵秣马，含英咀华、落笔生花。百日焚膏继晷，金榜夺魁，舍我其谁！"声声誓言刺破苍穹，震撼天地，把会场气氛推向高潮。林秋欣和同学们斗志昂扬、信心百倍地在红色横幅上神圣地签上了心中的大学校名，全场气氛浓烈感人。"百日誓师"活动后，游龙武对林秋欣说："你的成绩在几次质考中比较稳定，如果发挥正常上本一线是没有悬念的。"停了一会儿，游龙武又说："立人每年都有学子考入清华，希望今年的这名学子是你！"老师话语不多，却内蕴着一种难以抗拒的坚定力量，林秋欣望着老师紧蹙的额头和眼角隐现的疲惫之色，庄重地点了下头。如今梦想得偿，林秋欣暗自思忖，游龙武老师可以舒展自己的额头，安心地去睡一场大觉了吧。

高考出发的前一周，立人学校的高一、高二学生为高三学子呐喊助力高考。林秋欣发现，他们在一位帅气男生的带领下，站在教学楼的走廊里齐声呐喊："青春无悔，立马万言。人才济济，必不饶北。胜利在望，南海决决。止于凤凰，定创辉煌！"这些朝气蓬勃的学弟学妹们，将初夏的高温和助力的热情一齐迸发，为高三学兄学姐们送上心中最诚挚的祝福。还有一些调皮的学弟搬出了升旗队的军鼓。鼓点似春潮涌动，全体师生伴着鼓声发出呐喊："十年磨剑，披荆斩棘，全力以赴，共铸辉煌！高考必胜！必胜！必胜！"现场气氛高涨，激情澎湃。

林秋欣并不知道，"喊楼"时领喊的帅气男生名叫欧阳博立，是高二（8）班的学生。在一年后的高考中，他也被清华大学录取。

当欧阳博立参加高考即将奔赴考场的前一周，同样感受到了高一、高二学生为他们呐喊助力的热情。不过，那次领喊的却是一位俊俏的女生，名叫赵嘉琦。他们"喊楼"鼓劲的言辞颇具诗情画意："我们是立人学子，灵魂里永远镌刻着恩来精神。无论是过去、现在还是将来，我们是血脉相连的兄弟姐妹！愿君豪气干云，以笔为刃，丹墀对策，金榜题名！"

欧阳博立也不知道，在第二年的高考中，赵嘉琦同学也被清华大学录取。同年，立人的另一名学子李倩文被北京大学录取。

李杰的励志演讲

进入清华大学后，立人学子欧阳博立常常想起在母校度过的高三岁月，他逐渐明白了高考前学校组织的"百日誓师""喊楼助威"等活动的意义。这些活动的出发点当然是为了鼓劲加油，而另一个作用则是调节紧张的备考氛围，充分缓解学生的备考压力。

"百日誓师"活动时，各班鲜艳的班旗集合一处，壮观醒目。矫健的代表高举队旗列队绕场一周，班旗所到之处，学生热烈鼓掌呐喊，用嘹亮的口号宣示高考必胜的信念。因着那样的活动，学生们放下枯燥的课本，离开沉闷的教室。一时间，那昏沉的脑袋竟会清亮许多。大声尖叫、呐喊、跳跃之后，围裹周身的焦虑与疲惫顿然而消，剩下的反倒是一身的爽快与轻松。为了不负师恩和梦想，唯以更加昂扬自信的姿态进入新一轮的紧张复习中。

老师们组织高一、高二的学弟、学妹们在高考前进行"喊楼助威"活动时，高三学子同样放下书本凝神而听，有些同学不禁涌出感动的泪水。他们呐喊助力的热情鼓起了冲刺高考的勇气和力量，也让人卸下诸多的压力与负担。剩下的就是蓄积力量，轻松走向考场，带着永不言败的信念，以永不屈服的姿态，应对复杂命运对自己的挑选。

这一切，不得不说是母校疏导高三学子精神压力的一种博大智慧。

这一年，立人学校又征地 100 亩，投资 7000 多万元兴建教学楼、办公大楼、学生公寓和学生餐厅，建筑面积 3 万多平方米。同时，配置大量办公设施，改善办公条件，又将开启新一轮的校园改建工作。游惠松、刘金忠都处在建筑工程立项及施工的忙碌之中。尽管如此，仍在百忙中抽出时间研究如何加强高三学生的复习备考工作。在"百日誓师"活动结束后，学校专门邀请演讲专家为学子们励志加油。过后一想，这种"励志"也是一项"激发斗志"与"释放压力"相结合的精神活动。

欧阳博立记得，在距高考仅余 45 天的日子里，立人学校请来了深圳市和谐教育集团职业演讲人李杰老师，专为高三学子做了"决战高考，赛出传奇"的励志演讲。

李杰是中国高考励志讲师团的高级讲师，被业界誉为青少年潜能激发及行为习惯指导专家。他于 2010 年投身励志教育，八年来的演讲足迹遍布广东、江苏、上海、陕西、贵州、重庆、四川、湖南和福建等地。他的教育信仰是"走遍千山万水，历尽千辛万苦，想尽千方百计，帮助千万考生"。他被诸多媒体誉为最具震撼力和感染力的"金牌"演讲人。这一次，李杰在立人进行的主题为"决战高考，赛出传奇"的演讲，给欧阳博立等同学留下了极为深刻的印象。

李杰上场后，仍然采用激情鼓动和互动交流的形式，巧妙地为全体师生提供了有关心灵成长的激励教育。他的演讲直接从述说自己的人生经历开始，那坎坷的奋斗的历程深深感动了全体学子。接下来通过富有感染力的语句、形象生动的案例及现场互动情绪，将演讲会推向一个又一个的高潮。作为演讲大师，他的魅力源于对学生心理实际的针对性。对于优生侧重于考场精神状态的点悟，指导他们减小压力、坚定信心、增进智慧；对于中等生则立足最后冲刺的方法指导，要求他们打破局限，明确目标，把握时间，做最好的计划；对于差生，鼓励他们不要放弃自己，努力总比放弃好，坚持就是胜利。所以，整场演讲能将全场 1900 多名高三学子的情绪鼓动起来，让在场的老师感佩不已。

李杰在演讲中显示出极强的场面调控能力，在富有抒情的语句及温暖深沉的歌声里，他把高三年段的全体班主任请上舞台。而后让全体学生向台上敬爱的老师行感谢礼，行礼方式是三十秒的深鞠躬。舞台中央的老师们眼含热泪，所有的辛苦都融化在"老师，您辛苦了"的深情问候声里。还有些学生情不自禁地走上舞台拥抱自己的班主任老师。那一个个有力的拥抱，是师生间相互陪伴的深情。李杰让同学们始终明白，自己在努力拼搏的路上，老师温暖的陪伴亦在路上。

在演讲的高潮时段，有几十名学生在李杰的感召下，冲上舞台勇敢地喊出自己心中的理想大学，真诚地表达自己对同学、老师、父母的理解与感恩。欧阳博立混在同学之中大声呐喊："我可以，我们一起努力，我们一起实现梦想……"这些充满力量的呐喊一次次在明亮的会场响起，点燃了高三学子澎湃奔涌的激情，他们高呼起誓："我承诺，不做懦弱无能的退缩，不做毫无意义的彷徨！我将带着从容的微笑，去赢得志在必得的辉煌……"掷地有声、抑扬顿挫的誓言响彻校园，坚定了高三学生克难进取、奋力拼搏的信念。

高三年级长张永禄老师认为，通向成功的路从来不是坦途，奋战在高考道路上的每一位学子，确实需要借助一支火把来点燃心中的激情与梦想。在两个半小时的时间里，李杰以他丰富的学识、幽默的语言、激情洋溢的演讲给迷茫中的学子指明了方向，也激励 2018 届全体学生为了高考和理想奋勇拼搏的勇气和力量。

这场演讲活动，给欧阳博立等同学带来很多感触。曾经困惑心中的诸多难题，诸如为谁学，为什么学，要去向哪里，考向何处，聆听演讲后似乎都有了明晰的答案。"决战高考，赛出传奇"的励志演讲，廓清了心河中的迷雾，理顺了脑海里的思路，点燃了心灵深处的火花，绽放出最美的青春光华。在迎战高考的关键时段里，立人的领导和老师花费财力物力请来"金牌"演说家为高三学子疏导心理，指点迷津并鼓劲打气，真是恰当其时的高明举措。这样的策略，确实体现了母校对高三学子的拳拳爱意和殷殷期盼。

又是一年"成人礼"

李杰老师在行健馆为高三学子奉上一场精彩的励志演讲，吹响了高三学子向新一届高考发起冲刺的号角。一周后，行健馆内，又奏响了高二年级学子们的"成人礼"乐曲。

2018 年 6 月 18 日，行健馆的场馆中心矗立起一道高大的"成人门"。高二年级的孩子们身着黑色红边的传统汉服，腰佩金黄纹饰的红腰带，坐在父母身边。据说，黑色红边的服饰是汉服中规格最高的礼服，红色代表地，黑色代表天，是东汉以来官府进行重大祭礼之时才可穿戴的礼服。立人学校特意选用这样的汉服用于"成人礼"，突出步入成年的庄严神圣之感。"成人门"是金黄色的粗硕立柱和红黄相间的宽阔廊檐构成的一座充气式彩门，廊檐下有红色横幅，上书"成人门"三个大字，三字之下又有"成长""明志""责任""感恩"四组词语，皆为金色黑体艺术字。左右立柱上有一副对联，联云"思感恩吾国吾师吾父母，须尽责尔志尔业尔志名"。意思明朗，文辞古雅，老师们猜度这是游惠松董事长的杰作。彩门下面铺设了一条连接馆门至主台的红毯通道，通道两边坐满了参加活动的家长和高二学子。

这些大孩子们，一改往日的嘻哈模样，十分拘谨地坐在父母身边。或许是身上黑色红边的庄重汉服约束了他们的习性，或许是这样的场景提醒他们，就在这一天真的长大了。十八岁，确实如旭日般朝气蓬勃的年龄，散发着花朵般清新芬芳的光华。他们规规矩矩地坐在父母边上，高大的男孩脸上显出腼腆之色，娇小的女孩也羞赧地敛起璀璨的笑颜。边上的爸爸妈妈的表情也格外凝重，似乎立人的"成人礼"也提醒自己的孩子已长大成人，忽地感觉到了肩头更重的责任。有几个善感的母亲偷偷地抹去眼角高兴的泪水，诸多感慨涌上心头，毛小孩长成帅小伙和俊姑娘真是一件不容易的事啊。

"成人礼"盛典的序曲是"领导致辞""教师祝贺""家长嘱咐"和"学生感言"。刘金忠校长似乎也受到了庄重场景的感染，他干脆脱稿致辞。他简短阐释了立人学校举办"成人礼"的宗旨意义，深情地希望同学们成为"三种人"：志存高远、拼搏进取，成为一个有作为的人；心怀感恩、肩负责任，成为一个有担当的人；相信自己、超越自我，成为人生道路上的领跑人。教师代表是高二年级长杨庆宝老师，他真诚希望每位同学能不忘初心，砥砺前行，用实际行动报答母校，报效国家。此后是家长代表林国华发表"家长嘱咐"致辞。学生代表赵嘉琪表达了十八岁的心声："十八岁，意味着成熟与担当；十八岁，已经长大成人。当苦恼彷徨时，当犹豫困顿时，我们一定不要忘记曾经许下的诺言！"学校董事会、校务会领导，高二年级全体师生及学生家长共同见证了这一庄严而神圣的时刻。

在背景音乐《圣洁的时刻》的优美旋律中，"成人礼"主体仪式正式开始。

首先是"弱冠仪式"，这是中华民族成人礼的传统礼仪。孩子们俯首躬身，让爸爸妈妈将一顶缀有金黄色缨穗的红色的成人帽戴在头上。那一瞬间，爸爸妈妈的双眼湿润了，孩子们也心潮起伏。戴上成人帽，意味着已经长大成人，就有了独自翱翔天空的翅膀，就要心存感恩之怀，勇担社会责任。其次是敬茶礼仪式，子女双手举杯向父母敬茶，感谢父母十八年来无怨无悔的养育之恩。敬茶礼仪结束，爸爸妈妈端着茶杯端坐于座凳，孩子们则悄然移至他们身后，开始轻轻地为爸爸妈妈捶背。扬声器里适时播放瞿睿婕演唱的《谢谢爸爸妈妈》，轻柔的歌声里，更多的妈妈开始抹眼泪，有几位硬气的爸爸也双眼有些酸涩。男孩女孩都开始心思柔软了起来，第一次发现父母的两鬓已经斑白，腰板已不再挺直。心内暗暗地说道，爸爸妈妈，此后，我就是你们最坚实的臂膀。捶背礼仪毕，子女双手呈上给爸妈的亲笔信，父母也赠送子女礼物，并把最想说的话嘱咐给他们。在读家书听嘱托的过程中，许多孩子给了爸妈一个深情的拥抱，场面气氛真切感人。

进入最庄严神圣的活动议程时，全体同学向老师行鞠躬礼，感谢师长的无私奉献与关心厚爱。此时，张雨生的歌曲《我的未来不是梦》悠然响起，孩子们挽起父母的手臂，在父母的陪伴下依次走上鲜艳的红毯，一起迈过"成人门"。迈过了"成人门",意味着迈过了稚嫩酸涩的时段,此后步入光华霁月、清风朗照的昂扬前程。最后,优秀学生代表卢云聪同学登台领誓:"巍巍中华,浩浩其行。赐我荣光,降我大任。强我体魄,砺我精神。树我正气,振我国魂。立人立业,成人成事。扬帆启航,责任在心……"全体同学庄严宣誓,铮铮誓言,响彻云空。

整场活动仪式庄严隆重,充实感人。人们都说,立人学子"特别懂礼貌,特别能吃苦,特别勤读书,特别守纪律,特别讲团结,特别有作为"。殊不知,成人礼之后的"六个特别"成了浸渗融汇于他们身心血肉中的一种精神特质。一年一度的庄严神圣的"成人礼",令立人学子把成长、明志、责任、感恩铭记于心,阐释于行,激励着他们努力成为有理想信念、有道德情操、有扎实学识、有仁爱之心的有志青年。

这一年,共青团中央印发了《全国中学生十八岁成人仪式规范》,要求各地学校通过规范的十八岁成人仪式教育,进一步加强中学生思想政治引领和价值引领,培育和践行社会主义核心价值观,增强中学生团员先进性。但是,立人学校早在四年前就开始了"成人礼"教育仪式。那一年的"成人礼"和"进入高三"启动仪式合并进行,仪式也很简单。当年的漳州中考状元、后考入北京大学的汤慧桢同学带领全体学子进行了"成人礼"宣誓;高二(17)班的胡洁颖同学代表全体同学发言,倡议同学们以崭新的姿态挂起风帆,去开拓人生的航道,寻找生命的真谛。而后,在全体学生齐诵《少年中国说》的琅琅书声中进入高三状态启动仪式。首次"成人礼"仪式虽然很短暂,却给本届高二学子留下了永久的美好回忆。

游惠松认为,只有承担成人责任,履践美好德行,才能成为各种合格的社会角色。通过"成人礼"将家庭中耽于玩乐的"孺子"转变为承担社会责任的成年人,意义极为重大。中华民族自古就有成人礼仪,男孩叫"冠礼",女孩的叫"笄礼"。通过传统仪式,令"孺子"开始正视肩头责任,完成角色转变。汉族冠礼和笄礼延续数千年,成为中华礼仪文化之初始奠基文化。立人学校的校训是"源诚形水,立己达人",更应该弘扬中华优秀传统文化中的"成人礼"文化,通过"成人礼"唤醒他们在人生关键时段里的"初心"和"使命",从而培育他们形成尊敬师长、孝老奉亲的感恩情怀。

直至两年前,立人学校"成人礼"活动逐步有了完备的程式和内容。游惠松亲自审订并撰写了"成人礼"的对联、程序、主持词及富含古雅气息的学生誓词。当年"成人礼"仪式由高中部德育处主任陈德兴主持,学校领导刘金忠致辞。教师代表是高二年级长徐海港,学生家长代表是刘泉州先生,优秀学生代表是后来考入清华大学的林秋欣同学。从那时起，形成了带有鲜明的"立人"特色的"成人礼"活动仪规。

五月的阳光，柔媚地倾泻在立人纯净的校园里，在朝气蓬勃的学子身上弥上一层明亮的光泽。多少年后，孩子们毕业离开立人，犹记得当年"成人礼"的生动场情。在立人学校三年来参加的活动不胜枚举，唯独"成人礼"那天的情形犹如老电影镜头般始终晃荡在眼前。关于青春、责任、理想，抑或爱与感动，都在"成人礼"的这一天有了清晰的模样，凝成荏苒岁月里浮雕般的青春印记。

魏书生到立人讲学

冬天，学校又迎来一位神奇的讲学老师，据说在他的手下，再乱的班级也能变好，再差的学生也能成才。他就是中国教育界的传奇人物、首届"中国十大杰出青年"、国家教育行政学院兼职教授、全国教育科学规划领导小组成员、全国中学学习科学研究会理事长、全国中语会学术委员会副主任、全国优秀班主任、全国劳动模范、五一劳动奖章获得者魏书生。

翔宇楼报告厅里，全体老师满怀着期待早早到来坐好，等候魏书生到场讲学。身着白衬衣深蓝长裤的魏书生在刘金忠的陪同下进场了。出乎老师们意料的是，魏书生没有一点当代著名教育家故作高深的姿态，反而如邻家兄弟般，笑容憨厚朴实。魏书生走上主席台，再次出乎老师们意料的是并没坐在席位上，拿了话筒满面笑容站在主席台前就要开讲，这让老师们不由生出一份亲近感，更加迫切想知道魏老师是如何做到将情感教育理念渗透在教学中的种种传奇。

魏书生微笑地开了口。"情感教育是古老而年轻的话题，教书育人是现代教育的出发点和归宿，也可称为'立人的教育'，这就是我们立人学校的教育啊。魏书生诙谐地说。"是啊，"源诚形水，立己达人"，这是立人老师们再熟悉不过的了。老师们听到魏书生的开场白，不由得笑了起来，会场气氛轻松融洽。

魏书生继续说，教育的对象是人，教育要培养和发展的是"个体个性"和"社会个性"相结合的人。反观当下的中学教育，教书要育人这一教育准则并没有得到应有的重视。其原因是多方面的，升学压力大，教学只能围绕考试这一指挥棒转是关键一点，但教师没有真正理解、吃透"教书育人"这一理念的内涵也是更为重要的一方面。几年来，魏书生正是通过孜孜不倦的探索和教学改革，形成了一整套民主的、科学的育人思想和系统的、实效的育人策略。

讲到这里，魏书生给老师们教了一招：育人策略可以用民主教育来归纳，它是实践情感教育的有效路径。首先点亮"盏盏心灯"。把格言抄在黑板的右侧，这是他班里学生每天的必修课。"格言"有它独特的作用，春风化雨点滴入土，日久天长潜移默化，学生心灵世界有了一盏盏明灯的照耀，一定会比昨天更明亮，理想会逐渐变得远大。

魏书生关于"黑板寄语"的话语，让赖丹老师倏地想起了去年立人学子奔赴考场前一夜的故事。那天的晚自习照常举行，孩子们在教室里静静地晚自习，似乎和平常并没有什么两样。不同的是，高三（1）班的全体老师都来到办公室。班主任张永禄走进来，脚步轻盈："教室我去过了，大家状态都很好，要我说几句话，我就在黑板上写了'年轻真好'四个字，你们也去班级，每人送他们一句话吧。"

"勇者无惧——周新发""Enjoy your time for it's a piece of cake——李文玉""好，一定好！——刘振生""凯歌即将奏响！——张朝胜""志在必得！——赖丹"……老师们用他们一句句饱含期许与鼓励的寄语为即将奔赴战场的学子们吹响了最后的号角。作为教师，"以德化人""以才服人"固然重要，但如果离开了"以情感人"，教育便很难收到理想的效果。单纯的知识传授，不可能培养出健全的国民。在教育教学过程中，形成和谐的、民主的师生关系，是情感教育得以实现的关键。听着魏书生的话语，赖丹默默告诫自己："我们面对着年轻的生命，与他们共同追求真理，我们一样永远年轻。"

台上魏书生还在娓娓而谈，教育要做到"有教无类、因材施教、寓教于乐、教学相长"。魏书生又教老师们一招，要善于撰写"自我教育说明书"。学生犯错总是难以避免，针对不同类型的错误要采用不同的根治方法。可以采用自我教育的说明书和心理病历。"请学生在自我教育的说明书里写清心理中两个自我争论的经过，比起只批评，只是由老师告诉他们别这样那样做好得多。"针对病情反复较多的错误，要求学生写心理病历。这些都是魏书生体现民主教育思想的育人策略。所谓"差生""问题生"是所有家长和老师最头痛的。有些人会说教过多少个清北和重点大学才算是一个成功的老师，而教师的工作特点其实就是如何改变孩子。

聚精会神听讲的高中德育处主任陈小辉想起数年前的教师大会上，游惠松就提出了"立人无差生"的观点。他说，今天把表现最不好的学生劝退了，倒数第二的就变成最差的学生，所以我们应该想办法把最后一名教育好，这就是"教好一个孩子，幸福一个家庭"。义教部德育处主任简金堤心里也想：哪有什么"差"生？女学生小何曾有一段时间上课经常吃零食、看课外书、打瞌睡，经常被课后留下来批评教育。她有时也很不服气，但过后每次都会跑到办公室向老师问好，故意问些作业，表示她认识到错误。和学生在一起其实是一件很快乐的事。以后我也学学魏书生的这一招"自我教育说明书"应该能做得更好。立人老师们如获至宝。

立人学校高中部新聘的刘珊珊老师一边认真听，一边也在反思反省自己。作为新上岗的班主任，很多时候处理事情有没有问问自己："当年自己遇到这事时是怎么想的？"换位思考是对学生最大的宽容。当学生压力大时，总是回忆自己当年压力大时最想做什么来解压，于是就有了高考前的"打水仗"。起初这群青春期的学生似乎不屑于这项看似很幼稚的活动，可真正到了活动现场，看到试玩的同学玩得高兴有趣，大家纷纷加入，一扫高考前的紧张气氛，欢乐的笑声回荡在恩来广场上空。寓教于乐，师生同乐。原来释放学生自身能量，调动学生学习的积极性，是有效的情感教育渗透。

教育的目的是把每个人的长处和优点养成习惯，使每个人快乐。什么才是老师的幸福？台上的魏书生分别从自强、教书、育人等多方面，结合实例，精辟地阐述了自己在教育教学及教育管理上的独到见解。他积极倡导"松""静""匀""乐"四字经，倡导老师们要以快乐的心态享受工作，享受生活。要想让自己天天生活在幸福中的诀窍便是把自己能做的事做好。初中部的俞盛华老师听到这些话语时，心内翻起涟漪。他想起自己在学期结束时，给孩子们送上的一份特别的礼物，那就是"文言文版期末评语"。俞盛华老师曾用文言文的方式，给全班五十六个孩子写了总字数达一万多字的个性评语。那些满溢着古风及勉励之意的评语，受到家长和学生的欢迎与好评。而后通过微信朋友圈的传播，竟意外走红网络。在接受记者采访时，他既惊喜又有些羞赧地说，其实这是我日常工作的内容，只不过多花了些心思在上面罢了。把自己能做的事做好，确实让俞盛华感受到了快乐和幸福。

魏书生的幸福观和苦乐观理念，让在场的教师们感到顿悟和振奋。魏书生又建议老师们要尊重规律、敬畏传统，要善于在教育中发现优点、守住优点。魏老师以渊博的学识和机智幽默的语言，折服了在场的每一个人。大伙儿一会儿沉吟深思，一会儿面露喜色，深深沉浸在讲座中。

最后，魏书生在讲座中赞赏立人学校"源诚形水，立己达人"的校训，认为"立己达人"不是一时之事而是一辈子的事，是值得立人教师终生为之奋斗的事业。他寄语立人教师，育人成才是一种精雕细刻的艺术，和学生一起享受学习这个快乐的过程，发现彼此优点，将美好做成习惯，就是一种教育工作者的幸福。希望立人教师善于将教学中的点滴感动因素汇聚成河，享受教育教学的快乐与幸福，脚踏实地，砥砺前行，为教育事业做出重大贡献。

最是书香能致远

漳州市举办"首届小学生规范汉字听写大赛",立人的张国源、黄奕晨、刘佳婧等五位小选手组成的参赛团队竟然获得市直学校预赛第一名。后来,他们又代表市直学校参加为期三天的复赛和决赛,一路过关斩将,最终在全市十六支参赛队伍中脱颖而出,荣获全市二等奖。

人们再度惊讶,立人小学创办才六年,他们的学生就显示出极高的能力素质。有人发出议论,立人的董事长游惠松是数学老师,校长刘金忠是物理老师,副校长王学文、吴两和也都是理科老师,似乎都有很深厚的文科知识修养,近年来的"书写大赛""作文竞赛"等成绩也格外突出,就是明证。

其实,这一切都是游惠松及立人领导班子重视传统国学文化、建设"书香校园"而取得的教育成果。游惠松认为,传统国学文化博大精深,但汉字的诵读和书写是最根本的基础。凡读书须读得字字响亮,凡写字须写得横平竖直。立人小学部从初创开始,每年都以各年段为单位举办一次"汉字听写大赛"。初中部早在两年前就举办了首届汉字听写大会,参赛的选手是八年级的张政、黄佳婷、阮贤舜、赵美萍、陈泽明等14位同学。八年级所有学生及七年级100多位学生代表作为观众参与观摩与现场书写。经过三轮激烈的角逐,最终产生了冠亚军各1名、一等奖2名、二等奖3名、三等奖7名。两年后,又举办了第二届汉字听写大会,当时叶雅琳老师带着六位七年级学生进行现场书法展示,拉开了此届汉字听写大会的序幕。经过一番激烈角逐,赖滨逢同学勇夺桂冠,杨博轩同学获得亚军,赖滨伟和陈欣雨同学获得季军。

此后,两年一届的汉字听写大会,锻炼了学生的汉字书写能力,提高了孩子们书写汉字的兴趣,展现出立人学校注重传统汉字认读教学优良传统。小学与初中合并为义务教育学部后,吴印枝执行校长更是大力推行"三大工程"即礼仪、写字、阅读,以学生良好行为习惯的养成为重点,注重学生全面发展,创造性地育人和办学,致力于打造特色学校,为小学的蓬勃发展掌舵护航。

走在立人校园里,会发现一道奇特的景观。林荫道下,宿舍楼旁,走不多远就会看到一个个银灰色的铁皮小柜。小柜长约一米,高可半人,前后置有两扇镶着透明玻璃的小门。柜门上粘着一张招贴画,上面写有"共享书吧"字样。透过玻璃小门,人们可以看到柜内前后排列着两层花花绿绿的图书。

原来,每一个摆满了图书的小柜,就是一个小小的"共享书吧"。不止校园里的公共空间,即使教学楼、公寓楼内均设有"共享书吧"。行走倦了,玩闹累了，作业疲惫了或假日在宿舍内待久了的时候，来到书吧边上，启开柜门挑选一本喜爱的书，度过一段安静的时光。这样的场景，成为立人学子心头最温馨最安静的画面。

除共享书吧外，楼道内、廊檐下、食堂、体育馆的空间地带，还布置了很多共享电脑和共享钢琴。几个同学查核资料，鼠标一点进入知识的海洋，开启另一种阅读体验。有艺术天赋的同学坐在钢琴前，启开琴盖，手指在黑白琴键上跃动，一串悦人的音符便从指间溢出。一种纯美的旋律流溢心池，泛起涟漪。人们发现，立人校园，就是一座宏大的艺术的殿堂。

这样的文化设施、读书场景和艺术风情，在其他学校很难看到。难怪有人说，游惠松真是一个舍得花钱的人。有的学校下大力气能将教学楼、实验室、图书馆、信息教育室内的设施配置达标就很好了，而立人的校园内、走廊间等公共空间，竟然都装备了小书柜、电脑、钢琴等昂贵的文化设施。游惠松却说，这些钱是必须花的，古人有"腹有诗书气自华，最是书香能致远"的诗句，如果通过"花钱"营造出一个"书香校园"，意义简直太重大了。"六个特别"已经扩展为立人学子的特点，"特别勤读书"是立人学子提升学习成绩的重要法宝。要求学生"勤读书"，前提是要营建好"勤读书"的根基和条件。如果说"书卷气"是一个人最好的气质，那么书香气是一个校园最好的氛围。只有在处处洋溢着"书香气"的校园里，才能很好地涵养师生的"书卷气"。

蓝晓婷是高一年级的一位普通女生，她特别喜欢立人校园里这种"书香气"。课后之余漫步于校园里，总会停留在林荫道旁的"共享书吧"，找一个小石凳安静地坐下，拿起一本书，便沉醉于迷人的意境。置身于高考竞争的压力中，人们视课外阅读为"多余"之事。如果面前的书本不能成为"提分利器"，那就没有翻开它的意义。但在蓝晓婷看来，合理安排学习时间，在完成学业之时品读自己喜爱的图书，未尝不是紧张学习之余的心理调适。读一些不是"提分利器"的书，是为了在一切已知之外保留一个超越自己的机会。后来，在"全民阅读·书香漳州"系列活动中，蓝晓婷获评漳州市"阅读之星"。

在"书香气"的涵熏濡染下成长的立人学子，自会散发出浓郁的"书卷气"，必会收获意想不到的惊喜。

2018年，中央电视台的《朗读者》节目火了，主持人董卿面对观众侃侃而谈："朗读是传播文字，而人则是展现生命，将值得尊重的生命和值得关注的文字完美结合，就是朗读。"而早在四年前，立人学校就在小学部举办了以"爱我立人"为主题的朗读活动。此后又举行了"立人杯"教师朗读比赛，内容为"自选篇目"和"教材经典"。徐晓静老师在比赛中获一等奖，邱心怡和刘林辉老师分获二等奖。立人老师认为，朗读是一件幸运的事情，用声音来拥抱世界是一种美好的精神尝试。正如 800 多年前在漳州当过地方官的朱熹说过，凡读书，须读得字字响亮。所以，立人初中部很早就以班级为单位开展诵读活动，后来发展成全年段大型的"经典诵读"活动。

在九年级喜迎十九大"经典诵读·缘情赋骨"朗读比赛中，林庆圩副校长、集团督导部林利菊老师、叶东娅主任、刘坤和主任、余国阳年级长、教研员庄爱国老师等领导亲临现场为参赛选手喝彩加油。在宏伟的行健馆里，活动首先以集体朗读拉开帷幕。伴着激昂的乐曲，全体师生诵读伟人毛泽东的《沁园春·雪》，场面壮观，气势磅礴。为了获得较好的朗读效果，选手们精心地准备了诵读材料和背景音乐。苏妙燕同学朗读《我们仨》时，恰当地调配高低起伏的声线，巧妙地将父母之间爱情和母子之间的亲情淋漓尽致地渲染出来。游晨阳同学在分享和妈妈的故事及深情朗读后，他的妈妈竟然出现在舞台柔和的灯光里，母子深情拥抱，令人感动。陈伟微同学特地以《小王子》选段献给敬爱的池金新老师，在场师生无不热泪盈眶。十多位选手营造了一场精美的视听盛宴，围绕"缘情赋骨"诵读主题，孩子们的心灵受到熏陶，对他们的成长必将产生深远的精神影响。

立人的教师都是对"经典诵读"有着独特情感的文化传承者。杨彩环老师对学生们说，无声的文字，有了感情的朗读，便成了有声的倾诉。朗读者的舞台属于每个人，爱上朗读会让我们遇见更好的自己。林利菊老师也说，朗读属于每一个人。朗读中，那些沉默的文字被赋予了浓郁的情感，在声音的魔力中增添无穷的韵味。她兴之所至，干脆登台，即兴朗读《我不再羡慕别人》。她用抑扬顿挫的声调及略加克制的情感读出了抒情主人公"我只是一只卑微的虫子，声嘶力竭也没有人能听到"的怯懦心理。随着朗读内容的逐渐铺开，读至"把歌唱献给黑夜的树，黑夜的草，我的没有雕琢的村庄"时，林利菊老师用蓬勃而奔涌的感情，演绎出具有强大生命精神的"小生灵"的崇高情怀，再一次以"声音的魔力"叩击全体师生的心灵。

"国学大师"游惠松极力营造出的校园人文特色和书香气息，体现出立人独特的精神风貌。立人学校以"国学"传统文化为主题，以校本课程开发、艺术景观设置、课外兴趣活动为切入点，将国学教育与"六个特别"融合在校园文化和精神文明建设工作中，营造出春风化雨、润物无声的人文教育氛围。

破解凤山"百年绝对"

游惠松有个特点，那就是要求别人做到的，自己也一定要做到。他常想，孔子诚言"己所不欲，勿施于人"，意思是对于自己不喜欢的事物，就没有必要施加到别人身上，反过来就是要求别人去做的事自己也一定要做到。他提出立人成员要不断增强"三力"，即行政执行力、学生学习力、教师教育力。游惠松之所以将"执行力"置于首位，是因为没有"执行力"一切美好的设想都是空谈。游惠松多次在高考工作会议中指出，立人学校努力提升高考成绩的法门只有一点，那就是研究学生、研究高考，以"教研"为门径提升高考成绩，这是立人教育的关键法宝。所以，在忙碌倥偬的时间里，他自己也抽时间关注且研究高考动态。

2018年5月，高三年级"二模"考试后，游惠松打电话到高中部教研室，让他们将"二模"的数学试卷送到他办公室。结果，那老师没有听清电话，将全科试卷都给他送来了。游惠松没有说什么，随意去看最上面的语文试卷，一看就被吸引住了。第一题是阅读题，题目中要求学生选出春联"冬尽梅花点点"的下联。后面还标注，此题原题出自三年前普通高等学校招生全国统一考试的北京卷。游惠松非常惊讶，高考语文试卷中竟将对联设为一个考查知识点，这不正是对中国传统国学内容的回归吗？

早年时，游惠松阅读穆凤良先生所著《译德载物》一书时，曾读到一则故事。民国时期，陈寅恪任清华大学国学院导师，为该校的高考国文试题出了一道题，题目是以"孙行者"为上联，要求考生对出下联。据说有三位考生对出了下联，其中就有著名语言学家、北大中文系教授周祖谟先生。他们对的是"胡适之"，"孙"对"胡"（猢狲），"行"对"适"，"者"对"之"，答案是胡适的名字，大大出乎陈寅恪的意料。"孙行者""胡适之"都是人名，猴子有"猢狲"之称，可以说以"胡适之"对"孙行者"是自然天成的绝联。其实，陈寅恪的标准答案是"王引之"（清代训诂学家）或南北朝数学家"祖冲之"。陈寅恪通过一个简单的"对对子"试题就考查出了学生的文字、声调、词汇、语法、文学等方面的国学水平。游惠松认为，对联确实是中华民族的国学精粹和文化典藏，传统的国学大师和文人雅士皆通过撰写对联来展示自己的学养和修悟。所以，他在闲暇之时也喜欢钻研对联创作的奥妙，有很多时间沉耽于寻味对联的文字意蕴，乐此不疲。

立人十周年庆典活动筹办之时，中华辞赋协会会长颜其麟来到漳州，游惠松带他参观恩来明苑。颜其麟看到"孝德园"牌坊立柱上镌刻的楹联"山山出木木林示禁火，月月朋人人从木来神"，也大加赞赏。当闻知此联乃游惠松所撰时，极为惊讶。一个数学老师出身的教育家、实业家，竟有如此高雅的文化情趣和深厚的艺术功底。颜其麟临别时，和游惠松约定日后要多加联系，互相探讨诗词联赋事宜。他对游惠松说，我们算是文人间的相会，不若做些附庸风雅之事。这里有广西《凤山县志》里记载的一个上联，题为"鳳山山出鳳，鳳非凡鸟"。千百年来虽有众多人士对出下联，但结构与意境却总是不尽如人意。希望你能对出下联。对不出也无妨，就算留下一道难题，供你慢慢玩味思考，作为下次见面的谈资。游惠松笑着说，那我就尝试一下，不知道能否对得出来。

颜其麟离开后，游惠松托人找来《凤山县志》查阅此联出处。原来，这个上联相传出自广西凤山第八代土官之女韦小姐。其人才貌过人，及笄之年，求婚者络绎不绝。韦小姐想觅一匹配郎君，遂出上联征偶。求婚者绞尽脑汁，却无一应对，故此韦小姐也遗憾终身而命归九泉。上联以当地地名出句，环环相扣，又将"出""鳳"析出。由二、三字组成第四字，第五字又与第一字和第六字相同，第八字和第九字字合起来又构成第六字，妙手偶成，成为绝对。

颜其麟没有料到，第二天他就接到游惠松的电话，称已对出下联："蛇口口回蛇，蛇岂它虫"。游惠松电话里说，上联"鳳山山出鳳，鳳非凡鸟"，鳳山为地名，山山加为"出"字，"鳳"拆开为凡鸟，意即山中飞出的凤凰也绝非凡鸟。游惠松对的下联"蛇口口回蛇，蛇岂它虫"中，蛇口亦为地名，口口相叠为"回"，蛇字拆开为它虫，蛇蜕皮时留下整条蛇蜕，就似蛇口中重生。蛇有"小龙"之称，蜕变成龙的蛇又岂是一般蛇虫鼠蚁可比拟的？颜其麟听罢，沉思一会儿，大加赞叹。

多少年来，凤山这个上联，曾难倒无数文人雅士。诸多下联中较合规格的有两联，分别为"龙水水冰龙，龙是神蛇"和"金城土成金，金赠玉人"。但是，前一联纯为文字游戏，和上联没有关联之处。后一联从意境来说难与古代上联相匹配。从文字的角度来说也有欠缺，"金赠玉人"，"玉"和"人"合起来也比"金"字少一点。相较而言，游惠松的对联则为上乘之作。"蛇口"是中国改革开放的著名试验田，曾被视作中国的"希望之窗"。地理位置独特，东临深圳湾，西依珠江口，与香港新界的元朗和流浮山隔海相望，山川形胜素有"回蛇相顾"之称。"回蛇"对"出鳳"，龙凤相配很是相称。更何况蛇是"小龙"，岂是其他虫可比拟？此联文字符合拆字要求，意境气势及艺术风骨直追上联。难能可贵的是游惠松竟在如此短的时间内将"绝对"对出，平仄对仗，结构工整，意境深远，实属应对之联中最上乘的作品。颜其麟当即写了一篇文章送呈广西辞赋协会，题为《漳州游惠松破解凤山百年绝对》，并在文章里称游惠松为"闽南奇才"。

更令颜其麟惊讶的是，游惠松还仿照《说文解字》的模式写了一段对"立人"进行解析的文字：

> 人，天地之性最贵者。"人"立于"一"之中"大"也。大，天大地大人亦大，故"大"像人形。从"一""大"仍"天"，天，颠也，至高无上。立，住也，从"大"立"一"之上。立人者"位"也，位，列中庭之左右谓之位，尽其时空。立，数五，五，大地之中央，四方分之。人，数二，二，宇宙初分，阴阳始成。五二之积为十，十，数之具也，横为东西，竖为南北，则四方中央备全也。全，王上人，为冠为明珠，十全十美。五二之和为七，七，阳之正也，从一微阴，从中衰出也。七方，东西南北天地人，和谐之象。立人，列其数为五二，仍天成理想实现数，攻无不克，战无不胜。立国当先立家，立家当须立人，教育就要立人。孔子云，己欲立而立人，己欲达而达人。

这段古汉语体式写成的文字，一般读者能熟练阅读已是不易，而理解其中的奥义妙理则更是不易。但是，对于谙熟中华国学典籍的颜其麟先生而言，细读一遍便知其中的思想内蕴。

颜其麟发现，这一段文字包含了"形""数""理"三方面的内容。游惠松首先从"形"入手，认为"人"字上部加一横为"大"，而"大"字下部加一横为"立"，可见"人"与"立"皆与"大"字有关。而"立"和"人"又构成"位"字，得出"列中庭之左右谓之位，尽其时空"的结论。这样一来，人们就明白了，"立人"确是天地宇宙间第一等的大事。其次，以"立""人"笔画为据开始分析两字的"数"，得出"立人，列其数为五二，仍天成理想实现数"的结论。"形""数"结合，所阐之"理"自然水到渠成："立国当先立家，立家当须立人，教育就要立人。"

颇为奇妙的是，在解析"七"和"十"两数时，得到"七方，东西南北天地人，和谐之象"的结论。读者至此豁然开朗，方悟游惠松将所建学校名为"立人"，而将服务学校的实业公司名为"七方"的用意所在。这一切看似随意命名，实则大合传统文化易数理趣之妙。七方集团公司是十年前成立的，至少在那时候，他的脑海里已经有了关于"立人""七方"等数理概念。由此可见，游惠松做任何事情都有一种思想的光芒在引领，都有一种翔实的理论在支撑。

唯其如此，才能在任何时候立于不败之地。

这样想象奇特且推理严密的解读，显示出游惠松缜密的思维、长远的目光和渊博的学识，令颜其麟极为感佩。

有年春天，立人教育集团办公室主任陶延生和杨子艺等几位陪同游惠松在九龙江畔漫步。有人说起新闻中报道的一件事，几人因为在手机中转发未经证实的虚假信息被治安处罚。陶延生是漳州易学应用学会的会员，平素也对古典国学较感兴趣。他对游惠松说："此类事件在网络高度发达的今天屡见不鲜，古人有'病从口入，祸从口出'的告诫，为此我想出一个上联：'口出五言当惜语'。董事长才思敏捷，能对出下联吗？"游惠松略一沉思，抬眼看着江畔蕉田里劳作的几位乡民，随口答道："昨日今日明日，一生浓缩于其间。我的对句是'人生三日应争春'。"众人闻听，不禁赞叹。此联中"人生三日"应对"口出五言"，"当惜语"应对"应争春"看似极为平常，但却暗伏机巧。陶延生上联中的"口出五言"组合成最末一"语"字，游惠松下联中的"人生三日"也组合成最末一"春"字，两联对仗工丽精巧，浑然天成。

游惠松应对神速，看似随意掇取的字词组合，却极合陶延生上联中的词语规范，显示出极高的文字功夫和深厚的文化底蕴。他一直认为，古代律诗中最令人称道的是诗中的对偶句，说明创作对联是体现诗人艺术高度的一种功夫。对联之中，合字联、拆字联的写作难度尤大。因为此类对联比一般楹联更富于形象化、空间感和想象力，可以说是更高一层的文学表达方式。遗憾的是，从古到今，合字联、拆字联因创作难度较大而作品数量稀少，已到濒于失传地步。如果将创作合字联、拆字联的成果和体会整理出来，也算是对弘扬传统文化尽一份绵薄的贡献。于是，游惠松开始有意识地探索此类对联的创作技巧，并将近来创作的佳作三百余副合为一辑，书名题为《诚徵楹联》。

《诚徵楹联》精练地介绍了楹联艺术的创作规则，结合作者创作合字联、拆字联的感悟和体会，阐述了楹联在不同地域场景中的文化意义、历史渊源和社会影响，具有很强的文献性、生动性、可读性和纪念性。著名辞赋专家、北京华夏诗联书画院院长王庆新阅读《诚徵楹联》书稿后，大为惊叹，特撰一序，称赞："此专集之最大之意义不独赏其文辞易理，更于存其习俗创新之哲理，以示中华楹联习俗于民间之勃勃生机，华夏诚徵能量及楹联文化于地方之殷殷余脉也！"

"戊戌三赋"

通过评析高考语文试卷，游惠松感觉到语文教学及学校教育呈现出向传统"国学化"回归的倾向。他让教研室拿来北京市的高考语文真题试卷，发现除第一大题与"对联"有关外，第二大题"文言文阅读"选取《欧阳文忠公集》中的《偃虹堤记》，要求考生将欧阳修的《偃虹堤记》和范仲淹的《岳阳楼记》进行比较，谈谈两篇"记"所抒发的"为官情怀"的异同。第五大题"现代文阅读"选取叶廷芳的散文《废墟之美》，要求考生发表"已成废墟的圆明园遗址"是否应该重修的意见。第六大题"话题作文"通过北京"老规矩"的一则材料，提示考生"老规矩"被重新提起并受到关注，这种现象引发了你哪些思考？请自选角度，自拟题目写一篇文章，文体不限。

游惠松一气儿通读了近年来"全国卷"及各省市自主命题的高考语文试卷，发现大多试题都体现出注重古今贯通和饱受文化浸润的特征。内容大多取材于古代文化典籍，汇聚精华，通过一张试卷让考生体味中国传统文化经典的独特魅力。他想，凭借高考这个高聚焦平台，试题的取材设计在引导文化自信、提升道德品质、厚植家国情怀方面，凸现出"以文化人"的目标，体现出命题者的主导倾向和长远目光。

游惠松一直认为，中华文化既承载历史又传承历史，既连接现实又服务现实且开拓未来。习近平总书记在十八大报告中指出，要加强对中华优秀传统文化的挖掘和阐发，使中华民族最基本的文化基因与当代文化相适应，与现代社会相协调，要推动中华文明创造性转化和创新性发展。激活其生命力，为人类提供正确精神指引。但是，优秀传统文化的作用于个人成长和社会发展不是立竿见影和一蹴而就的，必须坚持长时期的宣传与推广、培养与浸润。那么，处在新时代里的立人教育，就须立足独具特色、博大精深的中华文化，以古为今用、推陈出新的态度，建设传统文化与当代文化相适应、与现代社会相协调的校园文化。

对高考语文试题的透析、理解与认识，让游惠松想到了手头正在写作的《诚徵》书稿。

关于"诚徵"文化的主题，源自数年前在恩来明苑举办的那一场"载道南归，盛世恩来"主题庆典活动。当时，游惠松在庆典活动结束后继续思考"大定阁"中的游酢和周恩来的塑像边上的对联，认为"源诚形水，厚德载物；持经达易，自强不息"是二位"先圣"精神品格的真实写照。游惠松曾思忖，

"诚"是品德本源,必须像水一样柔韧坚守,忍辱负重,任劳任怨,默默无闻,尽其所能为世人做出贡献,才能成就"先圣"的卓著人格。《老子》曾"以水喻道",称"水善利万物而不争,处众人之所恶,故几于道"。因为"水"的柔韧、温和与恬淡特征,游惠松想到一个古乐五音中"徵"。在古乐五音之"宫商角徵羽"中,"徵"对应于简谱中的"5",唱名为"sol"。至中国战国时期,已有七声音阶的出现,由原有的五声音阶"宫商角徵羽"五音加上"变徵"与"变宫"两音而成七音。七声音阶里,"徵"为中间音阶。从易数角度看,"5"是中数,可引申为中庸、中正、和谐、融通之意,此乃中华道统文化之精髓。所以,对于"诚徵"主题的诠释,通俗地理解就是"以诚融通天下"。

从那时起,游惠松的脑海里有了"诚徵"文化的主题。"诚"是本体,"徵"是方法,"诚徵"实则是本体论和方法论的结合,是推进伟大事物奋力前行的措施。他兴奋地想,"诚徵"必须成为立人教育的切入点。"源诚形水,厚德载物;持经达易,自强不息"体现的就是"以诚融通天下"的精神。在中华文化大发展大繁荣的春天到来之时,我们应当诚笃"天人一体",诚心正意,胸怀诚挚之心,诚恳仁爱生命,言行诚实诚朴,诚信善誉人间。于是,开始着手写作以"诚徵"为主题的弘扬传统国学文化的系列著作。

为了构建"诚徵"文化理论体系,游惠松博览群书,苦苦求索,耗去整整一年的光阴。某一天他在《教育探索》上读到一篇文章,指出德国数学家莱布尼茨受《易经》二元辩证思想的灵感启迪才发明了二进制数学。游惠松的头脑里忽地亮堂了,就以弘扬古老"中庸"哲学思想的《易经》为基础理论,来推演并建构"诚徵"文化的理论体系。

多年来,因为数学研究的习惯,游惠松保留着烦琐抽象事物进行推理演算的浓厚兴趣。他从《易经》六十四卦与二元算术理论出发,推演证明虚实宇宙存在,提出虚实宇宙间的运动恪守了永恒不灭的"诚",提出"诚徵"能量是宇宙本源,从物质能量成务化生的全新视角提出本体论和方法论。按游惠松的本意,他要汲取两千年来儒释道的思想精华,从传统国学角度来诠释"源诚形水""以诚融通天下"的理论主张,从而构建体现中国传统国学思想的"诚徵"文化体系。两年来,他尽量回避冗务,躲进"诚徵"工作室,沉耽于古书堆里披阅史料,觅句缀文,"不知东方之既白",度过了一段四季无序、晨昏颠倒的书斋时光。

立人创建以来就以"源诚形水,立己达人"为校训,游惠松一直认为这是一个充分阐明教育本质的校训。一年前,习近平主席在厦门金砖国家会议上提出"胸怀天下,立己达人"的重要启示,深刻指出了金砖国家之间合作的世界影响。游惠松读到这样的消息后，心潮澎湃。"己欲立而立人，己欲达而达人。"这是源自古老东方的哲思，也是当今金砖合作的写照。建立结伴不结盟的新关系，走出相互尊重、共同进步的新道路，实践互惠互利、合作共赢的新理念，金砖五国以顺应历史大势的姿态屹立于世，亦让世界焕发新光彩。立人学校"源诚形水，立己达人"的校训和党和国家领导人的重要启示不谋而合，足以说明这是一个充分体现中华优秀传统文化的校训，也是一个具有高度前瞻性的校训。如今，高考语文试卷重视传统国学文化命题倾向，更加坚定了他研究"诚徵"文化的信念。在书稿撰写过程中，他创作了《诚徵赋》《翔宇赋》和《立人赋》。这几篇赋文作于 2018 年春夏之际，游惠松将其称为"戊戌三赋"。

赋是中国古代的一种有韵文体，介于诗和散文之间，类似于后世的散文诗。其讲求文采、韵律、兼具诗歌和散文秉质。古人认为，赋是最能体现汉字和汉语优势与特色的文体，所以辞赋创作是一件很不容易的事。游惠松的"戊戌三赋"继承汉赋"铺采摛文，体物写志"的传统，体现出作者高峻的艺术精神和深厚的文化底蕴。

《诚徵赋》以"元诚开天，宇宙茫茫"起兴，既而阐明"成务化生法则藏，立诚大小尽无限"的道理。作者认为，宇宙的形成本源归结于"诚"，万事万物化育生长之中隐藏着基本法则，那就是"立诚"。《诚徵赋》通篇说古论今，历数上古时期历史典籍中的"道统""历法""诸子百家""易经八卦"等文化元素，热情礼赞中华五千年的文明发展史。赋文古今相喻，运用典故，以"凤鸣岐山，文武礼乐文化建"引出"家国同构，国政尤似农耕酣"。从中华文明礼仪制度开启到中华人民共和国成立以来"以诚融通天下"的文化传统，作者选类取例，以生动精彩的语句予以铺陈评析。整篇赋文一韵到底，在对仗中融入了大量的典故、拆字、合字和回文手法，充分展示出高超的文学功底与绮丽的语言才华。

《立人赋》开头两段萃取"后羿射日""女娲补天""大禹治水""愚公移山"等上古神话事例，引出伏羲"象形造字"和孔子"如意庠教"等人文创举之史，阐明古代中国"程朱易理明辨""中庸会演济世"的文化传统。而后自道"业内游胤，担当事教，首立私学广纳贤"往事，遵循"源诚论"，实现"首巨变"，最后达到"京畿撼"的辉煌效果。作者"数往开来，诚藏化育"，阐明立人教育秉承"源诚形水，立己达人"的校训传统，在新时代的教育实践中放眼世界，引领未来，创造"集团共济，大壮行谦"的立人事业，表达了"望达人正业，担当就事"的豪迈情怀。

《翔宇赋》在"全球运，立和同信仰，势态方延"的大背景下，歌颂周恩来总理"大鸾翔宇，惠泽人间"的丰功伟绩。作者历数周恩来一生经历的"黄埔北伐""八一建军""联合抗日""解放平津""重庆谈判""统一战线"等重大事件，阐述中华人民共和国成立后"求真务实履公仆，虚怀若谷谨慎谦"的工作作风，热情歌颂周恩来总理"鞠躬尽瘁孺子任，治平济世一生廉"的崇高品德。赋文巧妙地综合运用古诗与宋词的韵律，而又摆脱古韵羁绊。多用八字语句，两两相对，朗读更有韵致。在旧形式上有所创新突破，鲜明地表达出对伟人精神的追慕和向往。

颜其麟先生阅读"戊戌三赋"时，发出"汉赋创新，时代凯歌"的赞叹。他认为，游惠松的《诚徵赋》《立人赋》和《翔宇赋》，既论述科学精神，又议优秀传统道德观；既表现时代精神，又反映时代特征，尤其是将崭新的"诚徵"教育理念和传统的周恩来精神相兼相融，以旧赋文体承载新时代文化主题，在社会主义的文艺园地里，迎春怒放，绽放出别样的芬芳。

第 10 章
论未来，梦想东风，吹绿万物争艳

疫情过后，高三学生错峰返校。一场春雨涤去了城市上空的浮尘，校园里一夜间繁花成瀑。学子们依序行走在洒满阳光的校道上，目睹着别了近三个月的熟悉的场景，一种亲切的感觉涌上心头。入夜时分，黑沉了好长时间的翔宇楼被璀璨的灯火笼罩住，在旖旎的夜色里泻下无限的诗意与柔情。有几个班的同学在自习课的间隙里唱起了校歌，一唱百应，变成了全楼道的合唱。歌声从教学楼内飞出来，飘逸在校园上空，散步的人们都停住了脚步。熟悉的歌词和旋律，今夜听来真是别有一种情愫……

学校内涵发展的软实力

立人学校在教师节前两天召开了第三十四届教师节庆祝暨表彰大会。

那天，游惠松和刘碧香吃过早饭来到行健馆，从边门进入，直接来到主席台上，却发现刘金忠、游珍玉、吴两和、游嘉程等人早就到了。他们和几个董事会领导端坐在主席台上，正在小声地聊天。老师们踩着扬声器里播放的欢快乐曲，陆续来到大厅，馆内洋溢着热烈振奋的气氛。刘金忠和几个领导看到游惠松夫妇到了，都站了起来。游惠松和刘碧香一边笑着挥手示意，一边走到第一排中间写有他们桌签的位置上坐了下来。

庆祝大会开始，庄严的国歌之后，刘金忠开始致辞。他首先代表校务会给全体教职员工致以最诚挚的节日问候，而后简要总结了学校 2017 年至 2018 学年度获得的成绩，为广大教育工作者在一年里付出的辛勤劳动及重要贡献表达了衷心的感谢。最后提出殷切期望，他说今年是学校第四个"五年计划"的第二年，要全面贯彻落实董事会的工作思路，做好各项工作。刘金忠还说，开创立人教育的游惠松董事长是一位国学大师，为了发扬光大"源诚形水，立己达人"的校训思想，近期内完成了体现传统文化精神的《诚徵》著作。"诚徵"理论将会引导立人学校不断开创德育建设新格局，广大教师要学好用好"诚徵"理论，以立人学子"身心健康、美德养成、学业有成"为目标，进一步优化德育活动、艺术教育及社团建设系列工作，进一步培养、挖掘、开发学生的综合素质，促进立人教育提升发展至一个新的层次。

刘金忠致辞时，游惠松望着会场里认真听会的教师。他发现，第一排听会教师前面摆放着一排会议桌，桌后的教职工端坐在排成 20 列的方凳上。前 10 排的老师身着鲜艳的红色绶带，显然是受表彰的先进人物。先进人物后面，又端坐着 20 多排着装整齐的老师。除生管、食堂、保安、门卫等部分后勤老师外，参会的专职学科教师就有 700 多人。

望着坐满大厅的黑压压的教师，游惠松忽地有一种"恍兮惚兮，其道如何"的感觉。他想起立人初创之际仅有 8 名专兼职教师，第二年南靖"十八罗汉"加盟后也才有专兼职教师 30 多名。四年后，即 2005 年 9 月，立人学校才召开了一次像样的教师节大会，当时专职教师已经发展到 310 人。此后，立人教育事业顺利发展，如今仅漳州立人学校和斯特合作学校的教职员工就达到了 1200 多人。如果加上云霄立人学校和漳浦立人学校的教职工，教育集团的教职工总数已达 3000 多人。

一阵热烈的鼓掌声打断了游惠松的思绪。其时，刘金忠致辞结束，集团人事部主任、学校党总支书记吴两和开始宣读市级和校级先进教职员工名单。而后，扬声器里响起进行曲的旋律，200多名先进教师分批次走上主席台，接受游惠松、刘碧香等领导为他们隆重颁奖。

颁奖结束，主持会议的副校长谢惠清请游惠松讲话。又一阵掌声响过，游惠松朗声说道，教师是科学文化和社会文明的领航员，不仅承担着立德树人的重任，同时也是人类文明的传承者、道德价值的弘扬者和社会风尚的推动者。立人教育事业的发展壮大，所取得的辉煌成就，靠的就是这支敬业乐群、弘毅拓新、无私奉献的教师团队。

游惠松的讲话根本不是客套，他认为，就漳州全市的教育发展情形来看，立人教师的能力和素质是很过硬的。高考和中考以及各类学科奥赛中的优秀成绩，都说明了这一点。在近三年教育部"一师一优课，一课一名师"的活动中，立人教师中10人获部级优课，25人获省级优课，65人获市级优课。即使在科技活动和艺体教育领域，立人教师也充分展示出不同寻常的禀赋和实力。比如，在福建省机器人大赛、电脑编程大赛中，漳州市有资格参赛的学校寥寥无几，而立人学校已连续多年获省级奖500多人次。在"星星火炬"全国青少年艺术英才推选展示活动中，立人学子阮禧龄获小提琴特级徽章。立人中学生合唱团在厦漳泉同城化合唱比赛中获金奖，同获金奖的还有近年来风靡全国的厦门六中合唱团。上海音乐学院将社会艺术水平冬季考级点设在立人学校，中国美术学院也将社会美术水平考级点设在立人学校，充分显示了立人教师在科技活动及艺体教育中的过硬本领。

体育教学成绩也硕果累累。建校之初，在张国生校长的重视下，张志勇老师带领学生认真训练，参加2003年举行的市直中小学生田径运动会，获得团体总分第二名，其中林伟镇同学获得100米短跑第一名，谢玫瑰同学获得800米和1500米的中长跑第一名的好成绩。这样的成绩竟然超过了当时华奥中长跑专业训练的队员，受到体育界的一致好评。从2005年第一届体育高考至今，立人学校为各地体育院校输送200多名体育专业学生，其中钟子豪同学考上中国体育最高学府——北京体育大学。

刚刚过去的上半年里，在漳州市少年儿童篮球锦标赛中，立人篮球队获得第三名，而在漳州市首届中学校际模拟法庭辩论赛中，立人代表队也获得第三名。这两个"第三名"的荣誉让人们觉得有些意外，主要是篮球队凭实力应该得到冠军而未得，模拟法庭辩论赛估计会败北，未料竟捧回了第三名的闪亮奖杯。

立人篮球队在各校巡回交流比赛中成绩始终较好。他们第一次参赛就打进全市比赛，初中、高中男子篮球队曾连续三年均获市直第二名。在不久前的全市第六届"安踏杯"比赛中，又获第二名佳绩。老师们曾经判断，这次比赛按实力应该拿到冠军，最不济也应该拿一个亚军，结果却是第三名。漳州市首届中学校际模拟法庭辩论赛由漳州市中级人民法院、漳州市人民检察院、漳州市教育局、闽南师范大学法学院联合举办，参赛选手有漳州一中代表队、漳州二中代表队、漳州三中代表队、漳州八中代表队、漳州正兴代表队和漳州立人代表队。需要说明的是，其他各校代表队成员均由高中学生组成，而立人学校代表队是由从八年级学生中挑选出的"精兵强将"组成的。没有想到，立人初中代表队力战各校高中代表队，一路过关斩将，最终竟斩获全市首届中学生校际模拟法庭辩论赛第三名的成绩。

这样的成绩，让人振奋之余又觉得有些不可思议。初中学生力战高中学生，竟获得第三名的佳绩？立人学子的综合素质和论辩能力竟这样强悍？这一切，都说明立人教师在培养学生论辩能力方面，确实有着不同寻常的能力素质。

游惠松认为，学校的真正实力是教师，教师的真正实力是科研。换句话说，教师教研能力是学校内涵发展的软实力。近年来，立人重视教师教研能力的培训和指导，不断提升教师教研素质。立人学校已参与完成一个国家重点课题，独立完成 1 个部级课题、1 个省级课题和 9 个市级课题。最近又新获批两个省级课题和 4 个市级课题，另有 6 个学科示范基地成为漳州首批基础教育教学研究基地，全部以优秀成果通过验收。开学之初，立人学校还成功举办了市级课题《论思维导图在道德与法治教学中的运用》《论思维导图在英语教学中的运用探究》《渗透中华文化传统，凝练地理核心素养》和《如何将角色扮演运用到初中历史教学中》的开题报告会。

两年前，立人学校荣获"福建省首批义务教育教改示范校"称号，英语、生物两学科示范基地成为福建省第三批基础教育教学研究基地。市教育局在立人学校召开了福建省第三批基础教育初中英语学科教学研究基地校开题报告会。学校英语教研员胡晓香在会上作了《以微课为载体，构建"导引自学先测后讲"的智慧课堂模式》的开题报告。市普教室教研员杨小兰老师高度肯定这一课题研究意义，认为立人学校基于"以微课为载体"的研究选题具有一定的独特性、前瞻性、实践性和必要性，研究课题形成了具有立人自身特色的"智慧课堂"模式。

在漳州五中召开的福建省第三批基础教育生物学科教学研究基地学校工作会议上，立人课题组主持人郭瑞萍老师向大会做了题为《基于"微课"在初中生物课堂重难点精讲的应用研究》的报告。省普教室生物教研员张锋、泉州市教科所教研员黄东姐、漳州市普教室教研员陈秋香等专家高度赞扬了立人学校扎实有效的课题研究工作。他们认为，立人学校的基础教育学科研究工作方向明确，思路清晰，体现了课题研究的深度和广度，充分发挥了基地校的区域辐射和示范引领作用。立人义教部教研室主任刘辉煌深有体会，教学质量是学校的生命线，而教师教学水平是决定教学质量的关键。教研室致力于提高教师教学水平，肩负着实施推广游惠松的教育主张的重担，任重而道远。

为此，立人学校秉承"问题即课题，反思即研究"的优良传统，为了顺利完成课题研究任务，为教师搭建了"学习""引领""交流""实践""反思""示范""辐射"七个成长平台。通过促进教师专业成长、内涵发展重要举措，持续提升教师教研素质，努力打造出了一支适应教育发展的真正有实力的师资队伍。

三校联研和"同课异构"

说起来，立人的"智慧课堂"模式是多年来在课堂教学中坚持"分层导学"的成果结晶。

游惠松始终强调，分层导学的目的就是"不让一个学生掉队"，让他们都成为高效课堂的受益者。早在立人初创的"校本培训"会上，游惠松多次强调，高效课堂是学生获取知识的主渠道。推行分层导学，打造高效课堂，需要教师将教材和学生融合为同一探究主体。只有经过"凤凰涅槃"，学生才能"化茧成蝶"，进而实现"振翅而飞"的美丽蝶变。所以，立人学校在学科基地建设中，始终将课堂教学运用研究视为研究活动中的主流成果。

冬天的一个清晨，初中部学子正在进行"每日一语"的晨读活动，集团督导部的两位副主任周丽津和林利菊急匆匆来到九年级的年段办公室。原来，这一天是集团确立举办"三校联研"活动的日子。九年级（3）班的孩子们惊讶地发现，晨读课刚结束的课间休息时分，周丽津、林利菊和几位老师带着小方凳鱼贯而入，坐在教室的最后面。班里的气氛陡然紧张了起来，孩子们停下打闹嬉戏，安静地待在座位上，等待语文老师林婉霞来上第一节课。

上课了，林婉霞执教的是《邹忌讽齐王纳谏》。听课老师发现，立人学子果然具有很强的自主学习能力，他们借助课文注释和已有的文言知识，经林婉霞老师适当点拨，就能自行翻译课文。整堂课以学生"自主学习、合作探究"为主，轻松自在地完成了教学任务。为了强化"导学"效果，林婉霞老师在课堂中如同一个"导演",指导学生进行分角色朗读、分析人物特点和理解课文内容,较好地激发了学生在课堂学习中的主体性和主动性。

到了第二节课时候,周丽津和林利菊带着听课教师又坐到了九年级(7)班的教室里。这节课也是语文,孩子们发现给他们上课的竟是一张新面孔——来自漳浦立人学校的陈小雅老师。

陈老师执教的也是《邹忌讽齐王纳谏》,她在指导学生重点评价人物形象之后,在投影仪上打出一个标题:(2015年南昌中考试题第七题)《邹忌讽齐王纳谏》在写作上采用了设喻说理的方法,请结合短文内容做简要分析。

同学们一看这个问题竟然来自中考试卷,顿时来了精神,争先恐后地开始了分析探究活动。听课老师惊奇地发现,孩子们运用熟知的课文内容将"设喻说理"的高妙之处分析得合情合理。有的孩子结合已经学过的课文《劝学》分析,认为《劝学》中以提取靛青、水寒成冰和车轮制作之法为喻说明"学不可以已"的道理,通过"设喻说理"将抽象的道理形象地表现出来。还有的孩子说韩愈的《马说》也是"设喻说理",通过"千里马"和"伯乐"的关系来说明"重视和尊重人才"的道理。这个环节中,教师只是出示了题目,而接下来的环节中"主角"完全变成了学生。在学生之间条理清晰的交流中,他们分析综合和主观表达的能力得到了最充分的锻炼和培养。一个小小的教学环节就将课程中的"知识点"化为培养孩子语言能力和思维能力的切入点,轻松活泼中实现了教学目标,从而加大了课堂教学的容量和分量。

这两个班的孩子并不知道,在其他班的教室里,也由不同的两个老师分别教授同一节课的内容。如九年段另两个班的数学课上,漳州立人的陈东宝老师和漳浦立人的黄艺婷老师分别执教《二次函数应用之最值问题》;英语课上,漳州立人的林月老师和云霄立人的陈凯龙老师分别执教《九上U4-T3-SA》;物理课上,漳州立人的吴印枝老师和云霄立人的徐莲真老师分别执教《多彩的光》;化学课上,漳州立人的陈新华老师和漳浦立人的杨春燕老师分别执教《化学用语的复习》;政治课上,漳州立人的庄长煊老师和云霄立人的孙琛琛老师分别执教《延续文化血脉》。此外,漳州立人的林丽芬老师和漳浦立人的王育红老师在多媒体教室为两个班的同学分别授教历史课《资产阶级统治的巩固与扩大》。

立人教师知道,同一节课的相同内容由不同老师根据自己的理解进行备课并上课,这样的教研活动被称为"同课异构"。据说,此种教研模式最早是上海教育科学研究所和华东师范大学的课例研究工作室创设出来的,此前称为"同课异构"备课模式,后来逐渐演变为一种教研活动形式。"同课异构"为教师提供了一个面对面交流互动的平台,共同探讨教学中的热点、难点并交流教学艺术和相关经验，通过多角度和迥异风格及不同策略在交流中碰撞并升华，从而共享课堂教学成功的喜悦。立人学校很早在教改活动中采用"同课异构"教学研讨活动，通过多层面、全方位的合作探讨，整体提升教师的教研水平。

漳浦立人学校成立后，为了推进三校教研水平的均衡发展，游惠松提出了"三校联研"的设想。他在一次董事会上指出，现在看来，3 所学校之间存在着硬件设施、教学管理以及师资队伍方面的相对差异。但差异就是相互学习借鉴的资源，要通过"三校联研"活动创造积极协作的文化氛围，以优势互补原则协调整合成完整的研究共同体。要以董事会为单位聘请教育专家为专业引领的指导教师，从而形成三校互动、互助、互学、互研的学术网络，在行动中提升研究水平，在研究中发展立人教育的宏大事业。

游惠松的设想得到了刘金忠、蔡海生的支持，一年前他们联合协调顺利进行了第一次"三校联研"活动。第一次活动的重点放在了校际教研举措及管理经验方面的交流讨论，活动中漳州立人的几位优秀教师准备了观摩教学课，各校代表就课堂教学进行了评议活动。而后各校初中部副校长、年段长及教研室、教务处正副主任在会上交流了各校教研工作的做法和经验。林利菊也在活动中代表集团督导部部署了推进"分层导学""高效课堂"和三校联考工作的安排意见。

当时的立人教育集团还没有成立教育科学研究所，"三校联研"活动由督导部负责策划并组织实施。游惠松看到督导部提出的"三校联研携手共进，同课异构尽显风采"的活动方案后，大加赞赏。他对周丽津和林利菊说，教育界有一句熟知的格言："你有一个苹果，我有一个苹果，交换后每人还是一个苹果；你有一种思想，我有一种思想，交换后每人有两种思想。"三校联研活动采用"同课异构"教研方式，是立足集团旗下"三校"的现实条件而开展的具有时代意义的活动。这样的活动可以引发"三校"教师智慧的碰撞，可以长善救失，取长补短，会明显促进立人教育集团课堂教学水平的整体提升。

在周丽津和林利菊的组织下，各校根据教学进度确立了课程内容及授课教师，而后拉开了此次"三校联研"活动的帷幕。在各校教研室和教务处的精心筹备下，14 位开课老师给大家倾情奉献了一堂堂精彩纷呈的高效课堂。因为"同课异构"，各校不同的教师面对相同的教材同步进行课程设计，设计时充分考虑所教班级学生的实际情况，并结合自己的教学经验、知识背景、情感体验建构出不同意义的课程类型。参与研究者面对不同教学风格的课堂赋予静态教材以生命活力，在"同课异构"中展示出具有个性特征的创造性意义。所以，"三校联研"活动掀起了广大教师积极参与的巨大热潮，每一次活动都诞生了很多富有启迪性的课例及成果。

漳浦立人学校初中部执行校长胡明南，漳州立人学校初中部副校长林庆圩，云霄立人学校初中部副校长汤剑洪，立人斯特合作学校副校长程雷云等领导参加了"三校联研"活动。大家认为，"三校联研"活动是一种多层次全方位的合作、分享、交流、提升的研究模式，开启了三校教师的教学思路，彰显出诸多教师的风格特征，正体现了资源共享、优势互补的学术原则。

《立人报》的"新春致辞"

2019年元旦刚过，刘金忠正在审订教研室报来的省级义务教育教改示范校工作会议方案。年前，学校就接到市教育局通知，全省第三批学科研究基地学校工作会议将在立人学校召开，届时省教育厅教研员及全省学科研究基地校的教师代表将莅临学校参加活动。从会议规格以及活动类型来说，这是近年来漳州教育界颇具影响力的教研活动。按照活动安排，英语学科基地会议定在元月中旬，生物学科定在下半年。所以，元旦一过，此项工作就成为学校里迫在眉睫的一件大事。

刘金忠通览了一遍会议方案，发现有几处修改的地方自己也拿不准，他打电话让教研室的刘坤和主任过来商量一下。正在这时候，《立人报》总编吴天炳找到刘金忠，要他写一篇《新春致辞》，准备刊登在新学年的《立人报》上。

刘金忠推辞说太忙了，这个阶段要筹备全省义务教育教改示范校工作会议，要不今年就不要发布了。吴天炳不乐意了，说去年你就推托着没有写，最终《新春致辞》也没有发布。你是立人总校长，又是副董事长，一定要在百忙中抽时间写一篇出来，以实际行动支持《立人报》。古人云"器大者声必闳，志高者意必远"，对于事业蓬勃发展的立人学校而言，也确实需要一篇主要领导撰写的《新春致辞》，以此来展示立人的新形象和新气象。吴天炳这样一说，刘金忠倒有点不好意思了，就笑着答应说这两天会尽快写出《新春致辞》。

刘金忠和刘坤和商定会议方案后，推开了手头正处理的几份文件，决定立即撰写《新春致辞》。刘金忠打开电脑查找资料，想利用半天时间抓紧写好这篇文章。说实在的，像《新春致辞》这类文章，感觉很好写而实际动笔时却觉得非常难。自己是理科老师，多年来在写讲话稿、总结报告及经验交流等文章的"历练"下，加之在游惠松董事长这样的国学大师的影响下，自己也成了一个"文章高手"。他想，《新春致辞》开头要代表学校董事会、校务会向全体教职员工和全体同学致以亲切的问候和祝福，接下来需要简单总结一下过去的一年里学校工作取得的成就。最后要以高屋建瓴的语句提出希望，鼓舞立人所有教育工作者在新的一年里取得更大成绩。

关于过去的 2018 年，取得的成绩确实令人欢欣鼓舞。这一年的高考中，应届理科生欧阳博立被清华大学录取，本一和本科上线率再创新高。立人斯特合作学校成立 8 年以来，终于在去年取得了突出的高考成绩，国外班学生全部被国际名牌大学录取。值得说明的是，艺体中心的高考成绩更上一个台阶。这一年美术班专业成绩本科上线率达 100%，文化成绩本科上线率达 98.9%。此外，在高中部五大学科奥赛中获得省级以上奖励达 40 人次，各类学科竞赛获市级奖励的学生达 300 多人次。这一年的全国初中数学竞赛中，立人学校获奖人数及级别位居全省第一，共有 60 名学生获得省级奖，其中一等奖 13 名，总获奖人数及一等奖人数均获全省第一。这一年初高中选手代表福建省参加全国机器人比赛也获最佳战绩，荣获"两金""四银"的好成绩。小学部也在全市毕业班期末统考中，获得市直第二名的好成绩。

这一切，表明立人学校各项事业攀登新的高峰。但是，2018 年中国教育改革呈现出的一些新苗头和新迹象，也使立人教育面临着新的机遇和挑战。特别是考试招生制度改革进一步深化，凸显广大青少年热爱中华经典、增强文化自信方面的内容。高考和中考将充分发挥"指挥棒"作用，引导关注学生全面发展，并在全国基础教育系统全面加强和改进学校美育教育工作。这样的改革形势显然有利于立人教育的未来发展，学校正推行游惠松提出的以"诚徵"为主题的德育教育活动，并加大艺术教育力度，艺体中心高考成绩更上一个台阶就是明证。国家不断推动和加强与"一带一路"沿线国家的教育合作，势必加大国际人才的培养力度，将会促进斯特国际立人学校的持续发展。

另外，教育部在这一年加大对校外培训机构的专项检查与治理工作，联合九部门印发了《关于中小学生减负措施的通知》，从政府、学校、校外培训机构、家庭四层面提出了 30 条改革措施，进一步明确并强化各方职责，确保减负工作取得实效。从政府和社会各个层面来看，基础教育"减负"的呼声越来越大，这对民间教育培训市场或许会形成巨大冲击。令人担忧的是，这种冲击或许会波及民办教育各个领域。所以，在新的时代进程里，既要看到成绩和机遇，又要看到短板和不足。既要坚定信心、鼓足干劲，又要居安思危、知危图安。

经过一番思考，刘金忠决定从三方面撰写《新春致辞》。一是"不忘初心，方得始终"，二是"坚定信念，凝心铸魂"，三是"砥砺前行，勇立潮头"。思路顺了，结构明晰了，他很快写出了 2019 年的《新春致辞》。

新学年的《立人报》印出来了，头版头条就是刘金忠的《新春致辞》。全文以习近平总书记在《元旦致辞》中的语句"我们都在努力奔跑，我们都是追梦人"起兴，引出三方面的希望。在"不忘初心，方得始终"中，刘金忠说"己立立人，己达达人"是游惠松董事长创办立人学校的初心，也是立人全体教职工的执着追求。立人员工要始终秉承"办人民群众满意的学校"的宗旨，以"己立立人，己达达人"为初心和使命，一切言行力量从"诚"出发，以"诚"立德，以"诚"行理，以"诚"成就人生，努力实现"源诚形水，立己达人"的校训愿景。

刘金忠在"坚定信念，凝心铸魂"一节中特别指出，在新的一年里要全面贯彻落实董事会的教育管理工作思路，把立德树人作为根本任务，以立人学子"身心健康、美德养成、学业有成"为目标，弘扬周恩来伟人精神，继续推动"小棉袄""思齐"等传统美德教育系列活动，掀起学习《诚徽》文化的热潮。进一步提升学校核心竞争力、美誉度和社会影响力，向"一流名校"迈进，创建更加美好的立人的明天，实现共同的"立人梦"。

《新春致辞》引起了立人全体成员的共鸣和反响，老师们认为《新春致辞》反映了立人领导者的眼界和胸襟。如今，立人学校这支经历风雨而又富有生机的舰队已经行驶了 16 年，在应对国家教育发展的新时代之际，确实需要一种居安思危、知弱图强的忧患意识，面对国家教育发展的战略机遇来谋划未来发展的方向、定力和耐心，持续开拓立人教育工作新局面，才能在漳州乃至全省教育的蓝天碧海上乘风破浪，扬帆远航。

省级学科研究基地会议

对于即将召开的第三批省级英语学科研究基地工作会议，立人的领导和教师都极为重视。因为福建省确立的第三批学科研究基地校全省仅 142 所，立人学校位列其中，标志着学校教学及科研水平已经进入全省先进行列。

按照要求，省教科所对基地校的推进情况每半年进行一次评估，两年后将进行验收。刘金忠很清楚，这次在立人学校举办会议，不啻是一次对学校教学研究和改革经验全面进行评估与考察的活动。

《立人报》发布《新春致辞》后不久，省教育厅普教室教研员姚瑞兰、林玉琴带着全省各英语学科基地校的教师代表来到立人。全省第三批英语学科研究基地校工作会议就此隆重召开，市教育局普教室的吴亚万副主任、教研员杨小兰及全省各地教研员和教师代表等一百余人参加了此次会议。

会议首先由立人学校常务副校长王凯支汇报学校的教研特色和教研成果。

两周前，王凯支就会同教研室和英语组的老师准备了汇报提纲，内容包括三方面。一是加强理论学习、撰写论文并承担课题研究。王凯支列举立人学校英语学科教师在省市教学杂志上发表论文及承担市级课题的情况，以翔实的事例表明立人英语学科的科研能力。二是较好地发挥基地校示范作用。王凯支汇报了学校承办漳州市初中起始年段英语课题组研讨会情况，沈慧贤等老师承担了全市英语起始课"音标和词汇"示范课教学工作，为漳州英语学科教学研究提供了较好的课例。陈艺彬老师参加国家基础教育实验中心在南昌举办的"第十届初中英语教师基本功大赛暨教学观摩研讨会"，在现场授课环节中以精湛的教学技艺荣获一等奖，标志着立人英语教学水平正迈向全国一流水平。三是未来研究方向，立人学校将高度重视并全力支持学科基地校的建设，将为基地校的建设提供各项保障，通过基地校的活动进一步提升学校教育教学质量，促进教师的专业发展，提升学生的核心素养，使立人校本教研的特色更加鲜明突出，为漳州教研乃至全省教研做出应有的贡献。

会议的主体活动是课堂观摩教学，旨在通过教师授课当中创设"智慧课堂"的能力来考察学校教研现状。为了体现课堂教学的多样化研究范式，省普教室特意安排立人学校的林月老师、福清二中的陈淑玲老师和厦门外国语学校的陈远景老师承担会议中示范汇报课的教学任务。

立人学校原本安排英语组教研员胡晓香承担汇报课，胡晓香却力推九年级英语教师林月。她认为林月在"三校联研"活动中执教《九年级上 U4-T3-SA》一课时，原本枯燥的语音知识在她声情并茂、神采飞扬的引导下，变得趣味盎然。整节课一开始便创设故事情境，在层层递进的探索过程中轻松愉快地完成了教学任务，显示出"智慧课堂"的掌控魅力。学校教研室和教务处经过慎重考虑，同意胡晓香的意见，安排林月老师承担教学汇报课。

林月在汇报课中以微课为载体，以思维导图为框架，以中国的航天梦为主线，新颖别致地设计了小组讨论、知识竞答、课堂游戏等多种活动来构建智慧课堂，达到了"导引自学、先测后讲"的目的。师生互动效果良好，不时跃动着激发思维、点亮智慧的闪光片段。福清二中的陈淑玲老师教学中以比尔·盖茨的读书视频作为导入，巧妙地设计了三个文本让学生欣赏，且在赏析之中完成了从"读书好"到"读好书"再到"好读书"的层层递进。以阅读体验激发学生的英语写作兴趣，学生在一定的时间内当堂完成作文，整个课堂充盈着"Growing up with Reading"的乐趣。厦门外国语学校的陈远景老师以自己的亲身经历创设情境，将手绘图片作为素材，以真实语料输入为手法，而后依语段模块来按部就班地积累词汇，攻破 ar/er 两个字母组合的发音规律，实现了词汇、读音、词形和语义的统一。课堂里原汁原味的语音素材和新颖自然的拼读教学模式，让听课的专家学者感觉耳目一新。

观摩课后的总结会议在翔宇楼五楼会议厅进行，来自各地的教研员畅所欲言，对三堂汇报课进行了精彩点评。与会专家认为，"智慧课堂"的建设更应聚焦于课堂教学本身，在具体的课堂情景中创设智慧的教学环节。他们充分肯定三位老师的教学设计能与课题紧密结合，将扎实的课程研究落实到日常的课堂教学中。他们充分运用音频、视频、游戏、手绘稿、名人名言等素材，将教学的有效性和趣味性高度融合，显示出很高的教学掌控能力。专家学者和授课教师开展"面对面"的充分交流，在思维碰撞中收获"以研促学"的诸多经验。福建省普教室英语教研员林玉琴老师在发言中高度赞扬立人学校英语组的团队精神，勉励立人学校借助省级基地校平台和载体，持续推进教师专业发展，提高学生的学科核心素养。

半年后，省教育厅又在立人学校进行了第三批生物研究基地学校工作会议及福建省首批省级义务教育教改示范性建设学校教学开放周活动。社会各界人士来到立人学校，观摩基于核心价值、学科素养、智慧课堂下的学科教学。各类教育专家深入立人课堂，共同研讨新课程改革背景下学科教学的优化途径。他们普遍认为，立人学校在学科教学中突出"立德树人"功能，显示出富于现代教学特征的智慧课堂效果。

教学开放周活动期间，立人学校召开了"一核四层四翼"高考命题指导研讨会，漳州市教科院前院长吴亚万做重要发言，他和与会领导共同回顾立人教育的历史成就，肯定立人学校在漳州教育事业中创建的良好口碑，肯定6个市级基地校建设课题通过高质量验收的楷模意义。吴亚万认为，立人学校被确立为英语、生物两大学科的省级基地校，是省教育厅对立人教育科研实力水平的充分肯定。希望立人学校持续做好学科研究基地的建设工作，发挥好省级基地校的辐射带动作用，逐步构建起基于立人特色的"智慧课堂"，促进漳州基础教育教学水平整体提升。

游子卦序

在刘金忠、王凯支等人全力承办全省第三批学科研究基地校工作会议期间，游惠松在恩来明苑将一部名为《诚徵易数宇宙法则》的书稿最后审订了一遍，郑重地寄给了中国文化出版社的责任编辑。

这部倾注了十年心血的书稿终于进入出版程序，游惠松不禁长舒了一口气。

十年前，在"恩来明苑"落成典礼中，面对"大定阁"中的游酢和周恩来塑像，游惠松的脑海里开始萌生"诚徵"文化主题。后来，在立人学校 10 周年庆典活动中，学校修建了"诚徵"文化广场，他开始着手写作这部《诚徵》书稿。游惠松原本设想，通过《易经》六十四卦与二进制算术理论推演证明宇宙存在的"诚徵"思想，从物质能量构成衍生的全新视角提出本体论和方法论。所以最初的书稿设想也只有"元诚开天""宇宙法则"及"易数建构"三个部分。但随着阅读史料渐多，游惠松在写作过程中思维不断纵深发展，眼界更加开阔，于是由"宇宙法则"及"易数建构"而不断探幽发微，研究视角触及"易数解密""易数文明""易数修正""五行卦场"及"诚正人心"等哲学领域。这样一来，这部书稿整整写作了五年。

《诚徵》成稿后先在内部刊印进行交流，得到了教育界和易学界著名人士的好评。人们惊叹，这是一部涉猎"数学""教育""易学"及"历史"领域的"跨界"之作。说实在的，游惠松不算潮流创作者，但他凭借精深的数学修养、诚挚的教育情怀以及对易学原理的探究与感悟，倾力完成了这部 70 多万言的皇皇巨著。

游惠松在广泛听从方家同人意见的基础上，又花了三年时间对书稿认真细致地修改校对了一遍。前后算来，从萌生设想、撰写初稿到正式出版，真正耗去了游惠松十年光阴。望着一沓厚重的书稿，他不禁想起曹雪芹在《红楼梦》中发出的"披阅十载，增删五次"的感叹。《诚徵》一书虽然及不上千古巨著《红楼梦》之文化高峰，但也算是"十年磨砺终有成，字字增删总关情"。

游惠松在论述"诚徵"思想时，《易经》六十四卦及其推演原理是他用来建构新理论的思想工具。但是，游惠松却在运用《易经》原理时，对这部位居"群经之首"的儒家典籍进行了焚膏继晷般的解读、剖析和探究，开创性地建立了"游子卦序"，为古代文化的研究拓展了新视角，由之诞生了诸多新理念和新学说。

"游子卦序"是全书所有思想理论的支撑点和发力点，那么，何谓"游子卦序"呢？

原来，在游惠松以《易经》为研究对象建构新理论之前，人们把《易经》六十四卦的排列顺序称为"卦序"。一般而言，常见的"卦序"有六种，分别为《帛书》卦序、《元包经》卦序、《卦序传》卦序、《圆图》卦序、《方图》卦序和京房八宫卦序。每种卦序中的六十四卦排列顺序各不相同，如《帛书》卦序是以"乾"卦始而以"益"卦终，《元包经》卦序以"乾"卦始而以"随"卦终，《卦序传》卦序以"乾"卦始而以"未济"卦终等。六种卦序的存世年代堪称古老悠远，如《元包经》《卦序传》距今已 2000 多年，即使年代最近的《方圆图》卦序也源自北宋著名的理学家邵雍，距今也有 700 多年的历史。这些卦序的创立者皆为古代硕儒大德，所创卦序皆有一番论证周详而令人信服的理论。其中尤以《卦序传》传播最广，据传是孔子在《十翼》中为卦序所撰的系辞。

令人难以置信的是，高中数学教师出身的游惠松，竟然在为人所熟知的六种"卦序"的前提下，创建了《易经》六十四卦之第七种"卦序"，这就是"游子卦序"。

游惠松发现，《易经》卦形是由一根长横线标示的阳爻和两根并排的短横线标示的阴爻构成，数学王国中的二进制也由两个成员 1 和 0 构成。按二进制的数学原理推算，如果记阳爻为 1，则阴爻为 0，那么六十四卦的卦形与二进制中的 6 位数就建立了完全对等的关系。如"坤"卦 6 个阴爻用二进制数表示则为"000000"，这个二进制数"000000"换算为十进制数则为"0"。"复"卦由最下面的一个阳爻和上面 5 个阴爻组成，用二进制数表示则为"000001"，这个二进制数"000001"换算为十进制数则为"1"。游惠松将所有六十四卦用二进制数逐一标示，而后换算成相关的十进制数。这样一换算，有了一个十分惊人的发现：六十四卦对应的二进制数换算为十进制数后，得到的数据为"0"到"63"的一组有规律的序数。比如"0"为"坤"卦，"1"为"复"卦，"2"为"师"卦，"3"为"临"卦……以此类推，"63"正好为"乾"卦。游惠松将这些卦名以对应的十进制数升序排列，就得到了一种六十四卦的全新排列顺序，即以"坤"卦始而以"乾"卦为终。他在《诚徵》一书中，自信笃定地将这种排列顺序命名为"游子卦序"。

"游子卦序"诞生后，游惠松兴奋异常。《易经》最重要的两个卦是乾卦和坤卦，被喻为《易经》的门户。乾卦代表阳刚，"天行健，君子以自强不息"；坤卦代表柔顺，"地势坤，君子以厚德载物"。世间伟大人物，唯有"定乾坤之力"方能成就天下大事。"游子卦序"以坤卦始而以乾卦终，寄寓着事物始兴处于柔弱谨慎境地，而后不断生发成长至强壮盛大的过程，昭示着人间万物发展的必然规律。

游惠松终日望着自己排列出的"游子卦序"，苦思冥想，忽得"顿悟"。他惊讶地发现，"游子卦序"竟和太阳系八大行星周期运行排列规律正好逐一对应。于是，又根据卦序对应之年份创立出"天地卦气运行图"。他一发不可收，又创作出了诠释"游子卦序"排列哲理的《新立卦序简义》。游惠松自言"新立卦序"开创了用数学方法研究《易经》的新途径，使《易经》研究建立在科学基础之上，其研究与应用也由此进入数字时代。《新立卦序简义》全文 3000 多字，言之凿凿，令人信服。

在"游子卦序"的支撑下，游惠松轻松完成了用数学理论推演求证虚实宇宙的存在性，并演绎完成"七大宇宙法则"，对宇宙观和方法论做了有益的探索。为了让人们容易接受"诚徵"易数原理，他创建了以宋词方式解读易经六十四卦的文学体式，颇具新颖性，而书中赋文之结构严谨、想象丰富也引人注目，令人叹为观止。

《诚徵——易数宇宙法则》一书，使国学经典《易经》从古代神秘的玄学推演走向现代明朗的科学研究领域。游惠松通过"游子卦序"觅到探究《易经》奥域的钥匙，使得长期被民间视为"方术"的这部国学经典拥有了自然科学的理论基础。他用数学理论证明了平行宇宙和奇点宇宙的存在，两种宇宙在唯一公共点汇聚产生瞬间能量，这种能量即"诚徵"能量。游惠松认为"大道至简"，万事万物以"诚"为核心，任何事物无"诚"不立。《诚徵——易数宇宙法则》一书的出版，标志着游惠松历十年之功，创建完成了以"源诚形水，立己达人"为主题的校园文化的理论建树工作。

以诚立人，天人合一

2019 年 7 月，高考消息再度传来，立人学校本科上线率达 98% 以上。人们不禁感叹，立人学校真是漳州的"高考大户"。

这样的好消息带给游惠松的快乐极为短暂，有人以为他对历年屡升的高考成绩似已熟视无睹。其实，《诚徵——易数宇宙法则》一书出版后，他的思想的步履从未停辍。这个阶段，他开始全力思考诚徵数理对教育的指导作用以及立人教育发展的诸多问题。他认为，一个真正的教育家首先是一个思想家。人生有终而思想无止，人在路上而思想亦在路上。思想的魅力就在于在很短的时间内，帮助人们做成很多正确之事。

一年一度的教师"校本培训"活动又要开始了，游惠松正在完成一部名为《以诚立人，天人合一》的书稿，加以论述诚徵数理和立人教育的关系。需要说明的是，这部书稿中摘要部分后来发表于首都师范大学主办的《教育艺术》杂志。

其实，写作这部书稿的灵感源自习近平主席在中国人民对外友好协会成立 60 周年纪念活动上的讲话。习近平指出："中华文化崇尚和谐，中国'和'文化源远流长，蕴含着天人合一的宇宙观、协和万邦的国际观、和而不同的社会观、人心和善的道德观。"游惠松认为,"天人合一"的真正含义就是人与自然、人与社会、主观与客观、感性与理性的和谐统一,唯此方可达成身心健康境界。《中庸》说"诚者,天之道也;诚之者,人之道也",若要做到"天人合一"就须先明白"天道"和"人道"之精神内涵。

"诚"为何是"天道"?所谓诚者乃真实无妄之意。宇宙世界的本源是透彻的真实、纯粹的真诚和无偏无私的公平正义。可见,一切的信仰和宗教的最终归宿就是"诚",也即自然规律。游惠松在《诚徵》一书中以数学法则证明了虚实平行宇宙的存在,构建出宇宙能量转换与守恒的数学模型,揭示了宇宙无始无终,保持恒常的本源在于"守诚"。孟子和朱熹认为"思诚者,人之道也",坦言追求"诚"即为"人道",由此推论,"天道"之本源为"诚","人道"之本性为"追求诚"。"天人合人"思想的内核就是一个"诚"字。

厘清了"天道"和"人道"的关系之后,游惠松开始思考一连串的问题。比如,教育过程中如何促使"人道"合向"天道"?教育领域如何将习主席的"天人合一"讲话精神贯彻到实际工作中?他认为,诚徵数理正是基于"天人合一"的基本理念,从现代数学理论的角度体现出对教育教学的指导作用。

通过诚徵数理,游惠松得出了两大教育启示:一是"何谓教育",二是"如何教育"。何为教育?游惠松得出四个结论,一是"教育即生长",二是"教育的目的是学以致用",三是"教育是实现个人意识的自由",四是"教育是源自社会合力的一种成果"。游惠松认为,诚徵数理中阴阳消长这一永恒的变化是宇宙间不变的法则。"教育即生长"就是将生长看作教育的唯一目的,确定了教育的本质就是激励、唤醒、鼓舞和点燃,需要通过教育促使人们的天性和与生俱来的能力得到发展,而非无中生有、古板冷漠地强加于人的一项活动。诚徵数理中物极必反、维高化生的宇宙法则完美诠释了"抛开了教科书和听课笔记,忘记了为考试而死记硬背的细节,剩下的东西才有价值"的教育思想。诚徵数理总结的对立统一、虚实映射的宇宙法则,说明教育目的中"摆脱现实奴役"与"适应现实"的辩证关系。教育的目的应该是通过对个体内在精神的培养,形成独立的人格和思考能力,在外部环境中获得个人意识的充分自由。诚徵数理中总结的"因果相关"与"和衷共济"法则充分说明了不同的"因"会导致不同的"果",从而明确孩子的培养离不开家长、学校和社会的合力因素。

在"如何教育"的问题中,游惠松着力解析了"分层导育"。他认为,"分层导育"模式构建出德育教育的层次模块和思维导图,很好地呈现了教育过程与结果之间的管理意义,使教育成为顺应诚徵数理法则的一个科学过程。比如,"分层导育"强调保证目标实现的过程方式,其优势在于将教育目标分解化小,以便根据学习者的生理、心理承受力来逐步展开，让受教育者在不同学段逐一接受，成为一种"润物细无声"的渗透与感化。学校教育是一个系统工程，从"何谓教育"到"如何教育"，体现出诚徵数理对于现代教育的指导意义。

一年前，立人学校以"分层导育"为主要内容的"青少年道德教育创新策略研究"课题成功申报为福建省教育科学"十三五"规划常规课题。"分层导育"理论坚持以为社会主义建设培养高素质的合格型人才为根本目标，通过近年的实践与探索，已取得很好的教育成效，深受师生及家长的认可，并逐步成为立人教育的一大特色。

游惠松在《以诚立人，天人合一》中回顾了立人集团创办十多年来坚持"源诚形水，立己达人"校训思想，使得教师在工作中始终将"诚"作为德育教育的核心。特别强调要选择适应不同年龄段学生的德育实践活动，引导他们树立"以诚为本"的世界观、人生观和价值观。比如，小学低年级以良好生活习惯的养成为主，高年级则注重良好家庭氛围的养成。初中部开展"一封家书"和"给小学老师的一封信"等活动，高中部主要培养学生以"诚"为核心的正确"三观"等。在以上具体的活动中，不仅让立人学子充分感受到了"诚"的重要性，也为运用诚徵数理原则促使学生形成完备品德提供了较好的实践范例。

近年来，立人学校几乎每年都有学生考入清华和北大等名校，每年有数十人被985学校录取，每年被211学校录取人数近200人。学校被评为福建省初中生物、英语教学研究基地校，在近6年的全国初中奥数竞赛中5次摘得漳州市状元，连续6年排名漳州市第一，连续5年福建省第二，2018年还夺得全省第一。教师在全市、全省乃至全国的各类竞赛中获奖数百次。游惠松在《以诚立人，天人合一》中指出，所有这些成绩都离不开各级领导对教师的"诚"，离不开教师对学生的"诚"，更离不开全体立人成员对教育事业的"诚"。他鼓励立人全体员工一定要秉持"以诚立人，天人合一"的教育理念，砥砺而行，持续奋斗，为漳州教育事业做出更大贡献。

疫情中的"线上教学"

2020年1月26日，正是农历大年初二的日子。立人学校和斯特合作学校的家长、老师和同学的手机上收到学校办公室发来的一则通知：

尊敬的家长、老师和各位同学：

鉴于当前疫情形势严峻复杂，正处于防控关键期，我省已启动重大突发公共卫生事件一级响应。我校严格落实上级部门的部署要求，全校各年级 2020 年春季推迟开学，具体时间另行通知。请各位家长督促子女在家有计划地完成寒假作业，补缺补漏；请各位老师通过微信群、QQ 群等渠道布置和检查学生预习功课；不要走亲访友，不要参加各种聚会，注意个人卫生，保持充足睡眠，出门要戴口罩，确保安全。有异常情况及时就诊、及时报告！祝广大家长、老师、同学们春节快乐，阖家平安！

立人的师生及家长都没有料到，这一年新春的开头一页刚刚翻开，看到的竟是这样的内容。

1 月 10 日已是农历腊月十六，立人学校在这一天放了寒假。市交警支队还在这一天特意发布通知，因辖区立人学校放寒假将于今日中午迎来学生离校高峰，届时辖区道路车流量势必剧增，将给辖区道路交通带来极大压力。为了方便群众出行，特公布拥堵路段，除新厝长途汽车客运站至漳华辅路交接处的漳华路外，还有芝山路及其南端的大学路，皆为交通拥堵路段。希望驱车出行的市民及时规划路线，避开拥堵路段，提高通行效率。同学们还在寒假离校的两天前还拿到了新出的第 92 期《立人报》，头版登载了刘金忠的新春致辞，致辞开头还引用了"子时春意闹，鼠岁笑声甜"的诗句。没有想到，"鼠岁"的笑意还挂在脸上，一场突如其来的疫情从湖北武汉暴发，继而影响全国。

到了 2 月 22 日，根据教育部有关通知漳州市教育局发布了春季学期推迟开学的通知。为保障教学工作的正常运行，做到"停课不停学，学习不延期"，市教育局要求各校开展线上教学工作。人们发现，线上教学工作一经开展，立人教师就显示出极为出色的现代教育技术水平。

早在 2014 年 10 月，游惠松就提出"互联网+立人教育"的设想，学校在教师继续教育中加强教师运用信息技术辅助教学工作的培训，各年段开展教师"微课"设计与制作的评估验收活动，由此而积累了大量的"微课"及网上教学资源。在漳州市初高中毕业班复习"微课"评选活动中，初中部的李谊、潘思宇、林琛霞、林雅燕 4 位老师荣获一等奖，庄文花、余定美两位老师荣获二等奖，张兴桃、徐松辉两位老师荣获三等奖。一年后，立人高中化学教师余裕科、初中生物教师郭瑞萍和化学教师林莉获漳州市"微课"制作评比一等奖。在福建省英语"微课"评选活动中，立人的谢小美和林琳老师荣获一等奖，沈银娇老师荣获二等奖，沈慧贤、薛萍婷、何小娟、周伟蓉等老师荣获三等奖。2017 年 2 月，立人的潘思宇、林琛霞、林雅燕 3 位老师在福建省初高中毕业班复习教学"微课"评选活动中均获省级一等奖。所以，经过多年来的训练与积淀，立人学校具备了"线上教学"的巨大优势。接到市教育局开展线上教学工作的通知后，刘金忠主持校务会议迅速制定实施方案。各年段组长很快安排好本组教师提前备课，做好辅导、直播、录播准备。同年段同一学科各选派两位老师组织教学，选用"微课"资源，并熟悉微信、QQ 直播、腾讯课堂、EV 录屏和微课通等相关教学软件，顺利实现了各年段各学科"线上教学"工作的全覆盖。

这个阶段，刘金忠感觉到了前所未有的压力。虽然"线上教学"开展较为顺利，但学生返校后的疫情防控形势极为严峻。这一年的立人包括小学、初中和高中三个学部，加上斯特合作学校的学生总数达万余人，教职工 1100 多人。新冠肺炎疫情初起，全国各地防疫物资陡然紧缺。虽然学校"未雨绸缪"积极筹备购买防控物资，但庞大的师生人数和需求的防疫物资形成巨大反差。到了 3 月底，缓慢到位的防疫物资远远不能满足开学后的师生需求，刘金忠急得连着几夜都睡不好觉。

危难之际，社会各界爱心人士纷纷伸出援助之手，对立人学校进行捐赠。漳州闽康保健品有限公司、福建禾熹信息科技有限公司、漳州黄氏医疗器械有限公司、漳州丁山贸易有限公司先后向立人捐赠消毒液、洗手液、口罩、测温仪等防疫物资。这几家企业的捐赠活动大大缓解了学校防疫物资的需求压力。此外，漳州鑫胜家具有限公司为学校送来折叠椅和菊花茶、口罩，博文书店赠送了图书和书屋，对此刘金忠极为感动。他要求在《立人报》开辟专栏，特对这些爱心企业的无私奉献表达衷心的感谢。

随着疫情的缓解，高三毕业班的学子将要返校学习。刘金忠组织召开返校开学筹备工作，要求门卫、教学楼、食堂、公寓、隔离室、校道各个环节都要高度做好防控工作，不得出现任何纰漏。为了确保防控工作万无一失，高三学子返校前两天，立人学校隆重举办疫情防控开学演练活动。那一天，立人学校和斯特合作学校的行政领导、医务人员、后勤工作人员及高三年段班主任 60 多人参与演练。全体人员首先在学校报告厅观看漳州市疫情防控应急演练视频直播，听从刘金忠对开学演练进行的最后的动员和部署。上午 10 时，在嘹亮而凄厉的防空警报声中，立人学校疫情防控开学演练活动正式拉开帷幕。全体人员静立默哀 3 分钟，向在抗击新冠肺炎疫情斗争中牺牲的烈士及逝世的同胞表达深切哀悼。而后，在"进出校门""课堂教学""食堂就餐""学生住宿""隔离管理""校道管理"六个场景下逐一进行演练，确保开展好学生安全返校后的稳妥复学工作。

4 月 7 日，立人高三学生错峰返校。一场春雨涤去了城市上空的浮尘，校园里一夜间繁花成瀑。学子们依序行走在洒满阳光的校道上，目睹着别了近三个月的熟悉的场景，一种亲切的感觉涌上心头。这样特殊的开学样式，倒成了中学时代里难忘的一段回忆。入夜时分，黑沉了好长时间的翔宇楼被璀璨的灯火笼罩住，在旖旎的夜色里泻下无限的诗意与柔情。有几个班的同学在自习课的间隙里唱起了校歌，"走在校园的绿荫道上，书声琅琅在飘荡。这里有你，这里有我，在阳光中歌唱……"一唱百应，后来变成了全楼道的合唱。歌声从教学楼内飞出来，飘逸在校园上空，散步的人们都停住了脚步。熟悉的歌词和旋律，今夜听来真是别有一种情愫。

高三（1）班的吴俊坚同学在当晚的日记本上写道："错过了春天但没有错过开花的时节，更没有错过成长的时节。立人的学子，一定会在收获季节取得丰硕的成果。"两个月后，吴俊坚以裸考 700 分的成绩勇夺漳州市高考理科状元，和立人的另两位学子郑妍萍和蓝鸿玮同被清华大学录取。

"安溪问道"与"和溪论辩"

从立人教师开展线上教学到学子返校复学这个阶段，游惠松从没有在学校里露过脸。新冠肺炎疫情之后，立人学校第一次召开全体教师会议，老师们以为游惠松肯定要出席会议并发布鼓舞人心的讲话，结果游惠松仍没有露脸。

人们不禁纳闷，难道游惠松在疫情期间还去了外地？或者他从外地回来被隔离留观了？抑或居家闭关写作另一本巨著？

其实，刘金忠和几位校级领导都知道，游惠松在元旦前的一次外出活动中不小心崴脚了。医家说"伤筋动骨一百天"，只好居家擦药油或服用活血止痛药。疫情又起，加之脚伤行动不便，游惠松干脆将自己整天封闭在房间里，安心读书写作，倒收获了很多成果。

游惠松记得，崴脚的那一天应该是 12 月 27 日。当天下午，复旦大学中文系博士生导师谢金良教授给他打来电话，邀他来安溪一叙。谢金良是泉州市安溪县人，在南京大学获哲学博士学位后，曾任职于福建师范大学易学研究所。后师从美学家王振复教授研习古代文化及传统学术思想，获复旦大学博士后学位并留校任教。他主持的"《周易》与中华审美文化"课程被评为复旦大学精品课程和上海市教委重点课程。在上海教育电视台《世纪讲坛》栏目主讲《周易常谈》时，获得业内专家学者的好评，是国内卓有成效的易学研究家。这一次他回到家乡参加文化活动，其间结识了漳州诚徵文化传播公司总经理刘建伟。刘建伟和谢金良谈论易学问题时提起游惠松和他的《诚徵——易数宇宙法则》

一书，特别是"游子卦序"和"天地卦气运行图"引起了谢金良的极大兴趣。谢金良当即电话向游惠松致敬问好，并热情邀他来泉州一晤。在陶延生的陪同下，游惠松从漳州赶到泉州，特地拜会谢金良教授。

游惠松与谢金良在位于安溪县城宝龙广场边上的艺筑酒店会面，两人虽是第一次见面，却如同多年故知一般，相谈甚欢。席间，谢金良的一位同乡邀请各位友朋到他的九峰山农庄，顺带登高一览安溪胜景，众人欣然而应。游惠松不想拂了各位雅兴，也和陶延生随同谢金良一行十余人驱车来至山腰，缓步上行。从九峰山巅望下去，安溪古城风光尽收眼底，令人心旷神怡。诸人行走叙谈间，同乡提及拟在此处建几座屋舍供友人来此避暑消夏，不知建在何处为妙。谢金良和游惠松相视一笑，都没有说什么。

一行人说笑间行至一处山洼，游惠松建议再向高处攀登看看。众人顺一条山路逶迤而上，眼前出现一小片开阔场地。游惠松说，若要建屋舍，这个地方最好不过。同乡笑问缘由，游惠松念念有词："此乃藏风之地，适合易学'前朝山后靠山'之说。宅第建于此处，如用于事业必大有作为。"谢金良也说，我的想法和游董事长的一致。未料，下山途中游惠松左脚踩着一粒圆形石子，石子松动一滑，竟跌坐于地。谢金良打趣道："看来这个地方想挽留游董多待一段时光啊！"众人笑着将游惠松扶了起来。游惠松当时感觉脚虽崴了一下，但不甚疼痛，就在陶延生的搀扶下回到茶楼休息。

当晚，两位致力于中国传统文化研究的学者在馥郁的茶香里展开交流。游惠松称自己为"民间学者"，称谢金良为"庙堂学者"。他说，"民间学者"囿于资料奇缺及眼界狭窄，招致研究成果的学术性含量很低，希望"庙堂学者"予以指导。谢金良笑着说，从涉猎易学研究的时间上来看，游惠松应该是学界前辈，"游子卦序"在易学研究领域确实具有一定的开创意义。在易学文化光芒的映射下，"民间"和"庙堂"的高度是一致的。游惠松关注《易经》的现代文化意义及智慧运用方面的问题，比如易经审美文化、科学推演、卦爻与儒道美学、以禅解易等，向谢金良教授阐述了自己的见解。谢金良围绕自己的研究领域，要求游惠松继续核对《诚徵——易数宇宙法则》一书，比如引用内容有没有讹误或曲解，稽查论证的逻辑是否有错误或缺漏，考证易数理论对社会现实的解释有没有说服力、有没有启发性、能不能开启更广阔的研究领域等。谢金良认为，《诚徵——易数宇宙法则》的内容繁杂，体量庞大，希望修订后成为一部内容精练且更具专题探索意义的作品。谢金良强调说，只有这样才更有利于此书在全国学术界的发布和推广。游惠松觉得谢金良从国际化的学术视野与专业性的研究范式出发，对《诚徵——易数宇宙法则》提出建议，确实具有一定的借鉴指导意义。二人相叙甚欢，不觉间"斗转星移玉漏频"，只好相别回到各自房间。这次相聚叙谈，游惠松称为"安溪问道"。

半年后，游惠松闻听谢金良从上海来到厦门大学参加学术会议，于是邀请他来到漳州古城参观诚徵文化传播公司。当天，游惠松陪同谢金良前往南靖县和溪镇参观"溢芳茶园"，夜宿"恩来明苑"。两位文化学者继续就易学研究问题展开讨论，他们的讨论围绕易学历史及传统术数理论而展开，比如南宋理学家林栗与朱熹的争论、西晋王弼注解《周易》的历史渊薮、"易数""易象"和"易理"的关系、术数与科学的合轨、玄学与美学、诚徵数理等。叙谈中双方观点融洽的愉悦与争辩的锋芒时时磨砺交汇，更加激发了二人讨论的意趣。从当夜9时开始直至凌晨3时左右，二人仍然沉浸在学术交流的氛围中，欲罢而不能。有趣的是，谢金良把这次叙谈称为"和溪论辩"。

谢金良离开漳州时，游惠松拿出了《诚徵——易数宇宙法则》修订后的书稿。他对谢金良说，"安溪问道"后吸纳教授的建议又对书稿进行修改，这次删减了原书三分之一的内容。主要是剔除了引用内容中的讹误或曲解之处，突出了书稿内容的精练性和专业性，书名也改为《诚徵数理》。诚望教授抽空看看修订后的书稿，并能赐序文一篇。

谢金良拿着修订后的书稿极为惊讶，他知道游惠松是漳州著名的实业家和教育家，竟在事务繁忙之中拿出了修改稿，可见对学术研究方面极为用心。游惠松笑着说，安溪崴脚后行动不便，加之疫情起来蜗居于家无事可做，便专志修改《诚徵》书稿。谢金良说当时崴脚后感觉不是很严重，怎么回到漳州就"行动不便"了。游惠松开玩笑说，当时为您那个同乡在九峰山勘选"风水宝地"时，或恐泄露"天机"而遭山神惩罚。所以看似不经意间崴倒于地，实则伤势很重。一席话，说得在场诸人哈哈大笑。

谢金良回到安溪老家，很快写出了《诚徵数理》的序文。他在序文中称游惠松为"奇人"，《诚徵数理》是"奇书"，是在《诚徵——易数宇宙法则》基础上修改而成的一本更有理论性、逻辑性、创新性和可操作性的书籍。他希望更多的读者朋友去精读理解，从而探索诚徵数理，以数求真，感悟更多的宇宙与人生奥秘。

《诚正》和《诚乐》

关于九峰山泄露"天机"而遭山神惩罚之说，最早源自陶延生的戏谑之辞。当时游惠松下山后和谢金良教授叙谈易理时意兴盎然，竟然忘却了崴脚后

288

的隐痛。第二天返回漳州，发现崴脚虽未伤着骨头却损伤了软组织，足部伤处开始肿胀。于是冷水浸泡，喷涂药物，但仍不能缓解疼痛。陶延生对游惠松说，以后别人让看"风水宝地"时再不能轻易表态，一行人上山就您一人崴脚，这分明是泄露"天机"而遭山神惩罚的结果啊。游惠松虽然脚痛难忍，闻此言却也笑出声来。

陶延生没有想到，游惠松竟然依他的戏谑之言写了一首题为《薄幸·家国运应》的词：

> 纪年金鼠，始阳复，安溪访慕。立谈片时金良意，至午山观脉路。点穴灵，真泄天机，山神敬告足伤苦。自此处家中，步艰难迈，扭崴伤情心堵。

> 回府第，天伦享，随笔著诗词画赋。适逢疫情起，江城封闭，全国号召隔离处。待何时是，解除毒疫日，迎来淡定平凡铸。家国运数，在此深深感触。

陶延生读到《薄幸·家国运应》后，极为赞赏。"词"又称"长短句"，自魏晋滥觞至宋代辉煌，创立的"词牌"就有1000多个。但一般人就知道"沁园春""满江红""清平乐""菩萨蛮"等常见几种，游惠松的这首词竟用双字曲牌"薄幸"，陶延生通过查阅资料始知此曲牌系北宋词人贺铸所创，最早见于他所著的《东山词》。此外，游惠松用宋词解读易经六十四卦时，用了宣清、惜寒梅、宴清都、倾杯乐、尉迟杯、解连环、西吴曲、望湘人、忆旧游、琐窗寒、采明珠、望远行、翠楼吟、探春慢、倚罗香、真珠髻、夺锦标、秋思耗、西湖月、透碧宵、高阳台、石州慢等20多种一般人不大知悉的词牌名，显示出扎实敦厚的古典文化修养。

这首词上阕记事，写安溪"访慕"谢金良教授，因"点穴灵"似有泄露"天机"之虞，故而"山神敬告足伤苦"，表达了作者困居家中"扭崴伤情心堵"的沮丧情绪。下阕紧承上阕抒怀，写通过随笔写作诗词画赋的举措来打发无聊时光的心情。中间一句"适逢疫情起，江城封闭"巧妙过渡，引出盼望"迎来淡定平凡铸"的急迫心理以及对"家国运数"的深沉忧思。宋人写词，多以"薄幸"词牌描写闺怨或离情，游惠松却以此曲调表达一种家国情怀，"旧调装新声"，格调高远，境界壮阔，令人耳目一新。

陶延生在微信上询问，董事长疫情期间在家"随笔著诗词画赋"，想必是收获了不少心得和成果吧？游惠松见问，便将这个阶段创作的十多首与"防疫"

有关的词都发给陶延生，如《梁州令·灭疫齐心遂》《绛都春·疫间归国》《归去来·抗疫》《大椿·钟南山》《大有·克疫》《多丽·抗疫收获》《催雪·抗疫思》等。这些词虽是随意率性而作，却词句工丽纤巧，且化闽南乡音俚语入词，新鲜生动，富有意蕴。

游惠松还乘兴将所写的一副"拆字联"也通过微信发来，陶延生一读，不觉哑然失笑。

这副对联的上联是"戍山一女崴，双犬草下获"，下联是"白水文方激，三山尸中崛"。此联中几个关键字，"崴""获""激""崛"各含深意，巧妙拆分后又得出一副绝对。先写因"崴"脚在家休养，受伤是因为与人论道，所论之道为阴阳之道。"获"字下面双犬，一正一反，以喻阴阳之理。白水为"泉"字拆开，寓指在泉州安溪受伤。受伤之后，意犹未尽，还与谢金良教授交流如何以厦漳泉地区为核心，向周围扩散国学教育的影响。此联中"崛"字中的"三山"构件即暗指"厦漳泉"三地。亲历游谢二君等诸人聚会场景的陶延生读此联后极为感佩，回复道："先生不幸崴脚，岂料伤痛之余竟得一佳联。"游惠松回了八个字："塞翁失马，焉知非福。"

陶延生阅读这些作品时想到，如果将游惠松近期写的诗词作品、对联佳作和前面写的赋体文章等收集整理出来，就是一本弘扬传统国学文化的典籍之作。于是向游惠松提议，愿意和欧阳秉乾、杨子艺等辞赋爱好者共同整理游惠松所有的诗词文赋，编辑一部《游惠松诗词联赋集》。过了几天，游惠松给陶延生发来微信，同意编纂诗词联赋集，书名主标题就叫《诚正》。游惠松说，陆游在《感兴》一诗中有"感慨发奇节，涵养出正声"的诗句，我的这些诗词联赋不过是研究"诚徵"文化时诞生的副产品，聊以表达"诚徵涵养出正声"之意。

在陶延生等人的编辑整理下，《诚正——诗词联赋集》很快编了出来。全书收录"律诗选编"64首，"宋词新韵"417首，"新奇对联"229对，"诚正新赋"4篇。四大部分紧密相融，又各自独立。在创意动机、心灵格局及艺术造诣方面，体现出一定的艺术追求和思想高度。后来，此书经漳州诗词学会会长萧彪和著名辞赋家颜其麟先生审订并作序后，由中国诗联书画出版社正式出版。

除《诚正——诗词联赋集》外，《诚乐——易经新释原创歌曲》也是居家防疫期间的一部作品。疫情期间，蔡海生给游惠松打来电话说，龙岩市作曲家肖发灿和他商议，拟联合全国各地的优秀作曲家对游惠松以宋词解读《易经》六十四卦而创作的"新词"予以谱曲，而后联系国内优秀编曲、乐手及歌手进行编配、演唱及录制，实现《易经》六十四卦"每卦一歌"的创作目的。肖发灿委托蔡海生和游惠松商议，如果游惠松能够同意并予以授权，他们即着手开始创作曲谱并开始录制音视频。游惠松一听，也觉得"每卦一歌"很有意义。《易经》成书迄今三千多年来，对其卦辞解读研究的文本可谓车载斗量。但是用歌唱的方式来传承这一珍贵文化遗产的方式也算全国首次，就答应了他们的授权要求。于是，肖发灿、蔡海生等37位优秀作曲家，联合37名编曲、乐手、歌手及音乐工作者进行创作，完成了这一部辉煌的有声出版物。经游惠松考虑，书名取为《诚乐——易经新释原创歌曲》，内容包括宋词创作易经主题辞1首、六十四卦曲辞64首、尾声1首，共66首歌。

数月后，《诚乐——易经新释原创歌曲》有声作品由中国唱片集团公司正式出版。这是全国各地音乐人通过网络互联合力而完成的一次大创作或大制作。此书是在中华国学领域里对《易经》文化传播的一次新尝试，受到易学研究领域的广泛关注。

《诚正》《诚乐》出版后，游惠松应邀参加在河南安阳举办的海峡两岸周易文化论坛暨第三十二届周易与现代化论坛活动。应主办方要求，游惠松向论坛提供了体现研究成果的《诚徵数理》《诚正》《诚乐》和《诚徵楹联》等书籍。因为新冠肺炎疫情原因，论坛活动改为线上和线下同时进行。游惠松在视频讲话中畅谈"游子卦序"的数学理论和逻辑性推演原理，揭示《诚徵数理》的理论实证意义。而后，向大会嘉宾介绍了新著《诚正》《诚乐》和《诚徵楹联》。游惠松说，《诚正》是目前能找到的近四百个词牌名下的全新宋词作品，《诚乐》是易经释义原创歌曲在本领域的空白填补之作，而《诚徵楹联》则大为丰富了诠释国学经典的人文表达方式。也许，厚重的学术思想及厚实的理论成果撑起了游惠松的文化自信和豪迈气度，他的视频讲话在周易文化研究领域引起了一片轰动。

有研究者认为，游惠松不断探索并创新研究传统文化的途径方法，以诗词、楹联和歌曲的方式传承国学经典，显示出一位地方文化学者继绝扶衰、承前启后的文化情怀和守正创新、上下求索的追求精神。

集团成立理事会

2020年8月25日，是云霄立人学校秋季学期开学后的第三天。这一天，全体教职工齐聚阶梯教室，聆听立人教育集团董事长游惠松做教育战略报告。老师们在"校本培训"中曾多次听过游惠松的报告，每一次的听讲都从心灵深处感受到一种新思想和新理念的洗礼与冲涤。所以，当蔡海生宣读请游惠松董事长做报告时，会场里响起一片经久而热烈的掌声。

掌声停下来，游惠松刚开讲就宣布了两大消息。一个消息是集团成立理事会，专门管理集团旗下的教育事业。第一届集团理事会理事长由游嘉程担任，漳浦立人学校校务会对理事会负责。第二个消息是宣布自己"光荣退休"，不再参与立人集团的教育和教学管理工作。

老师们对第一个消息反应平平。游嘉程是董事长的儿子，又有"留美博士"的炫目光环。此前一直为斯特合作学校的校长，自然历练出丰厚的管理经验，由他来担任立人教育集团的理事长是顺乎常理之事。第二个消息却让老师们惊讶不已，在他们眼里游惠松充满睿智，精力充沛，显得非常年轻，没有想到竟然到了退休年龄。

事实上，游惠松一年前就有了"退休"的念头。当时他的注意力都集中在《诚徵》书稿的创作中，就想避开教学管理冗务而单纯地做一点文化建树方面的事情。他对刘金忠说，自己要从董事长的位子上退下来，让刘金忠担任董事长管理集团全面业务。刘金忠说，立人集团除教育事业外还有劳动实习基地、红色文化教育基地、根雕艺术、印刷产业等文化实业，自己只当副董事长兼任立人学校总校长已经有些力不从心，怎能撑起董事长的大梁呢？再说，我才比你年龄小两岁，你退休后我也要跟着退休。就算退休也要长远考虑，要从管理梯队中选拔游嘉程等年轻人为"接班人"，立人事业才能实现"后继有人"。游惠松听刘金忠这么说得有理，就再没有提及退休之事。

疫情初起加之崴脚在家疗养，他在《薄幸·家国运应》的词中写道："家国运数，在此深深感触。"那个阶段，除了"家国运数"外，他也静下心来考虑了许多大事。比如，退休前董事会内部人事安排是否进行调整，退休后立人集团的教育事业、文化产业和经营实业如何管理，立人20年后的教育发展目标如何制定等。

春节一过，游惠松就正式步入花甲之年。刘碧香曾经念叨，要以古老的乡俗为他过一个生日。漳州易学应用学的欧阳秉乾、杨子艺等人提议，立人学校以传统国学思想为校园文化的底色，研究会要为游惠松以传统文化礼仪举办一个寿诞庆典活动。游惠松笑着说，过生日也好，办寿诞也好，过了生日就要宣布退休。他想，60岁是国家规定的退休年龄，人生在世，盛衰变化和兴亡更替是自然之理。对于自己来说，退休反而能选择更好的一种生活状态。不久前，谢金良教授发来邀请函，复旦大学将在10月举办以"整合与融通"为主题的"2020年复旦易学与美学高端论坛"学术会议，邀请游惠松带上《诚徵数理》一书并准备论文出席会议。此外，中国易经研究学会长沙分会、周口易经学会等研究机构也发来参加学术研讨会的邀请书。游惠松就想抛下手头冗务潜心致力于诚徵国学文化的研究工作，因此退休的念头也更加强烈。

游惠松在漳州易学研究座谈会上曾说，有人问古希腊哲学家泰勒斯："你认为人活在这个世界上，什么事情是最困难的?"他回答："认识你自己。"认识自己难，认识自己的不足更难。随着年岁渐老精力衰退，人必然难以从事更多业务，这就是一个人的不足。他在解读"丰"卦的《沁园春·盛衰无常》中写道："盛大亨通，光明跃动，盛世君王普济功。中天日，望盈亏互变，化转从容。"这样的词句，也在告诫世人要在如日中天之时考虑"盈亏互变"，寻找得当时机从容引退。易经"遁"卦《彖》曰："遁亨，遁而亨也，刚当位而应，与时行也。小利贞，即指浸而长也，遁之时义大矣哉。"所以，退休之事应该提到这一年的议事日程之中。

两个月前，游惠松主持召开了立人教育集团教育科学研究所工作会议。这个教科所是游惠松发起成立的，旨在更好地集纳各方优质资源，研究探析立人教育进入新时期后的发展方略，促进立人教育品牌的建设工作。会议由教科所常务理事周丽津老师主持，游惠松在讲话中明确了教科所的研究任务：（一）持续做好"分层导学"与精品课的创设研究。（二）集团下辖各校办学特色及有效联动合作研究。（三）践行"立德树人，五育并举"的研究。（四）立人教育关乎学生健康成长及未来教育研究。游惠松诚挚地要求教科所全体员工要齐心协力，致力于研究切合教育本质学校管理运行制度，使之更好地服务于立人教育。刘金忠希望教科所带动提高全体教师的教育科研水平，做好"青蓝工程"，强化青年教师的帮扶培养工作。聚焦课程内容，强化"智慧课堂"创设研究，提高业务能力。会后，游惠松和刘金忠商议召开了董事会，做出了成立立人教育集团理事会的决定。在刘金忠、游珍玉、蔡海生等董事的提议下，决定任命游嘉程为第一届立人教育理事会的理事长。

教育科学研究所工作会议召开后，和溪镇迎新村的游氏亲族、同学故交及易学研究会的同人四十多人在"恩来明苑"为游惠松举办了60岁的寿诞宴会。"寿公"游惠松和"寿婆"刘碧香换上了汉服衣冠，在众人簇拥下坐在主位上，接受同样穿着汉服的游嘉程夫妇行拜寿之礼。热闹的宴席间，游惠松向亲友致答谢辞，称自己到了花甲之年，要正式退休。他说，有家"老字号"企业的广告语是"一百年只做一件事"。延伸到个人而言，人在一生中能干成一件大事也算得功德圆满。现在"光荣退休"是为了立人在年轻人的管理下实现更高阶层的发展，我自己只想在退休后去做一点喜欢的事，比如易经研究、根雕艺术设计等。听他这样一说，众人纷纷举杯向他表达祝福之意。

在漳浦立人学校教育战略报告会上，游惠松发表了"退休感言"。他深情地回顾往事，称自己从教40年来的经历，就是一个不断行走、不断总结并不断起步的一个过程。人生命运虽然有些坎坷曲折，但什么时候都要保持本心。立人校园文化以"诚"为核心，教育部倡导的"诚信教育是德育主体"理念与立人校训高度一致。所以，立人员工要心中有"诚"，从本心塑造自己，树立自己，提高自己。只有这样才能实现"立己"的真正意义。没有"立己"，何以"达人"？立人员工一定要注重"以德为先"的教育理念，全面落实"以德树人"的根本任务。要修身立己，实诚从事，实在从教，共同促成立人教育事业的跨越与腾飞。新一届理事长游嘉程也意气风发地做了表态讲话，要求立人员工要发扬老一辈不怕吃苦、迎接困难、开拓创新的精神。今后的立人教育将持续为广大教师搭建好"共业平台"，一定要让年轻教师大有作为，让中年教师成为中流砥柱，让资深教师志在千里。

此后的几天时间里，游惠松、游嘉程先后出席了漳浦立人学校、漳州立人学校、立人斯特合作学校的期初教职工大会。游惠松在会上宣布集团成立理事会并任命游嘉程为理事长决定，而后发布"退休感言"，对立人教育的未来发展提出了殷切希望。

行走的姿态

退休后的游惠松很少参加立人公众活动，大多时间呆在南靖恩来明苑。或捧读典籍，凝神沉思；或染点翰墨，学书习字。朋友来的时候，则共同品茗，谈笑风生，度过惬意一天。欧阳秉乾等人称他是隐于市井深处的得道高人，他笑着说，所谓"得道高人"应该是对内彻悟人性而对外遵循规律的人，也即深谙"天人合一"精神内涵之人。我不过是"淡然忘外事，林下自怡情"罢了，离"高人"的境界还很远。

冬天，刘金忠打来电话，邀请游惠松参加"以诚立人，分层导育"专题报告会。游惠松考虑到这是创作《诚徵》一书后提出的教育理念，立人集团所辖各校都已开始推行，云霄立人最早推行"以诚立人，分层导育"的德育教育举措，蔡海生编著的《"分层导育"在学校中的实践探索》已由福建教育出版社于近期出版，于是，欣然答应出席报告会。

报告会于12月15日的晚上7时在翔宇楼召开，那天是农历十一月的第一天。民间称农历十一月为"冬月"，但漳州的"冬月"里葭草要吐青泛绿，故又称"葭月"。虽然进入"葭月"，冷空气还未来到漳州，行走街头的人们感觉气温仍很适宜。那天的报告会由刘金忠主持，集团事业发展部副主任欧阳秉乾、办公室主任陶延生、集团董事长助理王凯支及立人斯特合作学校的行政领导及全体班主任参加报告会。

大家见到游惠松兴致勃勃进入会场后，不约而同鼓掌欢迎。游惠松在讲话里简短地指出，中共中央和国务院印发的《深化新时代教育评价改革总体方案》中提出要落实"立德树人"的根本任务并逐步完善德育评价机制。这样的内容要求和立人的"以诚立人，分层导育"理念完全吻合。立人教育要加大在德育和美育教育领域的研究力度，在培养新时代合格人才的道路上勇于探索，勇立潮头，始终处于基础教育前沿地带，力争在新时代新征程中体现出立人教育的时代精神。游惠松顺势指出了立人教育未来发展的五大宗旨：（一）学恩来精神，承华夏道统。（二）纳四海文明，育创新人才。（三）拓立人视野，兴国际教育。(四)立诚徵文化，达高效课堂。（五）扬艺体特长，显综合实力。

陶延生在报告会上做了《略论诚徵数理之美》的专题讲座，他通过"卦序之美""方图之美"和"本体之美"三方面揭示以数求真、以诚立美的诚徵美育特征。欧阳秉乾结合《关于新时代教育评价改革总体方案》解读了立人学校实施"以诚立人，分层导育"的实践意义。王凯支在《细化完善"分层导育"德育管理体系》的报告中，解读了立人学校建立"分层导育"管理运行机制的措施和途径，指出了"分层导育"理念对于创新德育工作思路以及开创立人教育新篇章的现实意义。

会议结束，已是晚上9点多。游惠松在刘金忠、王凯支的陪同下在校园里漫步，听到艺体中心活动室那儿传来一阵琴声和歌声。刘金忠说，一年一度的迎新晚会快要举办了，艺体中心正在验收文艺节目。王凯支说，今年晚会的主题是"以诚立人，赓续华章"，学校筹备的三大篇章共14个文艺节目已基本准备到位。游惠松提议过去看看，一行人信步走了过去。活动大厅里，音乐组的老师正指挥一群学生表演一个合唱歌曲。师生见到游惠松一行来了，就停了歌声。游惠松走过去和张伟超及伴奏的肖丹丹两位老师微笑问好，说排练很辛苦，要注意身体，别累着。游惠松问孩子们，你们唱的什么歌，这么好听？几个孩子回答，我们唱的是《蜗牛》。有个调皮男生大声说，这是周杰伦最火的歌曲，引得大伙儿哈哈大笑。

游惠松拿起谱架上的歌谱看了一下，说这歌很好，等你们演出的那一天，我好好地听一遍。

游惠松一行刚走出艺体中心，他们的身后大厅里的琴声又响了，孩子们合唱的歌声清亮地传了过来：

该不该搁下重重的壳/寻找到底哪里有蓝天/随着轻轻的风轻轻地飘/历经的伤都不感觉疼/我要一步一步往上爬/等待阳光静静看着它的脸/小小的天有大大的梦想/重重的壳裹着轻轻的仰望/我要一步一步往上爬/在最高点乘着叶片往前飞/任风吹干流过的泪和汗/总有一天我有属于我的天……

游惠松听着合唱的歌声，眼前晃动着一个背着厚重的躯壳在缓慢爬行的小蜗牛的形象。小蜗牛缓慢往上爬行，寻找蓝天，因为"小小的天有大大的梦想"。歌词里的"重重的壳""轻轻的仰望""纯净的阳光""流过的泪和汗"构成了意蕴丰满又形象美好的画面。游惠松不禁设想，自然界的植物和动物大都喜欢光明。小树苗拼命向高处伸展，小蜗牛拼命地往高处爬行，因为只有高处才有最充沛的光明。歌声让游惠松想起了自己的童年，想起了在和溪镇差点儿辍学的情景，想起了参加高考时在县城里睡过的教室过道，想起了参加工作后仍利用节假日兼做油漆工在乡野里穿行的场景，想起了创建立人学校最艰难的那一段时光。人生每一点滴的成长都离不开坚持不懈的努力，只要心中有梦想，总有一些光明如影相随。如同歌声里的这只小蜗牛，也能"乘着叶片往前飞"，最终攀上事业成功的巅峰。

游惠松对刘金忠感慨地说，《蜗牛》这支歌选得好。歌词积极向上，鼓励人们不要被现实击垮，而要像蜗牛一样努力向上，寻找属于自己的一片蓝天。歌词在平实中见风格，舒缓中见力量，孩子们通过合唱可以很好地受到熏陶教育。新年过后，立人就成长到二十岁了。二十年来，我们一路走过，缓慢发展的经历正如蜗牛一步一步往上爬行。我在研究易经"既济"卦辞时，曾想到"南靖十八罗汉"初来立人的那段艰难时光。"既济"初九爻辞称"曳其轮，濡其尾，无咎"。如同一匹小马拖拽着承载重物的车轮缓慢前行，渡河时还要经历"濡其尾"的窘迫场景。所以，在《诚徵数理》中解读此卦时，在撰写的《水龙吟·守成处中》一词里，我写出了"谨慎延成缓动，损无咎，待时周见。征伐取胜，邪人物赏，良臣任选"的词句。很显然，这是在解读卦辞本义时融入了对立人初创时的那一段艰难岁月的追思与感喟，也算是借"易数"的酒杯浇"立人"的块垒吧。

三个人一边说话，一边散步，不觉到了校园里的古榕树下。翔宇楼上明亮的灯火在树前空地上投下一片斑驳的光影。刘金忠接着游惠松的话说，现在的立人已经改变了小蜗牛缓慢爬行的模样，开始直立行走，匀速前行。比如新冠肺炎疫情肆虐的这一年，立人学校仍能从困境中再创奇迹。高考中勇夺漳州市理科状元，又有3位同学考取清华大学，有9名同学超过北大医学院录取分数线，有 81 人被双一流高校录取，182 名同学被 211 学校录取。近年来，教师队伍也不断成长壮大，1000 多名教师的学历达标率百分之百。在"一师一优课"和"微课"评比活动中，涌现出很多国家级和省部级名师。这一切说明，立人学校已经形成了搏击风雨、应对困难的强壮机体。

王凯支也说，记得董事长在学校十周年庆典中讲过，立人通过十年奋斗解决了"形"的问题，往后十年将要解决"神"的问题，即加强教育内涵建设，尽早形成独具特色的立人校园文化。现在董事长创作的《诚徽》系列著作所表现的传统国学文化思想，正是立人学校所遵循的校园文化理念。也可以说，立人学校已经拥有了"形神兼备"的坚硬骨架和丰满血肉。刘校长说得对，立人不再是缓慢爬行的小蜗牛，而是破茧而出的彩蝶，甚至是脱壁而出的蛟龙，不仅要健步行走，还要在自己的天空里驾云飞舞。

游惠松听了二人的话，若有所思地说，立人学子每到十八岁学校都要为他们举办"成人礼"。经过二十年的岁月洗礼，立人正如一个有着美好光华的二十岁的青年。我们要为二十岁的立人举办一个庆典活动，也算为立人举办一个"成人礼"。我坚信，立人会迈着健美的步履，依旧向前行走。而且，行走的脚步将会更加沉稳，更加有力。

游惠松的话语感染了刘金忠和王凯支，他们都不再说话，似乎陷入茫无边际的沉思之中。古榕树下，三个沉默的男人像极了诚徽广场中的那几尊在夜色里显得高大黑沉的雕像。

是的，立人依旧会向前行走。行走是源诚形水的从容与豪迈，是立己达人的践履与修炼。任风骤雨狂，千回百转，理想不会消失，道路也不会迷失。在中国教育发展的新时代征程中，立人品牌将永葆璀璨光芒。

一个行走的姿态，足够让立人面朝大海，春暖花开……

（全书完）

后　记

一

毕竟有过十多年的教师工作经历，骨子里始终有一种难以排遣的教育情结。在我的散文集《左岸青山右岸树》中，就收录了关于教育教学工作中的一组随笔文章。我曾有一个愿望，一定要写一本反映漳州教育及教师生活内容的书，以此来告慰曾经"为人师表"的那一段焦虑和舒畅、痛苦和快乐纠葛交融的难忘时光。没有想到，这一愿望，竟然通过《诚育立人》而实现。

两年前的冬天，我完成了 20 多万字的纪实文学作品《创造偶人世界》。将书稿送呈一位退休前辈审阅时，他建议我写一下立人学校的创建者游惠松。当时，我没有立即答应。因为在闽南乃至福建，漳州立人作为一种现象级的存在令人难以漠视。2001 年创办于小坑头村茶厂的一所仅有 108 名学生的立人学校，经过二十年的发展，已成为拥有漳州立人学校、漳州立人斯特合作学校、云霄立人学校和漳浦立人学校的教育集团。而立人创建者游惠松，堪称"漳州奇人"。他少年艰辛求学、青年为人师表，中年"下海"创办企业成为一个成功的实业家，之后却倾尽家业创建民办学校。因创建学校成为卓有成效、颇有名气的教育家，却又立足传统的国学文化思想，以易数原理去研究古代典籍，撰写诗词辞赋，成为遐迩闻名的国学大师。立人教育集团如此漫长的发展历程和庞大的机构容量，连同创建者游惠松丰富传奇的人生经历，构成了巨大的写作难度。

我暗自掂量自己的份量，上面的写作难度确实构成了一定的艺术高度，我难以克服也难以逾越。

那位退休前辈也是老朋友，他不断鼓励我说，你作为首届报告文学福建作家班学员，不是写了许多反映漳州事业发展的纪实作品吗？《创造偶人世界》的主人公徐竹初的经历也是丰富多彩的，你都写了出来。为什么就不能写立人的游惠松？一席话，说得我有些羞愧。我鼓起勇气，决定挑战一回自己，去会一会实业家、教育家、国学大师游惠松，为漳州立人写一本书，以告慰我积久而成的教育情结。

<h2 style="text-align:center">二</h2>

此前，我只在公立学校当过高中语文老师，对我来说，民办教育可真是一片陌生而神秘的地带。刚开始的几年时间里，立人学校似乎在悄没声息中横空出世，屹立于漳州名校之林。学校的硬件建设是如何逐渐完成的？教师队伍是如何壮大的？高考升学成绩及口碑是如何创建的？游惠松又如何成功实现了从教师到教育家再到实业家的华丽蝶变？立人现在的状况，通过公号及报纸就可以看到。但是十多年前立人初创的情形，竟是怎样的景象？所有这些，都需要我迫切了解。我想起了另一位前辈，他是我家曾经的邻居、立人学校的第一任校长张国生。

春节过后，打听到张国生现居之家，特意前去拜访。听说我要为立人写一本书，这位立人的"老校长"十分高兴。他赶紧从柜子里翻出一张2002年立人第一批新生前往操场参加开学典礼的照片，一群意气风发的少年正奔往操场，泥土小路和简陋的校舍也未能削减他们兴致勃勃的劲头。照片上的孩子们有着青涩的姿态和纯净的笑容，让我瞬间感触到二十多年前的时代风貌，脑海里也泛起曾和孩子们粘在校园里的那些泛黄画面和温馨情愫，也更加坚定了把立人写出来的意愿。

在老校长的陪同下，我在立人惠泽楼见到了本书主人公游惠松。初见这位漳州"名人"，感觉他和想象中的教育家、实业家、国学大师的形象大不一样。着一身中式服装，显得十分朴素，说话间脸上始终漾着一层谦和的笑意。在一壶泡开了的奇兰茶的馨香里，我们的谈话非常愉快。说起立人创建经历，游惠松兴致颇高，一气儿说了许多。于是，和溪往事、小坑头建校、南靖十八罗汉、十周年庆典、莲花山会议、戊戌三赋、破解凤山绝对、易数法则……在他的叙说里，我的眼前晃荡着连缀在一起的诸多生动画面，这些画面携带着真诚的感悟、真切的感叹和真挚的议论，深深地感染了我。我觉得，游惠松的成长经历及人格魅力具有超乎常人的一面，本身就具有极强的文学典型性。我由此确立了初步创作设想，从游惠松的少年求学经历落笔，逐步展开立人教育建设成就及内容。以翔实的人物专访材料为基础，营造鲜活的故事和生动的画面场景，全方位多角度表现立人教育集团的创业历程及辉煌成就。

在此后的采编过程中，我越加清晰地感到，立人集团确实是漳州教育界的一个奇迹。游惠松以独特的魅力在身边汇聚了一批志同道合者，以一种聚合的光芒映亮了漳州教育的天空。立人最出色的地方就是办学思想的科学性和前瞻性，创建者游惠松的非凡经历和奇特想法无疑发挥了重大作用。在二十年的时代历程里，游惠松无疑是立人教育的灵魂人物。他将有深度的思想、有趣味的创意和有光泽的情怀融在一起，成就了博大辉煌的立人事业。

我曾想，如果没有了游惠松的思想建树，立人学校和国内所有学校一样，会被一种同质化、模式化、概念化的表象掩盖得毫无特色。如果将游惠松的真实模样描摹成功了，方能准确表现立人的丰富特色。我想把笔触重点聚焦在立人教育的创建者、支持立人事业的普通教师、接受立人教育的莘莘学子这三类人群身上，通过"小开口、大视角""小人物、大格局"倾力抒写他们在游惠松带领下创建的教育奇迹。

三

一直认为，作家头脑里需要大量输入有价值的信息材料，然后才能"产出"具有一定艺术水准的作品。所谓"巧妇难为无米之炊"，只有占有材料、分析材料，从中提炼出思想观点，升华出情感内蕴，方能进入创作状态。在张国生老校长的联系协调下，我曾多次前往漳州立人、云霄立人、漳浦立人、康山校区、石亭校区考察访问，收集整理人物访谈材料 200 多份，翻阅校刊《翔宇》和《立人报》，查阅整理《诚悦立人》《诚正》《诚乐》等游惠松学术作品以及各类媒体报道文献，旨在最大限度地理解研究写作对象。而后，编订出十多万字的《立人学校大事年表》《人物访谈资料汇编》。经过此番工作，我的头脑里才逐渐有了写作本书的概念与设想。

创作之初，我将《诚育立人》定为一部全面记述立人教育集团发展历程的书。制定全书目录框架后，发现以学校大事年表为线索来写作容易流于平面化、同质化和一般化。通过编订的《立人教育集团发展大事记》也发现，各年度同学期教育教学活动具有一定规律化、程式化和雷同化。毕竟教育是在国家法规统一指导下的文化普及活动，如果依此刻板写作将会流于庸俗而毫无特色"亮点"。如果刻意将事件"拔高""放大"描写，不仅难度很大且有虚假之虞。于是，我重新确立了写作思路，即以游惠松人物传记为叙事风格，以主要人物的活动迹象串联起立人发展进程中的一些"里程碑"式的标志事件。这样才能讲好立人故事，弘扬立人文化，发展立人事业，这也正是《诚育立人》的创作意图。

创作意图明晰了，创作思路也适时进行调整。本书既是一部记载立人教育二十年发展进程的"编年体"简史，也是一部立人创始人游惠松的传记作品，更是一部以立人为依托点描述漳州教育及其地域风貌的文学作品。从这三个"定位"出发，我在创作中以小说般的斑斓笔法描述游惠松的成长经历，力求将南靖社会风貌及漳州文化教育发展的历史生动呈现在人们面前。传记文学作品力忌人物形象的扁平化和概念化，作家要着力塑造立体丰满、生动感人且带有浓郁烟火气息的"活态"人物形象。学校发展历程毕竟是相对枯燥的史实，需要以诗情画意的笔触，将历史进程化为"流动的画面"，交织着艰辛、快乐、痛苦抑或幸福的人物感想和时代风貌。

所以，我在创作中对人物成长经历或重大事件的发生进行必要的"文学揣摩"，融入对人物的客观价值判断和独到的心灵感悟，尽最大努力以新颖的表现形式塑造出饱满的人物形象，追求引人入胜的故事性和可读性。《诚育立人》正是以文学的力量来打动人心，以喜闻乐见的文学样式宣传立人的品牌形象。写作中既有宏大的叙事又有感人的细节，既有生动的人物形象又有深刻的思想内涵，既有特立独行的精神品格又有平凡质朴的生活本质。通过对各个阶层人物的塑造描写，来表现出富于人性关怀和理想光华的立人教育形象。叙事风格方面刻意选择从容、淡定、冷凝的散文笔法，兼以戏剧化的情节和略显活泼的小说语言来叙述立人教育的时代巨变，描绘游惠松在立人创建年代里独有的精神图谱。

这一切，可算是创作《诚育立人》的一些粗浅的艺术尝试与文学追求。

四

2022 年 1 月，终于完成了《诚育立人》的初稿。包括《序章》在内的 11 章内容，总计约 35 万字。我以稚拙的文笔，讲述了漳州"立人"的故事。尤其是游惠松一生中最富光华的片段，在书中皆有"浓墨重彩"的呈现。游惠松说过，巍峨的大楼可以在一夜之间拔地而起，优秀的师资可以在短期内高薪聘请，考试的成绩也有可能很快提高，唯有学校的优良传统和校风校纪须经漫长的磨砺才能形成。如同陈年佳酿须在酒窖里贮放多年才能芬芳四溢，立人教育经过二十年的坚守与耕耘，最终形成了"源诚形水"的环境氛围，荟萃出令莘莘学子沐受熏陶的特色品牌文化。对于一个作家而言，也只有通过长久的创作探索和沉默的跋涉追求，方能不断提升自己的艺术水准。文学创作永远"在路上"，《诚育立人》也是我在文学道路上留下的一个清晰的足印，虽显稚拙，却也沉实。因为要为家乡的杰出人士"树碑立传"，在我的心里他们犹如雕塑般隽永存在。如果在写作中不费心不用力，那实在说不过去。

一年下来，诸多感慨，一本书就是一座大山。落笔之初，感觉本书的每一章都是一个陡峭的山峰，每一个小节都是一座小山头。一座座小山头翻越了，立人学校初创的艰难、过程的复杂、文化的深厚和事业的辉煌便跃然纸面。有人说，写长篇作品是艺术创作中的"长跑"运动，要一气呵成。我生性驽钝，写《诚育立人》时很难做到"一气呵成"。写作中苛求故事的真实性、语言的散文化和思想的通俗化相兼相融，每个章节都写得极为缓慢。常常是写写停停，更多时候心里竟冒出"写不下去"的念头。每逢此时，我就默默警策自己，像本书主人公游惠松那样，以锲而不舍的工匠精神完成设想好的事业。

我也发现，一个作家只有不停歇地去写作，才会灵感纷呈，才华迸发。写作顺畅的时候，一个句子刚写出，下一个句子就会跟着跳跃出来。有时会突然涌出奇思妙想，反能成就部分精彩华章。如今，《诚育立人》总算和读者见面了，创作完成后的欣慰、快乐与幸福，完全掩没了创作初期的彷徨不前、犹疑不定的诸般痛苦抑或复杂的体验。

五

《诚育立人》出版之际，适值立人学校二十周年庆典活动的时日。如今的立人教育集团拥有在校学生达 23000 多人，教职员工达 2400 多人。经过标准化、特色化、品牌化的创建历程，形成了优秀教育集团的禀赋，已经具备了先进的学校理念、卓越的课程教学、完备的内部管理及优雅的外观环境。立人的创建发展阶段正处于国家基础教育实施"新课程""新高考"等教学改革的独特时代潮流中，学校积极应对国家教育政策，全面进行"分层导学""智慧课堂""学科基地"等教学改革及建设活动，创造了令人瞩目的成绩和荣誉。立人之发展历程在漳州民办教育史上具有一定的典型意义，本书记载立人二十年的发展历史，从而表现漳州民办教育的发展历程及时代风貌，也反映出漳州基础教育不断发展的时代气象。

从这个意义上讲，《诚育立人》是致敬漳州民办教育的一部书，也是致敬漳州教育事业的一部书。但愿此书的出版，能为讲好漳州故事、弘扬闽南文化尽绵薄之力，从而实现文艺工作者"为时代画像、为时代立传、为时代明德"的神圣使命。若真能这样，本书作者及责任编辑将会感到莫大的欣慰。

《诚育立人》在项目策划及创作出版的过程中得到立人学校"老校长"张国生的倾心帮助，也得到了立人教育集团的领导刘金忠、刘碧香、游嘉程、蔡海生、张顺林、吴两和、王学文、吴印枝、程雷云、王凯支、谢惠清、徐海港、卢国川等人的大力支持。在资料征集、采编访谈工作中，漳州立人学校的吴天炳、赖旺炉、张志勇、刘辉煌、陈晓玲、赖丹、胡诗颖等老师提供了很大帮助。文化学者欧阳秉乾、杨子艺、陶延生等先生为本书出版提供了诸多中肯的意见建议。在此，谨向所有为本书创作出版付出心血的各位领导、各位师长、各位朋友致以最诚挚的谢意。

朱向青 2022 年 3 月于漳州